SONJA ROOS

Die Sonntagsschwestern

AF214707

GOLDMANN

Hanne, Mone und Jessy wurden schon früh von ihrem Vater verlassen – und damit auch von ihrer Mutter, die in tiefe Depressionen fiel und kaum noch für ihre Kinder da sein konnte. Auf sich gestellt gaben die Schwestern einander Halt und wurden ein eingeschworenes Team. Doch Jahre später haben sie sich auseinandergelebt, und nur das sonntägliche Mittagessen bei Hanne verbindet die Familie. Das ändert sich, als bei Hanne eine tödliche Krankheit diagnostiziert wird. Ein Weckruf für Jessy und Mone, endlich ihre Probleme in den Griff zu bekommen, um für Hanne da sein zu können. Doch wird es den Sonntagsschwestern gelingen, ihren alten Zusammenhalt wiederzufinden, bevor es zu spät ist?

Sonja Roos

Die Sonntags-schwestern

Roman

GOLDMANN

Penguin Random House Verlagsgruppe FSC® N001967

1. Auflage
Originalausgabe Dezember 2023
Copyright © Sonja Roos 2023
Copyright © dieser Ausgabe 2023
by Wilhelm Goldmann Verlag, München,
in der Penguin Random House Verlagsgruppe GmbH,
Neumarkter Straße 28, 81673 München
Die Veröffentlichung dieses Werkes erfolgt auf Vermittlung
der literarischen Agentur Peter Molden, Köln.
Umschlaggestaltung: UNO Werbeagentur, München
Umschlagmotiv: © GettyImages / Dariusz Banaszuk / 500px;
Arcangel / Maria Heyens; FinePic®, München
Redaktion: Eva Sterzelmaier
ES · Herstellung: ik
Satz: GGP Media GmbH, Pößneck
Druck und Bindung: GGP Media GmbH, Pößneck
Printed in Germany
ISBN: 978-3-442-49484-2

www.goldmann-verlag.de

Für Uli
Du fehlst!

Prolog

Zehn Jahre zuvor

Jessy stand in der Tür zum Wohnzimmer und betrachtete die Silhouette ihrer schlafenden Mutter auf dem Sofa. Im Halbdunkel konnte sie weder die Falten noch den bereits ergrauten Haaransatz ausmachen. Jessy ließ ihren Blick über den Raum gleiten. Vor der abgewetzten Couch lag eine leere Weinflasche, daneben häuften sich Zigarettenstummel in einem Aschenbecher. Die Luft roch schal und abgestanden wie in einer Kneipe.

»Mama?«, flüsterte Jessy.

Die Gestalt zuckte kurz, sodass die alte Wolldecke herunterrutschte und einen Blick auf den knochigen Körper freigab.

»Mama?«, fragte Jessy etwas lauter.

»Lass sie schlafen«, hörte sie plötzlich die Stimme ihrer älteren Schwester Mone hinter sich.

»Aber ich hab den Bus verpasst«, sagte Jessy und starrte auf ihre kaputten Turnschuhe.

»Ich fahr dich«, sagte Mone und zog Jessy aus dem Zimmer. Jessy folgte ihrer Schwester, die sich im Vorbeigehen eine Jeansjacke vom Wandhaken angelte und die

Schlüssel zu ihrem Roller aus einer Schale klaubte, die auf dem Flurschrank stand.

»Ich wollte eh mal mit dir reden«, rief Mone ihr bedeutungsschwer zu, während sie bereits im schummrigen Hausflur stand, in dem eine einzelne, defekte Neonröhre ähnlich panisch flackerte wie Jessys Herz in diesem Augenblick. Sie schluckte mehrmals, bevor sie ihren Schulrucksack griff und leise die Wohnungstür schloss. Dabei blieb ihr Blick an dem Namensschild hängen, das Hanne, die älteste der drei Schwestern, damals nach dem Umzug geschrieben hatte. »Sturm«, stand da der Familienname in Hannes schönster Mädchen-Handschrift, wobei der Zustand ihrer kleinen Familie nach Papas Fortgang eher dem glich, was ein Tornado zurückließ.

»Jessy, du träumst schon wieder«, hörte sie Mones gereizte Stimme. Jessy riss ihren Blick los und begann eilig, die vier Stockwerke hinter Mone herzulaufen, die bereits einen guten Vorsprung hatte. An der Haustür holte sie ihre Schwester ein. Mone war stehen geblieben und betrachtete Jessy aus zusammengekniffenen Augen.

»Du weißt, dass du der Sache jetzt mit dem Brief die Krone aufgesetzt hast?«, fragte sie gereizt. Jessy spürte, wie ihr der Schweiß ausbrach.

»Mensch, Jessy, ich bin nicht mal mehr auf der Schule, aber jeder hat es mitgekriegt. Ich meine, es war schon peinlich genug, dass du den Kerl aus der Ferne angehimmelt hast, aber dass du ihm nun auch noch so einen Brief schreiben musstest.«

»Der Brief war ja nicht wirklich für ihn bestimmt. Ich hab ihn geschrieben, weil, weil ...«

Jessy stockte, weil sie nicht einmal sagen konnte, weshalb sie ihre Gefühle zu Papier gebracht hatte. Sie hatte einfach ein Ventil gebraucht. Sie war so unglücklich, weil Lukas Danko sie nicht liebte. Nein, nicht nur, dass er ihre Gefühle nicht erwiderte, er mied sie, wechselte die Straßenseite, wenn sie ihm entgegenkam, und in jüngster Zeit reagierte er sogar abweisend, wenn sie in seiner Nähe bemerkte. Und trotzdem – obwohl sie ihn nur aus der Ferne lieben konnte, löste er ein warmes Gefühl in ihr aus, fast wie die Geborgenheit, die sie zu Hause so schmerzlich vermisste. Ihn jeden Morgen in der Schule zu sehen gab ihr Halt. Doch Lukas stand kurz vor dem Abitur und würde danach aus Deutschland fortgehen, und sie hätte dann nichts mehr außer ihrem armen, geschundenen Herz. Dieser Gedanke bereitete ihr panische Angst. All das hatte sie ihm geschrieben und natürlich auch, dass sie sich mehr als alles andere wünschte, er würde sie endlich bemerken und irgendwann ihre Gefühle erwidern.

Sie hatte nie vorgehabt, ihm diesen Brief zu geben, doch vorige Woche, als sie ihre Bücher in den Schulspint legte, musste der Brief wohl herausgefallen sein, ohne, dass sie es bemerkte. Am nächsten Morgen hatte jemand ihre Zeilen vervielfältigt und überall in der Schule ausgehangen. Die größten Lästermäuler hatten ein gefundenes Fressen, liefen mit ihren Worten über den Schulhof und lasen vor, was für niemandes Ohren bestimmt gewesen war. Jessy wäre am liebsten auf der Stelle gestorben. Doch noch schlimmer war, dass Lukas ihr an diesem Tag plötzlich gegenüberstand und sie wütend anfunkelte. Er hob an, etwas zu sagen, besann sich dann aber eines Bessern, drehte sich um und stapfte kopfschüttelnd davon. Jessy liefen die Tränen, während sie sich zunächst in der Schultoilette einsperrte, um sich nach der Pause im Sekretariat krankzumelden und nach Hause zu fliehen. Ein paar Tage konnte sie Mone vormachen, dass es ihr tatsächlich schlecht ging, doch seit gestern musste sie wieder zur Schule, und es war die Hölle.

Ihre Mutter bekam von alldem nichts mit. Schon seit Jahren erzogen die Schwestern sich untereinander. Hanne hatte sich als älteste um die beiden jüngeren gekümmert. Seit sie zum Studium fortgegangen war, hatte Mone die Rolle übernommen. Und sie nahm die Sache sehr ernst.

»Herrgott, Jessy, komm drüber weg. Werd endlich erwachsen. Du bist jetzt siebzehn, und dieser Unsinn geht schon wie lange? Drei Jahre?« Sie schüttelte den Kopf und öffnete nun die Haustür, durch deren unebenen Glaseinsatz sich ein langer Riss zog. Eilig lief Mone zu ihrem Roller, doch Jessy war wie immer, wenn es Richtung Schule ging, wie gelähmt.

»Nun mach, ich komm zu spät. Du weißt, dass mein Chef gerade bei den Auszubildenden keinen Spaß versteht.«

Während Mone sich ihren Helm über die blonden Locken zog, schlurfte Jessy ihr nach, wobei sie sich fühlte wie ein Verurteilter, der zum Schafott geführt wurde. Mone drückte ihr den zweiten Helm in die Hand und wartete, bis Jessy diesen aufzog und sich hinter ihr auf den Sitz des Rollers fallen ließ. Zwanzig Minuten später hielten sie vor der Schule. Jessy starrte das Schulgebäude widerwillig an.

»Los, Jessy, wegen dem Umweg bin ich eh schon knapp dran.«

Jessy beeilte sich abzusteigen und blickte ihrer Schwester nach, die schnell nur noch ein kleiner Punkt am Horizont war. Schweren Herzens trat sie durch das schmiedeeiserne Schultor, in Gedanken noch ganz bei dem Gespräch mit Mone, sodass sie sein Rufen erst beim dritten Mal hörte.

»Hey, Jessy, nun warte doch mal!«

Sie drehte sich ungläubig zu der Stimme um. Tatsächlich stand Lukas Danko neben ihr. Jessy schaute misstrauisch in sein Gesicht, das ihr so vertraut und doch so fremd war. So lange schon war sie in diesen Jungen verliebt, dass sie gar nicht mehr wusste, wie es sich anfühlte, ihn nicht zu lieben. Ihr Herz hämmerte nun so laut, dass sie glaubte, er könne es ebenfalls hören. Unsicher blickte sie ihn an.

»Hast du mich gerufen?«, fragte sie, eine Spur zu barsch vielleicht, weil sie es nicht gewohnt war, mit ihm zu reden. Er holte Luft, und sie glaubte schon, er würde wie die anderen über sie spotten, doch dann legte er den Kopf schief und schenkte ihr ein überraschendes Lächeln.

»Ich wollte mich entschuldigen, dass ich neulich so sauer war. Es tut mir leid. Im Grunde war es ein netter Brief.«

Jessy blieb buchstäblich der Mund offen stehen. Sie brachte keinen Laut heraus. Er räusperte sich.

»Tja, vielleicht hast du ja nach der Schule mal Bock abzuhängen?«

Jessys Augen weiteten sich, ihr Herz stolperte in ihrer Brust, und sie spürte, wie sich eine brennende Röte über ihre Wangen zog. Sie konnte nicht sprechen, weil ihr Mund zu trocken war, darum nickte sie nur.

»Okay.« Er schenkte ihr wieder dieses Lächeln, das ihre Knie weich werden ließ. »Morgen im Park, so um drei?«

Jessy nickte erneut wie benommen. Dann ging er, jedoch nicht, ohne ihr vorher noch einmal zuzuzwinkern. Sie spürte, wie ihre Knie weich wurden, und ließ sich auf eine kaputte Bank am Rand des Schulhofs fallen, damit sie nicht zu Boden ging. Das musste ein Traum sein, ganz sicher. Nie, nicht ein einziges Mal, seit Lukas ihre Verliebtheit bemerkt hatte, war er auch nur freiwillig in ihre Nähe gekommen. Und jetzt das. Den Schultag über bewegte sich Jessy wie in einer Blase. Sie bemerkte kaum etwas um sich herum, zu beschäftigt war sie mit der Frage, was diese neue Entwicklung zu bedeuten hatte. Konnte es tatsächlich der Brief gewesen sein? Hatten ihre Worte etwas in ihm berührt? Sie war so in ihrer eigenen Welt gefangen, dass sie die hämischen Blicke seiner Freunde nicht sah und das Gekicher hinter ihrem Rücken schlichtweg überhörte.

In dieser Nacht fand Jessy kaum Schlaf. Sie blätterte stattdessen in ihrem Tagebuch, las die Einträge, die sie über die Jahre hinweg gemacht hatte, von dem Tag an, als Lukas Danko das erste Mal in ihr Leben getreten war, bis zu dem furchtbaren Moment, als sie den Brief verloren hatte. Was nur sollte sie von dieser überraschenden Wendung halten? Zu gern hätte sie jemanden um Rat gefragt, doch Mones Antwort dazu kannte sie bereits, Hanne hatte seit dem Studium andere Probleme, und ihre Mutter lebte in ihrer eigenen Welt, seit ihr Vater auf und davon war.

Irgendwann schlief sie im Schein ihrer Nachttischlampe ein, sodass sie am Morgen, als der Wecker anging, geblendet die Augen zukneifen musste, weil das Licht immer noch auf sie gerichtet war. Jessy stand auf und huschte ins Bad. Heute wollte sie sich besonders zurechtmachen – egal, was dieser Tag bringen würde. Doch als sie ihr Spiegelbild betrachtete, wurde ihr schlagartig bewusst, dass es fast unmöglich für sie war, auch nur annähernd hübsch auszusehen. Mit ihren siebzehn Jahren hatte Jessy immer noch keine Kurven. Ihre Figur war knabenhaft, fast hager, mit winzig kleinen Brüsten. Dazu hatte sie mausbraunes Haar, das stets strähnig aussah, egal, wie oft sie es wusch. Eine hartnäckige Akne und die Zahnspange, die sie erst im kommenden Sommer loswerden würde, machten die Sache nicht besser. Daran änderten auch eine Dusche und ein Abdeckstift nichts. Zudem gab ihr Kleiderschrank kaum Brauchbares her, da Jessy sich bislang am liebsten unter weiten Jungssachen versteckt hatte. Sie besaß etliche Jeans, schlabberige T-Shirts, Converse und Basecaps, jedoch kein einziges Kleid, keinen Rock und schon gar keinen BH. Stattdessen trug sie immer noch Tops, wie sie sie bereits mit vierzehn getragen hatte. Am Ende entschied sie sich für eine etwas engere Jeans und ein Shirt, auf dem Bob Marley abgebildet war. Um nicht allzu unförmig zu wirken, knotete sie den schwarzen Stoff auf Hüfthöhe, so wie sie es bei den anderen Mädchen gesehen hatte.

Da Wochenende war, hatte Mone die Wohnung bereits früh verlassen. Sie half samstags in einem Blumenladen aus, um ihr mageres Azubi-Gehalt aufzubessern. Mama schlief wie immer noch, wobei der Fernseher lief und irgendeine Reality-Dokusoap über den Bildschirm flimmerte. Jessy machte sich Frühstück, räumte auf, stellte ihrer Mutter Toast und eine Kanne Kaffee hin und ging dann einkaufen.

Endlich war es Nachmittag, und sie machte sich mit flatterndem Herzen auf den Weg in den Park. Jessy war viel zu früh und saß zappelig auf einem Brückengeländer, unter ihr floss der Mühlbach, der im Sommer kaum Wasser führte und außerdem wie eine Kloake roch. Auf dem Boden lagen Hinterlassenschaften diverser Vierbeiner, die deren Besitzer – trotz der vielen Hundekottütenspender – geflissentlich übersehen hatten. Kein allzu romantischer Ort, schoss es ihr durch den Kopf, doch Lukas hatte den Vorschlag gemacht, und so blieb sie tapfer dort sitzen. Er kam mit Verspätung, doch lächelte sie so freundlich an, dass sie es ihm nicht mal übelgenommen hätte, wenn er sie Jahre dort hätte warten lassen.

»Kaugummi?«, fragte er und hielt ihr eine Packung Extra hin. Sie fischte eins heraus und steckte es sich in den Mund. Dann ging er los, und Jessy sprang unaufgefordert vom Geländer herunter, um ihm nachzulaufen. Immerhin drehte er sich nach einigen Schritten um und wartete, bis sie zu ihm aufgeschlossen hatte.

Schweigend schlenderten sie nun ein Stück den kleinen gepflasterten Weg durch den Park entlang, und Jessy überlegte krampfhaft, wie sie ihn in ein Gespräch verwickeln konnte.

»Hast du…«, begannen sie zeitgleich und mussten lachen. Lukas drehte sich zu ihr.

»Du zuerst«, sagte er nun und blieb stehen.

»War nicht wichtig, was wolltest du sagen?«, erwiderte sie hastig und sah ihn erwartungsvoll an. Ihr Herz schlug ihr bis zum Hals. Sie wusste nicht, wie man so fühlen konnte für jemanden, den man eigentlich kaum kannte. Er zuckte kurz verlegen mit den Schultern und lächelte wieder, sodass sich Grübchen auf seinen Wangen zeigten. Jessy schmolz dahin.

»Du magst mich also?«, fragte er unvermittelt. Jessy stockte der Atem. Nie hätte sie damit gerechnet, dass er sie so direkt darauf ansprechen würde. Betreten blickte sie zu Boden und wusste nicht, was sie darauf antworten sollte. »Vielleicht ist es dann an der Zeit, dass wir uns besser kennenlernen«, sagte Lukas und begann weiterzulaufen. Jessy jedoch war stehen geblieben, weil ihre Beine sich wie Pudding anfühlten. Als er bemerkte, dass sie ihm nicht nachkam, ging er wieder zu ihr zurück.

»Jessy? Was ist? Findest du die Idee blöd?« Er klang irgendwie verletzt, sodass Jessy schnell den Kopf schüttelte, obwohl in ihr eine leise Stimme flüsterte, dass das hier zu schön war, um wahr zu sein.

»Gut, jetzt, wo das geklärt wäre, können wir ja noch ein Stück gehen, oder warten deine Eltern auf dich?«

Jessy merkte, wie sich bei der Frage kurz ihr Innerstes zusammenzog.

»Mein Vater hat uns verlassen, als ich noch klein war. Ich erinnere mich kaum an ihn. Und meine Mutter leidet seitdem an Depressionen. Mich vermisst zu Hause also niemand.«

Lukas' Blick wurde weicher, Mitleid schimmerte durch das kleine Halblächeln, das er ihr schenkte.

»Davon wusste ich nichts«, sagte er leise.

»Woher solltest du auch.«

Es hatte locker klingen sollen, doch selbst in Jessys Ohren hörte sich ihre Stimme resigniert und traurig an.

»Meine Mutter ist auch abgehauen, ist mit ihrem Lover durchgebrannt«, bekannte Lukas plötzlich. Sie blieben stehen und sahen sich an, beide überrascht, dass etwas sie verband. Danach schlenderten sie noch ein wenig durch den Park und redeten über belangloses Zeug wie Kinofilme, Schulfächer und blöde Lehrer. Jessy begann, sich ein klein wenig in seiner Gegenwart zu entspannen. Sie lachten viel, und die Atmosphäre war gelockert. Zum ersten Mal in ihrem Leben kam sie sich weder fehl am Platz noch tölpelhaft vor. Als er sie am Ende zu ihrem Fahrrad zurückbrachte, konnte sie fast glauben, dass er es ernst mit ihr meinte. Vermutlich willigte sie deshalb ein, als er sie fragte, ob sie am kommenden Wochenende mit ihm zu seiner Abiturfeier gehen wollte. Doch dann wurde sie stutzig.

»Moment, ich dachte, du bist mit Rina zusammen?« Obwohl Jessy sich während des Spaziergangs immer sicherer gefühlt hatte, konnte sie ihm bei der Frage nun nicht ins Gesicht sehen.

»Oh, das ist nichts Festes, wir treffen beide auch andere Leute. Wenn du aber lieber nicht willst …«

Er ließ den Satz unvollendet in der Luft hängen, und Jessy merkte, wie Panik in ihr aufstieg.

Während sie fieberhaft versuchte, ihre Gedanken zu ordnen, starrte sie bemüht auf ihre alten Converse, auf die sie aus Langeweile im Unterricht mit Kugelschreiber kleine Herzchen gemalt und seine Initialen geschrieben hatte. Immer noch auf eine Antwort wartend wandte Lukas sich ab und ging ein paar Schritte weiter. »Du musst dich ja nicht gleich entscheiden«, sagte er über die Schulter hinweg.

Sie wollte ihre Chance nicht vertun und holte eilig zu ihm auf. »Okay, ich bin dabei.«

Wenn er sich über ihre Zusage freute, vermochte er es gut zu verbergen. Seine Miene war neutral, als er ihr eine Einladung in die Hand drückte, auf der die Adresse der Grillhütte stand.

Sie hatten nun Jessys altes Fahrrad erreicht, das sie mit einer rostigen Kette an einen Baum angeschlossen hatte.

»Dann bis nächste Woche«, sagte sie unsicher und versuchte sich an einem schüchternen Lächeln.

»Ja, bis dann.« Er klang seltsam flach und konnte ihr nicht in die Augen sehen, was bei Jessy ein merkwürdiges Gefühl in der Magengegend aufkommen ließ. Sie war schon ein Stück losgeradelt, als er ihr noch einmal nachrief. »Vielleicht sollten wir doch einen anderen Tag ausmachen.«

Sie bremste ab und sah ihn fragend an. Dann dämmerte es ihr. »Wenn es dir peinlich ist, dass deine Freunde uns dann zusammen sehen …«

Er machte erneut ein paar Schritte auf sie zu. Seine Wangen schienen zu brennen, so als hätte sie ihn auf frischer Tat bei irgendetwas ertappt. Allerdings schien Lukas Danko jemand zu sein, der seine Emotionen schnell wieder einfangen konnte. Als er vor ihr stand, war sein

Lächeln so überzeugend wie seine sich anschließenden Worte. »Hätte ich dich gefragt, wenn dem so wäre?«

Sie schüttelte zögerlich den Kopf.

Die Tage bis zur Abiturfeier zogen sich elend lang dahin. In ihrer Aufregung hatte Jessy Mone eingeweiht, die wie erwartet nicht viel von dieser Einladung hielt.

»Jessy, das kommt doch alles viel zu plötzlich, meinst du nicht? An deiner Stelle würde ich da nicht hingehen, im Leben hat er das nicht ernst gemeint.«

Verletzt starrte Jessy ihre Schwester an. »Du kannst einfach nicht glauben, dass ein Typ wie Lukas auch mal ein Mädchen wie mich fragen würde, stimmt's?«

»Jessy.« Mone klang betrübt und resigniert. »Hier geht es doch nicht um dein Aussehen.«

»Doch, natürlich, nur darum. Wenn ich ein bisschen mehr wie du oder Hanne wäre, dann würde sich niemand darüber wundern, dass er mich zur Abifeier eingeladen hat. So aber muss ja gleich irgendwas Gemeines dahinterstecken.«

Wütend stieß Jessy Mones Hand weg, die versucht hatte, ihr eine Strähne hinters Ohr zu schieben.

»Lass mich. Ich bin alt genug und weiß selbst, was ich tue.« Auch wenn Jessy zugeben musste, dass sie die Bedenken ihrer Schwester teilte, hätte sie nun im Leben keinen Rückzieher mehr gemacht. Sie würde dort hingehen und sehen, was der Abend brachte. So schlimm konnte es doch nicht werden, und vielleicht, ja nur vielleicht, mochte er sie wirklich ein kleines bisschen.

Endlich war der Samstag gekommen, und Jessy stand nervös im Badezimmer. Sie hatte sich von ihrem mageren

Taschengeld ein rotes, tief ausgeschnittenes Kleid und einen BH gekauft. Außerdem war sie im Einkaufszentrum in der Parfümerie gewesen, wo sie sich gratis hatte schminken lassen.

»So willst du doch nicht gehen?« Mone klang entsetzt, als Jessy aus dem Bad kam und sie abwartend ansah.

»Warum nicht?«, fragte Jessy angriffslustig.

»Jessy, manchmal ist weniger mehr. Du hast ein hübsches Gesicht, warum kleisterst du es so zu?«

Jessy blickte ihre Schwester verächtlich an. »Ich bin hübsch? Das hörte sich neulich noch ganz anders an.«

Jessy wäre ihrer Schwester gern weiter böse geblieben, doch im Moment hatte sie nicht die Zeit und Energie dazu. Niedergeschlagen ließ sie sich aufs Bett fallen. Mone kam zu ihr und legte ihr die Arme um die schmalen Schultern.

»Jessy, du *bist* hübsch«, sagte sie mit Bestimmtheit und strich ihr liebevoll über die Wange. »Aber so siehst du nicht mehr aus wie du selbst. Das Kleid, das Make-up, das ist zu dick aufgetragen. Ich könnte dir mein schlichtes dunkelblaues Wickelkleid leihen, das können wir bei dir etwas enger binden. Und vielleicht etwas weniger Make-up? Ein bisschen Mascara und Lipgloss reichen doch vollkommen aus.«

Jessy drückte sich aus Mones Umarmung und sprang mit neuer Entschlossenheit auf.

»Weißt du, Mone, vielleicht bist du einfach nur neidisch, weil endlich mal etwas Gutes in *meinem* Leben passiert und nicht bloß in deinem. Und zwar ohne dein Zutun.«

»Das glaubst du?«, fragte Mone verletzt. Jessy nickte wütend. Mone schwieg und ließ sie ziehen. Jessy empfand bei ihrem traurigen Gesicht zum Abschied eine gewisse Genugtuung, was albern war, denn am Ende des Tages sorgte sich Mone nur um sie. Doch für diese Einsicht war sie gerade zu aufgebracht.

Sie eilte hastig die vielen Stufen hinunter und band ihren Drahtesel los. Sie wusste, dass sie einen kuriosen Anblick bot, wie sie in dem schicken Kleid auf dem rostigen alten Fahrrad balancierte, aber für den Bus hatte ihr Geld nicht mehr gereicht. In Gedanken war sie schon bei der Feier. Vielleicht würde es wider Erwarten ein schöner Abend, trotz der ganzen anderen Idioten, die da sein würden und die ihr bereits ihre ganze Schulzeit lang das Leben schwer gemacht hatten.

Schon von Weitem hörte Jessy die Musik und die Stimmen. Sie stellte ihr Rad am Rand der Einfahrt an den Pfahl einer Laterne und kettete es aus Gewohnheit fest, was unnötig war, denn niemand wäre auf die Idee kommen, diesen Haufen Schrott auf zwei Rädern zu stehlen. Sie zog ihr Kleid wieder richtig und fasste an ihren Kopf, um zu fühlen, ob die vorhin kunstvoll hochgesteckten Haare noch saßen. Dann atmete sie noch einmal tief durch und ging in Richtung der Feier.

Die Hütte war zum Bersten voll. Das Licht kleiner bunter Scheinwerfer wurde von der silbrigen Oberfläche einer Discokugel an die ansonsten kahlen Holzwände geworfen. Der DJ, ein Typ mit zum Zopf gebundenen langen Haaren und einer Sonnenbrille, drehte die Musik noch einmal lauter. Sie stand am Rand der Tanzfläche und beobachtete die anderen. Pärchen tanzten sich an, ein paar ältere Jungs headbangten zu einem alten AC/DC-Song, Haare und Schweiß flogen, die Luft war so dick, dass man sie in Scheiben hätte schneiden können. Jessy ließ ihren Blick über die vielen Köpfe gleiten, doch *ihn* sah sie nicht. Ihre Stirn zog sich vor Konzentration in kleine Falten, und sie kniff die Augen zusammen, um durch die flackernden Lichtblitze nicht die Übersicht zu verlieren. Da kam plötzlich Lukas' Freund Micha auf sie zu. Er grinste sie merkwürdig freudlos an, fast gehässig, während er dicht vor ihr zum Stehen kam. Sein Atem roch nach Bier, und er lallte etwas, als er sie nun ansprach. »Suchste dein Date?«

Sie nickte, da die Musik ohnehin zu laut war und ihr Hals zu trocken für eine Antwort.

»Draußen auf der Terrasse«, brüllte Micha gegen den Lärm an und deutete mit seinem Daumen auf die Tür. Jessy ließ ihn wortlos stehen und drängte sich durch die Tanzenden, die sie auf ihrem Weg ins Freie anrempelten und anstießen wie eine Flipperkugel. Endlich war sie im Freien. Sie brauchte einen Moment, um ihn in der Menge auszumachen, doch ihr über Jahre geschulter Blick funktionierte in puncto Lukas Danko wie ein eingebautes Radar. Schnell hatte sie ihn unter den vielen dunklen Anzügen ausgemacht. Auch er trug Schwarz, darunter ein weißes Hemd, das am Kragen zwei Knöpfe offen hatte. Im Gegensatz zu vielen Altersgenossen wirkte Lukas lässig und völlig mit sich im Reinen statt nur verkleidet. Jessys Blick huschte kurz an ihrer auffälligen Erscheinung herunter. Zwar trugen die anderen Mädchen auch Ballkleider, jedoch schien ihre Aufmachung in der Menge der vielen Designermodelle billig und viel zu gewagt. Mone hatte recht gehabt. Jetzt war es allerdings zu spät, um daran noch etwas zu ändern. Sie schluckte nervös. Lukas winkte und kam auf sie zu. Jessy spürte, wie ihre Knie schon wieder weich wurden. Er blieb vor ihr stehen, während kurz so etwas wie Bedauern über seine ebenmäßigen Züge flackerte.

»Hallo, ich dachte eigentlich, du kommst nicht.« Er klang fast vorwurfsvoll. Ein ungutes Prickeln schlich sich ihren Nacken hinauf, wie kleine Ameisen, die dort hochliefen.

»Aber du hast mich doch eingeladen«, platzte es aus Jessy heraus. Es klang wie eine Frage. Panisch suchte sie in seinem Gesicht nach einem Hinweis, dass er sie hier haben wollte. Doch Lukas war nun derjenige, der zu Boden blickte. Obwohl er durch die Geste kleiner wurde, überragte er sie immer noch fast um einen Kopf, seine Schultern waren breit und seine Haare eine Spur länger, als es eigentlich angesagt war. Aber Jessy fand sie perfekt. Sie hätte alles dafür gegeben, hineinzugreifen und ihre Finger hindurchgleiten zu lassen. Rückblickend erinnerte sie sich an jede Kleinigkeit in diesem Augenblick. An den Wind, der leicht vom See herüberwehte, an die Abendsonne, die den Himmel in ein sanftes Orange tauchte, an die Musik – Alex Clare mit »Too Close«, der gerade sang *I don't wanna hurt you, but I need to breathe*. Sie bekam eine Gänsehaut. Die Zeile klang plötzlich wie eine Warnung.

»Jessy, geh! Schnell!«, raunte Lukas ihr da leise, aber drängend zu, doch es war zu spät. Wie aus dem Nichts stand seine Clique um sie herum. Die Musik war verstummt, sodass man Michas Stimme nun umso lauter hören konnte.

»Lukas, das muss der Neid dir lassen, du hast die Wette echt gewonnen, Alter.« Anerkennend klopfte er Lukas auf die Schulter, der es nun vermied, Jessy anzusehen. »Du hast das mit Abstand hässlichste Date überhaupt aufgetrieben und zur Party gebracht. Ich wollte eigentlich die bucklige Putzfrau fragen, aber selbst die hätte wie Heidi Klum ausgesehen neben der da.«

Micha hielt Lukas eine Flasche billigen Prosecco hin, die dieser jedoch nicht anrührte. »Dein Preis, Danko«, sagte er feixend und grinste Jessy hämisch dabei an. Weil Lukas seinen Gewinn nicht annahm, drehte Micha den Schraubverschluss auf und nahm einen tiefen Zug. Dann gab er die Flasche an einen seiner debilen Freunde weiter. Das verhaltene Gelächter der anderen begleitete ihn, während er nun auf Jessy zukam. Sie spürte, wie sich eine Mischung aus Scham und Erkenntnis auf ihrem Gesicht ausbreitete. Die Tränen, die ihr in die Augen schossen, ließen sich nicht mehr aufhalten, sie konnte fühlen, wie sie Spuren in ihrem viel zu dick aufgetragenen Make-up hinterließen.

»Och, musst du jetzt heulen, Vogelscheuche? Hast du echt geglaubt, dass Lukas mit dir ausgehen wollte? *Mit dir?*«, schob er noch einmal abfällig nach, und Jessy sah, dass er schwankte, was darauf schließen ließ, dass der Alkohol vorab in rauen Mengen geflossen war. Die Menge begann zu grölen, während ihr speiübel wurde. Sie wollte nur fort von hier, doch die anderen hatten einen Kreis um sie gebildet, sodass nirgendwo ein Entkommen war.

Jemand drückte Micha eine Rolle Klopapier in die Hand, und Jessy beobachtete schockstarr und mit aufgerissenen Augen, wie dieser auf sie zuging und ihr damit eine Art Schärpe um die Schulter drapierte.

»Wie hat doch der große Harald Schmidt einst gesagt? Ein Gesicht wie eine Kloschüssel, oder so ähnlich? Damit passt diese herrliche Schärpe wie die Faust aufs Auge, oder besser gesagt wie Arsch auf Eimer.«

Wieder grölten die anderen. Jessy zitterte nun unkontrolliert. Sie spürte, wie ihr etwas aus der Nase lief, und Micha starrte sie angeekelt an.

»Boa, nimm deine Schärpe, und mach das weg, das ist widerlich.«

Er bewarf sie mit dem Rest der Klopapierrolle. Als wäre das ein geheimes Startzeichen für die anderen, fingen sie an, leere Plastikbecher und Zigarettenkippen auf Jessy zu werfen. Lukas stand abseits. Sie sah die kleine Bewegung, hoffte, dass er dem gemeinen Spiel der anderen ein Ende setzen würde, doch dann versperrten ihr zwei breite Rücken die Sicht auf ihn. Sein Kopf tauchte irgendwann zwischen den beiden Kerlen auf, und Jessy starrte Hilfe suchend in seine Richtung, während ihre Lippen ein stummes »Bitte« formten. Er sah beschämt aus, doch rührte sich nicht vom Fleck. Niemand unternahm etwas. Er nicht und auch sonst niemand. Nicht, als jemand sie anspuckte, und auch nicht als ein anderer sein Bier über sie goss.

Verzweifelt versuchte sie, sich an irgendeiner Stelle aus dem Kreis der Umstehenden zu drängen, doch egal, wo sie es versuchte, jemand schubste sie zurück in die Mitte, wo ihre Peiniger noch nicht genug von diesem perfiden Spiel hatten. Lukas hatte sie völlig aus den Augen verloren. Die Gaffer im Kreis schubsten und schoben sie, bis sie das Gleichgewicht verlor und vor Micha zu Boden fiel. Er stand vor ihr, wankend wie jemand, der bei hohem Seegang auf einem Schiffsdeck steht. Sein Blick ging durch sie hindurch, plötzlich beugte er sich vor und erbrach sich gleich neben ihr ins Gras. Die anderen lachten oder machten angeekelte Geräusche, während er sich bückte, um sich den Mund an ihrem neuen Kleid abzuwischen.

»Dafür ist der Fetzen doch immerhin gut«, lallte er unter dem Gegröle der anderen.

»Komm, Micha, lass die jetzt«, sagte ein Mädchen, das wohl wenigstens einen Funken Mitleid hatte. Ohne Jessy anzusehen, zog die Unbekannte ihren Peiniger endlich von ihr fort. Mit einem Mal löste sich die Menge auf, so plötzlich, wie sie sich formiert hatte. Die Musik ging wieder an, und die meisten strömten zurück ins Innere der Hütte, um zu tanzen und zu feiern.

Jessy hatten sie zurückgelassen, zitternd und gedemütigt. Lukas war den anderen nicht nach drinnen gefolgt. Wie aus dem Nichts tauchte er neben ihr auf. Sein Blick schwankte zwischen Entsetzen und Mitleid. Er wollte ihr aufhelfen, doch sie stieß seine Hand fort, während sie selbst wacklig auf die Füße kam. Schwer atmend standen sie sich nun gegenüber. Jessy brauchte keine Worte mehr, sein betroffener Blick sprach Bände. Micha hatte die Wahrheit gesagt, Lukas hatte sie hergelockt, damit die anderen ihren Spaß mit ihr haben konnten.

Er rieb sich verzweifelt durchs Haar, schien etwas sagen zu wollen, doch da tauchte Rina neben ihm auf und legte besitzergreifend den Arm um seinen Nacken.

»Vielleicht begreifst du jetzt endlich, dass du Lukas in Ruhe lassen sollst. Als ob er mit jemandem wie dir was anfangen würde. Hast du mal in den Spiegel geschaut? Er spielt in einer komplett anderen Liga, Mädchen. Lass ihn in Ruhe, und hör auf, ihm nachzustellen.« Ihre Stimme schnitt wie ein Messer durch die angespannte Stille, die sich zuvor zwischen ihnen ausgebreitet hatte.

Lukas sah seine Freundin bestürzt an, die jedoch gleichgültig mit den Schultern zuckte. »Was denn, das war doch Sinn und Zweck dieser Aktion, oder? Ihr zu zeigen, wo sie hingehört«, sagte sie honigsüß. Er hatte wenigstens den Anstand zu erröten, während er sich aus Rinas Klammergriff wand. Jessy hatte den Eindruck, dass er endlich etwas sagen würde, doch seine Freundin war noch nicht fertig.

»Das Kleid ist ja ein echter Hingucker. Hast du das beim Discounter um die Ecke geklaut oder gleich aus dem Rotkreuzcontainer geholt?«

Sie lachte aufgesetzt, während sie demonstrativ über den seidig fließenden Stoff ihres Designerkleides strich. »Komm, Schatz, lass uns reingehen, hier stinkt es erbärmlich.« Sie strebte voran, wobei sie sich aufreizend durch ihre rotblonde Lockenmähne fuhr.

Lukas rieb sich mit einer verzweifelten Geste den Nacken, schien hin- und hergerissen, doch als er einen zögerlichen Schritt auf sie zumachte, hob Jessy abwehrend die Hände. Sie hatte genug von diesem Abend. Ihr war übel, und sie hatte ein Klirren in den Ohren, als könnte sie förmlich hören, wie ihr Herz in tausend Stücke brach. Blind und taumelnd drehte sie sich um und stolperte in die Dämmerung, wo irgendwo ihr Fahrrad sein musste. Doch selbst davor hatten sie nicht haltgemacht. Jemand hatte die Räder abmontiert und verbogen. Das nackte Metallgerippe lehnte nutzlos am Laternenpfahl. Hilflos sank sie neben ihrem zerstörten Rad auf den feuchten Boden.

Als irgendwann der Schock nachließ und die Musik und die Stimmen aus der Hütte zu ihr durchdrangen, rappelte sie sich auf und rannte in Richtung der Straße davon. Hauptsache weg von diesen Monstern. Die Sonne war inzwischen untergegangen und der Weg menschenleer. Die Nacht hatte sich abgekühlt, ebenso wie ihre Gefühle – die panische Angst, die bittere Enttäuschung, die rot glühende Scham, die Erkenntnis, dass er sie niemals gemocht hatte. Sie fühlte sich taub, wie abgestorben, fremd in ihrem eigenen Körper. Sie wusste nicht, wie lange sie durch die Dämmerung gelaufen war, wusste auch nicht, wie sie die Haustür aufschloss und durch das Treppenhaus nach oben ging. Am Ende stand sie plötzlich in dem winzigen, unaufgeräumten Badezimmer und hielt die Klingen aus Mones Damenrasierer in der Hand …

HEUTE

Kapitel 1

»Was machst du denn? Du willst doch jetzt nicht schon gehen?« Seine Stimme klang hoch, wie die eines kleinen Mädchens, wenn er wie jetzt empört war. Jessy fragte sich, warum ihr das vorher nicht aufgefallen war.

»Jenny, komm wieder her, ich bin noch nicht fertig mit dir.« Er ließ seine Augenbrauen in einem Versuch, witzig zu sein, hin und her wackeln, was aber nur albern aussah. Sie verdrehte die Augen.

»Jessy, ich heiße Jessy.«

Sie zog die Jeans über ihren nackten Körper und schlüpfte in das Sweatshirt. Ihre Turnschuhe lagen unter dem Bett. Als sie sich danach bückte, fasste er ihr von hinten an die Hüften. Seine Hände waren feucht, sein Griff fest und schmerzhaft. Sie schlug ihm auf die Finger wie eine Mutter einem vorwitzigen Kind, das sich ungefragt am Bonbonglas bedient. Überrascht ließ er sie los, und Jessy sprang vom Bett. Er war nicht ihr Typ, untersetzt, mit schütterem Haar und fahler Haut. Immerhin hatte er nette Augen, blau, mit langen Wimpern. Und er war selbstsicher aufgetreten vorhin in der Kneipe. Hatte ihr ein paar Getränke ausgegeben. Das Gespräch allerdings war schnell ins Stocken geraten. Außer über seine Arbeit bei einer Logistikfirma hatte er nicht wirklich etwas zu erzählen gehabt. Und trotzdem war sie am Ende des Abends mit zu ihm nach Hause gegangen. Jessy fragte sich nicht zum ersten Mal, was mit ihr eigentlich nicht stimmte. Mone, die gern Hobbypsychologin spielte, würde vermutlich sagen, dass sie unbewusst Männer wählte, die nicht ihr Typ waren, weil so nicht die Gefahr bestand, dass Jessy Gefühle investieren musste. Und Mone würde mit dieser Analyse wieder mal ins Schwarze treffen.

»Mach's gut ...« Sie stockte kurz und stellte fest, dass sie nicht besser war als er, denn sein Name war ihr ebenfalls entfallen.

Mit einem Schulterzucken griff sie nach ihrem Handy, dem Portemonnaie und den Zigaretten und ging Richtung Wohnungstür.

»Gibst du mir wenigstens deine Nummer?«, rief er hinter ihr her. Doch Jessy tat, als hätte sie ihn nicht gehört, während sie in den Hausflur trat und hastig die Tür hinter sich ins Schloss warf. Ihre Schritte hallten durch das menschenleere Treppenhaus. Als sie nach draußen trat, umfing sie die Dunkelheit. Sie schaute auf die Uhr im Display ihres Handys. Kurz nach halb drei. Heute war Sonntag. Sie hatte noch ein paar Stunden, bevor sie da sein musste. Ein paar Stunden, in denen sie ohnehin keinen Schlaf mehr finden würde.

Also ging sie Richtung Fluss und ließ sich dort auf eine Bank fallen. Die Nacht war mild, die Mücken tanzten im Licht einer flackernden Straßenlampe. Sie zündete sich eine Zigarette an und scrollte durch ihre Nachrichten.

Jessy, denk dran, du wolltest dich um den Salat kümmern. Hanne, ihre große Schwester.

Kommst du, Jessy? Lass mich nicht allein da, ich dreh sonst durch. Diese Nachricht war von Mone.

Bringst du jemanden mit? Wieder Hanne.

Sie hatte keine Lust zu antworten. Zum einen, weil ihre Familie die Antworten ohnehin schon kannte, zum anderen, weil ihre Schwestern mit einem Blick auf die gesendete Uhrzeit nur unnötige Fragen stellen würden. Wie etwa, wo sie gewesen war und warum sie nicht wie jeder andere Mensch nachts um drei schlafend in ihrem Bett lag. Ihre Zigarette war heruntergebrannt. Sie schüttelte eine neue aus der Packung und zündete sie an der alten an. Dann stand sie auf und schlenderte ein Stück den schmalen Pfad am Fluss entlang. Jessy mochte es, um diese Zeit hier spazieren zu gehen. Selten kam ihr in solchen Nächten jemand entgegen, höchstens mal ein Pärchen auf dem Heimweg von einem schönen Abend oder ein einsamer Hundebesitzer, dessen Vierbeiner sich noch einmal erleichtern musste. Manchmal lagen auch Stadtstreicher auf den Bänken am Flussufer. Ihre schmutzigen Füße schauten unter einem Haufen Zeitungen heraus, während ihre Arme die bereits leere Kornflasche umklammerten. Jessy sah diese Menschen, doch hatte das Gefühl, dass keiner dieser Fremden sie je wirklich wahrnahm. In solchen Nächten suchte sie ihren Schatten auf dem Boden, nur um sicher zu sein, dass sie noch da war.

Als sich die ersten Boten des heranbrechenden Tages über dem Fluss zeigten, trieb die Vernunft sie Richtung nach Hause. Ihr Kopf war angenehm leer und ihre Augen schwer. Vielleicht konnte sie dem neuen Tag doch noch ein paar Stunden Schlaf abtrotzen, bevor sie zu dem obligatorischen Sonntagsessen zu ihrer großen Schwester aufbrechen musste.

Heute begegnete ihr niemand auf dem Heimweg. Die Dämmerung spuckte sie irgendwann in den viel zu hell beleuchteten Hausflur. Der Fahrstuhl war schon lange kaputt, und so nahm sie wie immer die Treppe, vier Stockwerke, bis sie vor ihrer Wohnung stand. Zwei Zimmer, eine Küche, ein Bad ohne Tageslicht und Badewanne, dafür mit Stockflecken und einer nicht funktionierenden Belüftung. Sie sah sich kurz um. Die Möbel waren allesamt Erbstücke ihrer Schwestern. Der viel zu klobige Flurschrank, der blaue Korbstuhl, das Bettsofa mit dem zerschlissenen pinkfarbenen Bezug. Nichts von dem gehörte wirklich ihr. Und nichts passte wirklich zusammen. Auch wenn sie es sich nicht gern eingestand, so war die Wohnung doch ein Spiegel ihres Lebens.

Jessy ging in die Küche und öffnete den Kühlschrank. Es gab eine halb leere Flasche Weißwein, ein Päckchen Margarine, ein Glas mit grünem Pesto, angebrochen, und eine Packung Gouda, der schon weißlichen Belag angesetzt hatte. Mit diesen Zutaten würde sie keinen Salat hinbekommen. Sie musste Mone anrufen, doch noch war es zu früh. Mit diesem Gedanken ging sie in den Flur und ließ sich in den blauen, unbequemen Stuhl sinken, wo sie irgendwann in einen unruhigen Schlaf fiel, in dem die Vergangenheit in all ihrer Düsternis lauerte.

Blut, viel Blut, nachdem sie die Klinge angesetzt hatte. Die Schreie ihrer Schwester, die Tränen ihrer Mutter. Die

Ärzte, die Klinik, die Psychiaterin, die Medikamente. Nervenzusammenbruch, labile Persönlichkeit, Minderwertigkeitskomplexe. Der frühe Verlust des Vaters, die Demütigungen. *Sie müssen das alles zulassen, sonst wird es Sie zerfressen.* Die Stimme der Psychiaterin in der Klinik. Jessy wurde von ihrem eigenen Schrei wach.

Ihr Herz raste, und in ihrem Kopf drehte sich alles. Sie rutschte vom Stuhl herunter zu Boden, wo sie auf den Knien aufkam und sich dann wie ein Kind umschlang, um sich selbst zu beruhigen. Es half. Nach einigen Minuten waren ihre Atmung und ihr Puls wieder normal. Sie stand auf und ging in das kleine Badezimmer. Dort über dem Waschbecken starrte Jessy aus dem Spiegel ihr blasses Gesicht entgegen. Ihre Augen wirkten riesig. Sie ließ das eiskalte Wasser über ihre vernarbten Handgelenke laufen. Danach trocknete sie sich ab und betrachtete wieder ihr Spiegelbild. Schon lange gab es dort nichts zu sehen, woran Jessy etwas hätte aussetzen können. Ihre Haut war durch die Antibabypille glatt und rosig. Dank der Zahnspange waren ihre Zähne genau in der Position, in der sie ebenmäßig und gerade standen. Ihr Haar war mittlerweile blond gesträhnt und umrahmte ein Gesicht, das nach den ganz allgemeinen Regeln von Form und Symmetrie als hübsch galt. Trotzdem fühlte sie sich immer noch genauso unattraktiv und wenig begehrenswert wie mit siebzehn. Jessy seufzte und streifte sich die Sachen ab, in denen noch die Gerüche der vergangenen Nacht hingen: Alkohol, Rauch und billiges Aftershave. Dann schlüpfte sie in die enge Duschkabine, wo sie unter dem heißen Wasserstrahl stand, bis ihre Haut krebsrot war und brannte.

Kapitel 2

Mone schreckte hoch, als das Telefon klingelte. Sie schob seinen Arm weg und lehnte sich zum Nachttisch, auf dem ihr Handy lag. Im Display erkannte sie Jessys Bild.

»Lass mich raten, du hast mal wieder vergessen einzukaufen«, begrüßte sie ihre kleine Schwester am Telefon.

»Hast du was da für einen Salat?«, fragte diese überflüssigerweise, denn Mone war immer auf solche Fälle vorbereitet.

»Ich mach einen Nudelsalat, willst du hier vorbeikommen und mich abholen? Dann kann ich wenigstens etwas trinken«, sagte Mone. In diesem Moment nieste der Mann neben ihr. Am anderen Ende des Telefons war es sehr still geworden.

»Jessy?«, fragte Mone, während sie ihm einen bösen Blick zuwarf. Entschuldigend hob er die Schultern und suchte in seiner Hose, die vor dem Bett lag, nach Taschentüchern.

»Sag mir nicht, dass das mit euch immer noch geht«, zischte Jessy plötzlich mit einer Schärfe, die Mone sonst nur von Hanne kannte.

»Das geht dich nichts an, hörst du«, schoss Mone zurück, doch ihre Stimme zitterte und verriet, dass sie sich ertappt fühlte.

»Du bist alt genug, und ich bin wahrscheinlich die Letzte, die sich über irgendwen ein Urteil erlauben darf. Aber ihr tut auch anderen Menschen weh.«

Mone rollte die Augen. Jessys Worte trafen sie, doch das würde sie keinesfalls zugeben.

»Hol mich nachher einfach ab, okay?«, sagte sie barscher als beabsichtigt, dann drückte sie das Gespräch weg. Sie ließ sich in das noch warme Bett zurückfallen und starrte an die Decke. Auch er hatte sich wieder hingelegt und zog sie zurück in seine Arme, während seine Hand besitzergreifend ihre nackte Brust bedeckte.

»Ich muss gleich gehen«, flüsterte er. »Zum Frühstück muss ich zu Hause sein.«

Sie schluckte. Sie hasste den Gedanken, wieder allein zu sein, aber Jessys Worte hatten sie auch an ihr schlechtes Gewissen erinnert, das sie sonst erfolgreich verdrängte. Sie hatte kein Anrecht auf den Mann, der in ihrem Bett lag. Er gehörte einer anderen Frau – präziser, ihrer großen Schwester.

Sie blickte ihrem Schwager unsicher in die Augen. »Ich weiß nicht, ob wir weitermachen sollten.«

Er schlang spielerisch eine ihrer Locken um die Finger.

»Ich weiß es auch nicht. Aber es fühlt sich zu gut an, um es zu beenden«, befand er nach einer kleinen Ewigkeit und ließ die Locke nun über seine Handfläche gleiten.

»Ich hasse es, ihr jeden Sonntag gegenüberzusitzen und so zu tun, als wären wir eine ganz normale, glückliche Familie.«

Er sah zur Wand und schwieg. Mone drehte sich von ihm fort und seufzte. Allein schon deshalb könnte sie sich nie in Joachim verlieben. Er war ein netter Kerl, aber er hatte kein Rückgrat. Er hatte weder den Mut, seine Familie zu verlassen, noch zu ihr zu stehen. Auch vermutete Mone, dass ihr Schwager noch immer Gefühle für ihre Schwester hegte. Das Wort Trennung war nie gefallen. Und Hanne war ja auch eine tolle Ehefrau und Mutter. Ihr Haus war immer perfekt aufgeräumt und sauber bis in die kleinste Ecke. Morgens hingen sowohl Joachims Anzüge als auch die Sachen der Jungs schon gewaschen und gebügelt zum Anziehen bereit, während in der Küche frisches Obst, Saft, selbst gebackenes Brot und selbst gemachte Marmelade warteten. Allerdings, so hatte ihr Joachim anvertraut, war die Leidenschaft irgendwann auf der Strecke geblieben. Für Hanne drehte sich alles nur noch um die Kinder. Sie hatte damals, bei ihrer ersten Schwangerschaft, ihren Job als Innenarchitektin aufgegeben, um sich mit ganzem Herzen der Mutterschaft zu widmen. Wenn Joachim abends von der Arbeit kam, gab es für ihn nicht mehr viel zu tun. Das Essen stand bereit, das Haus war ordentlich, die Kinder schliefen – und Hanne meist mit ihnen.

Eines Tages, als Mones Mann Robert wieder auf einem Auslandseinsatz war, hatte Joachim sie nach einem Sonntagsessen nach Hause gefahren und sich alles von der Seele geredet.

»Ich habe nicht eine Windel gewechselt in all den Jahren, und nicht, weil ich es nicht wollte. Es war nicht nötig. Hanne wollte immer alles allein hinbekommen und hat meine Hilfe abgelehnt«, hatte er Mone sein Herz ausgeschüttet. So sei er immer weiter an den Rand dieser kleinen, heilen Welt gerutscht und hätte dabei nicht nur seine Gefühle für Hanne verloren, sondern auch jegliche Bindung zu den Jungs.

Mone hatte ihm still zugehört. Seine Worte hatten eine Stelle in ihrem Herzen berührt, an der sie ihre eigene Einsamkeit verschlossen hielt, und so hatte sie sich aus einem Impuls heraus zu ihm hinübergebeugt und ihn geküsst. Damit hatte alles angefangen.

Mones Gedanken wanderten zu ihrem Mann. Robert war Personenschützer bei der Bundeswehr und befand sich im Moment einmal mehr im Ausland. Sein siebter Einsatz, seit sie vor achteinhalb Jahren geheiratet hatten. Dieses Mal war er in Kabul stationiert. Sie skypten ein paar Mal die Woche. Sie konnte in seinen Augen sehen, dass er ausgebrannt war. Sie waren leer und straften seine Worte Lügen, dass es ihm gut gehe und alles in Ordnung sei. Wenn er zwischen den Einsätzen zu Hause ankam, war er fahrig und nervös. Ein Spaziergang mit ihm glich einem Tanz über ein Minenfeld. Seine Augen suchten jeden Zentimeter Weg im Vorhinein ab, seine Hand schnellte zu seiner Hüfte, nahm er eine für ihn nicht einzuordnende Bewegung wahr. Griff sie dort ins Leere, traten Schweißperlen auf seine Stirn. Nachts hatte er Albträume und warf sich unruhig hin und her. Nähe konnte er schon lange nicht mehr zulassen, aber Hilfe lehnte er ab. Über viele Dinge durfte er ohnehin nicht mit ihr reden, weshalb er sich immer mehr abkapselte. Und so breitete sich das Schweigen zwischen ihnen aus. Mone verstand deshalb sehr gut, wie Joachim sich fühlte. Es tat weh, wenn der eigene Partner einen aus seinem Leben ausschloss.

In einer Woche würde Robert heimkehren. Sie wären wieder wie zwei Tiger, die man in einen Käfig gesperrt hatte, bis zu seinem nächsten Einsatz. Wie lange das noch so gehen sollte, wusste Mone nicht. Zwar liebte sie Robert noch, aber das reichte nicht mehr aus. Möglicherweise hätte sie ihn verlassen, wenn Joachim ebenfalls diesen Schritt wagen würde. Sie waren nicht perfekt füreinander, doch es war besser, als allein zu sein. Aber das würde nicht geschehen. Und so nutzten sie die wenigen Wochen, in denen Robert fort war, um sich gegenseitig Trost und etwas Ablenkung zu geben. Mehr war es nicht, obwohl sie sich manchmal wünschte, dass er einen Funken in ihrem Inneren entfachen und zum Leuchten bringen könnte.

Das hatte aber bislang nur Robert geschafft, auch wenn diese Zeiten für immer vorbei zu sein schienen. Sie betrachtete Joachim nun aus dem Augenwinkel. Er lag neben ihr und starrte blind an die Decke. Grundsätzlich war er ein attraktiver Mann, wenn er auch nicht wirklich Mones Typ war. Dazu war er zu weich, seine Gesichtszüge hatten fast etwas Feminines. Er war deutlich kleiner als Robert und auch weniger muskulös. In seinem dunklen Haar zeigten sich erste graue Strähnen, und er hatte in den vergangenen Jahren einen leichten Bauchansatz bekommen. Hanne mit ihrer burschikosen Schönheit passte perfekt zu ihm, schoss es Mone durch den Kopf. Beim Gedanken an ihre Schwester verspürte sie erneut ihr schlechtes Gewissen. Es verursachte ein Flattern in ihrer Magengrube, als würde sich ein lebendiges Wesen darin zu befreien versuchen.

»Geh besser, dann kannst du gleich Brötchen für euer Frühstück holen und die Jungs wecken«, schlug sie vor und drehte sich von ihm fort.

»Ist gut, wir sehen uns ja nachher.«

»Ja, wie an jedem verdammten Sonntag«, sagte sie bitter.

Kapitel 3

Jessy starrte noch einige Sekunden lang auf das Telefon, das nun stumm in ihrer Hand lag. Ihre Schwester hatte einfach aufgelegt. Sie schnaubte kurz und überlegte, ob sie noch einmal anrufen sollte. Doch was hätte das gebracht? Mone und Joachim waren erwachsen, und auf sie, die kleine Schwester, würde ohnehin niemand hören. Sie stand auf und fing an, in einem Wäscheberg nach noch halbwegs passabler Kleidung zu wühlen. Ihre Gedanken wanderten dabei zu Hanne. Dort würden sich gleich alle gegenübersitzen. In ihrem wunderschönen Garten, der ihr wunderschönes altes Bauernhaus mitten in der grünen Vorstadtidylle umgab. Jessy fühlte sich stets eingeschüchtert von der Perfektion dort. Hannes Welt war so fern von ihrer, als würden sie einer anderen Spezies angehören. Bei Jessy gab es nur ihr stets unaufgeräumtes kleines Apartment. Ihr Kühlschrank hatte an den meisten Tagen nicht mehr zu bieten als heute, und ihre Lust, sich die eigene Unvollkommenheit im strahlenden Schein der Makellosigkeit ihrer Schwester vor Augen führen zu lassen, tendierte wie immer in letzter Zeit gen null.

Allerdings war das sonntägliche Essen eine Tradition, ein Fixpunkt in der wöchentlichen Routine und eigentlich alles, was sie als Familie noch verband. Da ihre Mutter durch die Depressionen und die Alkoholabhängigkeit kaum noch am Leben teilnahm, war es Hanne wichtig gewesen, den Schwestern Halt und Wärme zu geben, als sie – mit schlechtem Gewissen – damals für ihr Studium auszog. Die ersten Familienessen hatten in ihrer Ein-Zimmer-Studentenbude stattgefunden. Sie saßen auf alten Stühlen, die Hanne vom Flohmarkt hatte, und benutzten das wild zusammengewürfelte Geschirr. Trotzdem hatten Jessy und Mone die Sonntage geliebt. Sie redeten und aßen und hatten für ein paar Stunden das Gefühl, eine Einheit zu sein. Selbst ihre Mutter hatte sich für die Sonntage aufgerafft, geduscht und sich mit dem Trinken zurückgehalten. Auch wenn sie meist still und gedanklich scheinbar abwesend dabeisaß.

Später, nach Hannes Heirat, verlagerten sie die Treffen. Sie und Joachim hatten einen alten Bauernhof in einem kleinen Dorf in der Provinz gekauft, etwa eine halbe Stunde mit dem Auto entfernt. Die Welt hier war so anders als Jessy sie aus der grauen, von Beton und Stein dominierten Großstadt kannte. Endlose Felder schmiegten sich in die hügelige Landschaft, im Sommer summten die Bienen, und die Vögel sangen, es roch nach Klee, Heu und Erde. In dem kleinen Dorf kannte jeder jeden, und noch bevor Hanne und Joachim den Schlüssel zu ihrer neuen Immobilie in den Händen hielten, hatten sie schon diverse Einladungen zu den Nachbarn oder zum jährlichen Weinfest bekommen. Die beiden hatten das Haus aufwendig renoviert und mit allen Annehmlichkeiten ausgestattet. Bei schönem Wetter fanden die sonntäglichen

Treffen draußen an einer langen Tafel statt, die Hanne im Innenhof des U-förmig angeordneten Gehöfts aufbaute. Bei Regen saßen sie im Wintergarten, der den Blick auf den angrenzenden Wald freigab, von wo aus man sogar manchmal Rehe und Hasen beobachten konnte.

Aber dann war Mones Ehe in Schieflage geraten, und auch bei Hanne und Joachim schien es nicht gut zu laufen, sodass den wöchentlichen Familientreffen plötzlich etwas Gezwungenes, Aufgesetztes anhaftete. Und dann hatte Jessy vor ein paar Wochen Mone und Joachim quasi in flagranti erwischt. Sie hatte jemanden zum Reden gebraucht und war zu Mone gefahren, von deren Apartment sie einen Schlüssel besaß. Weil Jessy wusste, dass ihr Schwager Robert auf Auslandseinsatz war, nahm sie an, dass auch Mone nichts gegen etwas Gesellschaft haben würde, und so hatte sie sich, beladen mit Schokolade und Rotwein, selbst hineingelassen. Sie sah heute noch die entsetzten Gesichter von Mone und Joachim, die ineinander verschlungen auf dem Sofa gelegen hatten. Jessy hatte Mones panische Rufe ignoriert und fluchtartig die Wohnung verlassen. Am nächsten Tag war ihre Schwester zu ihr gekommen und hatte gestanden, dass sie seit Längerem ein Verhältnis hatten. Jessy war zunächst wütend gewesen und hatte Mone für ein paar Tage gemieden, doch außer ihrer mittleren Schwester hatte sie niemanden auf der Welt, der ihr nahestand. Ihre Mutter wurde immer absonderlicher, und zu Hanne hatte sie nie eine so enge Bindung gehabt. Sie war mehr Mutterersatz als Schwester oder Freundin, und seit ihre Neffen auf der Welt waren, drehte sich bei Hanne ohnehin alles um die Kinder. Deshalb hatte sie sich mit Mone versöhnt, obwohl sie die Affäre immer noch missbilligte und inständig hoffte, die beiden würden zur Vernunft kommen und es beenden. Die Sonntage blieben von diesen Spannungen natürlich nicht verschont, trotzdem brachte es niemand übers Herz, mit dieser Tradition zu brechen.

Jessy blickte auf die Uhr. Vor lauter Grübelei hatte sie die Zeit vergessen. Sie musste Mone mit dem Salat abholen, von dem ohnehin jeder wusste, dass sie ihn nicht zubereitet hatte. Sie zog einen Sweater und eine Jeans aus dem Wäschehaufen, sie hatte beides nur zwei Mal auf der Arbeit angehabt, einmal Tragen würde noch gehen. Sie schnappte sich ihre Tasche, zog die Wohnungstür hinter sich zu, rannte die Stufen hinab und stürmte ins Freie. Nur nicht wieder zu spät kommen, dachte sie, während sie in ihrer Tasche nach dem Schlüssel kramte. Im Wagen blickte sie auf die Uhr. Gut, sie hatte noch Zeit. Doch als ihr alter Renault mit einem Schnaufen zum Leben erwachte, stellte sie genervt fest, dass die Tankanzeige bereits auf Reserve stand. Das rote Warnlicht leuchtete, und ihr fiel ein, dass das auch gestern schon der Fall gewesen war. Mit dem Rest Treibstoff würde sie nicht sehr weit kommen. Langsam ließ sie ihre Stirn auf das abgegriffene Lederlenkrad sinken. Wieder einmal würden alle darin bestätigt, dass Jessy selbst mit Ende zwanzig ihr Leben nicht im Griff hatte. Nicht einmal pünktlich konnte sie sein. Und dummerweise lieferte sie diesen Vorurteilen immer wieder aufs Neue Nahrung.

Jessy fuhr fluchend mit rot leuchtender Warnanzeige los und musste zunächst die andere Richtung ansteuern, um zu einer Tankstelle zu gelangen. Als sie die nächstgelegene erreichte, schlug sie erleichtert das Lenkrad ein und ließ ihr klappriges Gefährt auf dem Hof vor der Zapfsäule ausrollen. In Gedanken schon bei dem gezwungenen Beisammensein, welches ihr bevorstand, griff sie nach der Zapfpistole. Mechanisch hob sie den Kopf, um auf der Anzeige die Literzahl zu kontrollieren, doch dann fiel ihr Blick auf *ihn*. Er stand auf der anderen Seite der Zapfsäule vor einem schwarzen Audi und hatte gerade den Tankdeckel zugedreht.

Der Schock hätte nicht größer sein können, wenn der Teufel persönlich vor ihr aufgetaucht wäre. Ihr Körper reagierte sofort: Herzrasen, weiche Knie und ein Gefühl, als würde jemand einen Eisenring um ihre Eingeweide spannen. Sie keuchte und versuchte, ihren zitternden Händen Einhalt zu gebieten. Sie konnte spüren, wie ihr das Blut aus dem Gesicht wich, sogar ihre Lippen fühlten sich blass und leer an.

Jessy hatte ihn seit zehn Jahren nicht mehr gesehen. Seit dieser Nacht. Sie starrte ihn immer noch fassungslos an. Er sah, falls das überhaupt möglich war, noch besser aus als damals, stellte sie verdrossen fest. Sie hatte insgeheim gehofft, er wäre mittlerweile übergewichtig und kahlköpfig. Stattdessen waren seine weizenblonden Haare dicht und modisch kurz geschnitten. Um seine beeindruckend blauen Augen herum wurden langsam ein paar Fältchen sichtbar, was ihn reif, jedoch nicht alt aussehen ließ. Sie wusste, dass er damals nach dem Abitur ins Ausland gegangen und dortgeblieben war. Sie war deshalb nicht darauf vorbereitet, ihn zu sehen, leibhaftig, nah, real.

»Hey, Mädchen, da läuft ja alles daneben.«

Erst, als sie die fremde Stimme eines hinter ihr wartenden Autofahrers vernahm, bemerkte sie, dass ihr das Benzin über die Hände floss. In diesem Moment sah er sie auch. Seine Augen waren von der Pfütze Treibstoff unter ihr hochgewandert und hingen nun an ihrem Gesicht. Es dauerte einen Moment, seine Stirn zog sich überlegend in winzige Furchen; dann sah sie die Erkenntnis wie eine Kerze aufflackern. Auch er schien nun erschrocken. Seine Pupillen weiteten sich einen Augenblick, sein Atem schien kurz zu stocken. Doch dann hatte er seine Fassung wiedergefunden.

»Mensch, bist du das, Jessy?«, rief er, eine Spur zu heiter.

Sie konnte nichts sagen, ihre Stimmbänder waren wie gelähmt. Sie starrte ihn nur an, immer noch in der Pfütze Benzin stehend, immer noch die blöde Zapfpistole in der Hand. Er räusperte sich.

»Wie geht es dir? Wir haben uns lange nicht gesehen. Ich hätte dich fast nicht wiedererkannt.«

Er beäugte sie, unsicher, abwartend. Jessy rührte sich nicht. Plötzlich kam jemand von hinten und nahm ihr den Schlauch aus der Hand.

»So, Mädchen, falls du das hier noch nie gemacht hast. Das Ding steckt man wieder in die Halterung, dann geht man in dieses Gebäude und muss dann noch bezahlen, kapiert?«

Dem Mann hinter ihr war wohl der Geduldsfaden gerissen.

Dieses eine Mal war sie allerdings froh über die Ungeduld ihrer Mitmenschen, immerhin hatte dieser Fremde sie so aus ihrer Schockstarre befreit. Sie fühlte sich zwar immer noch wie in einem schlechten Traum gefangen, schaffte es aber wenigstens, sich zum Auto zu drehen, mit zittrigen Fingern die Geldbörse aus ihrer Handtasche zu fischen und ihren unwilligen Körper in Bewegung zu setzen. Da er sich noch nicht vom Fleck gerührt hatte, würde sie allerdings an ihm vorbeigehen müssen. Wieder begann ihr Herz zu rasen, und Adrenalin peitschte durch ihre Adern. *Du kannst das*, sprach sie sich in Gedanken Mut zu. Mit festem Blick auf die automatische Eingangstür der Tankstelle legte sie die wenigen Meter zurück, die ihr wie eine Marathonstrecke vorkamen. Dabei war sie mühsam darauf bedacht, ihn nicht noch einmal anzusehen. Als sie endlich das Innere erreicht hatte, merkte sie, dass sie die ganze Zeit über die Luft angehalten hatte, die sie nun mit einem kleinen Keuchen ausstieß. Sie bezahlte, wobei ihre Hände immer noch flatterten wie nervöse Vögel. Zum Glück hatte sie genug Bargeld dabei, ihre Geheimnummer in das kleine Display einzugeben wäre ihr in diesem Moment nicht möglich gewesen.

Das leise Rauschen der sich öffnenden Schiebetür kündigte einen weiteren Kunden an. Sie brauchte sich nicht einmal umzudrehen, um ihn hinter sich zu spüren. Seine Präsenz füllte immer noch den Raum, jedenfalls für sie. Selbst sein Geruch war ihr noch vertraut. Mit stur geradeaus gerichtetem Blick wollte sie an ihm vorbeimarschieren, als er sanft nach ihrem Ellbogen griff.

»Warte, Jessy, wir haben uns ewig nicht gesehen. Ich …« Unsicher brach er ab. Jessy starrte nun auf seine Hand, die immer noch ihren Arm umschlag, wie auf ein giftiges Insekt. Als er ihren Blick bemerkte, ließ er sie sofort los und trat einen Schritt zurück.

»Entschuldige, ich wollte dir nicht zu nahe treten. Ich wollte einfach wissen, wie es dir so ergangen ist in den letzten Jahren.«

Jessy schwieg, sie hätte ohnehin keinen Laut herausgebracht. Statt zu antworten, stürmte sie zum Ausgang, wobei sie ihn mit der Schulter kurz rammte, was ihn aus dem Gleichgewicht brachte. Kurz nahm sie den überraschten Ausdruck auf seinem Gesicht wahr, doch sie blieb nicht stehen. Sie erreichte ihren alten Renault, knallte die Tür hinter sich zu, drückte den Knopf herunter, fingerte fieberhaft nach dem Schlüsselbund, der in ihrer Hosentasche steckte, und schaffte es endlich, nach mehreren erfolglosen Versuchen, das Zündschloss zu treffen. Der Motor heulte auf, und der Wagen machte einen Sprung vorwärts, so krampfhaft drückte ihr Fuß auf das Gaspedal. Als sie vom Gelände der Tankstelle fuhr, sah sie ihn noch einmal im Rückspiegel, wie er etwas verloren vor der Tür des Kassenraums stand und ihr nachdenklich hinterherblickte.

Kapitel 4

»Jessy, hast du mal auf die Uhr geschaut?« Mone wartete bereits mit finsterer Miene im Hausflur, unter dem Arm eine pinke Tupperdose, in der sich vermutlich der Salat befand.

»Ich habe wirklich keine Lust, mir gleich wieder vorhalten zu lassen, dass wir mit unserer Unpünktlichkeit den Tag vermasselt haben. Warum schaffst du es nicht ein Mal, frühzeitig loszukommen, so langsam müsstest doch auch du erwachsen werden. Ich …« Sie stockte. »Was ist denn mit dir los, du siehst aus, als hättest du ein Gespenst gesehen?«

Jessy starrte an ihr vorbei. »*Er* ist zurück, ich hab ihn eben getroffen.«

Mone brauchte einen Moment, bis Jessys Worte einen Sinn für sie ergaben, doch dann dämmerte ihr, wen ihre Schwester meinte.

»Komm her«, sagte sie leise. Weil sie immer noch die Salatschüssel in den Händen hielt, lehnte Jessy sich nur leicht an ihre Schulter, doch Mone spürte trotzdem, wie sehr sie zitterte. *Mistkerl*, schoss es ihr durch den Kopf. Damals, nach dem schrecklichen Zwischenfall, war Mone aufgebracht und erschüttert zu Lukas Dankos Haus gefahren und hatte im wahrsten Sinne Sturm geklingelt. Lukas war an der Tür erschienen, blass und mit unsicherem Blick. Er kannte Mone, die zwei Jahre vor ihm ihr Abitur gemacht hatte, und wusste natürlich, dass sie Jessys Schwester war.

»Du mieses Schwein, sie hat heute Nacht versucht, sich umzubringen wegen dem, was du und deine Freunde ihr angetan habt. Bist du jetzt zufrieden?«

Sie hatte ihn geschubst, zweimal, dreimal, bis sie ihn in den Hausflur zurückgedrängt hatte. Seine Augen waren weit aufgerissen und blickten sie verständnislos an. »Was?«, hatte er tonlos gefragt, nachdem sie von ihm abließ.

»Du hast richtig gehört. Sie hat versucht, sich die Pulsadern aufzuschneiden. Ich würde dich am liebsten anzeigen, aber Jessy hat mich angefleht, niemandem den Grund zu sagen, warum sie es tun wollte. Ich habe es ihr versprechen müssen. Dafür wirst du mir jetzt versprechen, ihr nie wieder zu nahe zu kommen. Nie wieder!«

Die letzten Worte hatte sie geschrien, während er betreten zu Boden geschaut und immer wieder gestammelt hatte, wie leid ihm alles täte. Er hatte es trotzdem gewagt, am nächsten Tag vor dem Krankenhaus aufzutauchen, doch Mone konnte mit Worten umgehen wie mit einer Waffe. Am Ende war er mit eingezogenem Schwanz abgehauen. Sie hatte später gehört, dass er für ein Auslandsjahr nach Amerika gegangen und wohl dortgeblieben war. Zum Glück, denn es hatte Jessy Jahre gekostet, psychisch wieder auf die Füße zu kommen – zumindest halbwegs.

Mone stellte die Salatschüssel auf den Treppenabsatz, nahm Jessy bei der Hand und führte ihre völlig verstörte kleine Schwester dann langsam die Stufen zu ihrer Wohnung hoch. Drinnen schob sie Jessy sanft ins Wohnzimmer. Diese ließ sich widerstandslos von Mone zum Sofa dirigieren, wo sie mit einem tiefen Seufzer in die dicken Kissen sank. Mone tippte schnell eine Entschuldigung ins Handy und kündigte die Verspätung an, um Jessy im Anschluss ein Glas Cola aus der Küche zu holen.

»Hast du nichts Stärkeres?«, fragte diese halb scherzhaft. Mone rollte die Augen und drückte Jessy das Glas in die Hand. Die Cola schwappte fast über, so zittrig war ihr Griff. Vermutlich hätte sie eher einen Schnaps gebraucht, doch Mone hatte wegen Robert keine harten Sachen mehr im Haus. Zu groß war die Angst, dass er versuchen könnte, seine Dämonen im Alkohol zu ertränken, wie ihre Mutter es tat.

»Willst du darüber reden?«, fragte Mone und setzte sich dicht zu ihrer Schwester aufs Sofa. Jessy starrte finster in ihr Getränk. Mone wusste, dass Jessy, wenn überhaupt, mit ihr darüber reden würde. Sie war die Einzige, die Jessys Geschichte kannte. Die beiden Schwestern hatten sich als die Jüngeren damals ein Zimmer geteilt. Hanne hatte ein eigenes Zimmer gehabt, denn schließlich war sie die Große, die Zeit zum Lernen und ihre Privatsphäre brauchte. Das hätten Mone und Jessy vielleicht auch gebraucht, aber die Wohnung, in die sie damals nach dem Verschwinden ihres Vaters gezogen waren, war so winzig, dass ihre Mutter im Wohnzimmer auf der Ausziehcouch schlief. Hanne bewohnte das kleinere Zimmer, dafür für sich allein. Jessy und Mone teilten sich das größere, wodurch sie sich immer etwas nähergestanden hatten.

Mone war es auch, die Jessy damals im Badezimmer gefunden hatte. Sofort hatte sie ihr Tücher auf die Handgelenke gepresst und den Notdienst gerufen, während ihre Mutter mit glasigen Augen danebenstand. Hanne war zu diesem Zeitpunkt schon ausgezogen und hatte erst am nächsten Morgen von Jessys Selbstmordversuch erfahren. Die wahren Gründe kannte sie bis heute nicht. Mone jedoch wusste, dass der Vorfall trotz all der Therapien für Jessy noch immer wie eine schlecht verheilte Wunde war, die bei der kleinsten unbedachten Bewegung aufreißen konnte. So wie jetzt. Jessys nach außen hin so selbstsichere Fassade war eben nicht mehr als das.

»Ich glaube, wir sollten fahren«, sagte Jessy unerwartet und riss Mone damit aus ihren Gedanken.

»Jessy, vielleicht solltest du noch mal mit jemandem sprechen, der so was professionell macht. Da ist noch lange nicht alles aufgearbeitet.«

Ihre kleine Schwester zuckte nur mit den Schultern. »Vielleicht.«

Mone sah sie böse an. »Es ist selbst für einen Laien ziemlich klar, dass du die Sache nicht verwunden hast, wenn dich ein Treffen mit ihm nach all den Jahren so aus der Bahn wirft.«

Jessy rückte ein Stück von ihr weg. »Ich hatte die Sache eigentlich so gut wie vergessen. Es hat mich nur überrascht, ihm jetzt nach so langer Zeit gegenüberzustehen.«

Mone seufzte, während sie den Arm ausstreckte, um Jessy liebevoll über den Rücken zu streichen. »Ach Süße, du warst schon immer stur, schon als kleines Mädchen. Ich mach mir doch nur Sorgen.«

Jessy setzte ein tapferes Lächeln auf. »Ist schon okay. Mir geht's gut. Lass uns aufbrechen, bevor das Essen kalt wird. Das wollen wir Hanne schließlich nicht antun«, sagte sie betont heiter und sprang vom Sofa auf. Flucht, das war das Wort, das Mone durch den Kopf schoss. Ihre kleine Schwester war seit damals auf der Flucht. Vor der Erinnerung, vor den Konsequenzen und vor sich selbst.

Eine Sorgenfalte hatte sich auf Mones sonst so glatter Stirn gebildet, als sie nun hinter Jessy her zu deren altem Wagen ging. Im Auto schwiegen sie beide. Schuldbewusst registrierte Mone ihre Erleichterung darüber, dass die Begegnung mit Jessys Vergangenheit sie selbst vor weiteren Fragen zu Joachim und ihrer Affäre bewahrt hatte. Es war schon schlimm genug, ihn gleich an der Seite seiner Frau sehen zu müssen. So zu tun, als sei da nichts. Zu ignorieren, dass sie vor wenigen Stunden in seinen Armen gelegen hatte. Während im Radio ein belangloses Lied in das nächste überging, starrten die Schwestern wortlos auf die Straße, die sich vor ihnen in die grüner werdende Umgebung schlängelte.

Kapitel 5

Hanne schrak aus ihren Gedanken auf, als ihr Handy eine neue Nachricht ankündigte. Während sie Mones Namen las, spürte sie das mittlerweile vertraute Flattern in der Magengegend. Sie ahnte schon länger, dass irgendetwas zwischen ihrer Schwester und Joachim lief. Die beiden verhielten sich merkwürdig, wenn sie zusammentrafen. Sie gingen sich betont aus dem Weg, doch in unbeobachteten Augenblicken sahen sie sich umso tiefer in die Augen. Hanne hatte jedoch keine handfesten Beweise. Nur ihr komisches Bauchgefühl. Solange es dabei blieb, war es einfacher, sich auf andere Dinge zu konzentrieren und ihren Bauch zu ignorieren.

Sie brauchte derzeit ohnehin all ihre Kraft, um irgendwie weiterzumachen. Morgen hatte sie erneut einen Termin beim Neurologen. Die Praxis hatte am Freitagabend noch spät bei ihr angerufen und sie gebeten, gleich Montagfrüh vorbeizukommen. Die Ergebnisse seien da und hätten die Diagnose des anderen Arztes bestätigt. Dr. Feller wolle nun mit ihr die weitere Vorgehensweise besprechen. Hanne hatte wie betäubt aufgelegt. Sie wartete auf den Augenblick, in dem sie aus diesem Albtraum aufwachen und erleichtert ihrem Alltag nachgehen konnte, doch dieser Augenblick kam nicht. Besser nicht weiter darüber nachdenken, vielleicht hatte sich auch dieser Arzt getäuscht. Vielleicht gab es für all das eine ganz andere, harmlose Erklärung. Hanne war schon immer eine Meisterin im Verdrängen gewesen. Damals, als ihr Vater von einem Tag auf den anderen verschwand, und dann, als ihre Mutter vor lauter Trauer zu Tabletten und Alkohol griff. So auch jetzt, wo ihr ihre Ehe entglitt und Joachim sich ausgerechnet bei ihrer Schwester Trost zu suchen schien. Und so hatte sie die eindeutigen Anzeichen ihres Körpers ignoriert, der ihr schon eine ganze Zeit lang gezeigt hatte, dass etwas ganz und gar nicht in Ordnung war. Nur der Kinder wegen war sie irgendwann, als die Sache mit ihrem Bein immer schlimmer wurde, doch zu einem Arzt gegangen.

Stopp, Hanne, beschwor sie sich und griff entschlossen nach ihrem Handy, um die Nachricht von eben zu lesen.

Wir verspäten uns, fangt ruhig schon mit dem Essen an. Mone.

Hanne ging zur Haustür, wobei ihr Bein bei jedem Schritt merkwürdig nachgab, wie bei einer Marionette, bei der ein Faden gerissen war. Es wollte ihr einfach nicht mehr gehorchen. Joachim stand in der Sonne und hatte den Grill angeheizt. Er sah gut aus, schon leicht gebräunt, sodass die silbrigen Strähnen, die sein einst kastanienbraunes Haar durchzogen, noch besser zur Geltung kamen. Einen Moment lang spürte sie die alte Liebe zu ihm in ihrer Brust, doch dann schossen Wut und Enttäuschung ihre Kehle hoch wie Magensäure. *Nicht nachdenken*, ermahnte sie sich erneut, doch selbst ihre schier unendliche

Selbstbeherrschung schien Grenzen zu haben. Irgendwann würde ein letzter Tropfen das prallvolle Becken in ihrem Inneren zum Überlaufen bringen und all ihre Dämme brechen lassen. Hanne wünschte sich inständig, dass dann niemand in ihrer Nähe wäre. Sie holte tief Luft und tat, was sie immer tat – weitermachen. Ihr Zorn brauchte trotzdem ein Ventil. Ihr Blick fiel auf die Flasche in seiner Hand.

»Musst du schon mittags Bier trinken? Das ist kein gutes Beispiel für die Kinder. Zudem reicht ein Alkoholiker in der Familie.« Sie wusste, dass der letzte Zusatz völlig übertrieben war. Joachim trank wenig und meist nur in Gesellschaft. Trotzdem wollte sie ihn verletzen und hatte es auch geschafft, wie sie am Ausdruck in seinem Gesicht erkennen konnte. Er starrte sie getroffen an, rang mit sich, ob er auf diese Gemeinheit etwas erwidern sollte, zog es aber wie immer vor, den Mund zu halten. Scheinbar ungerührt zuckte er mit den Schultern und kehrte Hanne den Rücken zu. Wütend marschierte sie an ihm vorbei, was durch ihr blödes Bein ewig zu dauern schien. Sie stellte die Teller, die sie aus der Küche mitgebracht hatte, auf dem ausgezogenen Gartentisch ab, an dem ihre Mutter Helga schon saß und teilnahmslos das Geschehen verfolgte. Ihre Spitze gerade schien wie immer an ihr abgeperlt zu sein.

»Mama, noch Wein?«, fragte Hanne gereizt, doch ihre Mutter ignorierte den Unterton in der Stimme ihrer Tochter und schob ihr nur das leere Glas hin, sodass Hanne gezwungen war, es als gute Gastgeberin wieder aufzufüllen. Wie immer verwässerte sie die Mischung, so konnte sie den Konsum ihrer Mutter wenigstens ein bisschen abmildern, denn getrunken hätte sie so oder so.

»Du kannst dir mit dem Fleisch Zeit lassen, die beiden verspäten sich. Mone hat eben geschrieben«, sagte Hanne über die Schulter zu Joachim, wobei sie den Namen ihrer Schwester überbetonte. Joachim nickte kurz und drehte den Gasgrill ein paar Stufen hinunter.

Kapitel 6

Als Jessy und Mone ankamen, blieb merkwürdigerweise das Donnerwetter aus. Hanne stand in der Küche und holte gerade ein Blech mit Folienkartoffeln aus dem Ofen.

»Zum Glück hast du noch geschrieben, Mone, Joachim wollte heute grillen. Er hat den Braten nun auf Niedrigtemperatur gegart, sodass er trotz eurer Verspätung gerade erst fertig geworden ist und nun perfekt sein müsste.«

Sie drückte sich mit der Hüfte von der Arbeitsplatte ab, an der sie gelehnt hatte, und humpelte zum Backofen hinüber. »Warst du immer noch nicht beim Arzt?«, fragte Mone.

»Doch, alles okay«, sagte Hanne unwirsch und balancierte das Blech mit den Kartoffeln zum Tisch hinüber, um diese dort in eine Porzellanschale zu legen.

»Seh ich, darum humpelst du auch immer noch«, meinte Mone sarkastisch und steckte ihren Finger in die Schüssel mit dem Quark-Dip.

»Finger weg, bestimmt hast du sie nicht einmal vorher gewaschen«, tadelte Hanne streng.

»Ist gut, Mutti, aber du weichst aus«, stellte Mone hartnäckig fest. Hanne blieb kurz mit dem Rücken zu ihnen gewandt stehen. Jessy hätte schwören können, dass sie einmal tief einatmete, bevor sie sich herumdrehte. Doch ihr Lächeln war wie immer strahlend und sorglos, vielleicht hatte sie sich also getäuscht.

»Die Blutwerte waren gut, ich soll demnächst zum Orthopäden, der wird schauen, ob mit meinen Bandscheiben alles okay ist. Na ja, auch ich werde ja nicht jünger.«

Hanne lachte und legte die letzte Kartoffel in die Schüssel. Dann humpelte sie ins Freie.

»Dieses Humpeln ist schon komisch. Das geht jetzt seit Monaten so. Zuerst dieser Unsinn mit der Borreliose, jetzt sollen es die Bandscheiben sein«, raunte Mone Jessy zu.

»Und was denkst du, hm?«, fragte Jessy ebenfalls im Flüsterton.

»Weiß nicht, vielleicht ist es psychisch.«

Jessy starrte ihrer großen Schwester durch das Küchenfenster hindurch nach. Das Lächeln war wie weggewischt, ihr Blick war finster auf die Kartoffeln geheftet, die sie noch einmal mit der Servierzange akkurat in der Schüssel arrangierte, bevor sie die Beilage auf den Tisch stellte. Vielleicht wusste Hanne ja doch etwas von der Sache mit Mone und Joachim. Und vielleicht lähmte es sie im wahrsten Sinne des Wortes. Denn, so wie sie ihre älteste Schwester einschätzte, würde diese einen Teufel tun und ihren Mann zum selbigen schicken. Eher würde sie seine Untreue ertragen, nur damit der schöne Schein aufrechterhalten blieb, nur, damit die Jungs nicht dasselbe durchleiden mussten wie sie damals, nämlich ohne Vater aufzuwachsen.

»Genug der Küchentischpsychologie, ich hab Hunger«, sagte Jessy, griff nach der Schüssel mit dem Dip und folgte Hanne hinaus ins Freie. Wie erwartet war die lange, massive Holztafel im Innenhof gedeckt. Im Beet daneben blühte der Lavendel und verströmte einen sommerlichen Duft. Die Jungs saßen mit farblich aufeinander abgestimmten Buddelanzügen in ihrem Piratenschiffsandkasten, Benno, der schokoladenbraune Labrador, döste davor in der Sonne. Joachim stand an seinem monströsen Gasgrill, eine Flasche Bier in der Hand. Eine teure Fliegersonnenbrille verdeckte seine Augen, was auch gut war, da Mone gleich neben Jessy im Türrahmen auftauchte. Sein Lächeln war auf eine bemüht neutrale Art freundlich.

»Auch schon da?«, sagte er und prostete ihnen mit der Bierflasche zu. Jessy sah von ihrem Schwager zu ihrer ältesten Schwester hinüber. Hannes böser Blick bestätigte ihr, dass es im Vorfeld bereits Diskussionen darüber gegeben hatte, ob Joachim am frühen Mittag und dazu noch vor den Jungs Alkohol konsumieren musste. Wie es schien, musste er, denn nun schob er sich die Brille ins Haar und trank mit einem fast trotzigen Ausdruck in den Augen einen großen Schluck, den er mit einem übertrieben genießerischen Geräusch beendete. Hanne ging wie immer damit um. Mit einem nonchalanten Lächeln und einer über die Jahre hinweg kultivierten Gleichgültigkeit.

Jessy fragte sich wie so oft, ob Männer und Frauen überhaupt jemals miteinander glücklich sein konnten. Sie wusste es nicht, wie sie sich betrübt eingestehen musste. Ihr Blick wanderte zu ihrer Mutter hinüber, die im Schatten eines Apfelbaums saß, dessen Zweige in den Hof wuchsen. Wie immer umklammerten ihre Hände ein

Weinglas, wobei die Leere in ihrem Blick Jessy eine Gänsehaut verursachte.

»Hallo, Mama«, sagte sie lauter als nötig und ging zu ihr, um ihrer Mutter pflichtschuldig einen Kuss auf die faltige Wange zu hauchen. Die rot gefärbten Haare, die am Ansatz schon ganz weiß waren, rochen ungewaschen. Eilig richtete sie sich wieder auf, kam aber nicht umhin, ihre Mutter nun genauer anzusehen. Mama war für damalige Verhältnisse schon recht alt gewesen, als sie das erste Mal schwanger wurde. Die Eltern hatten wohl lange Jahre versucht, ein Kind zu bekommen, und als nichts passierte, irgendwann aufgegeben. Das war der Moment, in dem es endlich klappte. Und dann gelang es noch zwei weitere Male. Dass sie mit Jessy schwanger war, stellte ihre Mutter am Morgen ihres dreiundvierzigsten Geburtstages fest. Hanne und Mone erzählten manchmal von früher, von der Zeit, bevor Jessy geboren war, und von den Jahren, in denen sie noch zu klein gewesen war, um sich zu erinnern. Damals waren sie noch eine echte Familie gewesen. Mama hatte nicht gearbeitet, war immer da, kochte, wusch, putzte oder machte lange Spaziergänge mit ihnen im Park. Wenn Papa abends nach Hause kam, ließ er dann seine Mädchen auf seinen Knien reiten, um danach seine Frau in eine lange Umarmung zu ziehen und so zu küssen, als wären sie die einzigen beiden Menschen auf der Welt. Sie waren glücklich gewesen, weshalb es ihre Mutter wohl auch nicht verkraftet hatte, als er damals einfach ohne ein Wort verschwand. Es war, als hätte ihr jemand den Boden unter den Füßen weggezogen, und sie hatte es bis heute nicht geschafft, wieder aufzustehen.

»Jessy, starr keine Löcher in die Luft, und setz dich, sonst wird alles kalt«, riss Hanne sie aus ihren Gedanken. Jessy nahm gehorsam Platz, während Hanne ihr nun einen vollen Teller hinschob. Mone, die ihr gegenübersaß, verdrehte die Augen. Das Filet war perfekt, innen noch einen Hauch rosa, außen schön dunkel und mit einer unglaublich guten Marinade überzogen. Die Ofenkartoffeln harmonisierten mit dem Fleisch, auch der Salat war gut, schließlich hatte ihn ja auch Mone gemacht. Das Essen verlief weitestgehend schweigend, lediglich die Jungs plapperten hin und wieder etwas dazwischen. Mone war bei ihrem dritten Glas Weißwein angelangt, begleitet von Hannes strengen Blicken, Joachim hielt sich an der zweiten Flasche Bier fest. Jessy teilte sich den Eistee mit den Kindern, hätte sich aber gewünscht, dass nicht ausgerechnet sie heute fahren müsste. Die Spannungen an diesem Tisch waren fast greifbar und setzten ihren ohnehin überreizten Nerven zu.

Nach dem Essen stand Hanne auf, um abzuräumen, als die leere Schüssel klirrend zu Bruch ging. Sie war ihr einfach aus den Händen geglitten.

»Das passiert der Mama dauernd«, informierte Vincent, der ältere der beiden Jungs, die übrigen Erwachsenen. Alle starrten nun Hanne an, die jedoch die plötzliche Aufmerksamkeit und Sorge der anderen schnell zu entkräften versuchte.

»Das ist nichts, meine Hände fühlen sich nur manchmal taub an. Vermutlich hängt das ebenfalls mit meinem Rücken zusammen.«

Sie ging rein und holte ein Kehrblech, während Mone

Jessy einen vielsagenden Blick hinter Hannes Rücken zuwarf.

Auf der Heimfahrt fing sie erneut mit dem Thema an.

»Ist doch wirklich komisch, erst das Humpeln und nun die Sache mit den Händen.« Sie ließ diese Feststellung bedeutungsschwanger im Raum stehen.

»Vielleicht hat sie irgendeinen Nerv eingeklemmt. Der Arzt wird das schon beheben«, sagte Jessy und konzentrierte sich auf die Straße.

»Vielleicht«, meinte Mone mit skeptischem Unterton. Vermutlich spielte sie wieder auf ihre Theorie der psychosomatischen Erkrankung an. Ganz von der Hand zu weisen war es ja auch nicht. Ein Blinder hätte erkennen können, dass etwas zwischen Mone und Joachim in der Luft lag.

»Willst du noch mit reinkommen? Ich habe Chips da, und wir könnten einen Film anschauen«, bot Mone an, als Jessy den Renault vor dem Haus ihrer Schwester zum Halten brachte.

»Danke, lieb von dir, aber ich hab noch was vor.«

Mone sah sie von der Seite aus an, eine Augenbraue fragend fast bis zum Haaransatz gezogen.

»Heute ist Sonntag«, stellte sie dabei mit einem Ton fest, der besagte, dass normale Menschen den Sonntagabend zu Hause vorm »Tatort« verbrachten, allenfalls noch mit einer Tüte Chips bei ihrer Schwester, aber bestimmt nicht in irgendeiner Bar oder Diskothek. Aber Jessy hatte ja auch nie behauptet, normal zu sein. Sie drückte Mone einen Kuss auf die Wange und schob sie zur Beifahrerseite hinaus. Dann machte sie sich auf den Weg nach Hause.

Dort angekommen tauschte sie ihren weiten Sweater gegen ein schwarzes Top und eine kurze, fransige Lederjacke. Ihre hohen roten Lackstiefel vervollständigten den Look. Sie sah nicht mehr in den Spiegel. Sie kannte die Wirkung, die sie mit diesem Outfit erzielen würde.

Kapitel 7

Die Kneipe, in der es sonntagabends immer Livemusik gab, war zum Bersten voll. Jessy drängte sich an einer Gruppe quietschender Mädchen im Teenageralter vorbei, an einem Pärchen, das sich selbstvergessen in die Augen sah, und an ein paar Kerlen, die ihr unverhohlen auf den Hintern starrten. Sie drehte sich um und zwinkerte ihnen zu. Einer prostete mit seinem Bier in ihre Richtung. Als Jessy an der Theke angekommen war, lehnte sich Tobi, der Barkeeper, schon zu ihr hin.

»Hey, Jessy, das Gleiche wie immer?«, brüllte er über den Lärm hinweg. Sie nickte und schenkte ihm ein strahlendes Lächeln. Er schob ihr einen Gin Tonic zu und machte einen Strich auf einem Bierdeckel. Jessy ließ sich auf den Hocker an der Theke gleiten und sondierte die Lage. Es gab nicht viele potenzielle Kandidaten für ein sich dem Abend anschließendes Intermezzo. Außer dem anzüglich grinsenden Typen mit der Bierflasche waren die anderen entweder zu jung, zu alt oder zu vergeben. Als die Tür aufging, schnellte Jessys Blick darum gleich in diese Richtung.

Für einen Moment vergaß sie zu atmen. Er hatte sie ebenfalls trotz des dichten Gedrängels sofort entdeckt.

Unsicher blieb er an der Tür stehen, wurde aber gleich darauf von einer Gruppe gut gelaunter Pärchen, die nach ihm in die Kneipe strömte, weitergeschoben. Nun stand er nur wenige Meter von ihr entfernt. Er hob seinen Arm kurz an, so als wollte er ihr zuwinken, ließ ihn aber unschlüssig wieder sinken. Jessy drehte sich eilig um und nahm einen tiefen Schluck von ihrem Longdrink.

Nach über zehn Jahren traf sie Lukas Danko heute nun schon das zweite Mal. Das Schicksal hatte mitunter einen perfiden Sinn für Humor. Sie stieß ein freudloses Lachen aus, das der Barkeeper mit einem fragenden Blick quittierte. Jessy trank daraufhin ihr Glas in einem Zug leer, warf Tobi einen Zehneuroschein hin und ließ sich vom Hocker gleiten.

Gleich an der Theke vorbei führte ein Weg zum Hinterausgang. Sie wollte auf keinen Fall den Raum durchqueren und ihm noch einmal so nahe kommen wie heute Morgen an der Tankstelle. Wieder waren ihre Beine zittrig und weich. Sie presste sich an weiteren Gästen vorbei und erreichte endlich die Tür. Bei ihrem fluchtartigen Aufbruch hatte sie allerdings nicht bemerkt, dass ihr jemand durch den schmalen Gang gefolgt war. Dieser jemand überholte sie nun und blieb mit einem schwer zu deutenden Grinsen vor ihr stehen. Sie brauchte einen Augenblick, um ihn in dem schummrigen Licht der Notbeleuchtung wiederzuerkennen, es war ihr namenloses Date vom Abend zuvor.

»Du hast mich erschreckt, was willst du?«, fuhr sie ihn an und versuchte, ihre Stimme selbstsicher klingen zu lassen. Er stand unbeweglich vor ihr wie eine Mauer.

»Jenny, schön, dich so schnell wiederzutreffen. Man sieht sich immer zweimal im Leben.«

Er trat dichter an sie heran, und sie konnte den Alkohol riechen, der sich mit seinen leicht säuerlichen Körperausdünstungen vermischte. Seine Augen lagen völlig im Dunkeln, und trotzdem schien er sie nun herausfordernd anzufunkeln. Sie überlegte kurz zurückzugehen, doch in der Kneipe wäre sie unweigerlich auf Lukas getroffen. Also nahm sie all ihren Mut zusammen, drückte seine massige Gestalt zur Seite und schob mit Wucht die Tür auf. Die kalte Nachtluft traf sie nach der überhitzen Atmosphäre drinnen wie ein Schlag.

»Ich hab dir doch gesagt, dass wir noch nicht miteinander fertig sind«, raunte er und folgte ihr ins Freie, wo Jessy versuchte, so schnell wie möglich die Stufen der kleinen Treppe hinunterzugehen.

Doch der Typ griff mit einer blitzschnellen Bewegung nach ihrem Arm. Jessy spürte, wie ihr übel wurde. Er zog sie zurück und presste sie an sich. Sein Griff band dabei ihre Arme wie ein Schraubstock auf ihren Rücken. Als sie sah, wie er sich mit gespitzten Lippen zu ihr beugte, blieb ihr nichts anderes übrig, als ihm ihr Knie mit voller Wucht in seine empfindlichste Stelle zu rammen.

Er ließ von ihr ab, griff sich zwischen die Beine und stöhnte vor Schmerz. Dann schnellte sein Blick bösartig zu ihr empor. Jessy spürte, wie die Angst ihr die Kehle zuschnürte. Der Kerl war nicht der Hellste, war ihr jedoch harmlos erschienen. Nun aber strahlte er etwas Gefährliches, Unberechenbares aus.

»Spinnst du? Gestern Nacht konntest du nicht genug

kriegen, und nun stellst du dich bei einem kleinen Kuss so an?«, fuhr er sie wütend an.

»Hör zu, das gestern war eine einmalige Sache und anscheinend ein riesiger Fehler. Du bist nicht mein Typ, und jetzt lass mich durch.« Sie klang selbstsicherer, als sie sich fühlte. Doch ihre Worte prallten einfach an ihm ab. Von ihrem Angriff auf seine Weichteile erholt, kam der Typ wieder auf sie zu. Mit aufkeimender Panik schubste ihn Jessy vehement vor die Brust. Ihren neuerlichen Angriff quittierte er mit einer schallenden Ohrfeige. Jessy schmeckte Blut und taumelte.

»So kannst du nicht mit mir umspringen, du kleines Miststück«, raunte er und griff erneut nach ihrem Arm. Um ihm auszuweichen, machte Jessy einen Schritt nach hinten. Sie hatte jedoch nicht bedacht, wie dicht sie an der Treppe stand. Mit einem Mal trat sie ins Leere und stürzte die vier Stufen hinab. Ihr lautes *Nein* war sowohl ihm als auch dem schmerzhaften Abgang geschuldet. Sie schlug hart unten auf und keuchte, als ihr dadurch die Luft aus der Lunge gepresst wurde. In dem Moment hörte sie, wie sich die Tür öffnete und eine weitere Stimme zu vernehmen war.

»Verdammt, bist du irre? Willst du sie umbringen?«

»Halt dich da raus, Kleiner«, sagte ihr Angreifer, doch in diesem Augenblick schlug der andere kräftig zu. Jessy hob trotz ihrer Schmerzen den Kopf und sah gerade noch, wie ihr Angreifer mit blutender Nase die Hintertür der Kneipe hinabglitt, während Lukas Danko seine schmerzende Hand ausschüttelte.

»Ist die *metoo*-Debatte völlig an dir vorbeigegangen, du Penner? Wenn sie Nein sagt, heißt das Nein«, stieß er abfällig aus, bevor er eilig die Stufen zu Jessy herunterkam und neben ihr in die Hocke ging. Seine Knöchel waren an zwei Stellen aufgeplatzt, der Schlag musste heftig gewesen sein.

»So ein Arschloch«, flüsterte er und zog Jessy in eine sitzende Position. Dann drehte er sanft ihr Kinn in den Lichtkegel, der aus der Kneipentür fiel, um ihr geschundenes Gesicht besser sehen zu können.

»Tja, leider gerate ich wohl immer wieder an Arschlöcher«, zischte sie ihn zwischen zusammengebissenen Zähnen an und ließ ihren Blick vielsagend auf ihm ruhen.

»Touché«, sagte er leise und rückte ein Stück von ihr ab.

Trotzdem war sie froh, dass er hier war, auch wenn sie das niemals zugeben würde. Er blieb einen Augenblick unentschlossen neben ihr hocken, dann fingerte er eine Packung Tempos aus der Jackentasche.

»Darf ich?« Unsicher hielt er das Taschentuch hoch, das er wie eine weiße Flagge schwenkte. Sie nickte wie in Zeitlupe, denn ihr Kopf schmerzte bei jeder Bewegung. Seine Berührung war unendlich sanft, Jessy sah sie mehr, als dass sie sie spüren konnte, trotzdem zitterte sie wie Espenlaub. Ihm nach all den Jahren plötzlich so nah zu sein war mehr, als sie an diesem Abend verkraften konnte.

»Hab ich dir wehgetan?«, fragte er leise, als er merkte, wie sie unwillkürlich zurückzuckte. Sie schüttelte den Kopf. Er hielt ihr ein weiteres Taschentuch hin, mit dem sie nun selbst ihre aufgesprungene Lippe betupfte. Dann zog er sie sanft auf die Füße. Schwer atmend blieb sie stehen.

»Soll ich dich ins Krankenhaus fahren?«, fragte er. Jessy schüttelte erneut den Kopf, bereute die Bewegung jedoch sofort, weil sich um sie herum alles zu drehen begann.

»Der Idiot hat dir vielleicht was gebrochen, ich lass dich so nicht nach Hause gehen.«

Jessy blickte kurz zurück, wo der Typ noch immer benommen dalag und wie ein Sandsack die halb geöffnete Kneipentür versperrte. Die rasche Kopfbewegung verursachte ihr jedoch Übelkeit. Als sie sich stöhnend vornüberbeugte, trat Lukas entschlossen auf sie zu und legte sich vorsichtig ihren Arm um den Nacken. Obwohl seine Nähe sie erneut emotional in einen Ausnahmezustand versetzte, wehrte sie sich dieses Mal nicht. Sie hatte gerade einfach keine Kraft mehr.

Er brachte sie zu einem schwarzen Audi, der unweit der Kneipe parkte und an den er sie anlehnte, um in seiner Hosentasche nach dem Schlüssel zu suchen. Es piepte kurz, dann ließ sich die Tür öffnen. Behutsam schob er sie auf den Beifahrersitz. Danach zog er sein Handy aus der Innentasche seiner Jacke und wählte eine Nummer.

»Ja, guten Abend, Lukas Danko mein Name. Ich stehe hier vor dem Woodys in der Steinstraße. Eine junge Frau wurde hier gerade von einem Betrunkenen angegriffen. Der Typ müsste noch vor dem Hintereingang der Kneipe liegen.«

Er machte noch ein paar Angaben, kam währenddessen aber schon um das Auto herum und ließ sich hinters Steuer gleiten. Das Handy hatte er zwischen Ohr und Schulter eingeklemmt, sein rechter Arm fingerte nach dem Sicherheitsgurt. »Nein, sie ist bei Bewusstsein. Ich habe sie schon zu meinem Auto gebracht. Wir fahren jetzt ins Marienhospital, ich glaube, das ist das nächstgelegene von hier aus.« Er schwieg einen Moment. »Ja, ist gut, wir warten dort wegen der Aussage.«

Er ließ das Handy aus der Schulterbeuge rutschen, fing es auf und drückte das Gespräch weg.

»Okay?«, fragte er.

Es war zwar gar nichts okay, aber sie nickte trotzdem. Er fuhr langsam los, schaltete vorsichtig und bremste, wenn nötig, sehr sanft. Immer wieder schnellte sein Kopf zu ihr hinüber.

»Jessy, soll ich anhalten?«

Jessy nickte panisch. Sie hatte die Hand vor den Mund geschlagen und einen aussichtslosen Kampf gegen ihren Mageninhalt aufgenommen. Er schaute sich suchend um und hielt wenige Meter weiter in einer Bushaltebucht. Sie öffnete die Tür, stolperte ins nahe gelegene Gebüsch und erbrach sich. Er war ebenfalls ausgestiegen und stand nun dicht hinter ihr. Während das Würgen sie durchschüttelte, hielt er ihr die Haare aus dem Gesicht. Diese Geste gab ihr den Rest. Sie schob ihn, nach hinten fuchtelnd, von sich weg.

»Geht schon«, krächzte sie und lehnte sich an das Bushäuschen.

»Jessy, ich will dir nur helfen«, sagte er eindringlich.

»Glaub mir, ich würde mir von jedem anderen lieber helfen lassen als von dir. Aber gerade habe ich wohl keine Wahl.«

Er zuckte kurz, als hätte sie ihn geohrfeigt. Dann nickte er. »Ich weiß.«

Der lange Satz hatte sie alle Kraft gekostet, sie hielt sich ihre schmerzende Körpermitte, während er sich langsam auf sie zubewegte wie auf ein verletztes Wildtier, das jeden Augenblick die Flucht ergreifen oder um sich beißen konnte. Ihr Widerstand war jedoch in der verbalen Gegenwehr verpufft. Wortlos ließ sie sich von ihm zurück zum Auto führen. Schweigend fuhren sie weiter zum Krankenhaus. Er hielt gleich vor dem Eingang auf einem Behindertenparkplatz. »Hier darfst du nicht stehen«, japste Jessy, weil der Schock langsam nachließ, die Schmerzen dafür aber umso stärker wurden.

»Dann krieg ich halt einen Strafzettel, ist eh nicht mein Auto«, sagte er und stieg aus, um ihr aus dem Wagen zu helfen. Wieder musste sie sich von ihm anfassen lassen. Dieses Mal blieb der Schreck über die plötzliche Nähe aus. Scheinbar hatte sie sich bereits daran gewöhnt, dass Lukas Danko in ihr Leben zurückgekehrt war.

»Hallo, sie ist angegriffen worden«, informierte er atemlos eine ziemlich gelangweilt wirkende Dame, die hinter einer Glasscheibe im Foyer des Krankenhauses saß und sich auf einem Tablet eine Liebesschnulze ansah. Ihr Blick blieb finster auf Lukas hängen.

»Nicht von mir«, sagte er mit Nachdruck.

»Zur Notaufnahme den Gang da runter.« Noch während sie sprach, senkte sie ihren Blick wieder in Richtung des Bildschirms. Lukas schleppte Jessy kopfschüttelnd einen sterilen weißen Gang hinunter, der hinter einer Glastür in einer Art Rondell endete. Hier waren Stühle in Viererreihen angeordnet, auf einem flachen Tisch lagen Zeitungen, über den Wartenden lief auf einem großen

Flachbildschirm eine Nachrichtensendung. Der Ton war stumm gestellt, weshalb einem als Zuschauer nichts anderes übrig blieb, als den Newsfeed zu lesen, der in einer Laufzeile in Dauerschleife über den Bildschirm flimmerte. Lukas platzierte sie auf einem der freien Stühle und ging zu einem Fenster, über dem *Anmeldung* stand.

»Hast du deine Krankenkassenkarte dabei?«, rief er ihr zu. Jessy holte die Karte aus ihrer Geldbörse und hielt sie zur Bestätigung kurz hoch. Dann sah sie sich um. Neben ihr hockten zwei Typen, der eine hatte Nasenbluten, der andere hielt die aufgeplatzten Knöchel seiner linken Hand mit einem Kühlpad umklammert. Da war wohl ein Streit eskaliert. Ein älterer Mann mit Turban und grauem Bart hatte seinen geschwollenen Fuß auf einen der anderen Stühle gelegt, seine Frau neben ihm, in ein Kopftuch und einen langen schwarzen Mantel gehüllt, redete beruhigend auf ihn ein. Ein Stück entfernt von den anderen Wartenden saß ein junges Paar mit einem Kleinkind, das apathisch auf die flimmernden Bilder des Fernsehers starrte.

Lukas kam zurück und ließ sich auf den freien Stuhl neben ihr nieder. »Es wird noch dauern.«

»Offensichtlich«, sagte sie mit einem Kopfnicken in Richtung der vielen Patienten. »Du brauchst nicht hierzubleiben, ich komm allein klar«, merkte sie schroff an, ihren Blick auf den fleckigen Linoleumboden geheftet.

»Ich bleibe«, beharrte er leise. Im ersten Moment verspürte sie sogar so etwas wie Erleichterung. Doch dann meldete sich sogleich die kleine Stimme in ihrem Kopf, die fragte, ob sie noch ganz bei Trost sei. Warum, in Gottes Namen, sollte sie wollen, dass ausgerechnet er hier bei ihr blieb? Diese Frage traf genau den wunden Punkt, den sie seit zehn Jahren zu vermeiden versuchte. Sie spürte, wie alte Gefühle an die Oberfläche drängten, gute wie schlechte. Der widersprüchliche Mix aus Emotionen ließ sie aufstöhnen. Sogleich war sein Blick auf ihr, seine Hand hob vorsichtig ihr Kinn und drehte ihren Kopf in seine Richtung.

»Hast du Schmerzen, soll ich Druck machen, dass sie dich vorziehen?« Jessy schüttelte den Kopf.

»Geht schon.« Gereizt drehte sie ihr Gesicht von seiner Hand weg. Die Stelle an ihrem Kinn, an der seine Finger gelegen hatten, brannte wie eine kleine Schürfwunde. Es war zum Wahnsinnigwerden. Sie fühlte sich wie auf einem Rummelplatz, als sei sie auf einem dieser Karussells, die einen zuerst in die eine und dann in die andere Richtung schleuderten, bis man nicht mehr wusste, wo hinten oder vorn war. Jessy massierte ihre pochenden Schläfen und versuchte, die Spannung, die sich in ihrem Inneren aufbaute, mit einer flapsigen Bemerkung zu überspielen.

»Komm, gib es zu, du willst nur sehen, ob irgendeine heiße Assistenzärztin Dienst hast, mit der du im Nachgang ein paar private Doktorspielchen proben kannst.«

Er lachte kurz pflichtschuldig. »Voll erwischt.« Sein Lächeln erreichte jedoch nicht seine Augen. Die waren weiterhin voller Sorge auf sie gerichtet. Jessy sah schnell fort. Sie zog es vor, weiterhin beharrlich den fleckigen Boden anzustarren.

Eine ältere Krankenschwester mit einer knallgrünen Strickjacke, lila Strähnen in den grauen Haaren und einer pinkfarbenen Brille auf der spitzen Nase schielte um die Ecke eines der Behandlungszimmer. Sie hob sich erfrischend vom sterilen Weiß der Umgebung ab, ihr Aussehen passte jedoch nicht zu ihrer schneidenden Stimme, die nun durch den Warteraum hallte.

»Jessica Sturm?«, fragte sie gereizt in die Runde.

»Das bin ich«, sagte Jessy und versuchte erfolglos, vom Stuhl hochzukommen. Lukas war eilig aufgestanden, sein Arm umfasste sie mit einer mittlerweile selbstverständlichen Leichtigkeit. Sie ließ es geschehen. Er brachte sie in ein Behandlungszimmer, in dessen Zentrum eine Liege stand, von der die Krankenschwester gerade eine blutbespritzte Papierunterlage abzog. Sie desinfizierte das schwarze Kunstleder und rollte frisches Papier aus. »Setzen Sie sich schon, der Doktor kommt gleich«, sagte sie zum vermutlich x-ten Mal in dieser Nacht.

Etwa fünf Minuten später ging die Tür auf. Statt einer heißen Assistenzärztin schlurfte ein etwas übergewichtiger Mann Mitte vierzig in den Raum. An den Füßen trug er Birkenstocks, aus denen weiße Tennissocken lugten. Sein leicht aufgedunsenes Gesicht war von einem Dreitagebart überwuchert, unter seinen Augen hatten sich tiefblaue Ringe gebildet.

»Guten Abend, ich bin Doktor Podenkow«, sagte er mit hartem osteuropäischen Akzent.

»Schade, da hatte ich mir mehr versprochen«, raunte Lukas ihr zu, und trotz der Schmerzen an ihrem Rippenbogen musste Jessy leise lachen. Doktor Podenkow sah sie genervt an, und wie Schulkinder unterdrückten sie beide nur mit mäßigem Erfolg ihr Gekicher. Vermutlich war es der Schock, der sie an diesem unberechenbaren Abend die gesamte Palette der Gefühle entlangschickte.

Der Arzt setzte sich ihnen gegenüber an einen Tisch und schlug ihre noch unbeschriebene Akte auf. Jessy schilderte ihm grob, was passiert war. Er machte sich Notizen, reinigte ihre aufgesprungene Lippe und versorgte sie dann mit einem Klammerpflaster. Danach untersuchte er ihren Bauch, tastete sie ab und fragte immer wieder: »Tut das weh?«

Jessy musste jedes Mal bejahen. Er machte einen Ultraschall und schickte sie danach zum Röntgen. Am Ende der Nacht lautete der Befund leichte Gehirnerschütterung, drei geprellte Rippen, ein angebrochener Finger sowie eine aufgeplatzte Lippe. Er spritzte Jessy ein Schmerzmittel und gab ihr noch ein Rezept für Ibuprofen.

»Sie sollten sie jetzt ins Bett bringen«, sagte er dann an Lukas gewandt. Jessy hörte ihn schlucken.

»Ja, mach ich«, antwortete er heiser.

Im Wartebereich der Notaufnahme empfing sie ein junger Polizist. Nach einem kurzen Räuspern stellte er sich als Herr Gensinger vor. »Wir haben Ihren Angreifer dingfest machen können. Er lag immer noch benommen vor dem Hintereingang der Kneipe, die Sie heute Abend frequentiert haben«, sagte er im gestelzten Beamtenton. »Ein Alkoholtest ergab über zwei Promille. Wir haben die Personalien aufgenommen und den Mann zur Ausnüchterung in eine Zelle gebracht.« Er nickte am Ende der Zeile einmal kurz mit dem Kopf, als wolle er unterstreichen, wie effektiv seine Kollegen vorgegangen waren. »Ich möchte Sie beide bitten, morgen im Laufe des Tages aufs Revier zu kommen, um Ihre Aussagen zu machen.« Dann verabschiedete er sich.

»Hey«, rief Jessy dem Beamten nach. »Ich brauche nicht zu kommen, ich will keine Anzeige erstatten, es war ein Unfall.«

Sie hatte es schließlich nicht anders verdient, oder? Irgendwann musste ja mal etwas schiefgehen, bei den Kerlen, die sie immer abschleppte. Lukas starrte sie ungläubig von der Seite an. Bevor er etwas sagen konnte, räusperte sich der junge Polizist und drehte sich wieder zu ihnen um.

»Wenn Sie keine Anzeige erstatten, wird der Kerl davonkommen, das ist Ihnen hoffentlich bewusst.« Wieder ein knappes Nicken, dann war er fort.

»Jessy, der Typ hat dich geschlagen, wegen ihm bist du diese Treppe runtergefallen und hättest dir dabei das Genick brechen können. Warum willst du ihn nicht anzeigen?«

Jessy sah zu Lukas auf. Das Atmen fiel ihr durch die geprellten und bandagierten Rippen schwer.

»Ich hab schon Schlimmeres durchgemacht.« Es hatte lakonisch klingen sollen, doch es klang genauso bitter und vorwurfsvoll, wie es gemeint war.

Dieses Mal wich er ihrem Blick nicht aus.

»Willst du darüber reden? Über damals?«

Trotz seines direkten Blicks verriet seine Stimme, wie unsicher er dahingehend war, ob man die Geister der Vergangenheit nicht besser ruhen ließ. Sie nahm ihm die Entscheidung mit ihren nächsten Worten ab. »Ich will gar nicht mit dir reden.« Entschlossen drängte sie sich an ihm vorbei, während sie bereits nach ihrem Handy griff, das den Sturz in ihrer Jackentasche zum Glück unbeschadet überstanden hatte.

»Ja, Jessica Sturm hier. Schicken Sie bitte ein Taxi zum Marienhospital. Ich warte am Eingang.«

Jessy klappte den Deckel ihrer Schutzhülle zu und steckte das Handy wieder ein. Sie schluckte. »Ich danke dir für heute Abend, aber ich denke, es ist besser, wenn sich unsere Wege hier trennen.«

Mit diesen Worten ließ sie ihn stehen.

Kapitel 8

Hatte Jessy nachts noch Schmerzen gehabt, so fühlte es sich am Morgen, nachdem die Wirkung der Betäubungsspritze nachließ, an, als hätte sie ein Bus überfahren. Jeder Knochen tat ihr weh, ihre Lippe brannte, sie konnte kaum atmen. Mühsam quälte sie sich aus dem Bett. Im Badezimmer sah sie sich die Bescherung von Nahem an. Ihre Lippe war unter dem Klammerpflaster bläulich verfärbt und geschwollen. Auf dem Jochbein ließ sich bereits ein dunkler Schatten sehen. Ihre Haare waren durcheinander, so wie ihr Innerstes. Jessy hätte gern geweint. Doch sie konnte nicht. Sie hatte diesen Kloß im Hals, der unüberwindbar schien, und sie wusste, dass er aus all den ungeweinten Tränen bestand, die sich im Laufe der vergangenen Jahre angesammelt hatten.

Sie schleppte sich aus dem Bad und ließ sich erschöpft auf ihren klapprigen Küchenstuhl fallen, wobei ihr Blick auf die Uhr am Herd fiel. In einer halben Stunde sollte sie im Modeladen sein, in dem sie jobbte, seit sie ihr Germanistikstudium abgebrochen hatte. Sie war für den Frühdienst eingeteilt und sollte an diesem Morgen aufschließen, doch dazu war sie beim besten Willen nicht in der Lage. Sie scrollte schnell durch ihre WhatsApp-Nachrichten, bis sie den Chatverlauf mit Becky fand, die Storemanagerin und mittlerweile auch so etwas wie eine Freundin war.

Hi Becks, ich bin's. Es tut mir leid, ich muss dir für heute absagen. Grippe, tippte Jessy. Die Lüge fiel ihr nicht einmal schwer. Becky antwortete zwar wenig begeistert, weil sie heute eigentlich erst gegen drei Uhr im Laden hätte sein müssen, versprach jedoch, gleich den Schlüssel zu holen und Jessys Dienst zu übernehmen.

Ich leg den Schlüssel vor meiner Tür in den Blumentopf, dann kann ich wieder ins Bett. Höllenkopfweh, schrieb sie und schloss die App. Vorsichtig betastete sie ihr geschwollenes Gesicht. Das war nicht mal gelogen. Doch vielmehr wollte sie nicht, dass jemand sie so sah. Sie würde sich gegen Mittag eine Krankmeldung beim Arzt holen und sich die Woche einfach verkriechen. So lange, bis zumindest von außen niemand mehr bemerken würde, wie kaputt sie war.

Nachdem Jessy kurz den Ladenschlüssel im Topf des welken Buchsbaums vor ihrer Wohnungstür platziert hatte, schloss sie sich ein und setzte sich mit einer Tasse Kaffee an den Küchentisch. Ihr Blick fiel auf die Straße. Ein Hund hob das Bein an der Hecke des Nachbarhauses. Eine Mutter schob hektisch einen knallroten Kinderwagen über den Gehweg, und unter der erloschenen Straßenlampe parkte ein schwarzer Audi – *sein* schwarzer Audi.

Sie war wohl letzte Nacht nicht deutlich genug gewesen. Dann würde sie das jetzt nachholen. In Gedanken schon nach Worten suchend sprang sie auf, zog hastig ihre

Strickjacke über, griff im Vorbeigehen den Haustürschlüssel von einem kleinen Tischchen im Flur und lief trotz der Schmerzen erstaunlich schnell die vielen Stufen hinunter.

Er schlief. Sein Kopf war zur Seite gefallen, seine Augen geschlossen. Aufgebracht pochte Jessy an das Seitenfenster. Er schnellte hoch und rieb sich verschlafen über die Augen. »Was zum Teufel machst du hier?«, fragte sie vorwurfsvoll.

Lukas ließ die Scheibe mit einem Knopfdruck heruntergleiten und sah sie entschuldigend an.

»Ich wollte sichergehen, dass du gut nach Hause kommst.« Er versuchte nicht einmal, eine Ausrede zu finden, jedoch hob er schuldbewusst die Schultern, als sei ihm durchaus klar, dass seine Geste womöglich nicht erwünscht war.

»Du bist mir nachgefahren?« Jessy wusste nicht, was sie davon halten sollte. Unter normalen Umständen wäre das vielleicht schmeichelhaft, aber so war es irgendwie verdreht, fast, als hätten sie die Rollen von damals getauscht.

»Verschwinde aus meinem Leben, Lukas. Ich komm gut allein zurecht, ich brauche keinen selbst ernannten Beschützer –schon gar nicht *dich*.«

Er setzte sich ruckartig auf. »Ich sehe, wie gut du klarkommst.« Mit dem Kopf deutete er in Richtung ihrer geschwollenen Lippe, was sie mit einem wütenden Funkeln quittierte. Sein Gesicht wurde weicher, als er erneut anhob. »Es tut mir leid, das war ein blöder Spruch, und ich wollte auch nicht wie ein durchgeknallter Stalker rüberkommen. Ich hab mir einfach Sorgen gemacht.«

»Geh, und mach dir um jemand anderen Sorgen«, blaffte sie und stiefelte grußlos zurück ins Haus. Als sie drinnen vorsichtig aus dem Fenster lugte, sah sie, dass der Audi verschwunden war.

Kapitel 9

Mone parkte vor dem Flughafen, wo sie mit verschränkten Armen im Auto sitzen blieb. Sie hatte keine Lust, drinnen zwischen all den anderen Wartenden zu stehen, die die Rückkehr eines geliebten Menschen herbeisehnten, und so zu tun, als erginge es ihr ebenso. Es wäre ihr heuchlerisch erschienen. Trotzdem war sie immer noch nervös, wenn er von einem Einsatz nach Hause kam. Doch es war eine andere Nervosität als früher.

Als sie noch glücklich miteinander waren, war es diese zappelige Vorfreude gewesen, die sie ungeduldig vor der Ankunftshalle hatte auf und ab gehen lassen. Sie hatte unglaubliche Sehnsucht nach ihm gehabt, sich elend und allein in ihrer Wohnung, in ihrem Schlafzimmer, in dem viel zu großen Bett gefühlt. Jetzt machte der Gedanke, wie beengt und klein alles wurde, sobald er zurückkam, sie angespannt. Sie hielten es mittlerweile kaum miteinander in einem Raum aus, weil sie schon viel zu lange nur noch redeten, ohne etwas zu sagen.

Mone lehnte sich im Fahrersitz zurück und starrte blind zum Fenster hinaus. Sie musste daran denken, wie sie Robert kennengelernt hatte. Damals hatte sie gerade ihre Ausbildung im Einzelhandel abgeschlossen und war ausgegangen, um mit ein paar Freundinnen zu feiern. Er war mit einer Gruppe Soldaten in die Kneipe gekommen und hatte sie den ganzen Abend über den Raum hinweg beobachtet. Sein Blick hatte so selbstsicher und ungeniert auf ihr gelegen, dass sie kaum wusste, wohin sie schauen sollte. Schließlich entschloss sie sich, nach dem Prinzip *Angriff ist die beste Verteidigung* zu verfahren und zurückzustarren.

Es war wie ein elektrischer Schlag gewesen. Er hatte sie noch einen Moment mit den Augen festgehalten, dann war er zu ihrem Tisch herübergekommen, um sie auf ein Bier einzuladen. Ihre Freundinnen hatten hinter seinem Rücken alberne Gesten gemacht, sich Luft zugefächelt, den Zeigefinger abgeleckt und mit einem leisen Zischlaut überdeutlich gemacht, wie heiß sie ihn fanden. Er hatte jedoch nur Augen für sie – und umgekehrt. Sie waren sofort ins Gespräch gekommen, und während er von sich erzählte, hatte sie Zeit, ihn zu beobachten. Er hatte eine unglaubliche Präsenz. Seine Arme waren stark, die Muskeln spielten unter seinem weißen T-Shirt, als er sich zu ihr herüberlehnte. Seine Augen waren warm wie Schokolade. Doch am meisten hatte seine Stimme sie in den Bann gezogen. Sie war tief und weich und glitt wie eine Berührung über sie.

Robert brachte sie an diesem Abend nach Hause und versprach, sie am nächsten Tag anzurufen. Es vergingen jedoch nur zwanzig Minuten, bis ihr Handy klingelte. Sie telefonierten bis zum Morgengrauen, bis es Zeit für ihn wurde, zum Dienst aufzubrechen. Da war Mone schon Hals über Kopf verliebt, und auch er kam nicht mehr von ihr los. Nicht an diesem Abend und auch danach nicht mehr. Er warb um sie, altmodisch, wie in einem der alten Schwarz-Weiß-Filme aus den Vierziger- und Fünfziger-jahren mit Katharine Hepburn und Cary Grant, die Mone so liebte. Er brachte ihr selbst gepflückte Blumen mit, ging mit ihr ins Kino und spazieren und rief spätabends an, nur um ihre Stimme noch einmal zu hören, bevor er zu Bett ging. Den Antrag machte er ihr genau ein halbes Jahr, nachdem sich ihre Blicke in der kleinen Kneipe getroffen hatten. Alle hatten sie gewarnt, dass es zu früh sei, doch Mone war sich sicher, dass er der Richtige war. Die ersten Jahre ihrer Ehe hatten sie in diesem Glauben bestärkt, sie waren glücklich miteinander gewesen, jedoch wünschte Mone sich sehnlichst ein Kind, und es wollte partout nicht klappen. Erst versuchte sie, keine große Sache daraus zu machen, doch je länger es dauerte, umso unruhiger wurde sie. Sie sah ihre Schwester schwanger werden, dann ihre beste Freundin, dann eine weitere. Nun, mit Anfang drei-ßig, war sie eine der wenigen aus ihrem Abiturjahrgang, die noch keine Kinder hatten. Sie war zum Arzt gegangen und hatte sich untersuchen lassen, doch angeblich war bei ihr alles in Ordnung. Sie hatte Robert daraufhin gebeten, sich ebenfalls untersuchen zu lassen. Zu ihrer Überra-schung hatte er sich geweigert. Statt ihr beizustehen, hatte er sie angefahren, dass sie nicht so eine große Sache da-raus machen sollte. Dann würde es schon irgendwann funktionieren. Sie hatte mehrfach versucht, ihn umzu-stimmen, vergebens.

Mone konnte seine Weigerung bis heute nicht verste-hen. Und so war ihre Wut auf diesen Mann, den sie eigentlich aus vollem Herzen liebte, gewachsen wie ein Krebsgeschwür.

Der Sex wurde weniger, was ebenfalls nicht hilfreich war. Doch sie fühlte sich ihm nicht mehr in der gleichen Weise verbunden wie früher. Es war, als wäre da jetzt eine unsichtbare Wand zwischen ihnen, jedoch waren sie beide nicht bereit, diese einzureißen. Die langen Auslandseinsätze machten die Sache nur schlimmer. Für Monate, manchmal für ein halbes Jahr, war er fort. Sie fühlte sich alleingelassen, und die Einsamkeit fraß an ihr wie ein hungriger Wolf. Wenn er zurückkam, hatte der Wolf keine Freude mehr übrig gelassen, nur noch diese bittere Wut. Sie begannen zu streiten. Um Kleinigkeiten, wie darum, dass er wieder den Müll nicht ausgeleert hatte. Dass seine dreckige Wäsche neben dem Wäschekorb lag statt darin. Dass er ihren Hochzeitstag vergessen hatte und dass er zu laut atmete beim Schlafen.

Er ließ sie toben. Vermutlich wusste er, dass ihr Zorn von einem anderen Punkt herrührte. Doch weder er noch Mone wollten die Stelle berühren, wo der eigentliche Schmerz saß. Und so rieben sie sich auf. Im Alltag, im Zusammenleben, selbst im Getrenntsein.

Wie sie verschloss auch er sich mehr und mehr. Wurde immer fahriger, launischer, stiller. Er fasste sie kaum noch an, und seine Stimme war flach und tonlos geworden, wenn er mit ihr sprach. Dann war das mit Joachim passiert. Nie hätte sie geglaubt, dass sie Robert oder ihrer Schwester so etwas würde antun können. Doch Jo war genauso unglücklich wie sie, und genauso einsam. Sie hatten sich beieinander Luft gemacht, bis eines zum anderen führte. Es hatte sie zunächst schockiert. Sie hatte Robert nicht betrügen wollen, tief in ihr drin hatte sie trotz allem noch immer das Gefühl, dass er ihr Seelenverwandter war.

Vielleicht war es dieses Gefühl, das sie daran hinderte, ihn einfach zu verlassen. Mittlerweile ging ihre Affäre mit Joachim schon über ein Jahr. Immer mal wieder. Sie hätte nicht sagen können, dass sie in Joachim verliebt war. Doch sie genoss es, mit jemandem zusammen zu sein, der sich nicht vor ihr verschloss und nichts von ihr erwartete; der sie und ihren Ballast annahm, so wie er ihr seinen nicht vorenthielt.

Mone kehrte mit einem Seufzer in die Realität zurück. Ihre Hände waren feucht. Sie wischte sie an ihrer Jeans ab und zog überflüssigerweise noch einmal ihren Lippenstift nach, als die Autotür aufging.

»Hallo«, sagte er, und selbst in diesem einen Wort steckte so wenig Emotion, dass sie kurz erschauderte. Sie schob ihre Sonnenbrille aus dem Haar zurück auf ihre Nase.

»Hallo«, echote sie ebenso leer und tonlos. »Wie war dein Flug?« Er warf seinen olivfarbenen Seesack und einen Rucksack auf den Rücksitz.

»Gut.«

»Hast du Hunger?« Ihr Blick blieb auf das Armaturenbrett geheftet, sie ließ den Motor an.

»Es gab im Flieger genug.«

Sie nickte. Sie sah kurz über ihre Schulter, drehte auf der Straße und steuerte in Richtung ihrer Wohnung – ihres Käfigs vielmehr, den sie nun wieder teilen mussten, bis er endlich zu einem neuen Einsatz aufbrechen würde.

Mone brachte den Volvo vor der Tür zum Halten. Die Fahrt war schweigend verlaufen. Robert hatte zum Seitenfenster hinausgeschaut, sie selbst hatte sich auf den Verkehr konzentriert. Nun gab es keine großen Ablenkungen mehr, sie mussten sich ansehen.

»Soll ich dir mit dem Gepäck helfen?«, fragte sie.

»Geht schon«, antwortete er, während er seine Sachen griff. Damit war das Gespräch bereits in einer Sackgasse gelandet. Sie traten schweigend in den Hausflur und stiegen die Stufen zur Wohnung hinauf. Oben angekommen schloss sie die Tür für ihn auf und wartete, bis er an ihr vorbei die Wohnung betrat.

Es war merkwürdig, aber wenn er so lange fort war, dann hatte wohl nicht nur sie das Gefühl, ein völlig Fremder würde nach Hause kommen. Robert schien es ähnlich zu gehen. Unschlüssig stand er in der Tür zu ihrem gemeinsamen Schlafzimmer.

»Wir verbleiben so wie vor meinem Abflug?«, fragte er, ohne sich zu ihr umzuwenden. Sie wusste, was er meinte. Sie hatten in den Wochen vor seinem jüngsten Auslandsaufenthalt getrennte Schlafzimmer gehabt. Während sie in dem großen Zimmer, in dem viel zu großen Bett geblieben war, hatte er das Arbeitszimmer gewählt. Das Sofa konnte man ausziehen, ein alter, winziger Flachbildschirm stand auf einem Schränkchen daneben. Es hatte Tage gegeben, da waren sie sich nicht einmal begegnet, und das auf achtundneunzig Quadratmetern.

Sie räusperte sich, als ihr bewusst wurde, dass sie seine Frage nicht beantwortet hatte.

»Ich sehe keine Veranlassung, etwas daran zu ändern«,

fuhr sie ihn an, und es klang selbst in ihren Ohren schärfer als geplant. Warum nur war sie so sauer auf ihn? Sie war es ja schließlich, die fremdging. Warum also wuchs ihr Zorn auf ihren Mann mit jeder Sekunde, die er nun tatenlos im Flur stand? Vermutlich, so musste sie sich selbst eingestehen, weil sie ihm die Schuld daran gab, dass ihre Ehe in Scherben lag. Warum konnten sie nicht mehr miteinander reden, wo genau das früher eine der herausragenden Eigenschaften ihrer Beziehung gewesen war? Sie hatten viel geredet, nichts voreinander zurückgehalten. Mone hatte seine Stimme so sehr gebraucht wie seine Berührungen. Jetzt konnte sie es nicht einmal mehr ertragen, mit ihm hier zu stehen.

»Ich werde ausziehen«, platzte er unvermittelt in die Stille. Sie starrte ihn mit offenem Mund an. Das hatte sie nicht kommen sehen. Wenn überhaupt, dann hatte sie in Gedanken sich selbst diesen Satz sagen hören. In vielen verschiedenen Facetten, mal wütend, mal traurig, mal hämisch, nur, um ihn zu verletzen, nur, um endlich einmal eine ehrliche Emotion von ihm zu bekommen. Sie fasste an die Wand hinter sich. Sie hatte plötzlich das Gefühl, sich abstützen zu müssen.

»Du willst ausziehen?«, fragte sie ungläubig. Endlich drehte er sich um. Es lag kein Zorn in seinem Blick. Eher wirkte er müde, geschlagen.

»Simone, ich weiß, dass das hier schon lange nicht mehr funktioniert. Wenn wir ehrlich sind, sind wir kein Paar mehr. Wir sind nicht mal mehr Freunde. Das Einzige, was wir noch gemeinsam haben, ist unsere Adresse, sonst nichts. Eine Ehe sollte sich anders anfühlen.«

Er schwieg. Sein Kopf war leicht geneigt, so als wollte er ihr die Chance geben, etwas zu erwidern, doch dieses Mal war sie diejenige, der es die Sprache verschlagen hatte. Bei seinen nächsten Worten verlor sie fast den Boden unter den Füßen: »Ich weiß, dass du einen anderen hast. Ich wusste es schon, bevor ich in den Einsatz gegangen bin.«

Der Raum schien sich plötzlich zu drehen, als er so unvermittelt damit herausplatzte. Sie starrte ihn fassungslos an.

»Ich sollte vielleicht besser gleich gehen. Ich kann heute Nacht bei Henning bleiben.«

Er griff sein Gepäck und drehte sich zur Tür. Doch dann hielt er noch einmal inne und kam auf sie zu. Er blieb so dicht vor ihr stehen, dass sie seinen Atem auf ihrem Gesicht spürte. In seinen Augen kämpften widerstreitende Emotionen, was seine Mimik weicher erscheinen ließ, auch wenn um seinen Mund herum ein grimmiger und entschlossener Zug lag.

»Es ist nicht deine Schuld, Mone. Ich weiß, dass es nicht einfach ist, mit mir zusammenzuleben. Ich bin verkorkst, und ich habe es dir trotzdem zugemutet. Ich wünsche dir, dass du vielleicht mit dem anderen mehr Glück findest als mit mir.« Sein Daumen strich einmal kurz über ihre Wange, wie der Flügel eines Schmetterlings. Die Berührung war so kurz und zart, dass sie sie sich fragte, ob sie sie sich nur eingebildet hatte.

»Ich werde irgendwann meine restlichen Sachen abholen. Wenn du willst, sag ich dir vorher Bescheid, dann musst du nicht hier sein.« Er räusperte sich. »Mach's gut«, flüsterte er dann.

Erst als er zur Tür hinaus war, fiel ihr auf, dass seine Stimme seit Langem wieder geklungen hatte wie früher. Es war lange her, doch nun hatte der tiefe, samtige Bariton genau über die Stelle in ihrem Inneren gestrichen, an der noch Gefühle für ihn waren. Diese Stelle vibrierte auch nach seinem Fortgang noch lange nach.

Kapitel 10

»Setzen Sie sich«, sagte der Arzt und deutete auf den leeren Stuhl, der vor seinem Schreibtisch stand. Ungelenk ließ Hanne sich darauf nieder. Ihr lahmes Bein machte ihr selbst bei einer so alltäglichen Sache wie dem Hinsetzen Probleme. Er schwieg und blätterte kurz durch den Stapel Papiere, der vor ihm lag. Ihre Akte mit Blutwerten, Röntgenbildern, Auswertungen vom MRT und CT, Ergebnissen von diversen Tests zu Muskelspannung und Nervenleitung sowie von zwei Lumbalpunktionen.

»Es tut mir leid, aber ich kann die Diagnose meines Kollegen nur bestätigen. Sie leiden an Amyotropher Lateralsklerose, oder abgekürzt ALS.«

Sie hatte eigentlich nichts anderes erwartet, jedoch starb die Hoffnung ja immer zuletzt. Der Neurologe schob ihr ein Faltblatt über den Tisch. »Darin finden Sie ein paar Adressen von Selbsthilfegruppen. Sie sollten sich frühzeitig um Krankengymnastik und um Logopädie bemühen, damit kann man zumindest die Lebensqualität der Patienten noch eine Zeit lang erhalten.« Er blickte sie über den Rand seiner Brille hinweg an, Mitleid und Professionalität versuchten, sich die Waage zu halten. »Haben Sie noch Fragen, Frau Kramer?«

Was sollte sie ihn fragen? Es war alles gesagt, sie wusste, was die Diagnose für sie bedeutete. Sie räusperte sich und schluckte schwer. »Ihr Kollege hat etwas von Tabletten erwähnt.« Sie ließ den Satz als Frage im Raum stehen.

»Ja, natürlich, die kann ich Ihnen aufschreiben. Allerdings sollten Sie sich nicht allzu große Hoffnungen machen. Studien haben gezeigt, dass das Medikament im Schnitt das Leben um etwa drei Monate verlängert.«

Sie lachte kurz freudlos auf. Drei Monate. Es fühlte sich an, als hätte er sie mit Anlauf umgestoßen. Sie ging innerlich zu Boden. Wieder. Sie hatte dieses Gefühl der völligen Ohnmacht, der Panik und der alles überflutenden Angst bereits durchlebt. Seit dem Verdacht und den damit einhergehenden unzähligen Untersuchungen hatte sie endlose Nächte damit verbracht, die Diagnose in ihrem Kopf hin und her zu rollen, aber irgendwie schien es nicht zu passen. Irgendwie schien das alles nicht ihr zu passieren. Es musste ein Fehler sein. Irgendwer musste falschliegen. Oder aber sie endlich aus diesem Albtraum aufwecken.

»Kann ich noch etwas für Sie tun?«, fragte der Arzt und schielte dabei auf seine Armbanduhr, eine Blancpain. Teuer und dabei schlicht. Gepflegtes Understatement. Sie kannte sich aus. Sie hatte Joachim so eine zum nächsten Hochzeitstag schenken wollen.

»Es tut mir sehr leid, dass ich Ihnen nichts anderes sagen kann als mein Kollege. Ich werde ihm die Ergebnisse in seine Praxis schicken.«

»Danke«, sagte sie leise und stand auf. Sie stützte sich auf der Stuhllehne ab, humpelte zur Tür. Ihre Hand ruhte auf dem Griff. »Wie lange etwa noch?«, fragte sie, ohne sich umzudrehen.

Sie hörte ihn leise schlucken. »Man sagt, von der Diagnosestellung ausgehend etwa drei bis vier Jahre. Bei den einen geht es schneller, bei den anderen dauert es etwas länger. Aber viel nicht. Es steht aber auch alles auf der Internetseite, die in dem Faltblatt erwähnt wird.«

Sie wusste das. Sie hatte das alles bereits recherchiert. Sie hatte diese komischen drei Buchstaben gegoogelt und hatte zittrig und mit Tränen in den Augen gelesen, was da auf sie zukommen würde. Sie hatte sich gefragt, ob es etwas Schlimmeres gab, sie hatte nach dem Licht am Horizont gesucht, sie war niemand, der schnell aufgab. Doch da war keins. Anders als bei Krebs, Aids, MS, Parkinson hatte sie keinen Strohhalm, an den sie sich klammern konnte. Es gab keine Chemotherapie, keine Tabletten, keine Operationen, keine Hoffnung. Diese drei Buchstaben hatte noch nie jemand überlebt. Und sie würde bald als lebender, vielmehr dann toter Beweis in diese Statistik eingehen. Da bei ihr die ersten Symptome schon vor zwei Jahren begonnen hatten, blieb ihr kaum noch Zeit.

Völlig betäubt ging sie zu ihrer Familienkutsche und fuhr los, wobei ihr Körper auf Autopilot stand, weil sich in ihrem Kopf alles drehte. Zum Glück fuhr sie einen Pkw mit Automatikgetriebe, sodass sie ihren nutzlosen linken Fuß nicht gebrauchen musste.

Als Hanne nach Hause kam, war es still. Joachim war noch auf der Arbeit, die Jungs waren den Nachmittag über bei der Oma geblieben. Sie hatte nichts von dem Arzttermin gesagt, niemandem. Sie hatte keine Lust, sich zu erklären. Sie hatte Helga lediglich gefragt, ob die Kinder bis zum Abend vorbeikommen könnten. Diese war zwar verwundert gewesen, hatte aber zugestimmt. Eigentlich gab Hanne die beiden nur ungern und äußerst selten in andere Hände. Der Große war auch erst mit viereinhalb Jahren in den Kindergarten gegangen, der Kleine nun mit knapp vier. Sie wollte lieber selbst so viel wie möglich von ihrer Kindheit miterleben. Sie wollte ihnen alles geben, und es machte sie glücklich, daheim bei ihren Kindern sein zu können. Sie hatte es nie vermisst, nicht im Berufsleben zu stehen und sich zwischen Familie und Job aufreiben zu müssen. Damit war sie eine Rarität, und viele andere Mütter betrachteten sie mitleidig, so als sei ihr Leben nicht komplett, weil sie nicht mit ihren beruflichen Erfolgen prahlen konnte.

Sie erzählte jedoch lieber davon, was sie alles mit den Kindern unternahm. Welche Abenteuer sie im Garten oder im nahe gelegenen Wald erlebten und welche kleinen Fortschritte jeder Tag brachte. Schmerzlich wurde ihr nun bewusst, dass sie nicht mehr viel Zeit mit ihren Söhnen hatte. Dass sie sie niemals würde aufwachsen sehen. Dass sie niemals erfahren würde, welche Berufe sie mal ergreifen, ob sie heiraten und selbst Kinder bekommen würden. Sie würde auch niemals ihre Enkelkinder im Arm halten. Bei dem Gedanken schossen ihr heiße Tränen in die Augen. Es war, als wären ihre Dämme gebrochen, nun, wo sie sich zugestand, sich mit ihrem Schicksal zu beschäftigen. Sie krümmte sich zusammen, als hätte sie jemand in die Magengrube geboxt. Taumelnd lehnte sie sich an die Flurwand, um Halt zu finden, bevor sie kraftlos auf den Boden sank. Dort blieb sie liegen und weinte so laut und elend wie noch nie in ihrem Leben.

Hanne wusste nicht, wie lange sie dort gelegen hatte. Sie hatte jegliches Gefühl für Zeit verloren, hatte sich leer geweint. Doch nun waren einfach keine Tränen mehr in ihr. Wie ein Embryo zusammengerollt lag sie immer noch auf den kalten Steinfliesen im Flur. Ihr Kopf und ihr Hals schmerzten vom vielen Weinen. Sie zitterte. Ihr Blick fiel auf ihre Armbanduhr, und sie erschrak. Nur noch eine knappe Stunde, dann würde Joachim nach Hause kommen. Er ahnte nichts von ihren Sorgen, würde sich jedoch wundern, wo die Kinder um diese Uhrzeit wären. So schnell es ihr lahmes Bein zuließ, kam sie hoch und humpelte in Richtung Badezimmer, wo sie beim Blick in den Spiegel erschrak. Sie sah furchtbar aus. Sie versuchte, sich vorzustellen, wie Joachim reagieren würde, wenn sie ihm irgendwann sagte, dass sie nicht mehr lange zu leben hatte. Wäre er traurig? Am Boden zerstört? Oder wäre er vielleicht sogar ein kleines bisschen froh? Denn dann wäre der Weg zu ihrer Schwester frei. Bei diesem Gedanken zuckte sie unwillkürlich zusammen, weil der Schmerz wie ein Messer durch ihr Herz fuhr. Simone. Ihre Schwester hatte sich immer Kinder gewünscht. Jetzt würde sie vielleicht welche bekommen und den Mann gleich dazu. Alles in allem wären doch alle ganz gut dran ohne sie.

Sie starrte in den Badezimmerspiegel. Ihre Hände zogen an der Haut, die sich immer noch straff und faltenfrei über ihre hohen Wangenknochen zog. Damals, als sie mit Joachim zusammenkam, hatte er ihr oft gesagt, was für eine wunderschöne Frau sie sei. Sie fand, sie war immer noch schön, auch wenn sie nun vom Weinen rot und verquollen war. Sie sah kein bisschen so aus, als ob eine todbringende Krankheit in ihr wütete.

Vielleicht war es besser, sie würde es niemals laut aussprechen. Denn dann würde es vielleicht einfach nicht passieren. Es könnte doch sein, dass das Humpeln wieder aufhörte. Dass sie sich besser und stärker fühlte. Dass die bleierne Müdigkeit aus ihren Knochen weichen würde. Vielleicht war doch alles ein dummer, schrecklicher Irrtum. Hanne spritzte sich zuerst zaghaft ein paar Tropfen Wasser auf die blassen Wangen, dann ließ sie das Waschbecken mit eiskaltem Wasser volllaufen und tauchte ihr ganzes Gesicht ein. Es war wie eine Ohrfeige, das gleiche Gefühl, das sie heute im Sprechzimmer des Arztes übermannt hatte. Sie kam hoch und japste nach Luft. Dann tauchte sie gleich wieder ein. Am Ende der Prozedur trocknete sie sich ab, legte frisches Make-up auf und humpelte zu ihrem Auto, um ihre Kinder abzuholen.

Die Jungs saßen auf dem alten, fleckigen Blumensofa und schauten fern. Das war genau der Grund, warum sie es hasste, die Kinder bei Mama abzugeben. Statt dass diese die seltenen Besuche ihrer Enkel dafür nutzte, mit ihnen zu spielen oder wenigstens einen Spaziergang zu machen, parkte sie die beiden meist schon kurz nach deren Ankunft vor der Flimmerkiste. Und dann schaltete sie auch noch so einen Mist ein. Irgendein lieblos animiertes Comic, in dem ein Hund mit Glubschaugen und einem Umhang die Welt retten wollte. Die Kinder starrten nichtsdestotrotz wie gebannt auf die Mattscheibe.

»Grüß dich«, sagte Hanne und humpelte zu ihrer Mutter hinüber. Wie immer hatte sie sich unweit des Fernsehers in den Schaukelstuhl gesetzt und starrte blicklos aus dem dreckigen Fenster. Ihr feuerrotes Haar brauchte dringend neue Farbe. Ihre Haut war fahl, und sie roch nach altem Schweiß und schmutziger Wäsche.

»Warst du beim Arzt?«, fragte Helga und schaute unvermittelt vom Fenster weg zu Hannes humpelndem Fuß.

»Ich hab bald einen Termin«, flunkerte Hanne, überrascht, dass ihre Mutter doch von Zeit zu Zeit Dinge registrierte. Sie packte die kleinen Rucksäcke ihrer Kinder, bedankte sich artig für die Betreuung und verließ fluchtartig die dunkle Wohnung, in der sie immer das Gefühl hatte, nicht atmen zu können.

Die Jungs waren müde auf der Heimfahrt. Vincent sah zum Fenster hinaus, Leander, ihr Kleiner, plapperte zwischendurch etwas von dem Comic, den er eben angesehen hatte. Sie betrachtete ihre Kinder im Rückspiegel. Wie gern würde sie sich davon überzeugen, dass ihr bloßer Wille, die Jungs nicht zu verlassen, stark genug war, um die Krankheit zu besiegen. Doch sie wusste, dass sie sich nur anlügen würde. Und das konnte sie sich nicht gestatten. Es reichte, dass sie alle anderen anlog.

Kapitel 11

Helga sah ihrer Tochter und ihren beiden Enkelsöhnen nach. Sie hatte es geschafft, keinen Tropfen Alkohol anzurühren, solange die Jungs da gewesen waren, doch jetzt spürte sie den Tremor, fühlte, wie sie zitterte und es in ihrem Kopf nur noch den einen Gedanken gab, nämlich die Weinflasche zu öffnen und zu vergessen. Oder vielmehr, sich zu erinnern. Als das erste Glas zur Neige ging und sie ihren Körper wieder im Griff hatte, zog Helga eine alte Schachtel unter dem durchgesessenen Sofa heraus und öffnete sie.

Fritz lächelte sie an, groß und stattlich und so lebendig. Das Bild war kurz nach Hannes Geburt entstanden. Stolz hielt er das winzige Bündel im Arm und lächelte mit all seiner Liebe seine Frau an, die die Kamera hielt. Helga glaubte fast, ihn vor sich zu sehen, wieder in ihrem alten Haus zu sein, in einem anderen Leben, das nur aus Glück und Liebe bestanden hatte. Fritz war ihr erster und einziger Mann gewesen. Sie hatte nie wieder einen anderen auch nur angesehen. Sie hatten sich auf einer Kirmes kennengelernt, zu der Helga mit ihrer Cousine Jutta gegangen war, weil diese sich mit einem Jungen namens Alfred verabredet hatte. Der wiederum hatte Fritz im Schlepptau gehabt. Aus Jutta und Alfred wurde nichts, doch für sie und Fritz war es Liebe auf den ersten Blick gewesen. Er hatte ihr ein Plüschtier geschossen und sie zum Riesenradfahren eingeladen. Als das Rad ganz oben zum Stehen kam, war er näher zu ihr gerückt.

»Vielleicht findest du das völlig verrückt, aber ich habe das Gefühl, als hätte ich mein Leben lang auf dich gewartet. Jetzt, hier in diesem Augenblick, fühle ich mich, als hätte ich endlich meine andere Hälfte gefunden.«

Helga hatte vorsichtig nach seiner Hand gegriffen. »Ich finde es gar nicht verrückt«, hatte sie geflüstert und ihm erlaubt, sie zu küssen, obwohl sie ein anständiges Mädchen war, das bislang einen Mann niemals auf mehr als eine Armlänge an sich hatte herankommen lassen. Doch Fritz war anders als alle, die sie je kennengelernt hatte. Das Riesenrad hatte sich irgendwann wieder schaukelnd in Gang gesetzt, doch Helga fühlte sich auch nach dem Aussteigen noch, als würde sie schweben. Und so hatte sie sich gefühlt bis zu dem Abend, an dem er nicht von der Arbeit heimkehrte. Dem Abend, an dem sie erfuhr, dass er gar nicht auf der Arbeit erschienen war. Sie hätte es nicht für möglich gehalten, dass sich ein Mensch in Luft auflösen konnte, doch Fritz Sturm war genau das gelungen. Er war von einem auf den anderen Tag verschwunden und niemals wieder aufgetaucht. Helga klappte den Deckel vehement zu. Sein Lächeln verschwand. Sie goss sich ein weiteres Glas Wein ein. Jetzt, nach dem Erinnern, musste das Vergessen kommen.

Kapitel 12

Jessy hatte noch einige Zeit am Fenster gestanden und auf den leeren Fleck unter der Straßenlampe gestarrt. Er machte sie verrückt. Warum musste er wieder in ihrem Leben auftauchen? Als ob es nicht so schon genug Chaos darin gäbe. Hilflos rieb sie sich die brennenden Augen mit den Handballen. Dabei fiel ihr Blick auf die hauchdünnen, fast verblassten Narben. Sie hatte sich damit für immer ein Andenken an diese Nacht geschaffen. Jessy sah schnell fort, denn wie jedes Mal, wenn ihr Blick auf die feinen weißen Linien fiel, drehte sich ihr Magen um.

Sie atmete tief ein, während sie ihren Kopf gegen das kühle Glas lehnte. Sie wollte nicht an die Zeit vor zehn Jahren zurückdenken. Sie hatte Jahre damit verbracht, die Erinnerung im tiefsten Winkel ihres Herzens zu begraben. Doch nun drängte alles nach oben, es war, als hätte jemand Staub aufgewirbelt, der sich nun einfach nicht mehr legen wollte.

Jessy hatte sich kurz nach ihrem vierzehnten Geburtstag in Lukas Danko verliebt. Es war ein heißer Sommer gewesen, und irgendwie gehörte es dazu, verliebt zu sein. Jedes Mädchen aus ihrer Klasse hatte einen Schwarm. Manche hatten sogar schon einen festen Freund, mit dem sie auf dem Schulhof unbeholfene Küsse austauschten oder Händchen hielten. Jessy gehörte jedoch nicht zu diesen Mädchen. Sie war eher bei den Stillen, die wenig Beachtung fanden. Den Blick hielt sie meist gesenkt und ihr mausbraunes Haar unter einer Kappe versteckt. Bis sie Lukas das erste Mal sah. Er war neu auf der Schule, und er fiel ihr sofort auf. Mit seinen damals knapp fünfzehn Jahren war er schon ziemlich groß. Seine Haare waren lang, etwa bis zur Schulter, doch er trug sie meist lässig hinters Ohr gekämmt. Er hatte die unglaublichsten blauen Augen, die Jessy jemals gesehen hatte, und wenn er lachte, zeigten sich Grübchen auf der im Sommer olivfarbenen Haut seiner Wangen. Er wurde sofort zum ungekrönten König der Schule. Er war ein Ass im Fußball, er war aber auch ein guter Schüler, was ihn bei Lehrern und Mitschülern gleichermaßen beliebt machte. Er war witzig und flirtete gern mit den Mädchen, die ihm reihenweise ihr Herz hinterherwarfen. Jessy hatte ihn durchaus bemerkt, doch verliebt hatte sie sich erst in ihn, nachdem er sie an einem schönen Sommertag vor ein paar Rüpeln gerettet hatte. Die Jungs, die in ihrem Jahrgang waren, hatten sie geschubst, einer hatte ihr heimlich einen Zettel auf den Rücken geklebt, auf dem »Bitte treten« stand. Die anderen lachten und traten, und ihr fielen die Schulbücher und Hefte herunter, die sie unter dem Arm getragen hatte. Tränen brannten in ihren Augen.

»Hey, jetzt reicht's«, hatte eine Stimme gerufen, und die Jungs waren wie ein Haufen aufgescheuchter Vögel auseinandergestoben.

Da hatte er gestanden, Lukas Danko. Er hatte ihr die Bücher und Hefte aufgehoben und den Zettel von ihrem Rücken geholt.

»Lass dich nicht ärgern, Kleine«, hatte er mit einem warmen Lächeln gesagt, bevor er weitergegangen war. Und um Jessy war es geschehen. Von diesem Moment an hatte ihm ihr Herz gehört. Eine feste Freundin hatte er damals noch nicht. In den Pausen drückte sie sich nun ständig in seiner Nähe herum, in der Hoffnung, er würde sie irgendwie bemerken. In seiner Nähe ließ sie sogar die Kappe weg und die Haare offen, damit wenigstens er sah, dass sie ein Mädchen war. Damit er vielleicht begann, etwas für sie zu fühlen, wenigstens einen Bruchteil dessen, was sie für ihn empfand. Das passierte jedoch nicht. Das Gegenteil war der Fall. Alle anderen bemerkten Jessys fanatische Besessenheit mit Lukas Danko, weshalb sie in diesem Sommer auch einen neuen Spitznamen erhielt: Sie wurde von da an nur noch *Dankos Schatten* genannt.

Die Mädchen lachten über sie, die Jungs machten anzügliche Scherze auf ihre Kosten. Lukas selbst war eher peinlich berührt. Es hielt sie trotzdem nicht davon ab, von ihm besessen zu sein. Es ging so weit, dass sogar Jessys Klassenlehrerin ein Gespräch mit ihrer Mutter suchte, weil sie sich ernsthafte Sorgen um Jessys Geisteszustand machte. In Jessys Heften, selbst auf ihren Klassenarbeiten, hatte sie Bleistiftskizzen von seinem Gesicht gemalt, seine Initialen geschnörkelt und mit Herzchen versehen. Anstatt ihre Hausaufgaben zu machen, hing sie lieber auf dem Fußballplatz ab und schaute seiner Mannschaft beim

Training zu. Ihre Leistungen fielen ab, im Jahr darauf war sogar ihre Versetzung gefährdet. Jessys Mutter jedoch war überfordert mit ihrer stark pubertierenden Tochter. Vielleicht fehlte ihr der Vater, doch was sollte sie dagegen tun? Helga erzählte Jessy nichts über das Gespräch und sprach mit ihr auch nicht über diese merkwürdige, fehlgeleitete Verliebtheit, mit der sich ihre Jüngste herumzuschlagen schien. Nur Mone, die in diesem Sommer ihr Abitur machte, nahm Jessy einmal zur Seite und gab ihr sehr eindringlich zu verstehen, dass sie das Gespött der Schule war und mit dem Stalking aufhören sollte.

Lukas bekam natürlich alles mit, er war genervt, was rückblickend sogar verständlich war. Immerhin blieb er freundlich, wenn auch distanziert. Er hatte wahrscheinlich Angst, dass ein erneutes Lächeln genügte, um ihre lächerliche Verliebtheit in ein alles verzehrendes Feuer zu verwandeln. So blieb es für drei Jahre. Ihre größte Angst war damals sein bevorstehender Abgang von der Schule, weil er mit einem Fußballstipendium im Ausland studieren wollte. Sie weinte nächtelang, als es auf die Sommerferien zuging und der Abiturjahrgang in der großen Aula über den schriftlichen Prüfungen schwitzte. Und dann hatte sie diesen blöden Brief geschrieben, der alles in Gang gesetzt hatte …

Gerade, als Jessys Gedanken an diesen Punkt zurückkehren wollten, rettete sie das Telefon. Mone war am anderen Ende. Sie weinte. »Er hat mich verlassen, Jessy, er hat mich wirklich verlassen.«

»Jo?«, fragte Jessy und hoffte inständig, dass Joachim die Affäre endlich beendet hätte.

»Quatsch, Robert natürlich«, schnaubte Mone aufgebracht.

»Ich bin gleich bei dir.« Ungläubig legte Jessy den Hörer auf und blieb zunächst wie erstarrt sitzen. Nie im Leben hätte sie damit gerechnet, dass ihr Schwager diesen Schritt gehen würde. Er war immer derjenige gewesen, der den Boden unter Mones Füßen angebetet hatte. Und auch, wenn sie wusste, dass die beiden schon seit Langem Probleme hatten, so hätte sie nie gedacht, dass er sie verlassen würde – umgekehrt wäre Jessy wohl weniger überrascht gewesen.

Sie zog die Strickjacke wieder an, legte schnell etwas Make-up auf, um die blauen Flecken zu übertünchen, und machte sich auf den Weg zu ihrem alten Renault. Vor der Tür flog ihr Blick verstohlen in Richtung Straßenlampe. Kein Audi. Sie war erleichtert. Oder?

Kapitel 13

Jessy fuhr die Viertelstunde bis zu Mones Wohnung in Gedanken versunken. Damals, als Robert in Mones Leben auftauchte, hatte sie gedacht, ihre Schwester habe das große Los gezogen. Robert sah unglaublich gut aus, er war lustig, er war nett, und er liebte Mone aufrichtig, das konnte jeder sehen. Die Hochzeit der beiden war wie aus einem Märchen. Sie hatten auf einem alten Weingut an der Mosel geheiratet. Der Tag war warm, und der Himmel war so blau, als sei er aus dem Pinsel eines Malers geflossen. Mone war eine wunderschöne Braut. Ihre langen blonden Locken waren kunstvoll hochgesteckt, in die Frisur eingearbeitet war ein kleiner Blütenkranz. Ihr Kleid war schlicht, aber romantisch, mit etwas Spitze am Dekolleté und am Rückenausschnitt. Sie hatte geleuchtet, als sie unter den Augen der Gäste über den geschmückten Hof auf ihren Auserwählten zuging. Und auch er hatte unglaublich gut ausgesehen in seinem dunklen Anzug mit dem weißen Hemd und ohne Krawatte. Sie hatten sich die ganze Zeit verliebte Blicke zugeworfen und konnten den ganzen Abend die Hände nicht voneinander lassen. Das war einer der wenigen Tage, an denen Jessy für einen kurzen Augenblick zu glauben wagte, dass es die echte Liebe tatsächlich gab – irgendwo, für jeden Menschen. Diesen Glauben hatte sie eigentlich schon als kleines Mädchen eingebüßt, als ihr Vater von heute auf morgen verschwunden war und seine Frau und seine drei Kinder ohne ein Wort zurückgelassen hatte. Rückblickend hatte Mones Hochzeit Jessy so etwas wie Hoffnung gegeben, dass es möglich war, den einen unter all den vielen Menschen zu finden.

Und jetzt? Mone hatte lange still unter ihrer kinderlosen Ehe und unter dem beharrlichen Schweigen ihres Mannes gelitten, hatte eine Affäre mit Joachim begonnen und stand nun vor den Scherben ihrer einst so hoffnungsvoll begonnenen Zukunft. Die Liebe schien sich, egal wo man hinschaute, genauso schnell wieder zu verflüchtigen, wie sie aufflammte. Am besten also, man ließ gleich die Finger davon, bevor man sich verbrannte.

Jessy hielt vor dem Haus ihrer Schwester und klingelte. Es dauerte einen Moment, bis Mone öffnete. Schon im Treppenhaus leuchtete ihr deren verquollenes Gesicht entgegen. Sie presste ein Taschentuch vor ihren Mund, um ihr Schluchzen zu ersticken.

»Komm rein«, stieß sie hervor, schlurfte wie eine um Jahre gealterte Frau wieder in Richtung Wohnzimmer und ließ sich aufs Sofa fallen. Jessy folgte ihr zaghaft. Sie wusste nicht, wie sie mit ihrer weinenden Schwester umgehen sollte, Mone war doch immer die Starke, die sie tröstete. Als Mone erneut von einem heftigen Schluchzen geschüttelt wurde, setzte sich Jessy neben sie und zog sie unbeholfen in ihre Arme. Während Mone weinte, strich sie ihr beruhigend über den Rücken, so wie Mone es sonst bei ihr tat. So blieben sie zunächst sitzen, bis die Tränen versiegten.

»Was ist denn passiert?«, fragte Jessy, nachdem sie spürte, dass Mone wieder in der Lage war zu sprechen.

»Ich hab ihn abgeholt, wir sind wie immer schweigend nach Hause gefahren. Und dann stand er einfach da im Türrahmen und hat gesagt *Ich ziehe aus*. Einfach so.« Sie schüttelte immer noch voller Unglauben den Kopf.

»Ist es denn nicht das, was du wolltest?«, fragte Jessy vorsichtig.

Mone schwieg zunächst schmollend, doch dann zuckte sie hilflos mit den Schultern. »Ich weiß nicht, was ich will, Jessy. Du hast schon recht, so ging es ja auch nicht mehr weiter. Aber irgendwie hab ich nie gedacht, dass er mich verlassen würde, eher dass ich mal gehe, wenn ich es nicht mehr aushalte.«

Jessy sah sie an. »Vielleicht ist es dann mehr gekränkte Eitelkeit darüber, dass er dir die Entscheidung abgenommen hat.« Diese Mutmaßung quittierte Mone mit einem finsteren Blick.

»Wenn es nur gekränkte Eitelkeit ist, warum tut es dann so schrecklich weh?«, fragte sie und vergrub ihr Gesicht in dem bereits durchweichten Taschentuch.

»Liebst du Robert denn noch?«

Mone schnäuzte sich lautstark. »Nein. Ja – ach, ich weiß es nicht. Die Wohnung ist so groß und leer ohne ihn.«

Jessy sah sich nun ebenfalls um. »Er ist ohnehin schon so oft weg, da fällt es doch gar nicht auf. Denk dir einfach, er sei gerade auf einem ganz langen Einsatz.«

Sie hatte trösten wollen, aber wohl genau das Falsche

gesagt, denn nun begann Mone von Neuem zu weinen, wenn auch leiser.

»Ich will nicht, dass es so zu Ende geht. Er hätte wenigstens um mich kämpfen können. Er ist einfach so gegangen. Und hat mir zum Abschied noch aufs Brot geschmiert, dass er weiß, dass ich einen anderen habe. Stell dir das vor. Keine Eifersucht, keine Szene, kein böses Wort. Er hat mir einfach viel Glück gewünscht. Ich glaube, er hat mich nie geliebt«, schloss sie ihren Monolog selbstmitleidig.

»Das ist Unsinn, und das weißt du«, tadelte Jessy. »Jeder weiß, wie sehr er dich geliebt hat.«

Mone nickte langsam. »Und was ist dann schiefgelaufen, Jessy? Warum zum Teufel hat es nicht funktioniert?«

Darauf wusste sie auch keine Antwort.

Jessy hatte Mone versprochen, die Nacht bei ihr zu verbringen. Sie bestellten Pizza beim Lieferservice und köpften eine Flasche Rotwein. Irgendwann im Laufe des Abends kam das Thema aber wieder auf Robert zurück, obwohl beide versucht hatten, den großen rosa Elefanten im Raum zu umgehen.

»Was er jetzt wohl macht?«, sagte Mone mehr zu sich selbst, während sie sich mit dem Korkenzieher an der Weinflasche abmühte.

»Lass mich das machen«, sagte Jessy und nahm ihr den aus einer Rebe geflochtenen Öffner weg, auch weil sie fürchtete, Mone könnte sich verletzen, so abwesend wie sie gerade war. Während Jessy die samtig rote Flüssigkeit in zwei Gläser laufen ließ, ging Mone zum Sofa hinüber, auf das sie sich nun mit angezogenen Beinen hockte, ihr Kinn auf die Knie gestützt. Sie sah klein und einsam aus, wie sie dort saß. Jessy ging zu ihr und drückte Mone das Glas in die Hand.

»Was willst du jetzt tun?«, fragte sie ihre Schwester, die tief und zittrig ausatmete.

Sie schwieg sehr lange. Als Jessy schon glaubte, Mone hätte die Frage nicht gehört, antwortete sie langsam: »Wenn ich das nur wüsste.« Sie machte eine Pause. »Ich wünschte, es würde wieder so wie am Anfang, als wir uns kennenlernten. Aber wenn ich so darüber nachdenke, dann habe ich vielleicht gar kein Recht, mir was zu wünschen. Ich habe ihn betrogen und nicht umgekehrt. Ich hatte uns schon lange vorher aufgegeben, oder?«

Sie sah Jessy flehentlich an, so als erwartete sie Vergebung von ihr. Die konnte Jessy ihr aber nicht geben. Sie liebte ihre Schwester, aber auch ihren Schwager Robert, und war entsetzt gewesen, als sie von der Affäre erfuhr, die Joachim und Mone hinter dem Rücken ihrer jeweiligen Partner begonnen hatten. Ganz zu schweigen, dass ihr Tun auch eine Familie zerstörte, wenn auch eine, die nur noch nach außen hin intakt war.

»Weißt du, Mone, wenn du herausfinden willst, ob dir noch etwas an Robert liegt, dann solltest du besser aufhören, mit Joachim zu schlafen, und stattdessen überlegen, was dir wirklich wichtig ist.«

Jessy hatte sich ziemlich weit vorgewagt mit dieser Aussage und sah an Mones überraschtem Gesichtsausdruck, dass auch sie nicht mit einer solchen Predigt gerechnet hatte. Mone wandte den Kopf zur Seite. Jessy glaubte, dass die Unterhaltung damit beendet sei, doch dann fuhr ihre Schwester erneut zu ihr herum.

»Wer hat dir eigentlich erlaubt, plötzlich die Rolle der großen und vernünftigen Schwester zu spielen?« Sie mussten beide lachen, auch wenn Mone wieder die Tränen liefen.

Sie hatten danach noch lange zusammen auf dem Sofa gesessen, auch wenn sie sich nicht mehr unterhielten. Irgendwann hatte Jessy den Fernseher angestellt, um die Stille zu füllen. Beide starrten nun auf das Programm, ohne wirklich etwas zu sehen. Jede hing ihren Gedanken nach. Schließlich bemerkte Jessy, wie Mones Kopf zur Seite sank. Ihre Schwester war eingeschlafen. Sie stand leise vom Sofa auf und schlenderte durch die dunkle Wohnung. Jessy beneidete ihre Schwester darum, einfach so im Schlaf Vergessen zu finden.

Sie machte vor der Balkontür halt. Da Mone es nicht mochte, wenn man bei ihr rauchte, nahm Jessy ihre Zigaretten und ließ sich draußen in der kalten Nachtluft auf einen sperrigen Korbstuhl fallen. Plötzlich ging das Licht, das mit einem Bewegungsmelder verbunden war, an. Erschrocken zuckte sie zusammen und sah dann erleichtert, dass es Mone war, die eingewickelt in eine Wolldecke an der Balkontür stand. Ihre Schwester betrachtete mit gerunzelter Stirn Jessys Gesicht, das nun von der viel zu hellen Außenbeleuchtung angestrahlt wurde. »Was zum Teufel ist dir eigentlich passiert?«

Als Jessy von der hässlichen Begegnung erzählt hatte, schüttelte Mone traurig den Kopf.

»O Jessy, ich bin eine egoistische Kuh. Ich war so mit

mir beschäftigt, dass ich nicht mal bemerkt habe, wie du aussiehst.«

Sie hockte sich vor Jessy auf das Fußbänkchen des Korbsessels und umarmte sie sanft, die Wolldecke rutschte dabei zu Boden, doch Mone schien nicht mehr zu frieren. Jessy zuckte mit den Schultern. »Meine paar Kratzer und blauen Flecken gehen wieder weg, deine kaputte Ehe nicht.«

Mone verzog den Mund. »Danke, dass du mich daran erinnerst«, sagte sie halb scherzhaft, doch wurde gleich wieder ernst. »Du musst den Typen anzeigen, versprich mir das. Lass nicht wieder jemanden ungestraft damit durchkommen, dass er dich verletzt.«

Jessy stand abrupt auf und ging wieder nach drinnen. Sie wollte auf gar keinen Fall, dass der Abend auf diesen Punkt zusteuerte. Als sie sich setzte, stöhnte sie kurz ob ihrer schmerzenden Rippen auf.

»Brauchst du noch etwas? Schmerzmittel oder einen neuen Verband?«, fragte Mone, die ihr besorgt nach drinnen gefolgt war.

Sie schüttelte den Kopf. »Noch ein Glas Wein ist alles, was ich brauche.«

Kapitel 14

Lukas ließ sich in den Sitz des Audis zurücksinken und rieb sich müde übers Gesicht. Nach ihrem erneuten Zusammentreffen am Morgen hatte sein Herz eine gefühlte Ewigkeit nicht im Takt geschlagen. Vehement hämmerte es gegen seine Brust, als ob es ihn daran erinnern wollte, dass es noch da war. Überhaupt hatte sich sein blödes Herz seit Langem nicht mehr so viel gemeldet wie in der kurzen Zeit mit Jessy. Er war nach den gemeinsamen Stunden im Krankenhaus stundenlang kopf- und planlos durch die Gegend gefahren, nun parkte er unweit seines alten Zuhauses und wusste nicht recht, wohin.

Er sollte besser aussteigen und reingehen, er hatte das Unvermeidliche schon lange genug vor sich hergeschoben. Das Haus war nach Papas Tod nun verkauft, der Makler würde bald kommen, und er musste sich vorher durch das Hab und Gut seines alten Herrn wühlen. Er musste ein ganzes Leben ausmisten und entscheiden, was davon bewahrt und was entsorgt werden sollte. Er fühlte sich jedoch im Moment nicht dazu in der Lage.

Eine unglaubliche Traurigkeit erfasste ihn, als sein Blick zu dem windschiefen grauen Gebäude mit dem roten Giebeldach wanderte, das trotzig aus einem kleinen Wäldchen hervorragte. Der Garten war ungepflegt, Unkraut wuchs aus dem gepflasterten Pfad. Früher hatte sein Vater hier alles tadellos in Schuss gehabt. Die Krankheit hatte ihn wohl schon zu Lebzeiten besiegt. Gleich kam das schlechte Gewissen. Er hätte da sein müssen für seinen alten Herrn. Doch Paps hatte nie auch nur mit einem Wort erwähnt, dass er überhaupt krank war. Erst zum Schluss, als er schon in der Klinik lag und die Ärzte ihm nur noch wenige Wochen in Aussicht gestellt hatten, war er mit der Wahrheit herausgerückt. Lukas hatte sich sofort in den nächsten Flieger gesetzt, sie hatten noch ein paar schöne Wochen miteinander gehabt, doch er fühlte sich irgendwie betrogen. Hätte Papa ihm gleich gesagt, wie es um ihn stand, dann wäre er schon Jahre früher nach Hause gekommen. Paps war alles gewesen für ihn, nachdem seine Mutter sie beide verlassen hatte. Er war damals knapp acht gewesen. Sie war abends noch an sein Bett gekommen und hatte ihn bedauernd angesehen. Sie war länger als sonst bei ihm sitzen geblieben und hatte sein Haar gestreichelt, bis er eingeschlafen war. Am nächsten Morgen war sie fort gewesen. Er hatte es nicht glauben können, hatte getobt und geweint.

Sein Vater hatte ihm damals erzählt, dass sie nur ein wenig Zeit für sich brauche. Dass sie, wenn auch nicht zu ihrem Mann, dann aber doch wenigstens zu ihrem Sohn zurückkommen würde. Lukas hatte das eine ganze Weile geglaubt und sich an diese Vorstellung geklammert. Er hatte sich nicht fragen wollen, warum sie niemals anrief. Warum an seinem Geburtstag und an Weihnachten nur eine Postkarte kam. Irgendwann hatte er bei seinem Paps in der Schublade ihren Abschiedsbrief gefunden. Sie war mit Lukas' Klavierlehrer durchgebrannt. Sie wollten ins Ausland, vielleicht Spanien oder Südfrankreich. Damals war ihm schlagartig klar geworden, warum die Klavierstunden so abrupt geendet hatten und sein Vater nicht mehr wollte, dass sein Sohn ihm auf diesem Instrument etwas vorspielte. Er hatte Paps keinen Vorwurf gemacht. Er erinnerte sich daran, dass ihm seine Mutter schon immer wie ein bunter, merkwürdiger Vogel in einem goldenen Käfig vorgekommen war. Irgendwie schien sie mit ihrer verträumten, doch lebenshungrigen Art nicht in einen Vorort zu gehören – und damit auch nicht an die Seite eines genügsamen Handwerkers, der sich abends auf sein Feierabendbier freute. Auch wenn es ihn bis heute schmerzte, dass sie fortgegangen war, so war er doch froh, dass sie diejenige war, die die Familie verlassen hatte, und nicht sein Vater.

Nun war Lukas jedoch ganz allein. Er hatte lange mit sich gerungen, ob er seinen alten Groll auf seine Mutter über Bord schmeißen und sie über den Tod ihres Mannes informieren sollte. Zuletzt hatte sie an der Algarve gelebt, wie sie in der jährlichen spärlichen Geburtstagspost mitgeteilt hatte. Der Klavierlehrer war da schon lange Geschichte, stattdessen lebte sie nun mit einem zehn Jahre jüngeren Typen zusammen, der sein Geld mit Motorradrennen verdiente.

Am Ende hatte der kleine Junge in ihm gewonnen, der in einem verborgenen Winkel seines Herzens immer noch die Hoffnung hatte, dass sie kommen und ihn um Verzeihung bitten würde. Es war ein kurzer Brief, wenige Zeilen nur, dazu das Datum der Beerdigung. Doch sie war natürlich nicht aufgetaucht. Nicht mal eine Beileidskarte hatte sie geschickt. *Vielleicht war ja auch die Adresse nicht mehr aktuell,* versuchte der kleine Lukas, sie erneut in seinem Kopf zu verteidigen, doch er hielt ihm gedanklich den Mund zu. *Sieh endlich ein, dass sie sich nie etwas aus uns gemacht hat,* schalt er sein kindliches Ich und köpfte dann mit einer wütenden Bewegung eine Flasche Bier aus dem Sixpack, das er eben im Supermarkt erstanden hatte. Er stieg aus und ging mit seinem Einkauf zum Haus, wo er sich resigniert auf die Stufen der Veranda setzte und in den wild wuchernden Garten starrte. So viel aus seiner Vergangenheit kam hoch, seit er hier war. So vieles, was nicht geklärt war. Und er musste es klären, vor allem die Sache mit Jessy.

Er war damals völlig erschüttert gewesen, als ihre Schwester an seine Tür gehämmert und ihn angeschrien hatte. Ihm war speiübel geworden bei ihren Worten, und der Boden unter seinen Füßen hatte gewankt, sodass er sich am Türrahmen abstützen musste. Er war schuld daran, dass sie versucht hatte, sich das Leben zu nehmen. Er hatte sie auf diese verdammte Feier gelockt und sie damit wissentlich den anderen zum Fraß vorgeworfen. Sein erster Impuls war es gewesen, zu ihr ins Krankenhaus zu eilen und sie um Verzeihung anzuflehen. Doch noch auf dem Parkplatz war er erneut in Simone gerannt, der er nach einer langen, lautstarken Predigt versprechen musste, Jessy niemals mehr zu kontaktieren. Sie war sehr deutlich darin gewesen, was ein Versuch seinerseits für seine Eier bedeuten würde.

Also war er fortgegangen, ohne sich noch einmal bei ihr zu melden. Er hatte sich eingeredet, dass es so besser sei, dass sie sich erholen und ein glückliches Leben führen würde. Und dasselbe hatte er auch versucht. Er war, ebenso wie zu Schulzeiten, ein exzellenter Student und konnte in den USA mit seinem fußballerischen Können punkten. Eine Zeit lang spielte er sogar in der amerikanischen Profiliga, doch eine Verletzung am Sprunggelenk zwang ihn dazu, diese Karriere auf Eis zu legen. Stattdessen begann er erfolgreich, für ein amerikanisches Sportmagazin zu schreiben. Alle waren der Meinung, dass er stets auf die Füße fiel, dass er einfach immer Glück hatte – allerdings war Lukas sich nicht sicher, ob er überhaupt wusste, wie Glück sich anfühlte.

Er trank den Rest Bier aus der Flasche und stellte das Leergut in eine der unzähligen Kisten, die überall herumstanden. Das einsame Gefühl, das er stets bekam, wenn er gezwungen war, mit sich allein zu sein, machte sich in ihm breit. Lukas hatte in den vergangenen zehn Jahren viele Frauen gehabt, um diesem Gefühl zu entkommen, aber auch das hatte nicht geholfen, denn keine war je wirklich zu ihm durchgedrungen. Sie warfen ihm vor, gefühlskalt und lieblos zu sein, doch wie sollte man jemand anderen lieben, wenn man sich selbst nicht leiden mochte? Das wiederum hing mit dieser unseligen Abiturfeier zusammen – und damit auch mit *ihr*.

Jessy – immer noch verwundert schüttelte er den Kopf. Er hatte sie an dieser Tankstelle zunächst nicht erkannt, ihm war nur eine attraktive Frau aufgefallen. Sie hatte sich unglaublich verändert seit damals. Was gleich geblieben war, waren ihre Augen. Diese riesigen blauen Augen, die er schon an dem knabenhaften Teenager mit Verwunderung bemerkt hatte. Wenn sie glücklich war, hatten diese Augen geleuchtet und ihr ganzes Gesicht verwandelt. Diese Augen waren es auch, die er als Erstes wiedererkannt hatte. Dann war ihr bei seinem Anblick alle Farbe aus dem Gesicht gewichen, und die vergangenen zehn Jahre schienen davonzuflattern wie abgerissene Kalenderblätter. Zurück blieb das unglückselige Band aus Schuld und Reue, das, auch wenn eine Dekade und ein Ozean zwischen ihnen lagen, wohl niemals abgerissen war. In diesem Augenblick wurde ihm klar, dass er unbewusst wegen ihr der Heimat so lange ferngeblieben war.

Sein Plan war ursprünglich gewesen, nach der Beerdigung nur so lange zu bleiben, bis das Haus leer und dem neuen Besitzer übergeben war, doch seit dem Wiedersehen war sein Entschluss, die Stadt schnellstmöglich wieder zu verlassen, gehörig ins Wanken geraten. Womöglich war es an der Zeit, sich einzugestehen, dass er nicht ewig vor der Vergangenheit davonlaufen konnte.

Fieberhaft überlegte er, unter welchem Vorwand er sich wieder bei ihr melden konnte. Dann kam ihm eine Idee: Sie mussten beide noch ihre Aussagen bei der Polizei machen. Er würde sie dazu bewegen, dass gemeinsam mit ihm zu tun. Entschlossen stand er auf und trug eine Kiste mit Sperrmüll von der Veranda zum Gartentor, wo die Mülltonnen standen. Schließlich musste er irgendwo mit dem Ausräumen beginnen.

Er war in Gedanken schon wieder bei Jessy, als ihm eine Frau auffiel, die ihn von der gegenüberliegenden

Straßenecke aus beobachtete. Er zog die Stirn in Falten und schirmte seine Augen mit der Hand gegen das Licht der tief stehenden Sonne ab, trotzdem konnte er sie nur schemenhaft ausmachen. Als sie bemerkte, dass er sie nun ebenfalls beobachtete, drehte sie sich eilig um und verschwand. Er hatte ein komisches Gefühl in der Magengegend, weshalb er ihr nachlief, doch an der Ecke angekommen musste er feststellen, dass die Frau verschwunden war. Merkwürdig.

Der Vorfall beschäftigte ihn noch eine ganze Weile, doch irgendwann kehrten seine Gedanken zu Jessy zurück, und das komische Gefühl im Magen verwandelte sich in ein nervöses Kribbeln, das ihn die ganze Nacht wach hielt. Am nächsten Morgen fuhr er übermüdet und mit brennenden Augen los und hoffte, dass er weniger zerschlagen aussah, als er sich fühlte. Er parkte wieder unter der Straßenlampe und lief zu dem Häuserblock, in dem sie lebte. Mit klopfendem Herzen betätigte er die Klingel. Sie fragte nicht, wer da sei, sie drückte einfach auf, und so stieg er die Stufen zu ihrer Wohnung hoch. Ihr geschundenes Gesicht erschien im Türspalt, und sogleich überzog eine verräterische Röte ihre Wangen.

»Was willst du denn schon wieder?«, fragte sie gereizt.

»Ich dachte, wir könnten gemeinsam zur Polizei gehen wegen der Anzeige«, sagte Lukas und versuchte es mit einem unsicheren Lächeln.

Statt ihm zu antworten, schloss sie einfach die Tür.

Kapitel 15

Jessy stand hinter der Tür und zitterte. Dass sein Anblick sie aber auch jedes Mal so erschüttern musste. Sie war mehr auf sich selbst wütend als auf ihn. Trotzdem blieb sie zunächst reglos stehen und wartete darauf, seine Schritte im Treppenhaus zu hören, aber nichts regte sich auf der anderen Seite. Er war weitaus hartnäckiger, als sie geglaubt hatte. Zudem hatte sie Mone das Versprechen gegeben, den Typen anzuzeigen, dann konnte sie das genauso gut mit Lukas Danko gemeinsam tun. Eilig, damit sie sich nicht im letzten Moment umentschied, riss sie ihre Strickjacke vom Haken und öffnete das Schloss. Lukas schien ebenso überrascht zu sein wie Jessy, als sie ins Treppenhaus trat.

»Dann mal los«, sagte sie und feuerte sich selbst damit ebenso an.

Er folgte ihr die Treppen hinab und schloss kurz vor der Tür zu ihr auf. Wie ein Windhauch glitt seine plötzliche Nähe über die kleinen Härchen an ihren Armen. Draußen überholte er sie, um ihr die Autotür aufzuhalten. Jessy zögere nur einen ganz kleinen Moment, bevor sie einstieg. Die Fahrt verlief schweigend. Nur hin und wieder warf er ihr einen schwer zu deutenden Blick von der Seite zu.

Es war nicht weit bis zur nächsten Polizeiwache. Sie mussten einen Augenblick in einem hässlichen, kahlen Warteraum sitzen, dann wurden sie zu einer jungen Polizistin ins Büro gebracht.

Sie nahm die Aussagen auf, ließ sich die Adresse vom Krankenhaus und von Jessys Arzt geben und fragte, ob sie Anzeige erstatten wolle.

»Definitiv«, sagte Lukas.

»Ich kann für mich allein sprechen«, fuhr Jessy ihn ungehalten an. In der Sache hatten Lukas und Mone allerdings recht. Sie hatte in der Nacht noch einmal darüber nachgedacht, und es fühlte sich falsch an, diesen Kerl einfach davonkommen zu lassen. Diesen Fehler hatte sie schon einmal begangen, auch, weil irgendwo tief in ihr drinnen ein kleiner Teil der irrigen Überzeugung war, dass sie selbst die Schuld daran trug, was ihr zustieß. Das musste sich ändern.

Die Polizistin war freundlich, sie klärte Jessy und Lukas über das weitere Vorgehen auf und verabschiedete die beiden mit den Worten, dass sich die Staatsanwaltschaft in Kürze melden würde. Dann standen sie wieder im Freien, und eine fast greifbare Spannung machte sich zwischen ihnen breit.

Er räusperte sich, die Hände in den Hosentaschen vergraben, die Schultern zu den Ohren hochgezogen. Sein Blick ging mehr an ihr vorbei als zu ihr hin.

»Wollen wir was trinken gehen?«

Sie hörte die leise Bitte in seiner Frage. Jessy rang mit sich und ihren Dämonen. Er ließ ihr die Zeit. Dann nickte sie fast unmerklich und ging wortlos zu seinem Audi, wo sie an der Beifahrerseite stehen blieb, bis er den Wagen mit der Fernbedienung entriegelt hatte.

Als er an ihr vorbei nach dem Türgriff fasste, machte ihr Herz einen aufgeregten Satz. Eine merkwürdige Mischung aus guter und schlechter Nervosität durchflutete sie. Er steuerte den Wagen in Richtung Innenstadt, wo es mehrere Cafés gab. Da er sich nicht gut auskannte, ließ er Jessy entscheiden, die ihn zu einem der neueren Kaffeehäuser lotste, wo man in tiefen, plüschigen Sesseln aus einer Flut von verschiedenen Heißgetränken wählen konnte. Jessy bestellte sich einen Caramel Latte, Lukas einen simplen Espresso. Als die Getränke kamen, gab es nichts Organisatorisches mehr zu regeln, und so machte sich wieder eine Stille zwischen ihnen breit, die ungemütlich zu werden drohte. Jessy rutschte tiefer in ihren Sessel, das Glas mit ihrem Kaffee fest umklammert, während Lukas geschäftig in seinem Espresso rührte. Am Ende durchbrach sie als Erste das Schweigen.

»Und, was hast du so gemacht in den vergangenen Jahren?« Sie hatte es nicht gewollt, und doch klang diese harmlose Frage wie ein Vorwurf. Er zuckte kaum merklich zusammen, begann aber trotzdem zu erzählen – vom Tod seines Vaters, von seiner frühzeitig beendeten Fußballkarriere und seiner Arbeit bei der Sportzeitschrift.

»Eigentlich macht es mir keinen großen Spaß, anderen bei dem Sport zuzusehen, den ich früher selbst gemacht habe, aber das Schreiben, das gefällt mir.«

»Nun, wenn du in die USA zurückkehrst, könntest du dir ja einen Job bei einer anderen Zeitung suchen und über Politik oder so was berichten.«

»Oder ich könnte hierbleiben und versuchen, irgendwo ein Volontariat zu bekommen, um das Handwerk richtig zu lernen«, schloss er vage. Ihre Beine unter dem kleinen Tisch berührten sich fast. Sie war sich seiner Nähe überdeutlich bewusst. Es war paradox, weil ihr verräterischer Körper auf ihn reagierte wie auf niemanden sonst, wobei ihr Kopf zeitgleich sämtliche Alarmknöpfe presste. Dieser Zwiespalt brachte sie zur Verzweiflung, doch sie vertraute ihrem Kopf inzwischen weitaus mehr als ihrem dummen Herzen. Demonstrativ rückte sie von ihm ab. Wenn ihre Reaktion ihn verletzte, ließ er es sich zumindest nicht anmerken.

»Jessy, damals, also die Sache war die …« Weiter kam er nicht.

»Wir sollten jetzt zahlen«, sagte sie, und zwischen den Zeilen schwang die Warnung mit, diesen Punkt nicht zu überschreiten. Sie hatten eine Grenzlinie erreicht.

Lukas nickte, den Blick auf seine verschränkten Finger geheftet, doch als er sie erneut ansah, ahnte sie schon, dass er bereit war, weiter über dieses Minenfeld zu gehen. »Bitte lass mich versuchen, es zu erklären …«

Jessy spürte, wie sich von einer Sekunde auf die andere alles in ihr verschloss. »Ich gehe jetzt«, sagte sie, sprang auf und zerrte ihre Geldbörse aus der Jackentasche. Dabei stieß sie an den Tisch, was ihr Glas zum Kippen brachte, sodass sich der Rest Kaffee über die ansonsten blanke Oberfläche ergoss. Sie stöhnte innerlich. In seiner Gegenwart verwandelte sie sich von der selbstsicheren Frau zurück in den ungelenken Teenager von damals – ein weiterer Beweis, dass er ihr einfach nicht guttat. Lukas griff nach den Servietten und wischte die Flüssigkeit auf. Sie kramte mit zittrigen Fingern einen Fünfeuroschein aus ihrem Portemonnaie.

»Bitte lass, der Kaffee geht auf mich«, sagte er, während er damit beschäftigt war, die Pfütze aufzuwischen. Jessy ignorierte seine Einladung. Stattdessen legte sie das Geld auf den Tisch und wandte sich zum Gehen. Lukas schnellte so eilig hoch, dass er ebenfalls an die Platte stieß, wobei das Glas nun zu Boden rollte und dort in unzählige, kleine Splitter zerfiel.

»Jessy, warte«, rief er ihr hinterher. Doch sie war bereits zur Tür hinaus. Aus dem Augenwinkel sah sie, wie er unwillig vor der übellaunigen Kellnerin in die Knie ging, um die Scherben aufzusammeln.

Kapitel 16

Als Joachim abends nach Hause kam, schien alles wie immer. Die Jungs waren gebadet und saßen in ihren Schlafanzügen am Esstisch. Hanne tat zumindest so, als sei sie blendender Laune.

»Hach, schaut mal, da ist der Papa gekommen. Jetzt können wir sogar zusammen Abend essen.« Sie strahlte in seine Richtung, doch das Lächeln gelangte nicht bis zu ihren Augen. Im Gegenteil. Er hätte es nicht mit Bestimmtheit sagen können, aber es lag eine merkwürdige Traurigkeit darin. Vielleicht sogar Furcht. Sie kam ungelenk zum Tisch gehumpelt und stellte eine Schüssel mit Bratkartoffeln auf ein kleines herzförmiges Holzbrett. Er zog sich im Flur aus und hängte seine Jacke an den Haken.

»Wann hast du noch mal den Arzttermin?«, fragte er. Er schaute um die Ecke, gerade noch rechtzeitig, um zu sehen, wie sie ruckartig die Schultern straffte.

»Nächste Woche«, sagte sie schnell und lud den Kindern das Essen auf die Teller.

»Das hast du letzte Woche auch schon gesagt«, erinnerte er sie.

»Ja, der Termin musste verlegt werden.« Sie klapperte geschäftig mit dem Besteck und fing an, mit den Jungs den morgigen Tag zu planen. Er schüttelte leicht verärgert den Kopf. Sie verhielt sich merkwürdig in den vergangenen Wochen. Sie war oft abwesend und in sich gekehrt. Ihre Fröhlichkeit wirkte aufgesetzt. Er vermutete, dass sie sich Sorgen machte wegen des Humpelns.

Nach dem Essen hob sie Leander von seinem Stuhl hoch, doch sein Gewicht brachte sie ins Straucheln. Verbissen stemmte sie seinen kleinen Körper auf ihre rechte Hüfte.

»Lass mich doch«, sagte er, als er sah, wie schwer es ihr fiel, den Vierjährigen zu tragen.

»Geht schon.« Ihr Ton war ungewohnt scharf, ihr Blick angriffslustig. Sie starrten sich einen Moment an, dann gab er mit einem resignierten Seufzen nach. Während sie mit Leander zum Zähneputzen ins Badezimmer ging, sah Joachim ihr nachdenklich hinterher. Es wurde schlimmer. War es am Anfang nur ein leichtes Nachziehen, so hatte es sich nun zu einem starken Humpeln ausgewachsen. Manchmal fiel sie hin, einfach so, als würden ihr die Gliedmaßen völlig den Dienst versagen. Und es waren nicht nur die Beine; wenn sie eine Flasche aufdrehte oder einen Stapel Teller trug, dann wirkten ihre Hände seltsam steif, so als seien sie eingeschlafen.

Wie immer rief sie ihn zum Gutenachtsagen. Er küsste die Jungs und deckte sie zu. Hanne lag auf der Matratze neben den Kindern. Sie hatte diese Matratze mal gekauft, falls eines der Kinder krank wurde oder schlecht träumte. Doch schon bald schlief sie öfter dort als in ihrem Ehebett.

Überhaupt war sie in den vergangenen Monaten immer müde, etwas, das er an seiner sonst eher aktiven und gut gelaunten Frau nicht kannte. Joachim ging zum Kühlschrank und machte sich ein Bier auf. Er überlegte, ob er Mone eine Nachricht schicken sollte. Manchmal trafen sie sich, selbst wenn Robert da war. Er könnte vorgeben, noch mal ins Büro zu müssen, um ein eiliges Kundenangebot zu überarbeiten. Hanne stellte nie Fragen, im Gegenteil schien sie oft erleichtert, wenn er das Haus wieder verließ. Aber irgendwie war ihm heute nicht danach. Etwas lag in der Luft. Etwas Dunkles. Er konnte es nicht benennen. Es war mehr ein Gefühl. Eine Vorahnung. So, als rutsche man in einen schlechten Traum, ohne dass dieser überhaupt schon begonnen hatte. Sein Blick fiel auf den Stapel Rechnungen, den Hanne säuberlich neben den Computer gelegt hatte. Er ließ den Rechner hochfahren und holte sich den Zettel mit den TAN-Nummern für das Onlinebanking. Doch als der Startbildschirm sich vor ihm aufbaute, kam ihm ein anderer Gedanke.

Er klickte auf den Verlauf. Dort reihten sich die zuletzt angesehenen Links auf. Eine Website für Stoffe und Zubehör. Ein Mode-Onlineshop, die Startseite der lokalen Tageszeitung. Ein paar Einträge von Urlaubsanbietern sowie von Foren, in denen Eltern Ideen für den nächsten Kindergeburtstag gaben. Gerade wollte er schon aufgeben, als er weiter unten diverse Links zu einem bestimmten Thema entdeckte. Zuerst ein allgemeiner Eintrag über die Krankheit ALS bei Wikipedia, dann eine Selbsthilfeseite sowie mehrere Foren, in denen Betroffene Erfahrungsberichte austauschten. Als Joachim alles gelesen hatte, merkte er, dass ihm die Tränen liefen.

Er stand irgendwann unschlüssig vor der Tür des Kinderzimmers. Drinnen hörte er die leisen Stimmen eines Hörspiels. Ansonsten war es ruhig. Er öffnete die Tür einen Spalt und spähte in die Dunkelheit. Nach einigen Sekunden hatten sich seine Augen an das Schwarz gewöhnt, und er konnte die Umrisse der Jungs in ihren Betten erkennen. Ein Benjamin-Blümchen-Nachtlicht warf einen hellen Kreis um ihre Köpfe, fast wie ein Heiligenschein. Vincent rieb sich gerade im Schlaf die Nase. Leander wälzte sich unruhig herum. Dann sah er Hanne auf der Matratze liegen. Sie schlief nicht. Ihre Augen waren riesig, ihr Gesicht bleich angeleuchtet von dem schwachen Schein der Kinderlampe. Ihre Wangen waren tränennass, sie zitterte unkontrolliert. Er ging vor der Matratze auf die Knie und streckte ihr seine Hand hin. Sie zögerte einen Augenblick, doch dann nahm sie sie und ließ sich von ihm hochziehen. Leise verließen sie das Kinderzimmer. Hanne zögerte kurz, doch dann bedeutete sie ihm, ihr nach unten zu folgen. Beklommen stieg er hinter ihr die Treppe hinunter.

Joachim setzte sich an den Küchentisch, er traute sich nicht, ihr nahe zu kommen. Sie setzte Wasser auf und hantierte geschäftig mit den Keramikbechern. Doch er kannte sie gut genug, um zu wissen, dass sie damit nur Zeit gewinnen wollte, um ihre Fassung zurückzubekommen.

»Wann wolltest du es mir sagen?« Er wusste, dass er verletzt und vorwurfsvoll klang, doch gerade konnte er nicht anders, obwohl ihm klar war, dass es von nun an nur noch um sie gehen sollte. Hanne zuckte mit den

Schultern. Statt einer Antwort rührte sie in ihrer Teetasse. Sie sah ihn nicht an.

»Woher weißt du es?«, fragte sie irgendwann mit brüchiger Stimme.

»Du hast deine Spuren im Internet nicht verwischt, ich habe es mir eben durchgelesen«, bekannte er und fühlte sich schuldig, weil er ihr nachspioniert hatte. Auf der anderen Seite war es doch sein gutes Recht zu erfahren, dass seine Frau todkrank war.

»Ich habe wohl gedacht, wenn ich es nicht laut ausspreche, dann ist es auch nicht wahr«, flüsterte sie nach einer Weile und setzte sich dann zu ihm. Sie sahen beide auf die Holzmaserung der Tischplatte, verzweifelt nach Worten suchend, die es nicht gab.

Er hatte nie geglaubt, so ein Gespräch mit ihr führen zu müssen. Irgendwann einmal, das hatte er sich vorgestellt, hätten sie vielleicht über ihre merkwürdige Art des Zusammenlebens reden müssen, vielleicht darüber, ob sie noch mehr waren als ein gut eingespieltes Team zur Aufzucht des Nachwuchses. Dass er sie würde fragen müssen, wie viel Zeit ihr – ihnen – noch blieb, hätte er sich niemals ausmalen können.

»Es muss doch irgendetwas geben, was wir tun können? Es gibt sicher irgendwo einen Spezialisten, egal wo, wir gehen hin, und wenn es irgendwo im Urwald ist.«

Sie lächelte schwach, doch schüttelte dann betrübt den Kopf.

»Es gibt nichts, was man tun kann. Nichts und niemand kann mir jetzt noch helfen. Mein Körper baut Stück für Stück ab. Essen, Schlucken, Toilettengang – die einfachsten Dinge können Betroffene ab einem gewissen Zeitpunkt nicht mehr verrichten. Dann irgendwann werde ich nicht einmal mehr allein atmen können. Es gibt viele, die an diesem Punkt bei der Diagnose Sterbehilfe in Anspruch nehmen ...«

Sie ließ den letzten Satz unvollendet zwischen ihnen baumeln. Joachim musste schlucken, bevor er weitersprechen konnte. »Und du? Willst du ...?« Er konnte es nicht sagen, allein bei dem Gedanken zogen sich seine Eingeweide vor Angst zusammen.

»Ich kann es nicht, Jo. Sie sind noch so klein, sie brauchen mich doch noch. Nein, ich werde nicht einen Tag verschenken, der mir mit ihnen gegeben ist.«

Entschlossen pustete sie sich eine lose Haarsträhne aus der Stirn, bevor sie an ihrem Tee nippte. Als sie die Tasse abstellte, griff er zögerlich über den Tisch nach ihrer Hand. So saßen sie da. Schweigend, aber so verbunden wie schon lange nicht mehr. Er hatte leise die angehaltene Luft ausgestoßen, erleichtert zunächst, dass das Thema Sterbehilfe vom Tisch war. Der Tod war es leider damit nicht. Die Erkenntnis erschütterte ihn von Neuem. Sie trank wortlos ihren Tee aus. Hinter ihnen kroch die Dämmerung in eine undurchdringliche Nachtschwärze hinüber.

Kapitel 17

»Kann ich heute Nacht bei dir schlafen?«

Robert stand vor der Tür seiner Freundin Nora. Sie nickte und ließ ihn herein. Sie schien nicht überrascht zu sein, dass er bei ihr gestrandet war. In den vielen langen Nächten, die sie in Kabul zusammen verbracht hatten, hatte er sich oft bei ihr ausgeheult. Sie kannte sein Problem, sie wusste um seine Ängste, und sie hatte ihm schon mehrfach geraten, endlich reinen Tisch mit Mone zu machen. Er fragte sich oft, warum er mit Nora reden konnte, aber nicht mit seiner eigenen Frau, der doch sein ganzes Herz gehörte. Sie ging schweigend in die kleine Küche und machte ihnen beiden ein Bier auf. Mit den Flaschen kam sie zurück an den Tisch, wo Robert schon Platz genommen hatte.

»Wo ist Tanja?«, fragte er und sah sich um.

»Schläft schon«, sagte Nora, prostete ihm zu und setzte die Flasche an. Er studierte sie kurz, während sie sich den Mund mit dem Handrücken abwischte. Sie hatten sich vor vier Jahren bei einem Einsatz in Daressalam kennengelernt. Nora war wie er beim Personenschutz. Ihre Partnerin Tanja war Kindergärtnerin. Die beiden hatten letzten Herbst geheiratet, er war ihr Trauzeuge gewesen. Er liebte

Nora auf eine absolut platonische Art. Sie war ihm stets eine gute Freundin und Zuhörerin und schüttete ihm ebenfalls oft ihr Herz aus, wenn es in ihrer Beziehung mal nicht so gut lief.

Eigentlich gab es nichts, wofür er sich hätte schämen müssen, und doch hatte er Mone angelogen, als er sagte, dass er zu Henning fahren würde. Er hatte von Anfang an vorgehabt, zu Nora zu gehen, wenn es bei seiner Rückkehr nicht gut laufen würde – und es war gar nicht gut gelaufen. Das hatte er schon gespürt, als er neben Mone ins Auto gestiegen war.

Er wusste, dass seine Frau die Beziehung nicht verstand, die er mit seiner Kameradin hatte. Mone war immer eifersüchtig gewesen auf Nora. Sie hatte gespürt, dass ihn mit der anderen Frau etwas verband, das er ihr vorenthielt: Aufrichtigkeit. Er war ein Idiot. Er hätte ihr gleich sagen sollen, wohin er gehen wollte. Aber er log sie schon so lange an, dass eine Lüge mehr oder weniger wohl auch nichts wog. Im Gegenteil. Das Geflecht aus Unwahrheiten, das er hatte wuchern lassen, war nun fast undurchdringlich. Und obwohl es ihn tief verletzt hatte, als er herausfand, dass sie ihn betrog, war es eigentlich nur die logische Konsequenz seines Handelns. Immerhin hatte sie so die Chance, glücklich zu werden. Immerhin konnte sie so vielleicht bekommen, was sie sich am meisten wünschte. Auch wenn das für ihn bedeutete, aufzugeben, was er am meisten liebte.

Kapitel 18

Mone tigerte ungeduldig vor dem Handy auf und ab. Sie wünschte sich, dass er anrief. Ein Teil von ihr hatte erwartet, nach der Arbeit entgangene Anrufe oder zumindest eine kleine Nachricht auf der Mobilbox vorzufinden. Irgendwie verletzte sie das stumme Handy fast noch mehr als sein plötzlicher Abgang. Nun gut, Robert wusste, dass sie meist erst nach sieben aus dem Laden kam, vielleicht würde er sich also noch melden.

Sie ging in die Küche und machte sich ein Brot. Danach setzte sie sich an den Tisch, das Mobilteil des Festnetzanschlusses genauso neben sich wie ihr Handy. Doch niemand rief an. Nicht mal Jessy. Sie wartete noch eine gute Stunde, bis sie sich enttäuscht eingestehen musste, dass Robert sich nicht melden würde. Sie sah auf die Uhr. Kurz nach acht. Um diese Zeit konnte sie für gewöhnlich sicher sein, dass Hanne mit den Jungs im Bett verschwunden war. Ein wenig Ablenkung wäre jetzt gut, wobei es mehr Trotz war als das echte Bedürfnis, Joachim sehen zu wollen.

Sie ließ es dreimal klingeln und legte dann auf. Das war ihr Zeichen. Sie wartete. Etwa fünf Minuten später rief er zurück.

»Musst du nicht noch mal ins Büro?« Sie ließ die zwei-deutige Frage im Raum stehen, sicher, dass er gleich etwas vorschlagen würde. Doch seine Stimme klang nur müde und gereizt.

»Was ist mit deinem Mann? Robert ist doch gerade erst nach Hause gekommen.«

Sie schwieg einen Moment, weil es schon wehtat, nur seinen Namen zu hören.

»So wie es aussieht, haben wir uns getrennt«, sagte sie und spürte einen Stich bei diesen lapidaren Worten.

Joachim schwieg einen Augenblick. »Sag bitte nicht, dass du wegen mir mit ihm Schluss gemacht hast.« Nun klang er panisch.

Sie merkte, wie der Zorn, der seit Roberts Rückkehr in ihr brodelte, an die Oberfläche drang.

»Und wenn?«, fragte sie bissig.

»O Gott, Mone, wir waren uns doch einig. Ich hatte nie vor, Hanne zu verlassen. Wir waren beide unglücklich und haben uns ein bisschen Trost und Nähe geschenkt. Mehr nicht.«

Mone schluckte. Sie wusste zwar, dass Joachim recht hatte, aber innerhalb von zwei Tagen gleich zwei Mal ver-lassen zu werden, das verkraftete sie gerade nicht. Sie merkte, wie ihr ein Schluchzen entrang.

»Werd jetzt bitte nicht theatralisch. Wir hatten viel Spaß miteinander, aber mehr war es doch nicht. Und du kannst mir jetzt auch nicht einreden, dass es für dich die große Liebe war.«

Sie schwieg, während sie stumm weinte.

»Mone, komm, mach kein Drama draus. Lass uns die

Sache wie Erwachsene handhaben.« Er räusperte sich. »Ich denke, es ist besser, wenn wir uns nicht mehr treffen.«

Der letzte Satz ließ ihr gekränktes Ego vor Wut aufkochen.

»Du bist ein Mistkerl, Jo, weißt du das?«

Joachim schwieg kurz.

»Mone, es tut mir leid, wenn ich dich verletzt habe. Ich denke trotzdem, dass wir uns nicht mehr sehen sollten – jedenfalls nicht mehr so.«

»Und warum auf einmal nicht mehr?«, bohrte sie trotz der Endgültigkeit seiner Worte nach.

»Hanne braucht mich.«

»Pah, Hanne braucht niemanden. Sie ist schon immer bestens allein klargekommen.«

Sie war laut geworden. Ihre Worte hallten nach in der sich anschließenden Stille, die ihr vom anderen Ende der Leitung aus entgegenschlug.

»Du solltest besser aufpassen, was du sagst. Es könnte dir irgendwann einmal unendlich leidtun.«

Mit diesen Worten legte er auf. Mone starrte mit offenem Mund auf das nun dunkle Display des Handys. Sie fröstelte. Er war in merkwürdiger Stimmung, seine letzten Worte klangen unheilschwanger, auch wenn sie keine Ahnung hatte, was er damit meinte. Mones Gefühle fuhren Achterbahn. Sie atmete ein paar Mal tief ein und aus und horchte in sich hinein, was dieser Schlussstrich ihr bedeutete. Am Ende musste sie sich trotz der Trauer und der Wut eingestehen, dass sie eigentlich erleichtert war. Es war an der Zeit gewesen, diese halbherzige Sache zu beenden. Auch wenn sie und Hanne sich schon lange nicht mehr nahestanden, war es nie ihre Absicht gewesen, ihrer Schwester wehzutun. Was schmerzte, war die Erkenntnis, dass sich schon wieder jemand von ihr abgewandt hatte.

Sie stand auf und lief erneut kopflos hin und her. Sie würde wahnsinnig, wenn sie in ihren vier Wänden blieb. In dieser Wohnung, in der sie alles an Robert erinnerte.

Spontan rief sie eine alte Bekannte an. Cordula hatte mit ihr die Ausbildung gemacht und gehörte zu den wenigen Menschen, die immer Zeit und Lust hatten auszugehen. Sie verabredeten, sich in einer halben Stunde in der Stadt zu treffen. Sie sollte sich beeilen, trotzdem stand Mone danach lange reglos im Bad vor dem Spiegel. Erst das Piepen einer Textnachricht schreckte sie auf.

Bin schon unterwegs, hatte Cordula geschrieben.

Mone schüttelte sich benommen, dann wusch sie sich, legte Make-up auf und band ihre langen Haare zu einem losen Zopf nach hinten. Sie sah ganz passabel aus, wie sie fand. Große blaue Augen, hohe Wangenknochen, volle Lippen und ein paar blonde Locken, die sich aus dem Dutt gestohlen hatten und ihr Gesicht nun schmeichelhaft umrahmten. Sie versuchte, sich im Spiegel aufmunternd zuzulächeln, doch ihre Augen blieben ernst.

Die Stadt war voll. Es war eine laue Sommernacht. Die Luft roch nach der Wärme des Tages und dem Flieder, der in üppigen Büschen rund um den Alten Markt blühte. Mone hetzte durch die vielen Menschen hindurch, die es auch mitten in der Woche am Abend hinaustrieb. Gruppen von Studenten mit Fahrrädern. Pärchen, die Hand in Hand nach Hause schlenderten. Familien mit kleinen

Kindern, die noch eine letzte Runde drehten, bevor die Winzlinge ins Bett mussten.

Wie immer durchfuhr sie ein altbekannter Schmerz bei dem Anblick. Sie wandte sich eilig ab, doch was sie dann sah, brachte sie völlig aus der Fassung: Er hatte gelogen. Robert war gar nicht bei seinem Kumpel Henning, sondern bei ihr – *Nora*. Mone schluckte mehrfach, weil die Eifersucht ihr den Hals zuschnürte. Auch wenn seine Kameradin keinen Hehl daraus machte, dass sie auf Frauen stand, war da etwas, das Robert und Nora miteinander verband. Auch jetzt sahen die beiden sehr vertraut aus. Robert hatte ihnen beiden ein Eis gekauft, sie gingen gerade weg von dem kleinen weißen Lieferwagen, von dem aus ein alter Italiener in diesen lauen Nächten ein kleines Vermögen mit seinem selbst gemachten Eis einnahm. Sie sagte etwas, und er lachte. Er legte den Arm um sie und leckte an ihrem Gesicht vorbei an seiner Kugel. Vermutlich Schokolade. Er musste ihren Blick gespürt haben, denn plötzlich schnellte sein Kopf hoch, und er sah ihr genau ins Gesicht.

Er rückte nicht schuldbewusst von Nora ab, er nahm auch nicht seinen Arm fort. Lediglich die unendliche Traurigkeit in seinen Augen hielt sie von dem Impuls ab, zu ihm zu rennen und ihn zu ohrfeigen. Er nickte kurz, eine schnelle Bewegung, die kaum wahrnehmbar war, dann drehte er sich um und ging mit der anderen Frau davon. Mone kämpfte mit den Tränen.

»Mone, hier drüben, huhu«, hörte sie Cordulas aufdringliche Stimme. Sie schloss kurz die Augen, bis sie sich so weit gesammelt hatte, dass Cordula ihr die Erschütterung nicht gleich ansah. Ihre Beine waren trotzdem weich wie Pudding, und ihr Kopf fühlte sich an, als würde Watte darin stecken.

Auch als sie in ihrer Lieblingskneipe Platz nahmen und zwei Gläser Wein bestellten, hatte Mone sich noch immer nicht von diesem Schock erholt. Sie versuchte, sich auf Cordulas Monolog zu konzentrieren, doch nur Bruchstücke drangen zu ihr durch.

»Kannst du dir das vorstellen?«, sagte Cordula gerade und lachte so laut, dass sich die zwei älteren Männer neben ihnen an der Bar umdrehten und ihnen zuprosteten. Cordula prostete zurück und warf dem einen ihren berüchtigten Augenaufschlag zu. Keine Minute später standen die Kerle neben ihnen und drückten ihr und Mone je ein Glas billigen Weißwein in die Hand. Cordula hatte es scheinbar auf den etwas Jüngeren der beiden abgesehen. Sie warf ihre Haare zurück und gewährte ihm so einen tiefen Blick auf ihr ziemlich üppiges Dekolleté. Der andere Typ stand etwas unschlüssig neben Mone, dann wagte auch er den Vorstoß.

»Warum ist denn eine so schöne Frau wie du heute Abend allein unterwegs?«, fragte er und versuchte, seine Stimme eine Oktave weiter unten anzusiedeln, was aber weder sexy noch männlich klang, sondern eher so, als hätte er eine beginnende Halsentzündung. Sie musste an Robert denken. An seine Stimme, die in manchen Nächten schon gereicht hatte, um sie zu erregen. Am Anfang, als sie noch frisch verliebt waren, hatten sie stundenlang telefoniert, wenn er fort war. Er hatte angerufen, wenn sie schon im Bett lag, in seinen Worten hatte dann eine eigenartig warme, samtige Note mitgeschwungen, sodass das Gesagte, egal, wie belanglos es war, wie Musik für sie klang. Wenn sie nach einer kleinen Ewigkeit widerwillig das Telefonat beendeten, war sie halb verrückt vor Liebe und Sehnsucht.

Nun saß sie hier, allein, und alles lag in Scherben. Sie trank einen Schluck Weißwein, der schmeckte, als sei ein guter Schuss Essig darin. Während der Fremde ihr langweilige Dinge aus seinem langweiligen Leben erzählte, sah sie zu, wie Cordula dem anderen Typen an den Lippen hing, als wäre er ein angehender Nobelpreisträger. Ihre Kollegin war schon ziemlich lange Single. Mone hatte zunehmend den Eindruck, dass Cordulas Flirtversuchen langsam etwas Verzweifeltes anhaftete. Was womöglich perfekt war, um einen One-Night-Stand an Land zu ziehen, jedoch hinderlich sein konnte, wenn man auf ernsthaftes Interesse beim Gegenüber aus war. Würden die anderen so etwas bald auch über sie denken? Mone versuchte, sich auf das zu konzentrieren, was der Typ erzählte.

Kapitel 19

Jessy war nach Hause gelaufen, brütend und tief in ihre Gedanken versunken. Warum zum Teufel war er wieder aufgetaucht? Warum hatte sie an dieser blöden Tankstelle halten müssen? Warum lauerte unter dem angesammelten Hass und Schmerz der vergangenen Jahre noch immer etwas, das weit größer und gefährlicher war?

Es hatte Jahre gedauert, bis sie gelernt hatte, mit der Vergangenheit zu leben. Es würde eine Ewigkeit und länger dauern, es wirklich und wahrhaftig zu vergeben. Vergessen würde sie es wohl niemals, egal, wie sehr sie es versuchte. Und sie war nicht einmal sicher, ob sie das überhaupt wollte. Was sie jedoch definitiv nicht wollte, war, ihren Schmerz ausgerechnet mit ihm zu teilen. Sie hatte die Erinnerung an diese Nacht in sich vergraben und würde bestimmt nicht tatenlos danebenstehen und zusehen, wie er nun eine Schaufel nahm, um alles auszubuddeln. Sie fingerte zittrig nach dem Schlüssel, während sie über die Schulter blickte, um zu sehen, ob er ihr gefolgt war. Doch sie konnte seinen schwarzen Audi nirgendwo entdecken.

Nicht zum ersten Mal stand sie danach unschlüssig in ihrer Wohnung und fragte sich, ob sie irgendwann einmal ein Zuhause haben oder ob ihre Wohnung, ihr ganzes Leben ein Provisorium bleiben würde.

Weil diese Gedanken müßig waren, beschloss sie, den Tag hinter sich zu lassen und früh ins Bett zu gehen. Doch der Schlaf wollte wie immer nicht kommen und ließ sie mit ihren Dämonen in der Dunkelheit allein. Schloss sie die Lider, sah sie ihn vor sich. Öffnete sie die Augen und starrte in die Nachtschwärze, stürzte die Vergangenheit über sie herein, der sie sich partout nicht stellen wollte. Da half nur gnadenlose Berieselung. Die nächsten Tage verbrachte Jessy damit, einen Serienmarathon hinzulegen. Sie schaute sich mehrere Folgen von »Downton Abbey« an und danach von »Game of Thrones«. Dabei aß sie Junkfood und trank zu viel.

Eigentlich war sie die gesamte Woche krankgeschrieben. Doch nachdem ihr von zu viel Netflix und zu wenig Schlaf die Augen brannten und der Kopf schwirrte, beschloss sie freitags, wieder arbeiten zu gehen. Im Endeffekt ließ auch die Dauerbeschallung ihre Gedanken nicht stillstehen.

Ihre Lippe war verheilt, der blaugrüne Schatten auf dem Jochbein ließ sich gut überschminken. Ihre Rippen waren noch bandagiert, schmerzten jedoch nicht mehr so stark, dass sie sie behinderten. Becky, ihre Freundin und Vorgesetzte, hatte jedenfalls nichts bemerkt und ihr die Geschichte vom Magen-Darm-Infekt abgekauft. Um sie noch etwas zu schonen, entband sie Jessy von der lästigen Aufgabe, das Lager aufzuräumen. Stattdessen teilte Becky sie für die Kasse ein. Das war Jessy recht, denn an den betriebsamen Tagen kam man kaum zum Essen, geschweige denn zum Grübeln.

Auch wenn heute so ein Tag war, hatte sie ihn trotzdem bemerkt, wie er vor dem Laden stand und sie durch die Scheibe hindurch beobachtete. Als er ihren Blick sah, hob er kurz seine Hand zum Gruß. Jessy sah wieder weg und vermied es danach, noch einmal durch das Schaufenster nach draußen zu sehen. Am Abend, als ihre Schicht beendet war, war er fort.

Sie hatte den Rest des Tages damit zugebracht, endlich einzukaufen, um ihren leeren Kühlschrank aufzufüllen und einmal selbst den Salat für das kommende sonntägliche Familientreffen anzurichten. Auf dem Heimweg war sie dann an einem Friseur vorbeigekommen. Sie hatte sich im Schaufenster des Ladens gesehen und festgestellt, dass ihre Haarlänge genau das ausdrückte, was mit ihrem Leben nicht stimmte. Es war weder lang noch kurz, es war weder blond noch braun. Es hing unschlüssig auf ihren Schultern, und Jessy hatte plötzlich den Drang, es abzuschneiden. Zwei Stunden später war ihr Haar strohblond und raspelkurz. Es fühlte sich komisch an, fremd, doch auch gut, neu.

Sie fand, dass die Frisur zu schade war, um daheim versteckt zu werden. Es war ohnehin Freitag, perfekt also, um nach der Arbeit noch auszugehen. Jessy zog fast den gesamten Inhalt ihres Kleiderschrankes an, bevor sie sich für ein kurzes schwarzes Kleid und hohe Schuhe entschied. Gegen zehn trat sie aus dem Hausflur in eine sommerwarme Nacht. Ihr Blick fiel als Erstes auf den schwarzen Audi, der erneut auf seinem bereits angestammten Platz unter der Laterne parkte. Er saß am Steuer, das Fenster heruntergelassen, und lächelte. Jessy beschloss, ihn zu ignorieren. Sie ging zu ihrem Renault und stieg ein. Doch als sie den Wagen in Richtung Zentrum steuerte, sah sie im Rückspiegel, dass er ihr folgte. Seine Hartnäckigkeit entlockte ihr dieses Mal ein kleines Lächeln.

Die Stadt war flüssig, Massen von Menschen strömten wie Wasser durch die engen Gassen; einem Abend voller Gelächter, Musik und Verheißung entgegen. Zum ersten Mal hatte Jessy das Gefühl dazuzugehören. Sie fand eine Parklücke und stieg aus. Aus dem Augenwinkel sah sie, wie er nur wenige Meter hinter ihr ebenfalls einparkte und ihr mit Abstand folgte. Sie beschleunigte ihre Schritte, ohne sich umzudrehen. Lukas ging nun ebenfalls schneller und schloss zu ihr auf.

»Hallo«, sagte er vorsichtig, doch sie schwieg und starrte stur geradeaus.

»Ja, danke, mir geht es auch gut. Was? Ach so, macht nichts, dass du neulich einfach verschwunden bist. Ich verzeihe dir, dass du mich mit diesem Drachen von Kellnerin alleingelassen hast. Ich musste sogar noch den Boden mit einem Schrubber wischen.«

Jessy verkniff sich ein Lachen, während sie erfolglos versuchte, ihn weiterhin zu ignorieren.

»Und? Was machen wir heute Abend?«

Jessy blieb abrupt stehen und drehte sich um. Er hatte nicht damit gerechnet, sodass er erst ein paar Schritte weiter zum Stehen kam.

»Was heißt hier *wir*? Sieht es so aus, als hätten meine Pläne für heute irgendwie mit dir zu tun?« Sie hatte schnippisch klingen wollen, doch ihr zurückgehaltenes Lächeln übertrug sich auf ihre Worte.

»Ich kenne deine Pläne ja nicht. Ich hab wohl nur zufällig den gleichen Weg«, fügte er an und schenkte ihr ein schiefes Grinsen. Sie schüttelte halb amüsiert den Kopf.

»Es ist zwecklos, oder?«, fragte Jessy und setzte sich wieder in Bewegung.

Lukas folgte ihr, sein leises Lachen war plötzlich sehr nah. Dann wurde er wieder ernst.

»Die neue Frisur steht dir.«

Jessy fuhr sich, plötzlich unsicher, durch ihre kurzen Strähnen, Röte stieg ihr den Hals bis zu den Wangen hinauf, und sie war froh um die Dunkelheit, die ihre Reaktion auf sein kleines Kompliment verbarg. Er räusperte sich leise.

»Wenn es dir unangenehm ist, dass ich bei dir bin, dann sag es, ich gehe. Versprochen. Aber ich fände es schön, einen ganz normalen Abend mit dir zu verbringen.«

Sie schluckte. Natürlich, bislang hatten sie außer der schrecklichen Nacht auf der Abiturfeier nur einen gemeinsamen Aufenthalt in der Notaufnahme, einen Besuch bei der Polizei und sehr viel verschütteten Kaffee auf der Habenseite zu verbuchen. *Einen ganz normalen Abend verbringen* – die Worte hallten wie ein Echo in ihrem Kopf. Schlussendlich zuckte sie mit den Schultern, was ihm als Zustimmung zu reichen schien. Gemeinsam reihten sie sich in die lange Schlange ein, die sich vor der Diskothek gebildet hatte. Lukas stand dicht hinter ihr. Jessy konnte ihn fühlen. Die Hitze, die von seinem Körper ausging, verursachte ein sehnsüchtiges Ziehen in ihrer Magengegend. Sie fragte sich nicht zum ersten Mal, wie man die

Nähe eines Menschen gleichsam herbeisehnen und fürchten konnte.

Sie hatten etwa eine halbe Stunde angestanden, bis sie den Türsteher erreichten, der sie durchließ und ihr freundlich zunickte.

»Kommst du öfter hierher?«, wollte Lukas wissen, während sie sich in die nächste Schlange einreihten, diesmal, um ihre Jacken abzugeben.

»Manchmal«, sagte sie ausweichend.

Ein paar Typen kamen durch die Schwingtür, die in das Innere der Diskothek führte. Die hämmernden Bässe eines Technostückes drangen kurz mit heraus, bis die Türen wieder schlossen.

»Hey, Süße, hätte ich gewusst, dass du heute hier bist, dann hätte ich mich jetzt nicht anderweitig verabredet«, sagte der Mittlere, ein stämmiger Typ, der seine Freizeit gern im Fitnessstudio verbrachte und, wenn Jessy sich recht erinnerte, Dirk hieß. Er kam zu ihnen herüber und zog Jessy kurz in eine lockere Umarmung, bevor er mit seinen beiden Freunden in Richtung Ausgang strebte. Lukas kratzte sich am Kopf.

»Muss ich eifersüchtig werden?«, fragte er scherzhaft.

»Wohl kaum«, gab sie lachend zurück, während sie dem Hünen nachsah, der zwar nett, aber nicht gerade die hellste Kerze am Leuchter war. Als sie sich wieder zu Lukas umdrehte, trafen sich ihre Blicke. Neben dem Schalk lag eine ganze Menge Wärme in seinem. Erst da wurde ihr bewusst, dass sie dabei waren, neues Terrain zu betreten. Die Erkenntnis machte ihr Angst. Eilig strebte sie in Richtung Tanzfläche, wo die lauten Beats und die vielen Menschen dafür sorgten, dass sich dieses komische Gefühl der Nähe zunächst etwas abschwächte.

Lukas blieb abwartend stehen. Die Musik ebbte ab, als hätte er dem DJ ein geheimes Zeichen gegeben, und ein langsamer Song setzte ein. Er machte eine Art kleiner Verbeugung, dann hielt er ihr die Hand hin. Jessy zögerte nur kurz. Er zog sie an sich, seine eine Hand lag warm und nur allzu deutlich spürbar auf dem dünnen Stoff ihres Kleides. Die andere hatte sich um ihre klammen Finger geschlungen und diese an seinen Brustkorb gelegt, wo sie seinen beschleunigten Herzschlag fühlen konnte, der nicht minder schnell raste wie ihr eigener Puls. Sein Blick ruhte auf ihr, fragend, verletzlich, hoffnungsvoll. Es schien, als gebe es in diesem Moment für ihn keinen anderen Menschen in diesem Raum. Obwohl sie ihm so nah war, vermied sie es, ihren Kopf an seine Schulter zu legen. Stattdessen beobachtete sie ihn, während sie sich bewegten, langsam, im Einklang. Durch ihre hohen Schuhe war sie mit ihm fast auf Augenhöhe, ihrer beider Atem war beschleunigt, und in ihrem Bauch schlugen winzige Schmetterlinge hektisch mit den Flügeln.

Als das Lied endete, verharrten sie noch einen Augenblick beieinander, bevor sie sich widerwillig aus seiner Umarmung löste. Jessy war schwindelig. Sie hatte es sich sehr lange nicht mehr gestattet, etwas zu empfinden, und wie es schien, war ihr Herz nun eingerostet und aus der Übung. Sie brauchte Abstand, denn wenn sie ihm so nah war wie jetzt, konnte sie keinen klaren Gedanken fassen.

Sie zeigte auf die Theke und dann auf ihre trockene Kehle. Er nickte und verschwand Richtung Bar. Als er mit zwei Flaschen Bier kurze Zeit später wieder hinter ihr auftauchte, dirigierte sie ihn hinaus auf die riesige Terrasse der Diskothek, die einen phänomenalen Blick über die Stadt gewährte. Neben ihnen war ein Pärchen in eine innige Umarmung verschlungen, einige Jungs scrollten durch Tinder und suchten dort nach einem kurzweiligen Ende für den Abend.

»Bist du auch bei Tinder?«, fragte Jessy scherzhaft, wenngleich die Antwort sie durchaus interessierte.

»Nein, tatsächlich bin ich in dieser Hinsicht ein Dinosaurier. Ich hab kein Insta, kein Snapchat und schon gar kein Tinder.« Er deutete kopfschüttelnd zu den Jungs, die sich über den kleinen Bildschirm beugten, um ein mögliches Date zu begutachten. Jessy verbiss sich ein erleichtertes Grinsen. Sie selbst war kein großer Freund der sozialen Netzwerke. Sie verspürte keinerlei Lust, Menschen aus ihrer Vergangenheit wiederzutreffen, nicht einmal online. Doch hier stand sie mit Lukas Danko, was man durchaus als Ironie des Schicksals bezeichnen konnte.

Ein paar lächerlich gekleidete Frauen Mitte dreißig strebten auf sie zu, die für einen Junggesellinnenabschied kleine Schnäpse aus einem Bauchladen sowie Küsse der bereits ordentlich angetrunkenen Braut verkauften. Lukas lehnte das Angebot freundlich, aber bestimmt ab. Die torkelnde Braut zog einen Flunsch, hatte aber das nächste Opfer bereits im Blick. Jessy ignorierte die Tatsache, dass seine Standhaftigkeit ihr gefiel, ebenso wie den Umstand, dass sein Lächeln verrückte Dinge mit ihrem ganzen Körper anstellte. Sie stießen mit dem Bier an.

»Hast du einen Freund?«, fragte er unvermittelt.

Von der Frage überrumpelt ließ sie etwas Flüssigkeit zurück in die Flasche laufen und setzte hastig ab, um sich nicht zu verschlucken.

»Das geht dich gar nichts an«, sagte sie schroffer als beabsichtigt. Er machte sie so nervös wie sonst niemand. Verlegen sah sie an ihm vorbei der betrunkenen Braut zu, die gerade erfolgreich einen Kuss an einen ebenfalls stark alkoholisierten Achtzehnjährigen verkauft hatte.

»Vielleicht nicht, aber es interessiert mich trotzdem«, sagte er amüsiert, leise, direkt neben ihrem Ohr. Die feinen Härchen an ihrem Nacken stellten sich erwartungsvoll auf. Er zog sich leicht zurück, den Kopf zur Seite geneigt. Jessy machte den Fehler, ihn anzusehen, und verfing sich in seinem Blick. Seine Iriden waren so blau und tief wie das Meer. Sie fühlte sich wie eine Klippenspringerin, die Angst davor hatte, sich genau in diese blauen Untiefen zu stürzen. *Sag etwas, irgendwas, das dem Moment die Schwere nimmt*, befahl sie sich, doch sie bekam keinen Mucks heraus. Befangen benetzte sie mit der Zunge ihre trockenen Lippen, eine unbewusste Geste, die jedoch nicht ohne Wirkung blieb. Seine Pupillen weiteten sich kurz, und sein Atem beschleunigte sich.

Ein Kuss schien plötzlich nicht nur eine Möglichkeit, sondern eine Wahrscheinlichkeit. Doch dann registrierte ihr Gehirn, was ihrem Gehör schon einige Sekunden vorher aufgefallen war: Der DJ hatte einen Remix von »Too Close« aufgelegt. Sie hatte dieses Lied früher geliebt, jetzt wurde ihr bei der Melodie übel. Alex Clares Stimme reichte aus, um sie zum schlimmsten Augenblick ihres Lebens zurückzukatapultieren. Die vergangenen zehn Jahre spulten sich im Zeitraffer zu jenem Moment zurück, in dem sie auf der Terrasse der Hütte gestanden hatte, von den anderen umzingelt, von ihm verraten.

Der eben noch schöne Augenblick schmeckte plötzlich bitter.

»Es ist schon spät, ich bin müde«, log sie. Der plötzliche Stimmungsumschwung schien ihn zu irritieren, er zog kurz verwundert die Stirn kraus, doch nickte dann.

»Ich bring dich zu deinem Wagen«, bot er an.

»Schon gut, bleib doch, der Abend ist noch jung.« Sie deutete auf die betrunkene Bauchladenbraut, die nach neuen Opfern Ausschau hielt. Er schüttelte schnell den Kopf.

»Man soll gehen, wenn es am schönsten ist.«

Diese Aussage ließ sie unkommentiert. Er folgte ihr zur Garderobe und brachte sie dann wie versprochen zu ihrem alten Renault.

»Mach's gut«, sagte sie kurz angebunden, bevor sie auf den Fahrersitz glitt und ihn mit dem Schließen der Tür außen vor ließ. Er fuhr sich ratlos durch die Haare, dann hob er die Hand zum Gruß, als sie ihr Auto hastig aus der Parklücke navigierte.

Als Jessy vor ihrem Haus hielt, konnte sie trotzdem nicht anders, als mit den Fingern ihren Mund zu berühren. Insgeheim wünschte sie sich, es wären seine Lippen, die sie dort spürte.

Kapitel 20

Lukas ließ seinen Audi langsam ausrollen. Er fuhr ohne Licht, damit sie ihn nicht bemerkte. Er parkte an der Ecke zu ihrer Straße und beobachtete, wie sie eine Zeit lang in ihrem Wagen sitzen blieb. Dann stieg sie aus und ging ins Haus. Er merkte erst jetzt, dass er den Atem angehalten hatte. Erleichterung durchflutete ihn, wie die ganzen letzten Tage, wenn er wusste, dass sie nun sicher zu Hause war. Es war verrückt, er war verrückt. Sein Kopf sank auf seine Arme, die über dem Lenkrad lagen. Er wusste genau, warum sie eben so eilig aufgebrochen war. Er hatte das Lied auch erkannt. Die Erinnerung war so real, als ließe jemand die Vergangenheit wie einen Film über seine Windschutzscheibe flackern.

Damals, in dieser Nacht, hatten sie sich gegenübergestanden, als Alex Clares rauchige Stimme aus der Hütte zu ihnen herüberwehte. Er hatte sie da vielleicht zum ersten Mal wirklich angesehen und festgestellt, dass sie gar nicht unansehnlich war – im Gegenteil. Sie hatte schöne Augen, groß und ausdrucksstark. Und einen hübschen Mund. Allerdings hatte sie sich furchtbar zurechtgemacht. Das Kleid war zu aufreizend für ihren schmalen Körper, der es kaum ausfüllte, und sie war viel zu grell geschminkt. Er konnte trotzdem unter alldem Make-up ihre Unsicherheit und Verletzlichkeit ausmachen, und es berührte etwas tief in ihm drin. Er hatte an den Spaziergang denken müssen und daran, dass sie es nicht leicht hatte im Leben – genau wie er. Als sie sich endlich traute, seinen Blick zu erwidern, leuchteten ihre Augen auf, und trotz der vielen Farbe konnte er die leichte Röte auf ihren Wangen erkennen. Gott, er war dabei, sie übel auflaufen zu lassen. Lukas fühlte sich plötzlich wie jemand, der einen Welpen an der Autobahn aussetzt. Das war der Augenblick, in dem er alles hätte ändern können. Er hätte ihre Hand nehmen und sie fortziehen können. Doch er hatte nicht den Mut besessen. Aus dem Augenwinkel sah er bereits, wie Micha und die anderen zu ihnen herüberstrebten. Micha wie immer betrunken und aggressiv. Etwas Unheilvolles lag in der Luft. »Jessy, geh!«, hatte er ihr noch zugeraunt, aber es war bereits zu spät. Die anderen hatten einen Kreis um sie herum gebildet. Wie Jagdhunde um ein verletztes Reh. Dann hielt ihm Micha auch noch die Flasche Sekt hin, und er wäre am liebsten im Boden versunken. Dass es kein Spaß mehr war, wurde ihm erst klar, als sie ihn fortstießen. In dem Moment, in dem er ihren flehenden Blick auffing, erwachte etwas in ihm, eine Art Beschützerinstinkt. Er wollte zu ihr gehen und dem gemeinen Treiben ein Ende setzen, doch plötzlich waren Tim und Ole vor ihm aufgetaucht. Wie eine Wand hatten sie sich ihm in den Weg gestellt. Er wollte sie zur Seite schieben, doch sie hatten ihn bereits gepackt.

»Komm schon, Danko, gönn Micha das kleine Vergnügen«, hatte Ole ihm zugeraunt. Er hatte an seinen Armen gezerrt, doch die beiden hielten ihn unbarmherzig fest. Über Tims Schulter fiel sein Blick auf sie. Ihr Schmerz war greifbar, er konnte spüren, wie jedes böse Wort und jede Gemeinheit sie trafen wie ein Faustschlag. Als sie sich Hilfe suchend zu ihm wandte und ein stummes »Bitte« in seine Richtung schickte, kam er sich vor wie der schlechteste Mensch auf Erden. Er hatte ihr das eingebrockt. Er war an allem schuld. Am liebsten hätte er beschämt den Blick abgewandt, doch obwohl es fast unerträglich war, sie so zu erleben, zitternd und weinend, bloßgestellt und erniedrigt, spürte er, dass er es ihr schuldig war hinzusehen.

Erst als die anderen endlich von ihr abließen und Tim und Ole ihn aus ihrem Schraubstockgriff freigaben, machte er einen zögerlichen Schritt auf sie zu. Doch ihr Blick sprach Bände: Ihre Zuneigung zu ihm war dabei, ins Gegenteil umzuschlagen. Seine Beteiligung war für sie weitaus schlimmer als alles, was die anderen ihr angetan hatten, denn sie hatte ihm vertraut.

Für einen Augenblick hatte er heute Abend geglaubt, sie könnten das alles tatsächlich hinter sich lassen. Er hatte gespürt, wie der Schutzwall, den sie um sich herum gezogen hatte, Risse bekam. Und er hatte noch etwas gespürt: Das hier war mehr für ihn. Es war, als wäre er für einen kurzen Augenblick heil gewesen, ganz. Als ob er beim Puzzeln endlich das eine Teil gefunden hätte, das Sinn in das Bild brachte. Die unsichtbare Wand in seinem Inneren, die ihn vom Rest der Welt isolierte, hatte sich in ihrer Nähe aufgelöst – bis die Vergangenheit sie einholte.

Er hob den Kopf und blickte zu ihrem Fenster hoch. Lukas konnte nur ihre Silhouette ausmachen, der Raum hinter ihr lag im Dunkeln. Dieses Mal hatte er in dem Abschnitt der Straße geparkt, der nicht von der Straßenlampe ausgeleuchtet wurde, damit sie ihn nicht sah.

Er wollte nicht, dass sie sich belästigt fühlte, er wollte sie lediglich beschützen, etwas, das er vor zehn Jahren versäumt hatte. Ihr Umriss verschwand aus der Scheibe. Er wartete noch eine Zeit lang, dann ließ er den Wagen langsam anfahren und verschwand ohne Licht aus ihrer Straße, so wie er gekommen war.

Mutlos steuerte er sein Elternhaus an. Er parkte und ging langsam und in Gedanken den überwucherten Pfad zur Veranda entlang, als er in der Dunkelheit die rote Spitze einer Zigarette aufleuchten sah. Sein Herz machte einen aufgeregten Satz. Konnte es sein?

»Jessy?«

Die Zigarette glomm noch einmal auf, doch von der Gestalt, die da lauerte, kam kein Mucks.

Die Logik sagte ihm, dass sie kaum hier stehen konnte, wenn er sich gerade noch davon überzeugt hatte, dass sie sicher zu Hause angekommen war. Er schluckte die Enttäuschung wie eine bittere Pille hinunter.

»Wer ist da?«, fragte er dann argwöhnisch, während er ein paar Schritte in die Richtung machte, aus der nun auch Rauchgeruch wahrnehmbar wurde.

»Das ist ein Privatgrundstück, Sie haben hier nichts verloren.« Lukas hörte, wie ein Schuh über den Boden schabte. Der Eindringling schien die Zigarette ausgetreten zu haben, die Glut war erloschen. Die Dunkelheit schluckte schnell den Klang der eiligen Schritte, während sich der Schatten davonstahl.

Lukas hatte niemanden erkennen können. Merkwürdigerweise hatte er keine Angst mehr, denn er war sich mit einem Mal sicher, dass der nächtliche Besucher nichts Böses im Schilde geführt hatte. Vielmehr schien dieser Jemand auf ihn gewartet und dann den Mut verloren zu haben. Er musste wieder an die Frau denken, die ihm vor ein paar Tagen am Gartenzaun aufgefallen war. Vielleicht war sie es gewesen, die ihn hier aus ihrem Versteck heraus belauert hatte. In der Ferne heulte ein Motor auf. Müde rieb er sich übers Gesicht. Was für ein verrückter Abend.

Kapitel 21

»Du musst doch nicht gleich wieder ausziehen, bleib, so lange du willst.« Nora legte Robert einen Arm um die Schulter und zog an dem Kugelschreiber, mit dem er Wohnungen, die infrage kamen, in der Zeitung umkreist hatte.

»Ich glaube, deine Frau würde sich über etwas mehr Zweisamkeit durchaus freuen«, sagte er und holte sich den Stift zurück.

»Die hier hört sich ganz gut an: *Zwei Zimmer, Küche, Bad, Balkon in der südlichen Vorstadt.* Und bezahlbar ist sie auch noch.«

Nora ging zurück zum Herd und rührte durch das Chili.

»Das Angebot steht trotzdem, Robert, ich hoffe, du weißt, dass ich das bestimmt nicht aus Höflichkeit sage. Ich bin froh, dass du da bist.«

Sie schwieg einen Augenblick und blickte zum Bad, hinter dessen Tür Tanja in der Wanne lag, um sich zu entspannen.

»Es geht mir besser, wenn du da bist, du verstehst meine Verrücktheit einfach. Ich kann ihr doch nicht von diesem ganzen kranken Scheiß erzählen. Ich will diesen Müll nicht in ihrem Kopf abladen. Dort soll es hübsch sauber und aufgeräumt bleiben, so wie es jetzt ist«, flüsterte sie.

Er verstand sie tatsächlich. Er hatte dasselbe empfunden und dasselbe getan. Aber das war auch der Anfang vom Ende seiner Ehe gewesen.

»Schließ sie nicht aus, egal, wie dunkel es in dir aussieht. Ich kann dir das sagen als jemand, der genau mit diesem Fehler sein Glück verspielt hat.«

Er vertiefte sich wieder in den Wohnungsteil der Zeitung, sie rührte weiter im Essen. Beide schwiegen. Irgendwann kam Tanja in ein weißes Handtuch gehüllt aus dem Bad. Sie sah hübsch aus, ganz sauber, rosig und unschuldig.

»Vielleicht hast du aber auch recht«, sagte er leise zu seiner besten Freundin, als Tanja an ihnen vorbei ins Schlafzimmer geschlüpft war.

Später saßen sie zusammen am Abendbrottisch. Die Teller waren leer, ihre Mägen voll.

»Hast du was von Simone gehört?«, fragte Tanja und sah ihn erwartungsvoll an. Robert bemerkte, wie Nora sie unter dem Tisch trat.

»Ist schon gut, nein, hab ich nicht. Warum auch? Ich schätze, dass sie mich ohnehin nicht allzu sehr vermisst.« Er schwieg und nahm einen Schluck Bier direkt aus der Flasche. Die beiden Frauen sahen sich über den Tisch hinweg an.

»Du bist derjenige, der gegangen ist. Vielleicht erwartet sie, dass du dich meldest«, sagte Nora jetzt, in ihrer Stimme lag ein ähnlicher Ton wie bei ihren gemeinsamen Einsätzen, wenn sie sich auf unbekanntem

Terrain befanden und sie instinktiv den Weg wusste. Tanja nickte.

»Ich denke, dass keine Frau so einfach kampflos aufgegeben werden will. Du hast ihr mit deinem schnellen Rückzug nicht gerade das Gefühl gegeben, dass sie dir noch viel bedeutet.«

Er wusste das. Er wusste aber auch, dass er ihr niemals das geben konnte, was sie sich so sehr wünschte. Wohin sollte es also führen, wenn er jetzt wieder in ihr Leben platzte? Auch wenn er fast umkam vor Sehnsucht nach ihr. Es war schon unerträglich gewesen in den Nächten, als er noch mit ihr unter einem Dach gelebt hatte. Damals, als die Probleme wuchsen, ebenso wie der Abstand zwischen ihnen. Zu Beginn hatte er noch mit ihr das Bett geteilt. Das hatte ihn aber fast wahnsinnig werden lassen. Er konnte sie fühlen und riechen, er konnte ihre Bewegungen spüren und ihren Atem hören, aber er konnte sie nicht berühren. Er hatte geglaubt, es würde leichter, wenn er in ein anderes Zimmer zog, doch der Gedanke, dass sie nur eine Wand entfernt von ihm lag, hatte noch mehr geschmerzt. Statt der dünnen Rigipswand hätten auch Kontinente zwischen ihnen liegen können.

Nun wusste er nicht einmal mehr, ob sie gerade schlief oder wach war. Ob sie eingerollt in die alte graue Wolldecke vor dem Fernseher lag oder ihr Bett mit ihrem Liebhaber teilte. Robert rieb sich mehrmals über die Augen, weil dahinter verräterische Tränen brannten.

Er wusste nicht, wer der Kerl war, aber er hatte die Kondome im Hausmüll entdeckt, als er von seinem vorletzten Einsatz ein paar Tage früher zurückgekehrt war. Sie hatte wohl nicht die Zeit gehabt, ihre Spuren anständig zu verwischen. Er hatte sich nichts anmerken lassen, geredet oder miteinander geschlafen hatten sie an diesem Punkt ohnehin schon seit einem guten Jahr nicht mehr. Aber in diesem Moment, über den Hausmüll gebeugt, hatte er das erste Mal darüber nachgedacht, sie zu verlassen. Nicht, weil er nun ein gehörnter Ehemann war, nicht, weil er vor Eifersucht rotsah, sondern weil er wusste, dass er sie verloren hatte. Und er wusste auch, dass niemand sonst daran schuld war außer er selbst.

Nein, er musste sie gehen lassen. Er musste ihr die Chance geben, glücklich zu werden, das war er ihr schuldig. Er sah auf und bemerkte, dass Nora und Tanja ihn die ganze Zeit aufmerksam beobachtet hatten. Er lächelte entschuldigend. Ein Lächeln, das seine Augen schon lange nicht mehr erreichte. »Ich bin mit Spülen dran«, sagte er und stand auf, um die Teller abzuräumen.

Kapitel 22

»Willst du das morgen ernsthaft durchziehen?« Joachim sah seiner Frau zu, wie sie Teig anrührte für den obligatorischen Sonntagskuchen. Sie sagte nichts. Er kannte die Antwort auch so. Sie würde an ihrem Alltag festhalten, solange es ging. Er hatte ihr hoch und heilig versprechen müssen, kein Sterbenswort zu sagen, zu niemandem. Nicht zu Mone oder Jessy, nicht zu ihrer Mutter und schon gar nicht zu den Jungs. Er fragte sich, wie lange sie diese Scharade spielen wollte. Die anderen waren ja auch nicht blind oder blöd. Sie sahen, dass ihre Bewegungen immer eingeschränkter wurden. Irgendwann würde sie in einem Rollstuhl sitzen, sie würde ihre Sprache verlieren und dann die völlige Kontrolle über alle ihre Körperfunktionen. Am Ende würde sie entscheiden müssen, ob sie lebensverlängernde Maßnahmen wollte oder nicht.

Himmel, er konnte immer noch nicht glauben, dass es sie getroffen hatte. Diese Krankheit war selten, weshalb es wohl auch für die Pharmakonzerne nicht lukrativ genug war, viel Geld in die Forschung zu investieren. Doch für sie war es deshalb ein Todesurteil. Joachim schluckte, weil er das Gefühl hatte, einen unüberwindbaren Knoten in der Kehle stecken zu haben.

»Und wenn sie Fragen stellen, willst du sie dann anlügen?«, flüsterte er. Sie schwieg einen Augenblick.

»Die Menschen glauben das, was sie glauben wollen, Joachim. Es sind keine Lügen, ich sage einfach nur nicht die ganze Wahrheit.«

Sie schob sich energisch vom Tisch ab und humpelte in Richtung Vitrine, um ein paar Teller einzuordnen.

»Lass mich dir doch helfen«, sagte er und eilte an ihre Seite, einen Anflug von Verzweiflung in der Stimme. Sie war so stur. Einst hatte er ihre Entschlossenheit geliebt, jetzt wünschte er sich, sie würde einmal ihm die Führung überlassen. Aber nicht Hanne. Sie hatte keine Möglichkeit, gegen die Krankheit anzukämpfen, und so kämpfte sie gegen sich selbst. Sie kämpfte dagegen, Schwäche und Angst zuzulassen. Sie kämpfte gegen ihren Körper, der ihr trotz allem an jedem Tag ein Stück weiter entglitt. Und sie kämpfte gegen das Unvermeidliche: nämlich, es ihrer Familie zu sagen.

»Und die Jungs? Auch sie werden irgendwann Fragen stellen.«

Hanne sah ihn an. In ihren Augen lagen Stolz und Trotz und Wut auf das Schicksal, das ihr dieses miese Blatt zugespielt hatte.

»Vielleicht weiß ich bis dahin ja die Antwort.«

Joachim hatte danach den lahmen Versuch beendet, sie dazu zu bewegen, mit ihrer Familie zu reden. Die drei Schwestern und Helga, seine Schwiegermutter, waren ohnehin nicht sehr gut darin, miteinander zu kommunizieren. Das hatte er in den elf Jahren ihrer Ehe bereits mehrfach beobachtet. Sie würden also bei eventuellen

Rückfragen erst einmal dabei bleiben, dass alles okay sei und die Ärzte nicht wüssten, woher das Humpeln und die Taubheit in den Händen kam.

»Sie werden denken, es sei psychisch«, hatte Hanne orakelt, und vermutlich behielt sie wie immer recht. Er wusste, dass eher Fragen kommen würden, wenn die sonntägliche Routine ausfallen, ja sogar abgeschafft werden würde. Aber er hasste es, morgen und an jedem weiteren Sonntag allen ins Gesicht zu lügen. Und ein kleiner Teil von ihm wünschte sich auch, besonders eine Schwägerin nicht so schnell wiedersehen zu müssen. Aber dieses Problem hatte er selbst verursacht, und nun musste er sehen, wie er es wieder bereinigen konnte.

Kapitel 23

Mone stand unschlüssig in ihrer Küche. Sie hatte sich immer noch nicht entschieden, ob sie dem sonntäglichen Familienessen beiwohnen würde. Auf der einen Seite wollte sie Joachim zeigen, dass sie ihm nicht böse war. Im Gegenteil, sein Entschluss, die Sache zu beenden, hatte ihr die Last der Entscheidung abgenommen. Auf der anderen Seite aber hatte sie nun Angst davor, Hanne gegenüberzutreten. Was, wenn Jo sein Gewissen erleichtert und seiner Frau alles gebeichtet hatte? Was, wenn sie mit ihrem dummen, kopflosen und egoistischen Handeln das bisschen Familie, das ihnen allen geblieben war, nun auch noch zerstört hatte? *Etwas spät für solche Gewissensbisse*, meldete sich eine höhnische Stimme in ihrem Kopf, und sie nickte ergeben.

Zum hundertsten Mal fragte sie sich, was Robert wohl gerade tat. Er war schon länger nicht mehr dabei gewesen, wenn sie zum sonntäglichen Essen gingen. Meist war er ohnehin auf einem Einsatz. War er da, hatte er es zuletzt vorgezogen, daheim zu bleiben, und sie hatte ihn gelassen. Sie fand, dass sich die beiden Männer in ihrem Leben nicht unbedingt gegenüberstehen mussten.

Jetzt wünschte sie sich, Robert wäre da und würde ihr

Rückendeckung geben. Sie hätte sich so gern an ihn gelehnt und seine Stärke gespürt. Aber hatte je ein Funken
Hoffnung bestanden, ihre Ehe wieder in den Griff zu kriegen, so hatte sie diesen mutwillig zum Erlöschen gebracht,
als sie anfing, mit Jo zu schlafen.

Als das Telefon klingelte, sprang sie vor Schreck förmlich vom Stuhl, sodass dieser mit einem Scheppern in die
Küche fiel. Zittrig nahm sie den Hörer ab, so hastig, dass
sie es versäumte, nach der Nummer zu schauen. Fast
atemlos fragte sie, wer dran sei. Ihr Herz hämmerte, sie
wollte so gern, dass er es war. Wie sehr wünschte sie sich,
dass allein der Gedanke an ihren Mann dazu geführt
hatte, dass er sich endlich bei ihr meldete.

»Soll ich dich abholen?«

Jessy. Mone atmete ihre Enttäuschung geräuschvoll aus.
»Du bist's«, sagte sie lahm.

»Wen hattest du denn erwartet, Ryan Gosling?«, sagte
ihre Schwester mit einem spöttisch Lachen, schwieg dann
aber, weil ihr vermutlich bewusst wurde, wen Mone jetzt
lieber gesprochen hätte.

»Ich weiß nicht, ob ich heute in der Stimmung bin«,
wagte sie einen Vorstoß und versuchte dabei, nicht ganz
so verzweifelt zu klingen, wie sie sich fühlte.

»Vergiss es, du kommst mit. Ich bin in einer halben
Stunde bei dir.«

Mit diesen Worten legte Jessy auf. Mone stand einen
Augenblick lang unschlüssig im Flur, dann ging sie in
Richtung Bad, um sich fertig zu machen. Sie hatte kaum
eine andere Wahl. Relativ pünktlich klingelte es. Jessy
kam die Treppe hoch, und Mone starrte ihre kleine

Schwester erst einmal einen Augenblick lang verwundert an.

»Wow, du siehst großartig aus«, sagte sie und erntete ein schüchternes Lächeln.

»Es sind aber nicht nur die Haare, du strahlst irgendwie so«, merkte sie an und sah, wie Jessys Wangen sich mit einer leichten Röte überzogen.

»Oh, ich wusste es, wer ist der Typ?«

Für einen Augenblick vergaß sie ihre eigenen Probleme. Sie hätte sich so gefreut, wenn Jessy endlich einmal der Liebe begegnet wäre. Doch im nächsten Augenblick sah sie, dass das Strahlen einem kummervollen Blick gewichen war.

»Frag nicht«, sagte sie und ging voran zu ihrem Wagen. Mone zog die Stirn kraus und folgte ihr. Sie brannte darauf, mehr zu erfahren. Nur Jessys stur geradeaus gerichteter Blick hielt sie davon ab, weiter zu bohren.

Das Wetter schlug schneller um als vorhergesagt. Der Himmel verdüsterte sich, und Jessy musste vorsichtig fahren, weil der Regen mittlerweile wie ein nasses Handtuch gegen die Scheiben ihres Renault klatschte. Die Scheibenwischer kamen kaum damit nach, die Wassermassen zur Seite zu befördern. Mone hätte zu gern gewusst, was hinter der augenscheinlich komplizierten Geschichte steckte, ließ es aber gut sein. Jessy sagte ebenfalls nichts, und so fuhren sie schweigend, nur begleitet vom steten Rhythmus der hin und her quietschenden Wischblätter.

Kapitel 24

Helga hatte das Taxi für kurz vor eins bestellt. Sie gab dem Fahrer die Adresse und lehnte sich zurück. Sie war müde – sie war seit zwanzig Jahren müde. Es war lieb von ihrer ältesten Tochter Hanne, dieses traditionelle Essen jeden Sonntag auf die Beine zu stellen. Und doch strengte es sie oft ungemein an, den Gesprächen ihrer Töchter und Enkel zu folgen und dem Trubel etwas entgegenzusetzen. Sie war am liebsten allein. Sie fühlte sich sicher in ihren eigenen vier Wänden. Und hier war sie Fritz wenigstens nahe. Hier waren seine Bilder, seine Briefe, und ganz hinten in ihrem Schrank hing sein alter Anzug, in den sie manchmal ihr Gesicht vergrub in der Hoffnung, dort noch einen Hauch von ihm zu finden. Doch nach so vielen Jahren war da nichts mehr, nur noch der alte Stoff, der nach Staub und Kleiderschrank roch.

Helga ließ ihren Blick über die vorbeifliegende Landschaft gleiten. Der Regen prasselte mittlerweile wie ein Trommelfeuer gegen die Scheiben des Taxis und bildete damit das passende Hintergrundgeräusch für ihre trüben Gedanken. Wie jedes Mal auf dem Weg zu Hanne überkam sie das schlechte Gewissen. Sie hatte ihre Töchter seit dieser schrecklichen Nacht vor zwanzig Jahren im Stich gelassen. Zu Beginn war sie vor Angst und Sorge um ihren Mann fast wahnsinnig gewesen. Jede Sekunde des Tages hatte sie damit gerechnet, dass die Polizei klingeln und ihr mitteilen würde, dass Fritz verunglückt oder dass ihm etwas anderes Furchtbares zugestoßen war. Denn wenn er nicht zu ihr und den Mädchen nach Hause zurückkehrte, dann konnte ihm nur etwas zugestoßen sein.

Doch es kam niemand. Die Polizisten, die ihre Anzeige bearbeiteten, machten immer öfter Andeutungen, dass Ehemänner schon mal verschwanden, wenn sie etwas Besseres fanden. Sie wurde dann jedes Mal laut, verteidigte Fritz und das Leben, das sie zusammen aufgebaut hatten. Sie sah heute noch die vielsagenden Blicke, die zwischen den Beamten hin und her wechselten.

Der Vermisstenfall Fritz Sturm wurde nach ein paar Jahren zu den Akten gelegt, und die Angst um ihn war nach und nach zuerst der Trauer gewichen, dann dem Unverständnis, der Wut und am Ende einem Gefühl völliger Betäubung. Sie hatte Freunde und Nachbarn tuscheln gehört, dass er vielleicht eine andere hätte, sich irgendwo ein schönes neues Leben aufgebaut und nur den richtigen Moment abgewartet hatte, um zu verschwinden. Diese Worte waren wie Messerstiche. Helga hatte nie an Fritz gezweifelt, sie hatte ihn geliebt, und er sie. Doch nach und nach nistete sich diese Unsicherheit ein und damit das Gefühl, ihr bisheriges Leben sei nichts als eine Lüge gewesen.

Viel zu oft hatte sie in dieser Zeit zur Flasche gegriffen, zunächst, um den Schmerz verschwinden zu lassen, um irgendwie den nächsten Tag zu überstehen, dann irgendwann, weil es nicht mehr ohne ging. Und dabei hatte sie die Zeit verloren. Sie war ihr entglitten, ebenso wie der stille Wunsch, es irgendwann zu verwinden, aufzustehen und weiterzumachen, um den Kindern wieder eine Mutter zu sein. Die Mädchen waren vor ihren Augen erwachsen geworden, hatten sich selbst erzogen, und dann war plötzlich ihr halbes Leben vorbei gewesen. Helga schloss kurz die Augen, weil ihr übel wurde. Wenigstens wollten sie sie noch dabeihaben, wenigstens hatte sie die Sonntage noch – auch wenn sie jedes Mal nach Hause fuhr und sich noch mehr als sonst betrank, um nicht den Hass zu spüren, den sie auf sich selbst bekam bei der Erkenntnis, dass nicht nur Fritz die Familie im Stich gelassen hatte – sondern sie auch.

Das hübsche Bauernhaus, das Hanne und Joachim so liebevoll restauriert hatten, kam hinter einer Kurve zum Vorschein, und Helga suchte in ihrer Tasche nach der Geldbörse, um den Fahrer zu bezahlen. Sie hielt ihm drei zerknitterte Fünfer hin, und er wartete, bis sie ausgestiegen war.

Diese Ausflüge waren der einzige Luxus, den Helga sich in der Woche leistete. Sie musste sehen, wie sie mit dem bisschen Geld zurechtkam, das sie vom Sozialamt bekam, denn natürlich hatte damals die Lebensversicherung nicht gezahlt. Auch bekam sie keine Witwenrente. Es gab ja schließlich keinen Toten. Das Haus war noch nicht abbezahlt gewesen, und Helga hatte es allein nicht halten können. Sie waren in diese furchtbare Gegend in der Stadt gezogen, weil sie sich nichts anderes hatte leisten können. Und Helga war es ohnehin gleich gewesen, wo sie nun lebten. Gut, dass ihre Kinder den Weg aus diesem Elend gefunden hatten.

Wie gern hätte Helga vor allem Hanne dafür gedankt, dass sie damals die Mutterrolle für sie übernommen hatte. Hanne hatte viel zu früh ihre Kindheit aufgeben müssen, um die Verantwortung zu übernehmen, zu der Helga nicht mehr in der Lage war. Ihre Älteste war neben der Schule arbeiten gegangen und trug so Sorge, dass die Rechnungen bezahlt wurden, die Kleinen neue Kleidung bekamen und Essen auf dem Tisch stand. Auch nach ihrem Auszug hatte Hanne ihnen stets Geld zukommen lassen und sie mit den Sonntagen wieder zusammengeführt. Einmal die Woche hatte Helga so das Gefühl, dass zumindest nicht alles kaputtgegangen war. Vielleicht war Hanne deshalb heute eine so perfekte Hausfrau und Mutter – sie hatte viel Zeit gehabt, sich in diese Rolle hineinzufinden.

Trotz des Regens stand sie noch einen Moment reglos im Hof und blickte dem Taxi nach. Erst langsam wandte sie sich Richtung Haus. Hanne hatte die Beete neu bepflanzt, Tulpen, Narzissen und Hyazinthen blühten in den prächtigsten Farben, der akkurat gestutzte Rasen leuchtete in einem satten Grün, und die Obstbäume begannen auszuschlagen. In dieser Idylle konnte man leicht vergessen, wie grau und trostlos das Leben sein konnte. Helga sah an sich herunter. Der Wolkenbruch begann bereits, ihren fadenscheinigen Mantel zu durchnässen. Hanne würde sie tadeln dafür, dass sie so lange hier draußen herumgestanden hatte. Eilig lief sie zum Haus. Der Schlüssel steckte, sie ließ sich rein und stellte ihre Schuhe im Flur ab, in dem es wie immer einladend nach Essen roch.

Hanne stand in der Küche, sie war blass heute und wirkte fahrig. So ganz und gar nicht wie sie selbst.

»Hallo, Mama«, sagte sie schnell, als Helga zur Tür hereinschaute. Schon hatte sie ein munteres Lächeln im Gesicht, das jedoch alles andere als echt wirkte. Bildete sie sich das ein, oder humpelte Hanne heute noch stärker als sonst? Mühsam bewegte sie sich vom Backofen zurück zur Arbeitsfläche, der Kuchen balancierte dabei auf ihrer Hüfte, ihre Hände scheinbar unfähig, das Gewicht allein zu tragen.

Wie bereits die letzten Male beschlich Helga ein ungutes Gefühl.

»Warst du endlich beim Arzt?«, fragte sie ihre Tochter, die in der Bewegung kurz innehielt und sich dann zu ihr umdrehte.

»Ja, klar, alles okay, sie können nichts finden«, sagte Hanne betont lässig und begann, den Kuchen zu glasieren.

»Das ist komisch«, sagte Helga und versuchte, in einer dunklen Ecke ihres Gedächtnisses den Grund dafür zu finden, warum sie das Humpeln ihrer Tochter so ängstigte – doch sie konnte keinen finden, zu viele Jahre hatte sie Raubbau an ihrem Körper getrieben, und nun bekam sie die Quittung.

Helga sehnte sich nach Alkohol. Als hätte Hanne ihre Gedanken gelesen, humpelte sie zum Kühlschrank und holte eine Flasche Weißwein heraus. Sie goss ein Glas halb voll, füllte es mit Wasser auf und schob es Helga wortlos hin, die es mit fahrigen Händen nahm und halb leerte, bevor sie zum gedeckten Tisch ging.

In diesem Moment kamen Jessy und Mone rein. Die beiden machten sich gleich daran, ihrer Schwester in der Küche zur Hand zu gehen, sodass Helga nun ruhig am Esstisch Platz nehmen und ihre Töchter beobachten konnte. Überrascht stellte sie fest, dass ihre jüngste Tochter heute sehr hübsch aussah. Sie trug die Haare kurz, was viel besser zu ihrem sportlich-schlanken Typ passte. Vor allem konnte sie sich nun nicht mehr hinter diesem Vorhang aus Haaren verstecken, der sonst immer ihr Gesicht bedeckte. Ihre großen blauen Augen kamen nun zu voller Geltung.

Helga hatte Jessy immer für die unscheinbarste ihrer drei Töchter gehalten. Besonders als diese noch ein mürrischer Teenager gewesen war, hatte Helga manchmal fast bedauernd zwischen ihren Mädchen hin und her gesehen und traurig festgestellt, dass das Maß an Schönheit in der Familie nach der zweiten Tochter wohl aufgebraucht war. Und obwohl sie alle drei Mädchen liebte, hatte sie emotional zu Jessy stets die geringste Bindung verspürt. Vielleicht lag es daran, dass sie mit ihren beiden älteren Töchtern einfach mehr glückliche Zeiten erlebt hatte. Auch das Maß an Glück schien schon bald nach Jessys Geburt aufgebraucht, und als Helga das nächste Mal richtig hingesehen hatte, war aus dem süßen Kleinkind dieser unnahbare, unglückliche und komplizierte Teenager geworden.

Sie hörte Jessy lachen, und ihr Herz ging ein Stück weit auf. Wie sehr wünschte sich Helga, dass wenigstens ihre Töchter ein gutes Leben führen würden – und zwar alle drei.

»Hallo, Mama«, sagte Jessy und kam herüber, um ihr den obligatorischen Begrüßungskuss auf die Wange zu geben. Helga schloss kurz die Augen und griff dann instinktiv nach Jessys Hand, die diese lose beim Herabbeugen auf ihre Schulter gelegt hatte. Als sie die Augen wieder öffnete, sah sie den überraschten Ausdruck auf Jessys Gesicht. Zaghaft lächelte Helga und strich mit ungeübter Geste zärtlich über Jessys Handrücken. Einen Moment verharrten sie so, dann löste sich Jessy sanft aus dem Griff, lächelte sie aber weiterhin an. Es war ein magischer Moment, so als habe Helga endlich eine Tür gefunden und geöffnet, wenn auch nur ein Stück.

Kapitel 25

Jessy konnte die unbeholfene Berührung immer noch spüren, auch lange, nachdem ihre Mutter sie losgelassen hatte. Sie blickte immer wieder zu Helga hinüber, die heute bei Weitem weniger teilnahmslos und in sich gekehrt wirkte als sonst. Seit diesem Moment eben hatte Jessy zum ersten Mal seit Jahren das Gefühl, dass vielleicht doch ein zartes Band zwischen ihnen bestand. Etwas, das sie seit ihren frühen Kindertagen nicht mehr gespürt hatte, und es berührte sie. Sie blickte in dem Moment hoch, in dem auch ihre Mutter wieder zu ihr herübersah, und beide lächelten.

Es geschahen noch Zeichen und Wunder, schoss es Jessy durch den Kopf, als sie sich gegenüber von Helga auf einen Stuhl fallen ließ und den Salat anrührte, den sie mitgebracht hatte. Mone war ihr nachgekommen und holte Teller, die sie mit stoisch gesenktem Blick auf dem Tisch verteilte. Verstohlen sah Jessy zu ihrem Schwager, der sich heute anders verhielt als sonst. Schon seit Langem hatte sie ihn nicht mehr so fürsorglich und bemüht um Hanne gesehen. Er schien zu ahnen, wenn sie etwas brauchte, und sprang dann auf, um es ihr zu holen. Immer wieder schaute er zu seiner Frau, mal liebe-, mal kummervoll. Hanne hingegen tat, als bemerkte sie Joachims Bemühungen nicht. Wie immer war sie die perfekte Gastgeberin, die sich um alles und jeden kümmerte.

»Tante Jessy, kannst du mal mitkommen?«, fragte Vincent da leise neben ihr. Jessy nickte und folgte ihrem Neffen, der sie zur Toilette führte, wo der kleine Leander saß und weinte.

»Hey, Kumpel, was ist denn los?«, fragte Jessy und ging vor dem Jungen in die Hocke.

»Ich hab Stinker gemacht«, bekannte er, und Jessy lächelte.

»Das ist doch gut, kein Grund zum Weinen.«

»Doch, ich wollte, dass Mama mich abputzen kommt, aber Vinni hat gesagt, ich soll Mama in Ruhe lassen und es selbst machen, weil sie doch die Hände nicht mehr so gut bewegen kann. Aber ich kann das noch nicht.«

Wieder weinte er jämmerlich. Jessy tröstete ihren Neffen und säuberte ihn, bevor sie den kleinen Mann wieder ins Esszimmer schickte. Vincent war still und abwartend neben der Toilette stehen geblieben.

»Tante Jessy, weißt du, was Mama hat? Sie weint nachts ganz oft, wenn sie glaubt, dass wir schlafen.«

Jessy zog es das Herz zusammen, und sie musste sich bemühen, den Jungen nichts von ihrer eigenen Sorge spüren zu lassen.

»Ach Vinni, auch Mamas sind mal erschöpft und weinen. Mach dir nicht so viele Gedanken.«

Sie wuschelte ihm mit gespielter Fröhlichkeit durch sein kastanienbraunes Haar, doch der Junge musterte sie nur stumm, bevor er sich umdrehte und ging. Kinder hatten feine Antennen, sagte man immer, und Jessy stellte fest, dass das stimmte. Ihr Neffe hatte erkannt, was sie alle nicht hatten sehen wollen: dass etwas ganz und gar nicht in Ordnung war hier.

Der Rest des Sonntags verlief in der üblichen Routine. Die Kinder gingen nach dem Nachtisch in ihr Spielzimmer und ließen Legopiraten gegeneinander kämpfen, während die Erwachsenen noch bei Kaffee und Tee zusammensaßen. Ein lockeres Gespräch wollte trotz allem nicht aufkommen. Jeder schien vor sich hin zu brüten, und Jessy war froh, als Helga irgendwann gähnte und darum bat, dass man ihr ein Taxi rufen möge.

»Ich kann dich nach Hause fahren, Mama«, sagte sie schnell. Helga blickte sie überrascht an.

»Ach Kind, das ist doch die ganz andere Richtung, da musst du einen Umweg fahren.«

Doch Jessy blieb stur und freute sich, als ihre Mutter nachgab und sich ihr und Mone anschloss. Sie verabschiedeten sich, während Joachim und Hanne mit den Jungs in der Tür stehen blieben, um ihnen nachzuwinken. Der Kleine hing an Hannes Bein, der Große stand vor ihr, wobei Hanne ihm liebevoll durchs Haar fuhr. Als der alte Renault vom Hof klapperte, hätte Jessy schwören können, Tränen in Hannes Augen zu sehen. Das finstere Gefühl von eben kroch ihr wie die Berührung einer kalten Hand über den Rücken. Sie musste mit Hanne reden, allein – und zwar bald.

Die Fahrt verlief schweigend. Als sie an Helgas Wohnhaus hielten, verabschiedete diese sich schnell, wie immer in Gedanken schon dabei, wieder in ihre eigene Welt abzutauchen. Jessy seufzte. Das eben war wohl doch nur ein kurzes Aufflackern gewesen. War sie naiv zu glauben, ihre Mutter könne sich in dem Alter und nach den ganzen Jahren noch einmal ändern?

Jessy drehte den Wagen auf der Straße und schlug die entgegengesetzte Richtung zu Mones Wohnung ein. Zwanzig Minuten später parkte sie vor dem Mehrfamilienhaus und ließ den Motor absterben.

Mone hatte den ganzen Tag kaum mehr als ein paar Worte gesprochen, und Jessy blickte sie nun herausfordernd an.

»Was ist los? Ärger im Paradies?« Sie hatte sticheln wollen, doch im nächsten Augenblick tat es ihr leid, als sie sah, dass Mone die Tränen liefen.

»Tut mir leid, das war fies. Also, was war los heute, du hast kaum mehr als fünf Worte gesagt.«

Mone seufzte und blickte zum Beifahrerfenster hinaus. »Joachim hat Schluss gemacht. Schon der zweite Mann diese Woche, vielleicht sollte ich Nummern verteilen.« Ihr Versuch, die Sache mit trockenem Humor zu nehmen, verpuffte kläglich, weil ihre Stimme allzu verräterisch zitterte.

Jessy schwieg und zündete sich eine Zigarette an, wobei sie das Fenster herunterließ. Sie wusste, dass Mone der Rauch störte. »Endlich«, sagte sie irgendwann.

Mone wandte ihr langsam das Gesicht zu. »Ich weiß, dass es richtig ist«, betonte sie nach einiger Zeit und sah wieder fort. »Es war alles nur ein bisschen viel auf einmal. Irgendwie hatte ich schon bessere Wochen.«

Sie lachte freudlos, als Jessy ihr unbeholfen die Schulter tätschelte.

»Jetzt hast du aber den Kopf frei und kannst dir überlegen, was du wirklich willst.«

Mone nickte ohne große Überzeugung.

»Wir müssen mit Hanne reden«, sagte Jessy nach einer Weile und erzählte ihrer Schwester dann von dem Zwischenfall mit Vincent.

»Mir ist auch aufgefallen, dass da etwas komisch war. Sie und Joachim haben sich heute merkwürdig verhalten. Er hat sie den ganzen Tag bemuttert, als wäre sie ein hilfloses Kind.« Sie klang mehr nachdenklich als verletzt über den plötzlichen Sinneswandel ihres Schwagers.

»Lass uns diese Woche abends mal zu ihr fahren. Vielleicht erwischen wir sie allein und kriegen so etwas heraus«, schlug Mone vor, und Jessy nickte erleichtert, weil sie sich nicht mehr so allein fühlte mit ihrer Sorge.

»Wie geht es dir damit, dass Joachim sich wieder so um Hanne bemüht?«, wollte Jessy wissen. Mone schien einige Augenblicke lang über die Frage nachzudenken.

»Ganz ehrlich? Ich hab einen kleinen Stich gespürt, doch nicht wegen Jo, sondern wegen Robert. Weil Hanne und er die Chance haben, die Sache wieder hinzubekommen. Bei Robert und mir sehe ich da schwarz.«

Jessy hatte Mitleid mit ihrer Schwester, auch wenn sie sich einiges von ihren Problemen selbst eingebrockt hatte.

»Hast du inzwischen mal was von Robert gehört?«, fragte Jessy, weil sie im Gegensatz zu Mone nicht gänzlich schwarz sah, was die Ehe der beiden anging. Irgendetwas sagte ihr, dass auf beiden Seiten noch ziemlich viel Liebe war.

»Keinen Ton.«

Jessy hörte den Schmerz aus diesen zwei traurigen Worten.

»Aber du hast dich auch nicht gemeldet, oder?«

Mone schüttelte den Kopf, sodass ihre blonden Locken flogen.

»Er ist derjenige, der ausgezogen ist und der nun bei einer anderen wohnt.«

Jessy starrte sie fassungslos an.

»Bei wem?«

»Nora.« Mone hatte den Namen ausgespuckt wie ein Stück Schale, das am Obst kleben geblieben war.

»Die Nora, die auch beim Personenschutz ist?«, wollte Jessy wissen.

»Ebendie.« Mone klang bitter.

»Aber ist sie nicht verheiratet – mit einer Frau?«

Mone zog ihre schön geschwungenen Brauen finster zusammen.

»Ich unterstelle den beiden ja keine Affäre. Es ist vielmehr so, dass er mit ihr so locker und entspannt ist. So wie wir beide schon lange nicht mehr miteinander sind.«

Jessy wollte gern noch etwas zu dem Thema sagen. Dazu, wie verkrampft alles gewesen war, weil Mone so fixiert auf ihren Wunsch war, ein Baby zu bekommen, doch ihre Schwester kam ihr zuvor.

»Genug von mir. Lass uns lieber von dir reden. Wer ist denn jetzt der Typ, der deine Augen so zum Leuchten bringt?« Sie sah Jessy prüfend von der Seite an.

Mist, dachte Jessy. Sie war entschieden zu lange sitzen geblieben. Sie verspürte wenig Lust, darüber zu reden, zumal sie ahnte, was Mone denken würde. Sie nahm einen letzten Zug von ihrer Zigarette und drückte sie im Aschenbecher aus.

»Jetzt sag schon«, bohrte ihre Schwester nach. Als Jessy beharrlich weiter schwieg, begann Mone, sie zu kitzeln. Jessy hasste es, gekitzelt zu werden, schon nach wenigen Sekunden bekam sie Schluckauf und keine Luft mehr.

»Gnade«, winselte sie. »Ich sag's dir ja.«

Daraufhin ließ Mone von ihr ab, sah sie aber nun erwartungsvoll an. Jessy brauchte einen Moment, um sich zu fassen und um sich zu wappnen für die Diskussion, die nun folgen würde.

»Lukas Danko, es ist Lukas Danko«, gestand sie atemlos.

Ihrer Schwester klappte buchstäblich die Kinnlade runter. »Du machst Witze, oder?«

Jessy schüttelte den Kopf und spürte schon wieder diese verräterische Röte, die sie in letzter Zeit dauernd überfiel.

»Dieser Mistkerl hat dich vor zehn Jahren so fertiggemacht, dass du sterben wolltest, Jessy! Hast du das vergessen? Ich nämlich nicht. Ich weiß noch genau, wie es sich angefühlt hat, dich da auf dem Badezimmerboden liegen zu sehen. Ich kann noch immer diese unglaubliche Angst spüren, die ich um dich hatte. Warum also er? Ist das irgendeine kranke Art von Masochismus? Gibt es auf diesem großen, weiten Planeten keinen anderen Mann?«

Ihre Stimme hatte sich so nach oben geschraubt, dass sie Jessy fast anschrie. Zorn und Unglauben spiegelten sich auf ihren feinen Gesichtszügen, ihre blonden Locken gaben ihr das Aussehen eines Racheengels.

Jessy hatte sich unter dem Sturm der Entrüstung buchstäblich weggeduckt, nun sah sie sie vorsichtig an.

»Ich weiß doch auch nicht, wie das passiert ist. Er ist ganz plötzlich wieder in mein Leben gestolpert, und er ist so ganz anders, als ich ihn in Erinnerung haben wollte.«

Mone schwieg, die Lippen fest zusammengepresst.

»Er hat mich gerettet, neulich nachts, als dieser Typ aufdringlich geworden ist«, sagte Jessy und sah, wie Mones strenger Blick sich etwas abmilderte.

»Jessy, das macht die Sache von damals aber auch nicht wett.«

Jessy nickte bedächtig. »Ich weiß. Keinen Schimmer, wohin das führt, oder ob es überhaupt irgendwohin führt. Er ist nur vorübergehend in der Stadt, um den Nachlass seines Vaters zu regeln.«

Mone sah immer noch finster drein, wenn auch nicht mehr ganz so zornig.

»Bitte sei vorsichtig, kleine Schwester. Ich will das nicht noch einmal mit dir durchmachen müssen.«

Bevor Jessy antworten konnte, war Mone aus dem Wagen gestiegen und durch die Haustür verschwunden.

Kapitel 26

Mone schlug die Tür hinter sich ins Schloss. Wie konnte Jessy nur? Wie konnte sich ihre kleine Schwester, deren Leben seit jener Nacht vor zehn Jahren völlig aus der Bahn geraten war, nun gerade mit diesem Typen einlassen, ja augenscheinlich sogar wieder Gefühle für ihn entwickeln? Warum musste dieser Mistkerl denn überhaupt wieder auftauchen? Und was wollte er von Jessy? Mone fühlte sich hilflos, denn wenn sie eines wusste, dann dass Jessy nicht minder stur war wie Hanne oder sie selbst. Das lag wohl in der Familie. Und wenn die alten Gefühle für Lukas Danko wieder aufflammten, dann würde sie wohl dazu verdammt sein, danebenzustehen und zu hoffen, dass Jessy sich nicht erneut daran verbrennen würde.

Mone schleuderte frustriert ihre Schuhe in den Flur und marschierte Richtung Küche, wo sie sich ein Glas Wein einschenkte. Das war eine leidige Gewohnheit geworden, seit Robert gegangen war. Als sie noch verzweifelt versucht hatte, schwanger zu werden, hatte sie extrem auf ihren Körper geachtet. Sie hatte sich gesund ernährt und keinen Alkohol getrunken, war viel spazieren gegangen und hatte Yoga gemacht, um mehr innere Gelassenheit zu bekommen.

Heute hatte sie ein paar Kilo zu viel, und das Glas Wein jeden Abend tat sein Übriges. Aber gerade war es ihr egal. Sie nahm noch einen großen Schluck und überlegte, mit wem sie reden könnte. Früher hätte sie Robert von ihrer verrückten, leichtsinnigen kleinen Schwester erzählt. Mit ihrer Mutter oder Hanne konnte sie nicht reden, also musste sie die Sache für sich allein durchdenken. Wie, um Himmels willen, sollte sie Jessy bloß von dieser selbstzerstörerischen Geschichte abbringen? Mone ging ins Schlafzimmer und zog sich ihre Wohlfühlhose an. Die alte Jogginghose war ausgebeult und verfärbt und hing ihr auf der Hüfte, weil das Gummi gerissen war. Aber sie liebte diese Hose, Robert hatte sie immer damit aufgezogen.

»Du siehst aus, als hättest du Obelix die Klamotten geklaut«, hatte er einmal lachend angemerkt. Auch das konnte ihr jetzt egal sein, schließlich sah sie ja niemand mehr darin. Mone atmete tief aus, ging ins Wohnzimmer und ließ sich aufs Sofa fallen. Ihre Gedanken kreisten um diesen merkwürdigen Tag. Darum, wie seltsam sich Hanne verhalten hatte und wie innig Joachim plötzlich wieder mit ihr zu sein schien. Die Krönung war jedoch Jessys Geständnis. Das Glas war schon fast leer. Gerade, als sich Mone nachschenken wollte, klingelte es an der Tür. Sie sah auf die Uhr. Kurz vor halb neun. Vermutlich hatte Jessy noch Redebedarf. Mone drückte die Tür auf und wartete. Doch statt des frisch erblondeten Schopfs ihrer Schwester erschien das Gesicht der einen Person, die sie absolut nicht erwartet hatte.

»Was willst du hier?«, fragte sie überrascht.

Nora blieb einen Moment stehen, ging dann aber entschlossen weiter auf Mone zu.

»Können wir reden?«

Mone war unschlüssig, was sie tun sollte. Die andere stand ihr nun genau gegenüber und sah sie mit leicht schief gelegtem Kopf an. Schließlich gab Mone wortlos nach und ließ Nora ein. Sie gingen in die Küche. »Wein?« Nora schüttelte den Kopf.

»Ein Glas Wasser reicht, ich bin mit dem Auto hier.«

Mone goss ein Glas ein und stellte es ihrem Überraschungsgast hin. Sie betrachtete die Frau, die seit ein paar Jahren ein Stachel in ihrem Fleisch war. Nora war dünn und drahtig. Sie hatte kurzes dunkles Haar und etliche Tätowierungen an den Armen und Händen. Ihr Gesicht war nicht direkt maskulin, allerdings fehlte ihren Zügen auch jegliche Weichheit. Sie trug eine alte Lederjacke, eine Jeans und weiße Turnschuhe. Mone kam sich blöd vor mit ihrer riesigen alten Jogginghose. Doch Nora schien das nicht weiter zu stören.

»Er vermisst dich, weißt du«, sagte sie unvermittelt. Mones Herz begann zu rasen. Sie trank einen Schluck und starrte in ihr Glas, weil sie beim besten Willen nicht wusste, was sie darauf sagen sollte.

»Er hat sich eine Wohnung genommen, drüben in der südlichen Vorstadt. Freitag zieht er um. Aber ich weiß, dass er eigentlich nichts lieber möchte als zu dir nach Hause kommen.«

»Und warum ist er dann gegangen?«, sagte Mone mit einer Spur zu viel Schärfe in der Stimme. Nora studierte ruhig ihr Gesicht.

»Er wollte dich nicht mehr anlügen«, sagte sie nur und trank ihr Wasser.

»Was soll das heißen?« Empört rückte Mone auf ihrem Stuhl ein Stück weit nach hinten, als brauche sie erst mal Abstand zu dieser Aussage.

»Warum fragst du ihn das nicht selbst?«, schlug Nora vor und blieb so ruhig und gelassen, dass Mone am liebsten laut geschrien hätte. Sie beherrschte sich.

»Wenn er etwas will, soll er doch selbst kommen, statt einen Boten zu schicken.«

Sie sah Nora herausfordernd an.

»Wenn er wüsste, dass ich hier bin, wäre er ganz schön sauer auf mich. Und glaub nicht, ich wäre wegen dir hier. Wir wissen beide, dass wir nie beste Freunde waren. Aber *er* bedeutet mir viel. Und du brauchst da nicht irgendetwas hineinzuinterpretieren. Er ist wie mein Bruder, er ist mein bester Freund. Ich kann mich immer auf ihn verlassen, und er hat mir mehr als ein Mal das Leben gerettet. Das verbindet. Und nur darum bin ich hier, ich kann es nicht mehr mitansehen, wie unglücklich er ist. Und wenn du es bist, die ihn, warum auch immer, glücklich macht, dann versuche ich alles in meiner Macht Stehende, um ihm dabei zu helfen.«

Sie hatte ihren Monolog beendet und sah Mone nun prüfend an. »Von was für einer Lüge hast du gesprochen?«, bohrte Mone nach.

Doch die andere schüttelte nur ihre kurzen schwarzen Haare. »Hast du ein Wort von dem gehört, was ich gerade gesagt habe?«

Sie stand auf und nahm ihren Schlüsselbund vom Tisch.

»Immerhin habe ich es versucht. Etwas, das du nicht von dir behaupten kannst.«

Mit diesen Worten ließ sie Mone stehen und ging. Das Geräusch der zufallenden Tür hallte in Mones Innerem nach wie ein Echo. Ob Robert wirklich nichts davon wusste, dass Nora hier bei ihr war? Und was hatte sie damit gemeint, als sie sagte, er wollte sie nicht länger anlügen? Es war zum Verrücktwerden. Dann fiel ihr Blick auf den Zettel, den Nora auf dem Tisch liegen gelassen hatte. *Moltkestraße 123*. Sie holte sich ihr iPad und googelte die Adresse. Sie lag in der südlichen Vorstadt. Ihr Blick fiel plötzlich auf ein Foto, das mit einem Magneten am Kühlschrank befestigt war. Es war schon ein paar Jahre alt. Auf dem Bild hatte Robert seine Arme um sie gelegt. Sie lehnte an ihm. Hinter ihnen war der Eiffelturm zu sehen. Das war das Kurzwochenende, das er ihr zum dritten Hochzeitstag geschenkt hatte. Sie sahen beide so jung und glücklich aus. So voller Hoffnung und Liebe. Mone nahm den Zettel und klemmte ihn zu dem Bild unter den Magnet. Vielleicht würde sie die Tage mal durch die südliche Vorstadt kommen, wer wusste das schon?

Kapitel 27

Jessy fuhr planlos durch die Gegend. Sie konnte jetzt nicht allein in ihrer Wohnung sein. Zu viel ging ihr im Kopf herum, vor allem aber die Sorge um Hanne. Ohne Ziel ließ sie sich durch die nächtliche Stadt treiben, die Häuser und Straßen verschwammen zu einer Kulisse aus Licht und Schatten, während sie ihren Gedanken nachhing. Als die Konturen vor ihrer Windschutzscheibe wieder schärfer wurden, stellte sie irritiert fest, dass ihr Unterbewusstsein sie in eine Gegend geführt hatte, in der sie schon ewig nicht mehr gewesen war. Sie blickte nach vorn in eine Sackgasse, an deren Ende ein windschiefes Haus mit einem roten Giebel aus einem dichten Wäldchen ragte.

Auch wenn es verwahrlost und etwas verfallen wirkte, hätte Jessy es jederzeit wiedererkannt; dies war Lukas Dankos Elternhaus. Damals, zur Schulzeit, als sie noch sein *Schatten* war, war sie oft hierhergekommen. Sie folgte ihm mit dem Fahrrad und lungerte dann auf dem Spielplatz herum, der ein Stück oberhalb des Hauses lag. Oder sie ging spazieren und versteckte sich zwischen den dichten Bäumen, um einen Blick auf ihn zu erhaschen, wie er mit seinen Freunden Basketball spielte oder mit ihnen im Garten auf klapprigen Liegestühlen lag und heimlich

Dosenbier trank, während sein alter Herr noch auf der Arbeit war.

Nach der verhängnisvollen Nacht war sie nicht mehr hergekommen. Ihr wurde schwindelig, unschlüssig stand sie mit ihrem Wagen vor dem Haus. *Du bist völlig übergeschnappt*, schalt sie sich in Gedanken selbst und wollte ihren alten Renault wieder auf die Hauptstraße lenken, als sie ihn sah. Er musste den Wagen gehört haben, denn um diese Uhrzeit fuhr an einem Sonntagabend kaum jemand durch die Sackgasse zu dem windschiefen Haus. Er hatte ein weißes Shirt an und eine alte Jeans. Er war barfuß, und seine Haare sahen so aus, als hätte er entweder gerade geschlafen oder sie sich gerauft. Er sah unglaublich sexy aus. Jessy verdrehte innerlich die Augen darüber, dass sie scheinbar wieder zu dem albernen verknallten Teenager mutierte, der sie damals gewesen war.

Lukas verschränkte die Arme und lächelte. Er machte eine Kopfbewegung, die sie zum Weiterfahren animierte. Jessy zögerte. Wollte sie das hier wirklich? Doch ihr Fuß schien ein Eigenleben zu haben. Er stand plötzlich auf dem Gas, und der Wagen fuhr an ihm vorbei in den Hof. Jessy zog den Zündschlüssel, blieb aber sitzen. Er war ihr nachgekommen und öffnete die Fahrertür.

»Hey, mit dir hätte ich nun wirklich nicht gerechnet«, sagte er.

»Ich auch nicht«, gestand sie mit einem wackeligen Lächeln.

»Magst du reinkommen?« Er deutete zum Haus, wo aus der halb geöffneten Tür ein helles Dreieck Licht fiel. Es wäre albern gewesen, nun zu kneifen, also holte sie tief

Luft, stieg aus und ging ihm nach. Drinnen war schon alles in Kartons verstaut. Trotzdem wirkte das Haus gemütlich, mit seinen vielen Schrägen und Winkeln.

»Willst du es wirklich verkaufen?«, fragte sie und sah sich um. Es war ein schönes Haus. Eins, in dem man die Erinnerungen noch sehen konnte. Ein Haus, das am Türrahmen Kerben hatte, wo Lukas als Kind gemessen worden war. Wo Löcher in den Wänden davon zeugten, dass hier einst fröhliche Familienbilder gehangen hatten. Das knarrende Stufen besaß, wo die Bewohner tagein, tagaus hoch und runter gelaufen waren, das eben voll war mit Geschichte und Geschichten. Ein Zuhause, wie sie es nie kennengelernt hatte.

»Es ist schon verkauft. Ich bin nur noch hier, um es leer zu räumen«, sagte er, und seine Stimme klang betont neutral. Er ging voran in die Küche, Jessy folgte ihm. Es gab schon keine Stühle mehr, also setzten sie sich mit den beiden Flaschen Cola, die er aus dem Kühlschrank geholt hatte, auf den blanken Holzboden. Sie stießen an.

»Tut es dir nicht leid, alles wegzugeben?«, fragte sie und sah sich erneut um. Jessy war noch nie bis ins Innere vorgedrungen. Es fühlte sich merkwürdig an – wie ein später Triumph.

Er sah sich ebenfalls um.

»Es ist doch nur Zeug. Es bedeutet nichts.« Er trank wieder einen Schluck und stand dann plötzlich auf. »Willst du was sehen?«, fragte er und streckte seine Hand aus, um ihr aufzuhelfen.

Sie zögerte nur kurz. Gemeinsam gingen sie durch zumeist leere Räume bis zur Treppe und dann ins Obergeschoss. Dort stieß er die Tür zu einem Schlafzimmer auf. Bis auf das enorme Doppelbett waren auch hier die Möbel bereits ausgeräumt.

»Das ist jetzt nicht dein Ernst?«, fragte Jessy, jedoch nur halb im Spaß, denn ihr Inneres zog sich beim Anblick des Bettes merkwürdig zusammen.

Er sah sie verlegen an.

»Das meinte ich doch gar nicht.« Seine Stimme war leise geworden. Er ging voran und zog einen Karton unter dem Bett hervor. Er ließ sich auf die Matratze fallen, der Lattenrost darunter ächzte. Er klopfte neben sich auf den freien Platz. Jessy atmete kurz durch, dann setzte sie sich zu ihm.

»Die habe ich beim Räumen wiedergefunden. Ich hatte sie schon fast vergessen. Das war meine Schatzkiste, damals.«

Er öffnete den Deckel. Der Karton enthielt seine Vergangenheit, kleine Kostbarkeiten, die sein kindliches Ich zusammengetragen hatte. Ein Bild seines Vaters, noch jung und mit vollen Haaren. So hatte Jessy ihn gar nicht in Erinnerung. Das Bild musste also schon mehr als zehn Jahre alt sein. Ein paar Fotos von einem kleinen süßen Jungen mit blondem Schopf und Grübchen, einmal mit einer Schultüte, einmal mit einem Superman-Schlafanzug, einmal mit einem kleinen Hund im Arm.

Es gab ein paar Fußballsammelkarten, einen alten Teddy mit nur einem Arm und ein Blechauto. Dann war da noch das Bild einer wunderschönen Frau. Es lag weit unten. Sie hatte eine rotgoldene Lockenmähne und die gleichen Grübchen beim Lächeln. Im Arm hielt sie ein

Baby. Merkwürdigerweise blickte sie aus dem Bild heraus, so als ob sie gar nicht dorthin gehören würde. So, als hätte ihr jemand das Kind nur mal kurz in den Arm gelegt. Dann zog Lukas einen Brief unter dem Foto hervor. Das Papier war alt und zerschlissen, so als sei dieser Brief oft gelesen worden. Er hielt ihn ihr hin. Jessy sah ihn an. Er nickte, woraufhin sie das Blatt auseinanderfaltete.

Hans, es geht nicht mehr. Ich kriege in dieser Enge, in dieser Stadt keine Luft mehr. Ich kriege keine Luft mehr, weil deine Liebe mir den Hals zudrückt. Dabei liebst du gar nicht mich. Du liebst nur die Idee von mir. Diese Idee, das bin aber nicht ich. Ich bin keine Mutter und auch keine Ehefrau. Ehrlich gesagt weiß ich nicht, was ich sonst bin und wer ich sein will. Um das herauszufinden, muss ich fort. Es tut mir leid. Pass auf unseren Jungen auf. Er ist das Beste von mir, das ich dir lassen kann. Ich gehe mit Friedrich nach Frankreich. Vielleicht auch Spanien. Mal sehen. Ich werde nicht zurückkommen. Also warte nicht auf mich. Manuela

»Von deiner Mutter?« Er nickte wieder. Still saßen sie nebeneinander vor dieser Kiste aus Erinnerung und Schmerz. Jessy konnte ihn fühlen. Es war ein ähnlicher Schmerz wie ihrer, obwohl sie nicht einmal eine Kiste dafür hatte.

Ohne nachzudenken, griff sie nach seiner Hand, die warm und trocken war und ihre nun schützend umfing. Wieder war da dieses Gefühl, als habe jemand elektrische Teilchen aufgeladen und durch ihre Adern fließen lassen. Sie kamen in der Mitte ihres Bauches zusammen, wo sie explodierten. Und nicht nur da. Sie waren um sie herum, sie schwirrten durch die Luft, durch dieses alte Zimmer, und tanzten über diesen zwei Menschen, die eigentlich gar nicht hier zusammensitzen sollten. Es fühlte sich gefährlich nach Liebe an. Der Gedanke erschreckte sie.

Sie ließ seine Hand los und rückte ein Stück von ihm ab. »Ich sollte vielleicht besser aufbrechen«, sagte sie, wobei ihre Stimme noch unentschlossener klang, als sie es war. Er hob den Blick, seine Augen hatten diesen gequälten Ausdruck, den sie von sich selbst nur allzu gut kannte.

»Geh nicht«, flüsterte er, wobei seine Hände den Deckel wieder über die Reste seiner Kindheit stülpten.

»Okay.« Ihr Mund war einmal mehr schneller als ihr Kopf. Vermutlich meinten die Menschen das, wenn sie davon sprachen, dass man manchmal das Herz auf der Zunge trug. Zögerlich griff er wieder nach ihrer Hand, als wäre sie ein Rettungsanker. So blieben sie sitzen, bis die Müdigkeit sie irgendwann übermannte. Jessy schlief so tief und fest, wie sie seit Jahren nicht mehr geschlafen hatte.

»Guten Morgen«, flüsterte er leise. Sein Blick war der eines Naturforschers, der ein seltenes und scheues Exemplar vor die Linse bekommen hat. Sie konnte nicht anders, als ihm ein warmes Lächeln zu schenken. Der Morgen war noch jung, die Dämmerung verschwand gerade erst hinter den Baumwipfeln, die man vom Fenster aus sacht im Wind hin und her wiegen sah.

»Du siehst wunderschön aus, wenn du schläfst«, flüsterte er und strich ihr vorsichtig eine kurze, widerspenstige Strähne aus dem Gesicht. Es machte sie verlegen, er machte sie verlegen. Sie drehte sich etwas von ihm fort, wobei ihr Blick auf den kleinen Wecker fiel, der einsam auf dem Nachttisch stand.

»O Gott, ich hab Frühdienst heute, ich muss los.« Sie sprintete in das Bad, das an das Schlafzimmer angrenzte, wobei sie vermutlich eher vor seiner Nähe floh als vor dem Diktat der Uhr. Ein Blick in den Spiegel zeigte ihr, dass sie ebenso aufgewühlt aussah, wie sie sich fühlte. Sie spritzte sich etwas Wasser ins Gesicht und kämmte sich die Haare mit feuchten Fingern herunter. Als sie aus dem Bad kam, stand Lukas mit zwei Tassen Kaffee an den Türrahmen gelehnt. Er hielt ihr eine hin, die sie dankbar annahm. Sie trank eilig, aber mit kleinen Schlucken, um sich nicht zu verbrühen. Als die Tasse leer war, sah sie wieder auf die Uhr und unterdrückte den Impuls, sich noch einmal an ihn zu lehnen, um noch etwas von seinem warmen Bettgeruch mitzunehmen. Er griff nach ihrer leeren Tasse, wobei sich ihre Finger streiften und Jessys Herz einen hastigen Sprung machte. Sie hob ihre Tasche vom Boden und strebte hektisch zur Treppe. Er kam ihr nach, überholte sie und hielt ihr dann unten mit einem schiefen Lächeln die Tür auf.

»Danke«, sagte er leise.

»Wofür?«, fragte sie überrascht.

»Nur so.« Verlegen rieb er sich den Nacken, dann ließ er seine Hände tief in seinen Hosentaschen verschwinden. So stand er da und sah ihr nach, als sie aus der Tür eilte und in ihrer Rostlaube vom Hof schoss.

Kapitel 28

Joachim saß in einem Meeting. Er konnte sich kaum konzentrieren. Immer wieder wanderten seine Gedanken nach Hause, zu seiner sturen, stolzen Frau. Er hatte sie gebeten, eine Haushaltshilfe einzustellen, vielleicht auch jemanden, der sich nachmittags für ein paar Stunden um die Kinder kümmern könnte. Er hatte im Internet gelesen, dass Logopädie hilfreich wäre, ebenso Physiotherapie. Vielleicht sollten sie sich auch einen Psychologen suchen, sie beide, um mit diesem neuen Leben klarzukommen, das sie sich nicht ausgesucht hatten, aber nun leben mussten. Aber wie immer biss er bei Hanne auf Granit. Sie hatte nur den Kopf geschüttelt.

»Ich verschwende doch nicht meine kostbare Zeit mit dieser nutzlosen Rennerei. Und ich will keine Fremden in meinem Haus. Wie sähe das denn aus? Jeder wüsste gleich, dass etwas nicht stimmt. Nein, ich komm schon klar.«

Funkelnd hatte sie ihn angesehen, kampfbereit, er hatte jedoch gleich nachgegeben. Er wollte nicht, dass sie sich in unnützen Streitereien gegeneinander aufrieben. Sie musste ihre Kräfte schonen. Aber er sorgte sich. Sie wollte heute mit den Jungs ins Schwimmbad fahren. Er fragte sich ängstlich, ob sie das allein meistern konnte.

Vincent hatte wenigstens schon das Seepferdchen, aber Leander war noch zu klein. Was, wenn er unterging und sie ihn nicht fassen konnte? Ihre Hände waren jetzt schon steif, oft hatte sie Mühe, Dinge aufzuheben oder zu halten. Es wurde rasch schlechter, zu rasch.

Wenn er recht darüber nachdachte, war sie schon über anderthalb Jahre tollpatschig. Ihr fielen oft Sachen runter, sie hatte eine fahrige Handschrift bekommen, manchmal krampften ihre Finger zusammen, einfach so. Doch erst als diese bleierne Müdigkeit dazukam und dann das Stolpern und das Humpeln, war sie zum Arzt gegangen.

»Joachim, was meinst du?« Er schreckte hoch und sah seinen Kollegen an. Er musste sich konzentrieren.

»Ich denke, ja«, sagte er ins Blaue hinein und erntete erleichtertes Kopfnicken. Wenn er nur wüsste, welcher Planung er gerade zugestimmt hatte.

Kapitel 29

Helga hatte schlecht geschlafen. Es war, als sei sie in ihrem Kopf an eine Tür gelangt, die sie partout nicht öffnen konnte. Jedoch wusste sie tief in ihrem Inneren, dass etwas sehr Wichtiges hinter der Tür verborgen lag. Sie stand gerädert auf, räumte im Wohnzimmer die leere Weinflasche fort und kippte die vielen Zigarettenstummel aus dem Aschenbecher in die Mülltonne. Dann setzte sie Kaffee auf und suchte in ihrer Handtasche nach einem neuen Päckchen Marlboro. Dabei stieß sie auf den Zettel, den Hanne ihr vor ein paar Monaten wortlos zugeschoben hatte. Es war die Adresse der Anonymen Alkoholiker. Helga starrte den Zettel an, und zum ersten Mal überhaupt schien es ihr eine Möglichkeit, dort tatsächlich anzurufen. Noch völlig in Gedanken bemerkte sie die Türklingel erst, als der Besucher mehrfach hintereinander die Schelle betätigte.

»Moment«, rief sie durch die Gegensprechanlage, drückte auf und zog sich schnell ihren alten Morgenmantel über, bevor sie zur Wohnungstür hastete. Sie hatte mit der Post gerechnet, vielleicht noch mit den Zeugen Jehovas, die ab und an versuchten, ihre Zeitung bei ihr loszuwerden, doch am Treppenabsatz erschien das Gesicht eines Mannes mittleren Alters, mit braunen, kurz geschnittenen Haaren und einem Schnurrbart. Er blickte sie forschend an, während er die letzten paar Stufen nahm.

»Frau Sturm?«, fragte er, und Helga spürte, wie eine seltsame Unruhe sie erfasste.

»Ja«, antwortete sie, und ihre Stimme klang dünn.

»Richter, Kriminalpolizei, darf ich einen Augenblick hereinkommen?« Er hatte seinen Dienstausweis gezückt, den Helga aber kaum lesen konnte, weil alles vor ihren Augen verschwamm. Sie nickte benommen und führte den Mann in die kleine Küche, wo gerade die Kaffeemaschine fertig durchgelaufen war.

»Möchten Sie?«, fragte Helga und deutete auf die dampfend heiße Flüssigkeit. Der Polizist nickte und nahm auf dem Stuhl Platz, den Helga ihm vom Tisch abgerückt hatte. Während sie nach zwei Tassen griff, spürte sie, wie ihre Hände unkontrolliert zitterten. Trotzdem schaffte sie es, den Kaffee einzuschenken, ohne etwas zu verschütten.

»Milch? Zucker?«, fragte sie und stellte beides schon einmal unverlangt auf den Tisch.

»Schwarz, danke«, sagte ihr Besucher. Als Helga sich endlich setzte, räusperte er sich und blickte ihr freundlich ins Gesicht.

»Frau Sturm, es gibt eine neue Entwicklung im Vermisstenfall Ihres Mannes.«

Helgas Herz setzte einen Moment lang aus, um dann mit doppelter Geschwindigkeit in ihrer Brust weiterzuhämmern. Ihr wurde schwindelig. Weil sie keinen Ton herausbrachte, nickte sie nur, um ihm zu bedeuten, dass er fortfahren möge. »Bei Rodungsarbeiten haben Arbeiter menschliche Überreste gefunden.« Er sah kurz gequält drein, bevor seine Miene wieder professionell und neutral wirkte. Helga spürte, wie ihr der eine Schluck Kaffee zusammen mit ihrer Magensäure in den Hals stieg.

»Dabei fand man auch diesen Brief in einer alten Aktentasche, die neben den Knochen lag. Sie konnte eindeutig Ihrem Mann zugeordnet werden, der Brief hier ist an Sie adressiert.«

Er schob ihr einen vergilbten Umschlag zu, auf dem sie Fritz' Handschrift erkannte.

Für meine über alles geliebte Frau, stand dort. Helga hatte das Gefühl, dass Vergangenheit und Gegenwart sich ineinander schoben wie bei einem Akkordeon, aus dem die Luft herausgepresst wurde. Es war, als seien die letzten zwanzig Jahre einfach ausgelöscht. Als sei Fritz eben erst aus dieser Haustür herausspaziert, ein Lächeln und einen Kuss für sie dalassend, bevor er in Richtung Arbeit aufbrach. Erst als der Polizist aus seiner Tasche ein Päckchen Tempos hervorzog und ihr reichte, merkte sie, dass ihr die Tränen liefen.

»Ich kann mir vorstellen, dass das nach all der Zeit ein ganz schöner Schock für Sie sein muss.«

Er wartete, bis Helga sich geschnäuzt hatte, und fuhr dann sanft fort.

»Die Überreste wurden in die Gerichtsmedizin gebracht und werden derzeit untersucht. Damals war man noch nicht so weit in puncto DNA-Spuren, aber soweit ich weiß, hat man trotzdem bei seinem Verschwinden zum Abgleich Haare aus einer Bürste sichergestellt.«

Helga erinnerte sich vage.

»Wir werden also bald Sicherheit haben«, sagte Richter. Helga hatte das Gefühl, wie in einem dichten Nebel zu sitzen.

»Aber man hat doch alles abgesucht, als ich Fritz damals vermisst gemeldet habe, auch alle Waldgebiete hier im Umkreis«, sagte sie mehr zu sich selbst als zu ihrem Gegenüber. Richter fühlte sich trotzdem angesprochen.

»An der Stelle, wo man die Überreste fand, war das Gelände kaum zugängig. Alles war mit Gestrüpp und Dornen überwuchert. Vermutlich hat man damals dort einfach nicht gründlich genug gesucht.«

Er räusperte sich erneut und stand dann auf.

»Ich melde mich wieder bei Ihnen, sobald wir das endgültige Ergebnis haben.«

Er nickte kurz und ging zum Flur. Helga fehlte die Kraft, aufzustehen und ihn herauszulassen. Als die Haustür zuschlug, wusste sie, dass der Mann seinen Weg auch so gefunden hatte. Wie gelähmt blieb sie sitzen und starrte den Briefumschlag an. Das musste ein Traum sein, ein absolut realer, aber unsinniger Traum. Helga wusste nicht, wie lange sie dort gesessen hatte, es konnten nur ein paar Minuten gewesen sein, aber vielleicht waren es auch Stunden. Sie hatte jegliches Gefühl für die Zeit verloren. Irgendwann fand sie den Mut und öffnete vorsichtig und mit zittrigen Fingern den vergilbten, angerauten Umschlag. Die Zeilen im Inneren waren zwar verblasst, aber noch gut lesbar.

Meine über alles geliebte Frau,

du weißt, dass ich dir immer alles erzählt habe. Es gab keine Geheimnisse zwischen uns. Umso mehr schmerzt es mich seit Monaten, weil ich ein großes und dunkles Geheimnis mit mir herumtrage. Eines, das unser aller Leben verändern wird. Als ich vor einem halben Jahr beim Arzt war wegen der Taubheitsgefühle in Bein und Arm, da habe ich dir abends gesagt, dass alles in Ordnung sei. Dass es vom Rücken kommt, erinnerst du dich? Diese Lüge ist mir fast im Hals stecken geblieben. Gar nichts ist in Ordnung, Helga. Im Gegenteil. Mir steht ein langer, qualvoller Tod bevor. Muskelschwund, nennt es der Arzt. Man kann nichts dagegen tun. Zuerst werde ich nicht mehr gehen können, dann nicht mehr sprechen, schlucken und irgendwann auch nicht mehr atmen. Es wird elend, und ich habe nun lange Zeit darüber nachgedacht, was zu tun ist. Und neulich nachts wusste ich es plötzlich mit einer fast beruhigenden Sicherheit. Ich will euch das nicht antun. Ich will, dass du und die Kinder mich so in Erinnerung behaltet, wie ich jetzt bin. Ich will keine hilflose Hülle sein, die du fütterst, waschen, wickeln und der du am Ende beim Sterben zusehen musst.

Es schmerzt mich unglaublich, dir diese Zeilen zu schreiben, weil ich weiß, dass sie meine letzten sein werden. Helga, du musst jetzt stark sein, für dich und die Mädchen. Ich kann es nicht. Es tut mir leid. Ich weiß, dass ich den Ausweg eines Feiglings wähle, aber der Weg, der mir bevorsteht, ist einer, den ich nicht bereit bin zu gehen. Und ich werde euch auch in keinem

Fall zumuten, ihn mit mir gehen zu müssen. Noch können meine Hände diesen Stift halten, noch können sie dich und die Kinder umarmen. Bald aber schon werden sie nutzlos sein, so wie ich selbst. Dann hätte ich nicht mehr die Wahl, es selbstbestimmt zu beenden, was ich jetzt noch kann. Ich hoffe, du verzeihst mir diesen Schritt irgendwann einmal. Du musst wissen, dass es mir das Herz zerreißt, euch zurückzulassen. Du warst und bist mein Licht, mein Ein und Alles, Helga. Ich danke Gott trotz dieser schicksalhaften Wendung dafür, dass er uns vor so vielen Jahren auf der Kirmes zusammengeführt hat. Ich war der glücklichste Mann, weil ich dich lieben durfte. Pass gut auf unsere Mädchen auf, sie sind großartig, und in ihnen werde ich weiterleben. Fritz

Helga las den Brief immer und immer wieder, so lange, bis sich jedes einzelne Wort davon in ihr Herz gebrannt hatte. Und dann, plötzlich, öffnete sich die Tür, vor der sie die vergangenen Wochen immer geendet war. Das Humpeln, die Taubheit in den Händen, das alles hatte sie schon einmal gesehen, in den Wochen bevor Fritz verschwand. Und nun Hanne. Helga stieß einen gequälten Laut aus und sandte ein Stoßgebet zum Himmel, zu einem Gott, der ihr bereits den Mann geraubt hatte, und flehte inständig, dass sie sich irren möge. Doch tief in ihrem Inneren ahnte sie bereits, dass es etwas gab, was Hanne vor ihr verheimlichte. Hanne würde sie jetzt brauchen, genauso wie alle anderen. Und dieses Mal würde sie nicht davonlaufen. Dieses Mal würde sie sich nicht in den Schmerz und die Trauer fallen lassen. Helga stand auf, warf ihre Weinflaschen in den Abfall und rief bei der Nummer der Anonymen Alkoholiker an.

Kapitel 30

»Mama?« Helga schreckte in dem unbequemen Garten-
stuhl, auf den sie sich hatte fallen lassen, aus dem Schlaf.
Sie sah ihre Älteste benommen an.

»Wie spät ist es?«, fragte sie, überrascht, wie sie überhaupt hatte Schlaf finden können.

»Halb sechs«, sagte Hanne mit Blick auf die Uhr. Sie
hatte die Haare nass nach hinten gekämmt, die Jungs tobten im Hintergrund mit dem Hund. »Wir waren den ganzen Tag im Schwimmbad«, ergänzte sie zur Erklärung.
»Was machst du hier?«, fragte sie argwöhnisch, vermutlich, weil Helga nie einfach so vorbeischaute.

Helga rappelte sich hoch. Sie hatte so viel Zeit gehabt,
als sie vorhin mit dem Taxi hier angekommen und das
Haus verwaist vorgefunden hatte, doch nun wusste sie
nicht, wie sie das Gespräch beginnen sollte. Also zog sie
den Brief aus der Tasche.

»Was ist das?«, fragte Hanne, ihre Stimme alarmiert.
Helga berichtete kurz vom Besuch des Polizisten am Morgen und sah, wie sich Hannes Augen bei jedem Wort weiteten. Ungläubig blickte sie ihre Mutter weiterhin an,
ohne den Brief auch nur anzusehen.

»Lies«, sagte Helga leise und drückte ihrer Tochter das

Papier in die Hand. Als Hanne fertig gelesen hatte, liefen ihr die Tränen.

»Er hat sich umgebracht?«, fragte sie nach einer ganzen Weile immer noch ungläubig. Helga nickte nur. Zu weh tat es, sich Fritz allein im Wald in seinen letzten Minuten vorzustellen. Hanne schwieg danach beharrlich.

»Willst du mir etwas sagen, Hanne?«, fragte Helga irgendwann und sah ihre Älteste durchdringend an. Hanne hob zunächst ihr Kinn, stolz und stur, doch dann sammelten sich neue Tränen in ihren Augen. Sie nickte bekümmert.

»Wollt ihr fernsehen?«, fragte sie ihre Söhne, die begeistert johlten und ihr ins Haus folgten, weil sie tagsüber eigentlich nie einfach so fernsehen durften. Als Hanne wiederkam, war sie blass, ihre Augen sahen an ihrer Mutter vorbei. Sie setzte sich ebenfalls in einen der Gartenstühle und sackte förmlich in sich zusammen. Zu viel Kraft schien es sie gekostet zu haben, all die Monate die Fassade aufrechtzuerhalten. Sie schwieg. Helga fürchtete sich vor dem jetzt folgenden Gespräch, doch es wurde Zeit, sie hatte lange genug die Augen vor der Wirklichkeit verschlossen.

»Seit wann weißt du es?«

»Schon einige Zeit«, flüsterte Hanne und begann zu weinen. »Mama, ich werde sterben. Ich bin doch erst fünfunddreißig. Ich werde meine Kinder nicht aufwachsen sehen. Ich werde nie wissen, welchen Weg sie einschlagen und ob sie glücklich werden.«

Helga rückte unbeholfen mit ihrem Stuhl neben ihre Tochter. Sie zögerte einen Moment, doch dann klopfte sie wie früher auf ihre Beine. Hanne wartete keine Sekunde. Sie ließ sich nach vorn fallen und brach weinend im Schoß ihrer Mutter zusammen. Helgas Tränen liefen stumm, sie strich Hanne immer wieder übers Haar, so wie sie es getan hatte, als diese noch klein und ihr Leben noch in Ordnung gewesen war. So lange, bis ihr herzzerreißendes Schluchzen abebbte, bis ihre Schultern nicht mehr bebten, bis sie beide bereit waren, nach drinnen zu gehen und weiterzumachen.

Kapitel 31

Als Joachim nach Hause kam, bot sich ihm ein ungewöhnliches Bild. Seine Schwiegermutter saß mit seiner Frau am Küchentisch, beide hielten sich an den Händen. Er konnte an Helgas gefasster Miene sehen, dass sie Bescheid wusste. Gott sei Dank. Er hatte Hanne gleich gesagt, sie müsse mit ihrer Familie darüber reden. Nun war es wohl zu diesem Gespräch gekommen. Er ging zu ihnen und setzte sich mit an den Tisch. Zögerlich legte er seine Hand auf die der beiden Frauen, und so blieben sie noch eine Weile sitzen, bis einer der Jungs rief, er habe Hunger. Nach dem Abendessen bot Joachim an, die Kinder bettfertig zu machen. Er war überrascht, als Hanne mit einem traurigen Nicken zustimmte. Er sah den Schmerz in ihrem Blick und hätte um ein Haar nachgegeben, doch dann hatte Helga ihre Tochter zärtlich, wenngleich unendlich traurig angesehen. »Sie müssen sich ja irgendwann einmal daran gewöhnen.«

Und so war Hanne sitzen geblieben, während er die Kinder unter deren lautstarkem Protest ins Obergeschoss getragen hatte. Vincent hatte sich schnell ergeben, er hatte noch eine Gutenachtgeschichte herausgeschlagen und eine Bob-der-Baumeister-CD. Leander war schwieriger zu bändigen. Er weinte und stand immer wieder aus dem Bett auf.

»Ich will Mami, geh weg, ich will meine Mami«, brüllte er. Hätte Hanne allein unten gesessen, sie wäre längst hier gewesen. Doch Helga schien sie zurückzuhalten. Und so ließ er seinen Sohn toben, bis dieser müde war, bis seine Wut verrauchte und er sich mit seinem Stoffhasen in die Paw-Patrol-Bettwäsche kuschelte und sofort einschlief. Joachim saß noch eine ganze Weile am Bett seiner Söhne und kämpfte die schiere Panik nieder, die ihn überfiel, wenn er ihre zarten Gestalten unter der Decke schlummern sah. Als er in den nur schwach beleuchteten Flur trat, spürte er seine Erschöpfung. Es war das erste Mal, seit sie Eltern geworden waren, dass er die Jungs allein ins Bett gebracht hatte. Und auch wenn er sich immer aus diesem abendlichen Ritual ausgeschlossen gefühlt hatte, so wünschte er sich gerade nichts mehr, als Hanne einfach wieder das Feld überlassen zu können. Doch das war keine Option, es würde nie wieder eine sein.

Er strich über die Holzbuchstaben, die die Namen der beiden an der Tür bildeten. Das Leben war nicht fair. Noch war ihre kleine Welt heil, doch sie hatte bereits begonnen, in ihre Einzelteile zu zerfallen, langsam, aber mit tödlicher Sicherheit.

Er gab dem Drang nach, noch einmal ihre unschuldigen Gesichter beim Schlafen zu beobachten. Auf Zehenspitzen ging er zurück in das Zimmer. Ihr Anblick brach ihm das Herz, sie waren so klein, so hilflos, und bald hätten sie nur noch ihn. Dieser Gedanke wiederum gab ihm trotz all der bodenlosen Traurigkeit Kraft. Sanft zog er die mittlerweile heruntergestrampelten Bettdecken hoch, küsste ihre weichen, nach Kindershampoo duftenden Haare und schlich sich dann hinaus. Die Tür einen Spalt offen lassend, damit sie keine Angst bekamen, ging er zurück zu Hanne und Helga.

Später bot er seiner Schwiegermutter an, sie nach Hause zu fahren. Sie nickte dankbar. Die Fahrt verlief schweigend. Auch Helga schien tief in ihre eigenen Gedanken versunken.

Ihre Augen waren gerötet, ihre faltigen Wangen wirkten noch schlaffer als sonst, als sie vor ihrem Haus wortlos ausstieg. Es gab auch nichts zu sagen, es gab keinen Trost. Sie konnten jetzt nur füreinander da sein. Sie alle.

Als Joachim zurückkam, stellte er überrascht fest, dass Hanne noch unten saß.

»Du schläfst noch nicht?«, fragte er. Sie schüttelte den Kopf. Er ließ sich neben sie auf den Stuhl fallen. Es war schwierig, nach all den Jahren, in denen sie über Belangloses geredet, über den Alltag diskutiert und über Nichtigkeiten gestritten hatten, neue Worte zu finden.

»Wie geht es dir?«, fragte er vorsichtig und kam sich blöd vor, das zu fragen. Doch sie lächelte ihn an. Das erste Mal seit Langem, dass dieses Lächeln sogar ihre Augen erreichte. »Das hast du mich ewig nicht gefragt«, sagte sie. Sie dachte einen Moment nach. »Es ist komisch, früher hätte mich die Sache mit Papa in ein tiefes Loch gestürzt. Ich wäre vermutlich schockiert gewesen. Wir haben alle immer geglaubt, dass er irgendwo noch lebt und uns einfach verlassen und vergessen hat. Aber ich kann ihm nicht böse sein. Ich kann es verstehen. Ich kann auch Mama nicht böse sein, dass sie uns damals einfach uns selbst überlassen hat, denn für negative Gefühle habe ich einfach keine Zeit mehr. Ich fühle mich nur so fremd, als ob das gar nicht mein Leben wäre. Als ob ich mir selbst dabei zusehe, wie ich in einer tragischen Fernsehschmonzette die Hauptrolle spiele. Weißt du, was ich meine?« Er nickte. Er wusste es genau.

Kapitel 32

Der Tag ging nur langsam um. Jessy hatte die Früh- und Spätschicht übernommen, weil eine der Aushilfen sich krankgemeldet hatte. Weil sie es am Nachmittag mit den Kunden im Laden nicht mehr aushielt, bat sie Becky darum, das Lager aufräumen zu dürfen. Was sie dabei nicht bedacht hatte, war, dass ihr bei dieser stupiden Arbeit viel Zeit zum Nachdenken blieb. Und jedes Mal, wenn ihre Gedanken dabei zu ihm wanderten oder zu der vergangenen Nacht, durchfuhren sie erneut die kleinen Stromschläge.

Als sie aus dem Lager kam, sah Becky sie mit einer hochgezogenen Augenbraue an.

»Los, Jessy, du hast doch was zu erzählen«, sagte sie, und ihr Tonfall verriet ihre Neugier. Jessy blickte sie verständnislos an.

»Jetzt spuck schon aus, wer ist dieser Wahnsinnstyp, der eben hier war und nach dir gefragt hat?«

Sogleich beschleunigte sich ihr Herzschlag, ihre Wangen brannten. Becky lachte.

»Na, ich kenn dich ja schon lange, aber so hab ich dich noch nie erlebt.«

Jessy blickte zum Schaufenster hinaus. »Was hat er gesagt, wollte er wiederkommen?«

Becky lachte und machte eine beschwichtigende Geste. »Er meinte, er kommt nach Ladenschluss zurück.«

Noch zwei Stunden, zwei ewig lange Stunden. Jessy stöhnte. Sie suchte sich erneut eine Beschäftigung, um nicht die ganze Zeit in Gedanken um ihn zu kreisen.

Um Punkt acht, als sie das Rolltor hinunterfahren ließ, sah sie ihn auf der gegenüberliegenden Straßenseite stehen. Er winkte. Jessy winkte zurück und bedeutete ihm, er solle zum Hinterausgang kommen.

»Einen schönen Abend wünsch ich euch«, flüsterte ihre Kollegin und drückte ihr zum Abschied einen schnellen Kuss auf die Wange.

Lukas schlenderte zu Jessy herüber, er blieb einen Augenblick verlegen vor ihr stehen, wie immer die Hände in den Taschen vergraben, noch unsicher, wo sie miteinander standen. Dann holte er eine Hand hervor und hielt sie ihr hin. Sie zögerte, doch ließ ihre dann hineingleiten. Es fühlte sich überraschend gut an. Sie schlenderten wie jedes andere Pärchen an diesem lauen Abend durch die Stadt. Sie aßen eine Pizza in einem der kleinen Biergärten am Fluss und redeten über ganz normale Dinge. Über Bücher und Filme, über Menschen, die sie gemeinsam kannten, und über das, was sie vorhatten mit ihren Leben.

»Morgen kommt ein Entrümplungsdienst, der die letzten Möbel mitnehmen wird. Dann muss ich den Schlüssel an den Makler übergeben«, sagte er, als das Thema auf den Hausverkauf kam. Jessy konnte hören, dass eine Spur Bedauern mitschwang.

»Bereust du es?«, fragte sie. Er zuckte mit den Schultern.

»Als mein Vater starb, wollte ich eigentlich nur schnell wieder von hier fort. Also war es das Vernünftigste, das Haus zum Verkauf anzubieten.« Er hielt inne. Sie sah ihn fragend an.

»Und jetzt?«

Er legte seinen Kopf schief.

»Jetzt ist es verkauft, die Sache ist hinterm Pflug.«

Er trank einen Schluck Wein und berührte leicht ihre Finger, als er das Glas abstellte. Wieder schoss ihr Hitze ins Gesicht. Wann, verflucht noch mal, würde sie endlich nicht mehr wie ein kleines Mädchen auf ihn reagieren?

»Und was hast du jetzt vor?«, wollte sie wissen.

»Ich fahre am Wochenende nach Berlin«, sagte er unvermittelt.

Nun war Jessy es, die einen Schluck Wein brauchte. Damit hatte sie nicht gerechnet.

»So, na dann«, sagte sie lahm.

»Das Auto gehört einem Freund, er hat es mir geliehen für die Zeit, die ich in Deutschland bin, aber so langsam muss er es zurückhaben.« Er blickte sie einen Moment lang ernst an.

»Wäre es okay, wenn ich danach wiederkomme?«

Jessy vertiefte sich in ihr Weinglas. Vor ein paar Tagen wäre die Antwort eindeutig *Nein* gewesen, doch es hatte sich etwas verändert zwischen ihnen, und sie würde nie herausfinden, wohin die Sache führen könnte, würde sie ihn nun abweisen.

»Das wäre okay«, sagte sie darum leise, wobei sich ein zaghaftes Lächeln auf ihre Züge schlich.

Lukas schien die Luft angehalten zu haben und ließ sie nun hörbar aus. Statt etwas zu erwidern, griff er nach ihrer Hand und ließ seinen Daumen sanft über die Haut gleiten. Jessy schluckte und spürte, wie ihr Herz gegen ihre Rippen hämmerte.

»Wollen wir gehen?«, flüsterte er. Sie nickte, obwohl sich in ihrem Magen etwas regte, das sie weder als gute noch als schlechte Aufregung identifizieren konnte. Er winkte den Kellner heran und beglich die Rechnung. Am Auto angekommen sah er sie forschend an. »Soll ich dich nach Hause bringen?«

Jessy biss sich auf die Lippen. Normalerweise war sie nicht zögerlich, wenn sich bei einem Date noch mehr ergab. Jede Begegnung war ein weißes Blatt, das sie beschreiben oder im Anschluss zum Altpapier geben konnte. Mit ihm jedoch war es anders, es existierte bereits ein ganzes gebundenes Buch, und sie war plötzlich unsicher, ob sie weitere Kapitel hineinschreiben wollte. Trotzdem nickte sie zögerlich.

»Wollen wir das alte Haus gemeinsam verabschieden?«, bot er dann sanft an. Statt zu antworten, glitt sie auf den Beifahrersitz des Audis und schloss die Tür, bevor sie es sich anders überlegen konnte.

Leise Musik war alles, was auf der Fahrt zu seinem Zuhause im Inneren des Wagens zu vernehmen war. Die Anspannung in der Luft hätte man buchstäblich in Scheiben schneiden können. Beide waren sie befangen, als er den Motor des Audis in der Einfahrt abstellte und sie dann gemeinsam auf die alte Veranda zugingen. Er hantierte mit dem Schlüssel, das Licht war bereits abgestellt, eine Laterne stand im Flur auf einer Umzugskiste. Lukas überraschte sie, indem er dicht vor ihr stehen blieb und seine Hand an ihrer Seite herabgleiten ließ. Sie zog hörbar die Luft ein bei seiner Berührung. Sie konnte spüren, wie seine Finger in ihre Jackentasche glitten und das Feuerzeug zu fassen bekamen.

»Für die Kerze«, stellte er leicht atemlos fest, als er das pinke Plastikteil in den Händen hielt. Jessy Herzschlag schien unendlich laut von den kahlen Wänden widerzuhallen. Das Windlicht erhellte kurz darauf den Raum und ließ ihre Schatten an der alten Tapete tanzen.

»Leider habe ich keinen Sekt oder Champagner oder so was. Aber beim Räumen habe ich noch eine Flasche Wein gefunden.«

»Wein klingt gut«, sagte sie und räusperte sich, während er in die Küche ging und zwei Gläser mit dem Weißwein füllte, den er als Einziges noch in dem ansonsten leeren Kühlschrank gebunkert hatte. Als er zu ihr zurückkehrte, war sein Blick unergründlich. Sie stießen an, wobei er leise seufzte.

»Auf dich, Paps, auf unser altes Haus«, sagte er, während er das Glas hob. Sie tat es ihm gleich, ein ganzes Knäuel unentwirrbarer Gefühle rollte dabei durch ihre Brust. Sie trank hastig einen großen Schluck, um die Nervosität im Wein zu ertränken, wobei etwas von der goldenen Flüssigkeit herausspritzte. Seine Augen wurden dunkel. Ganz langsam hob er die Hand und fuhr mit dem Daumen über ihren Mund, um den kleinen Tropfen aufzufangen und an seine Lippen zu führen. Hitze schoss durch sie hindurch, Hitze, die sie im Bauch und im Herzen spürte.

Wie in Zeitlupe senkte sich sein Kopf zu ihr. Er berührte sie kaum, vielmehr war es zunächst sein warmer Atem, der sie streichelte, und doch begann sie zu zittern. Ihr Puls raste, ihre Beine wurden weich. Sie hatte einen Kuss noch nie hungriger herbeigesehnt. Als sich endlich ihre Lippen berührten, stöhnte sie leise, selbstvergessen an seinem Mund. Der Kuss schmeckte warm und weich und zaghaft. Seine Arme wanderten um sie, zogen sie heran, pressten sie an seinen Brustkorb, wo sich ihr Herzschlag mit seinem vermischte. Jessy spürte, wie sie nachgab, wie sie sich öffnete und sich zum ersten Mal in ihrem Leben gestattete, einen Mann mit dem Herzen zu küssen. Es fühlte sich an wie Achterbahnfahren, wie diese erregende Mischung aus Angst und Euphorie. Sie klammerte sich an ihn, weil ihr schwindelig wurde von dem ungewohnten Gefühl. Sie brauchte einen Moment, um zu registrieren, dass er den Kuss unterbrochen hatte, weil sie ihn noch immer schmecken und spüren konnte. Schwer atmend hatte er innegehalten. Sein Blick war voller Leidenschaft, aber da lauerte noch etwas, etwas Trauriges, das ihr plötzlich Angst einjagte.

»Jessy«, flüsterte er gequält, wobei er sich durch die Haare fuhr. Sein Atem war immer noch beschleunigt, so wie ihr Puls.

»Bevor wir weitergehen, will ich es dir erklären.«

Sie sah ihn verwirrt an.

»Die Abifeier, warum das damals passiert ist.« Er stockte. »Es wird sonst immer zwischen uns stehen. Bitte, Jessy«, flehte er nachdrücklich.

Jessy brauchte einige Augenblicke, um seine Worte mit

Sinn zu füllen. Irgendwie hatte sie es geschafft, den Lukas von heute vollkommen von dem Lukas damals abzukoppeln. Sie hatte das Buch mit ihrer gemeinsamen Geschichte in eine Schublade gelegt, die er nun unbedingt öffnen wollte. Sie hatte seit zehn Jahren nicht mehr in diesem Buch gelesen, und instinktiv wusste sie, dass es alles ändern würde, täten sie es nun gemeinsam.

»Lass es gut sein, Lukas, ich will nicht darüber reden«, unternahm sie einen letzten, verzweifelten Versuch, die Schublade geschlossen zu halten. Er trat wieder einen Schritt auf sie zu und nahm langsam ihren Arm. Seine Augen verließen dabei für keinen Moment ihr Gesicht. Er schob ihren Pullover ein Stück hoch und senkte dann den Blick auf die schmalen Narben, die sich wie ein Armband um ihr Handgelenk schlangen. Sein Daumen fuhr sacht die Linien nach, die unscheinbar aussahen im Halbdunkel, aber die Macht hatten, alles zu zerstören, was so zart zwischen ihnen aufgekeimt war.

»Wir müssen darüber reden. Du kannst das, was sich zwischen uns entwickelt, nicht von dem trennen, was damals war. Es ist ein Teil unserer Geschichte«, flüsterte er.

»Ich kann nicht«, wisperte Jessy und entwand ihm ihre Hand.

»Wegen mir ist das alles passiert, wegen mir wolltest du dich umbringen«, sagte er heiser. »Mit dieser Schuld lebe ich schon so lange, aber jetzt habe ich das Gefühl, ich könnte es vielleicht wiedergutmachen.«

Sie schlang die Arme um ihren Körper, um dem Zittern Einhalt zu gebieten, das sie erfasst hatte.

»Darum geht es dir? Brauchst du Absolution, Lukas? Die kann ich dir nicht erteilen.« Die Schublade war geöffnet, das blöde Buch blätterte sich wie von selbst auf.

Er rieb sich verzweifelt über sein Gesicht. »Ja, vielleicht suche ich deine Vergebung, was wäre so verkehrt daran?«

Seine Frage hatte das Buch genau an der Stelle aufgeschlagen, an der es am meisten wehtat. Die Erinnerung an damals kam plötzlich mit überraschender Wucht wieder hoch.

»Niemals wirst du das gutmachen können, was du mir angetan hast. Du hast mich verraten, du hast einfach nur zugesehen, wie sie mich fertiggemacht haben. Herrgott, ich muss den Verstand verloren haben, anders kann ich mir nicht erklären, dass ich drauf und dran war, mich ausgerechnet in dich zu verlieben.« Ihre Stimme überschlug sich, während ihr Mund ausspie, was sie tief in ihrem Herzen hatte bewahren wollen.

Ein scheues Lächeln flog über seine Züge.

»Du bist in mich verliebt?«, fragte er überrascht. Sie schnaubte, wütend auf sich und auf ihn. Sofort verschwand das kleine Lächeln auf seinen Zügen.

»Es geht mir doch genauso, Jessy. Dabei wusste ich bis jetzt nicht einmal, wie es sich anfühlt, verliebt zu sein. Ich wusste nicht, dass die ganze Welt auf einen Menschen zusammenschrumpfen kann, dass Glück und Leid davon abhängen, ob man diesem Menschen nah sein kann und ob man ihn ebenso glücklich macht. Es jagt mir eine Scheißangst ein. Aber ich will dieses Mal kein Feigling sein. Ich will mich der Vergangenheit stellen – für uns, für eine mögliche Zukunft.« Er trat auf sie zu, doch sie wich zurück. Vielleicht war er dieses Mal kein Feigling, sie schon. Entschieden schloss sie in Gedanken die Schublade. Das Papier des Buches raschelte unheilvoll in seinem Verschlag.

»In einer Sache hast du recht. Das damals wird immer Teil unserer Geschichte sein, und damit wird es immer zwischen uns stehen, auch wenn ich mir die vergangenen Tage eingeredet habe, dass es keine Rolle mehr spielt.«

Alles drehte sich in ihrem Kopf, in ihrem Herzen, um sie herum. Sie brauchte Luft, brauchte Abstand. Irgendwie kam sie zur Tür, in den Garten, zur Einfahrt, wo sie mit steifen Fingern ihr Handy hervorkramte, um ein Taxi zu rufen. Seine Schritte kamen näher, unsicher, verhalten.

»Lass mich dich wenigstens nach Hause fahren«, sagte er, als er in einiger Entfernung von ihr unschlüssig verharrte, doch sie schüttelte den Kopf.

»Das Taxi kommt gleich.« Er kam ihr die paar Schritte zum Gartentor nach, wo sie im kalten Lichtkegel einer Straßenlaterne ausgeleuchtet stand wie auf einer Theaterbühne. Er sah erschüttert aus, als er neben ihr stehen blieb.

»Ich hab es vermasselt, oder? Nicht heute Nacht oder in den letzten Tagen, aber damals. Ich hätte wissen müssen, dass es Dinge gibt, die man nicht wiedergutmachen kann.« Sie drehte sich weg, um zu signalisieren, dass sie nichts weiter hören wollte, doch er fuhr unbeirrt fort.

»Ich hätte dir beistehen *müssen*, Jessy.« Seine leisen Worte gingen fast unter, als das Taxi nun mit Schwung in die Sackgasse einbog und vor ihr haltmachte. Sie hatte sie trotzdem gehört. Sie öffnete die hintere Tür, ließ sich auf die abgenutzte Lederrückbank fallen und nannte dem Fahrer die Adresse.

Lukas sah ihr hilflos dabei zu, wie sie sich anschickte, die Tür zu schließen. Im letzten Moment hielt sie inne.

»Ja, das hättest du«, spie sie aus, bevor sie die Tür zufallen ließ. Das Taxi fuhr unbeirrt an. Während der Fahrer Gas gab, beobachtete sie Lukas im Rückspiegel. Er wurde schnell kleiner, bis er ganz aus ihrem Sichtfeld verschwand.

Das Taxi setzte sie kurze Zeit später vor ihrem Haus ab. Müde, verwirrt und aufgewühlt, zu emotional, um klar zu denken, stieg Jessy die endlosen Stufen hoch, ließ sich ein und ging sofort in das kleine, fensterlose Bad. Dort schob sie die Ärmel ihres Pullis hoch und ließ eiskaltes Wasser über ihre Handgelenke laufen. Sie schloss die Augen, während das Wasser fast schmerzhaft kalt über ihre Haut rann. Jessy legte ihre Stirn an den kleinen Spiegel über dem Waschbecken und stöhnte. Das blöde Buch blähte sich in der Schublade auf, es wollte heraus, wollte endlich gelesen werden. Vielleicht hatte er recht, vielleicht hatte sie überreagiert. Vielleicht war sie es sich und ihm schuldig, diese Reise in die Vergangenheit zu wagen. Aber nicht heute Nacht.

Kapitel 33

Der Entrümpelungsdienst stand am nächsten Morgen pünktlich vor der Tür. Lukas hatte kaum geschlafen. Er hatte gehofft, dass sie wiederkommen würde. Er hatte in die Dunkelheit gelauscht. Einmal, als ein Auto ganz nah an seinem Haus vorbeigefahren war, war er sogar die Treppe hinuntergehastet, nur in Boxershorts, und hatte wartend in der Auffahrt gestanden. Sie war es aber nicht, natürlich. Irgendwann gegen Morgen hatte der Schlaf gesiegt. Als dann sein Wecker klingelte, hatte er sich wie erschlagen gefühlt. Er duschte noch schnell und räumte dann seine wenigen Habseligkeiten in den geliehenen Audi. Die Männer, die mit einem großen Container gekommen waren, gingen schnell und effektiv zur Sache. Die wenigen Möbel, die er nicht verkauft oder verschenkt hatte, wurden in Sekundenbruchteilen zu Kleinholz und flogen krachend auf den immer größer werdenden Schutthaufen.

»Halt, das nicht, das bleibt.« Der Arbeiter sah ihn verwirrt an, seine Hand schon auf einen der Bettpfosten gelegt.

»Na gut«, sagte der Mann dann achselzuckend und ließ Lukas allein vor dem Bett stehen. Er strich über die Laken, die noch die Erinnerung von ihr in sich trugen. Er würde es einlagern. Irgendwo. Er wusste, er war sentimental, aber er konnte sich von dem Bett jetzt nicht mehr trennen.

Danach stand er draußen, etwas abseits, und sah zu, wie die wenigen Überbleibsel aus dem Leben seines Vaters abtransportiert wurden. Nach gut zwei Stunden war das Haus, bis auf das Schlafzimmer, verwaist. Er entsorgte den Rest Wein aus dem Kühlschrank und leerte den Mülleimer.

Dann wartete er. Der Immobilienmakler kam gegen Mittag. Ein schleimiger Typ mit zu viel Gel in den Haaren und überkronten Zähnen. Jedes zweite Wort, das er in seiner betont fröhlichen Art von sich gab, war *hervorragend*. Sie gingen gemeinsam noch einmal durch alle Räume. In Gedanken nahm Lukas nun Abschied. Jetzt erst wurde ihm bewusst, dass er damit alle Wurzeln, die er noch gehabt hatte, kappte. Er fühlte sich taub.

»Und die Küche bleibt drin? Hervorragend«, sagte der Typ. »Das Bett?« Seine Stimme klang vorwurfsvoll.

»Wird zeitnah abgeholt.«

Der Makler nickte. »Hervorragend.«

Lukas drückte dem Mann die Schlüssel in seine feucht-warme Hand.

Er wollte gerade zum Audi gehen, unentschlossen, ob er es wagen sollte, vor seiner Abreise ein letztes Mal zu Jessy zu fahren. Sie hatten nicht einmal Handynummern ausgetauscht. Da sah er sie. Sie war viel älter als auf dem Foto in seiner Erinnerungskiste. Ihr Haar war hell, ein Ton irgendwo zwischen blond und grau. Sie trug es lang und offen. Ihre Kleidung war bunt, ihre Haut sonnengegerbt und trotzdem noch überraschend glatt. Sie sah aus wie ein gealtertes Blumenkind, ein Hippiemädchen, das aus der Zeit gefallen war.

»Mama?« Seine Stimme klang rostig bei diesem einen Wort, das er schon so viele Jahre nicht mehr benutzt hatte.

Sie lächelte unsicher, während sie langsam auf ihn zukam.

»Lukki.« Er war überrascht, wie zwei Worte einen Menschen so schnell in die Vergangenheit katapultieren konnten. So hatte sie ihn früher immer genannt. Lukas fühlte sich wieder wie der achtjährige Junge, der in seinem Superman-Schlafanzug weinte, weil sie fort war.

»Tut mir leid, ich hab den Brief zu spät bekommen. Ich war eine Zeit lang auf dem Jakobsweg unterwegs. Ich brauchte mal Zeit für mich nach der Trennung von Miguel. Die Beerdigung war schon um, als ich deine Nachricht fand.«

Lukas hatte weiche Knie. Er ließ sich auf die knarzenden Verandastufen fallen. Sie blieb vor ihm stehen und sah fragend auf den leeren Platz neben ihm. Er nickte beklommen. Ihre Kleider raschelten, als sie sich setzte. Er nahm den süßlichen Duft von Marihuana an ihr wahr. Sie strich sich eine grau-blonde Strähne hinter das Ohr und griff dann in die Tasche ihres korallfarbenen Rocks, um eine Packung Zigaretten herauszuholen. Fragend hielt sie ihm eine hin.

»Ich rauche nicht. Hab ich nie«, fügte er an.

»Guter Junge«, sagte sie, während sie den Rauch seitlich aus ihren roten Lippen blies.

»Warst du das neulich, hier in der Dunkelheit und ein paar Tage vorher an der Straßenecke?«

Sie nickte.

»Du hättest was sagen können, statt dich wie eine Diebin hier herumzudrücken«, stellte er fest.

»Ich musste erst wieder eine Verbindung zu alldem hier bekommen. Die Schwingungen waren da noch nicht richtig.«

Lukas hatte vergessen, dass seine Mutter eine sehr spirituelle Frau war. *Esoterische Spinnerin* hatte Papa sie später oft genannt, wenn sie in ihren Briefen von Tantra-Seminaren und Seelenreisen berichtete.

»Und, warst du erfolgreich? Schwingt es jetzt?«, fragte er trocken, was sie mit einem schiefen Grinsen quittierte.

»Warum bist du gekommen?« Er klang nun vorwurfsvoll.

Sie starrte lange auf ihre Sandalen, bevor sie ihn wieder ansah.

»Ich wollte schauen, ob du was brauchst.«

»Ich bin achtundzwanzig, Mama. Ich hätte dich vor zwanzig Jahren gebraucht, heute komme ich allein klar.«

Sie zuckte mit ihren mageren Schultern.

»Hast du denn jemanden?«

Er verstand zunächst die Frage nicht. Sie lächelte.

»Gibt es jemand Besonderen in deinem Leben? Ein nettes Mädchen – oder einen Jungen?«

»Mädchen«, sagte er nachdrücklich. Jessys Gesicht erschien vor seinem inneren Auge. Er seufzte.

»Hört sich kompliziert an«, befand seine Mutter und aschte in einen alten Blumentopf.

Lukas wusste nicht, warum er ihr alles erzählte. Aber nach und nach sprudelte die ganze Geschichte aus ihm heraus. Ungeschönt und einschließlich der letzten Nacht, in der er fast geglaubt hatte, dass alles gut werden könnte – bis die Vergangenheit wie eine Abrissbirne in den Augenblick schlug.

Sie war eine gute Zuhörerin. Bis auf wenige, leise Zwischenfragen hatte sie ihn einfach reden lassen. Nun zündete sie sich nachdenklich eine neue Zigarette an.

»Was soll ich jetzt tun?« Er klang so verzweifelt, wie er sich fühlte.

»Weißt du, Lukki, wenn ich eins im Leben gelernt hab, dann, dass es manchmal besser ist zu gehen. Wenn man bleibt und etwas erzwingen will, macht man es meist nur schlimmer.«

»Papa hätte das wohl anders gesehen.« Er versuchte, die Bitterkeit aus seinen Worten herauszuhalten.

»Dein Papa war ein guter Mann, aber er hat zu viel geliebt. Es nimmt dem anderen die Luft zum Atmen.«

»Kann man zu viel lieben?« Er sah sie neugierig an. Sie fuhr sich nachdenklich über die Stirn, während sie unschlüssig mit den Schultern zuckte.

»Hast du Papa geliebt?«

Sie wurde so kirschrot wie ihre Lippen.

»Ich hab ihn sehr gemocht – anfangs. Aber das ist nicht genug gewesen für ein ganzes Leben.«

Er konnte nicht anders, auch wenn er wusste, dass er nun doch wie der achtjährige Junge klang, der seine Mama brauchte.

»Hast du *mich* geliebt?«

Sie zog an der Zigarette, dann lächelte sie ihn wehmütig an.

»Dummkopf, natürlich hab ich dich geliebt.«

»Warum bist du dann einfach gegangen? Warum hast du mich nicht mitgenommen?«

»Ich musste gehen, sonst hätte ich mich nie gefunden. Ich wollte ein Leben haben, ich wollte wieder ich sein, nicht mehr nur Mami.«

Er schluckte an der Antwort. Sie tätschelte unbeholfen sein Knie. Dann schob sie ihm einen Zettel hin.

»Meine neue Adresse. Ich hab auf dem Jakobsweg einen Inder kennengelernt, ein Wahnsinnstyp, es ist echt was dran am Kamasutra.« Sie lachte kehlig, während er brennende Ohren bekam.

»Rashi lebt in London, ich werde zu ihm ziehen.«

Sie stand auf und klopfte den Staub aus ihrem Rock.

»Komm doch mal vorbei.«

»Vielleicht.« Er ließ den Zettel in seiner Jeans verschwinden.

Sie fuhr ihm kurz durchs Haar, während ihre Augen für den Bruchteil einer Sekunde feucht wurden. Dann war sie auch schon auf dem Weg. Am Gartentor wandte sie sich jedoch noch einmal um.

»Die Sache mit deinem Mädchen wird nur funktionieren, wenn du weißt, wer du bist, Lukki. Es braucht Mut, sich ganz für jemanden zu öffnen, und den Mut findest du nur, wenn du zufrieden damit bist, was du zu geben hast, glaub mir.«

Mit dieser finalen Lebensweisheit rauschte sie so schnell wieder aus seinem Leben, wie sie hineingerauscht war.

Er schluckte die Tränen hinunter, während er vom Hof fuhr. Vermutlich hatte seine Mutter recht, er musste sich zunächst einmal über ein paar Dinge klar werden, bevor er die Kraft fand, erneut um sie zu kämpfen. Im Moment war er einfach nur müde und enttäuscht von sich. Er gab sich geschlagen – für den Augenblick. Ein letztes Mal fuhr er langsam an dem Modeladen vorbei. Kurz sah er ihren blonden Schopf hinter der Scheibe, sein Herz brach, während er nun den Wagen beschleunigte.

»Ich verspreche, ich komme zurück«, flüsterte er dem Rückspiegel zu. Dann passierte er das Ortsschild. Seltsam leer und ferngesteuert lenkte er den Audi auf die Autobahn und wählte dann die Nummer seines Kumpels.

»Hey, Mann, was geht?«, brüllte Max in den Hörer, im Hintergrund lief wie immer viel zu laute Musik.

»Ich bin auf dem Weg nach Berlin«, sagte Lukas, und seine Kehle fühlte sich an, als hätte er Sand geschluckt.

»Cool, komm einfach vorbei. Ich bin zu Hause.«

»Hervorragend«, sagte Lukas tonlos und drückte das Gespräch weg. Nun gab es kein Zurück mehr. Er musste den Audi abgeben und sehen, ob er sich irgendwo fand in diesem ganzen Durcheinander.

Kapitel 34

Mone war nervös. Es war Freitag, und sie war nun schon dreimal an der Moltkestraße vorbeigefahren, ohne einzubiegen. Nun steuerte sie wieder auf das Straßenschild zu. Unschlüssig nahm sie den Fuß vom Gas, doch hinter ihr ertönte ein Hupkonzert, also gab sie sich einen Ruck und bog ein. Die ersten Nummern, die sie sah, waren niedrig, sie fuhr noch eine Weile, bis sie vor der 123 stand. Ein kleiner weißer Lieferwagen war davor geparkt. Sie bemerkte als Erstes seinen Kumpel Henning, der einen Karton aus dem Kofferraum stemmte. Und dann sah sie ihn.

Er trug alte Jeans und ein grünes Bundeswehrshirt. Sie beobachtete, wie er kurz mit Henning sprach und dann in den schwarzen Hausflur hinter sich deutete. Mone rutschte ein Stück tiefer in den Sitz, was eigentlich unsinnig war, denn er würde ihr Auto sofort erkennen. Sie kam sich bescheuert vor, ihm nachzuspionieren. Gerade, als sie leise wieder anfahren wollte, fiel sein Blick auf sie. Er hielt in der Bewegung inne und setzte den Karton ab, den Henning ihm in die Hand gedrückt hatte. Als er auf sie zukam, brach Mone der Schweiß aus.

»Hi«, sagte er belegt, als sie die Scheibe herunterfahren ließ.

»Hi«, sagte sie ebenfalls und fühlte sich ertappt.

»Nora?«, fragte er nur, und sie nickte. Er nickte ebenfalls, ein Lächeln umspielte seinen Mund.

»Wo du schon mal hier bist, kannst du auch gern aussteigen und sehen, wo ich gelandet bin«, sagte er. Mone nickte nur, sie traute sich selbst nicht über den Weg, weil ihr so viele ungesagte Worte im Mund lagen. Er öffnete die Tür und hielt ihr die Hand zum Aussteigen hin. Sie zögerte nur kurz, bevor sie sie ergriff und ihm folgte. So nah waren sie sich seit Monaten nicht gewesen, fiel ihr auf. Ihr Herz geriet aus dem Takt, und Mone musste mehrfach schlucken, um die Aufregung, die sie plötzlich verspürte, im Zaum zu halten. Er ging voran in das Haus, in den dunklen Flur und eine Etage nach oben. Dort stand die Tür zu einer Wohnung offen, von drinnen konnte man es poltern hören.

»Alles okay?«, rief Robert, und sie hörten Henning fluchen.

»O Mann, ey, wer hat denn die Kiste mit den Büchern hier mitten in den Weg gestellt?«

Robert lachte. »Du, Mann«, sagte er, und Mone stimmte kurz in seine Fröhlichkeit mit ein. Henning war ein netter Kerl und ein guter Freund, aber vermutlich der schlechteste Umzugshelfer der Welt.

»Hey, Mönchen, lange nicht gesehen«, sagte Henning, als sie beide um die Ecke schauten. Er kam zu ihr und drückte ihr einen Kuss auf die Wange.

»Kumpel, ich muss jetzt los, bin eh schon spät dran. Kommst du ab jetzt allein klar?«

Robert umarmte seinen Freund kurz. »Kein Problem, war ja nicht viel.«

Mone sah sich um. Die Wohnung musste möbliert gewesen sein, denn sie kannte die Sachen nicht. Robert hatte auch nicht viel aus ihrem gemeinsamen Apartment mitgenommen außer seiner Kleidung, seinen persönlichen Sachen, ein paar Kisten mit Geschirr und Büchern. Es waren zwei spärlich eingerichtete Zimmer. Das Wohnzimmer wurde dominiert von einer durchgesessenen beigen Couch, die auf einem Teppich stand, der wie das Sofa schon bessere Tage gesehen hatte. Das Ensemble wurde von einem Ikea-Fernsehtisch und einer futuristisch aussehenden Stehlampe komplettiert. Die weiße Raufasertapete zeigte dunkle Ränder dort, wo der Vormieter Bilderrahmen angebracht hatte. Angrenzend, in der kleinen Küche, gab es einen Herd, einen Kühlschrank, eine Spüle mit einer kaputten Tür darunter und einen Esstisch mit zwei Stühlen, alles wild zusammengewürfelt. Das Bad hatte kein Tageslicht, die Fliesen waren zum Teil gesprungen. Im Schlafzimmer stand noch ein französisches Bett, flankiert von zwei Holznachttischen, auf denen die kleineren Pendants zur Wohnzimmerstehlampe thronten.

Sie sah ihn an.

»Hier willst du einziehen? Freiwillig?« Sie schluckte, weil das mit der Freiwilligkeit ja so eine Sache war.

Er zuckte verlegen mit den Schultern. »Ich hatte das Gefühl, dass Nora und Tanja Zeit für sich brauchen, und auf die Schnelle gab es nichts Besseres.«

»Wenigstens hast du einen Balkon«, stellte sie fest, als sie an ihm vorbei in das kleine Wohnzimmer spähte.

»Der Vermieter meinte, ich soll da besser nicht draufgehen, irgendwas wäre mit der Statik nicht in Ordnung.«

Sie starrte ihn betroffen an.

»Halb so wild, dafür hat die Nachbarin rechts von mir schon ein Auge auf mich geworfen.«

Eifersucht regte sich in ihr, gespielt gleichgültig zuckte sie mit den Schultern.

»Sie ist dreiundneunzig und scheint am Türspion festzukleben. Wenn du durch den Hausflur gehst und dich beobachtet fühlst, dann weil Frau Hellermann wie immer auf ihrem Posten steht. Vielleicht sollte ich sie fürs Wachbataillon abwerben.« Er zwinkerte ihr zu, und Mone musste lachen. Wie sehr sie seinen Humor vermisste, wie sehr sie ihn vermisste. Die Erkenntnis traf sie mit voller Wucht. Sie war sich seiner Nähe auf einmal überbewusst. Er füllte immer noch den ganzen Raum für sie aus. Heftige Sehnsucht erfasste sie, körperlich, aber auch tiefer gehend, aus dem Herzen kommend. Sie hatte es sich bislang nicht eingestehen können, doch alles, was sie wollte, war, dass sie wieder einen Weg zueinander finden würden. Dass sie es irgendwie schaffen konnten, die letzten Jahre zu vergessen und an dem Punkt anzuknüpfen, an dem sie noch glücklich miteinander gewesen waren.

»Magst du etwas trinken?«, fragte er unvermittelt und strebte Richtung Küche. Sie wollte ihn zurückhalten, hätte ihn gern umarmt und sich in seinen vertrauten Duft gehüllt. Doch sie blieb reglos stehen. Es war eine komische Situation, denn obwohl sie ihn besser und intimer kannte als jeden anderen Menschen, war er ihr auf einmal fremd. Sie hatte keine Ahnung, was gerade in ihm vorging und ob er sich Ähnliches wünschte. Benommen ließ sie sich auf das quietschende Bett sinken.

»Ich habe allerdings im Moment nur Kranwasser«, rief er entschuldigend aus der Küche.

»Kranwasser ist prima«, sagte sie und klang dabei merkwürdig heiser.

Als er zurückkam und ihr das Glas Wasser hinhielt, trank sie eilig, weil ihre Kehle trocken war, ihr Herz jedoch zum Überlaufen voll. Sie musste es ihm sagen, weil sie sonst an den ganzen Gefühlen ersticken würde.

Er setzte sich neben sie auf die Bettkante, und Mone fühlte, wie ein Kribbeln ihren ganzen Körper erfasste. Sein Gesicht war ernst. Sie wollte gerade anheben, wollte ihm beichten, dass sie ihn vermisste, doch er kam ihr zuvor.

»Mone, wir müssen über etwas reden.« Seine Stimme klang komisch, fremd, als ob sie von weither kommen würde. Sie nickte, wobei nun tausend nervöse Schmetterlinge durch ihren Magen flogen und den Ameisen auf ihrer Haut Gesellschaft leisteten. Sie spürte, dass es wichtig war, was er nun aussprechen würde. Ging es um die Lüge, von der Nora gesprochen hatte? Innerlich wappnete sie sich.

»Mone, ich liebe dich. Ich werde dich immer lieben. Egal, was passiert. Es hat mich fast umgebracht, dich zu verlassen.« Als er eine Pause machte und sie das Gefühl hatte, ebenfalls etwas sagen zu müssen, hob er einen Finger ganz sacht an ihren Mund.

»Nein, nicht, lass mich reden. Es ist an der Zeit.«

Sie bedeutete ihm stumm fortzufahren.

»Mone, ich hab dich angelogen. Ich habe dich die ganze Zeit belogen. Ich werde nie ein Kind mit dir zeugen können. Ich habe mich schon vor Jahren sterilisieren lassen, lange bevor wir uns kennenlernten.«

Er hatte sehr schnell gesprochen. Nun war es raus, und er atmete fast erleichtert auf. »So, nun weißt du es endlich. Ich bin schuld, dass du nicht schwanger wirst. Ich wäre schuld, wenn du es niemals werden würdest. Deshalb war es auch das einzig Richtige, was ich tun konnte – gehen, meine ich.«

Er sah sie an. Sie hatte zu zittern begonnen. Robert wollte sie sanft in seine Arme ziehen, doch sie rückte von ihm ab. Fassungslos starrte sie ihn an. Unglaublich, dass sie sich vor wenigen Sekunden nichts mehr gewünscht hatte, als in seinen Armen zu liegen. Nun hätte sie ihn am liebsten mit Wucht von dem alten Bett gestoßen.

»Lügner.« Das Wort kam zunächst fast erstaunt aus ihrem immer noch trockenen Mund, doch dann spülte eine unglaubliche Wut durch sie hindurch.

»Du mieser kleiner Lügner«, sagte sie erneut, dieses Mal mit mehr Nachdruck. »Ich fasse es nicht, dass du mich all die Jahre in dem Glauben gelassen hast, es wäre meine Schuld. Du hast mir seelenruhig dabei zugesehen, wie ich meine Temperatur gemessen habe. Wie ich Bücher über Bücher gelesen habe zu dem Thema, wie ich von einem Arzt zum anderen gerannt bin. Und du hast es nie auch nur ein einziges Mal für nötig erachtet, mir zu sagen, warum das alles sinnlos war?«

Bei den letzten Worten war sie aufgesprungen, um sich vor ihm aufzubauen. »Du hast mich durch die Hölle gehen lassen, du verdammter Mistkerl!« Sie schubste ihn, und er fiel nach hinten auf das Bett, weil er nicht mit der Wucht gerechnet hatte, mit der sie ihn anging. Als er sich wieder aufsetzte, schubste sie ihn erneut. Dieses Mal hatte Robert jedoch mit ihrer Attacke gerechnet und griff blitzschnell ihre Hände, wobei er eilig auf die Füße kam.

»Bitte, Mone, lass es mich erklären. Ich will es dir nur erklären.«

Sie riss sich von ihm los und ging rückwärts auf den Ausgang zu.

»Es gibt nichts mehr zu erklären. Ich weiß alles, was ich wissen musste. Ich werde die Scheidung einreichen.«

Sie stürmte aus der schäbigen kleinen Wohnung, fort von diesem schäbigen kleinen Lügner, der ihr Mann war.

Mone fuhr wie benommen aus der Moltkestraße fort. Sie hatte keinerlei Erinnerung mehr an die Fahrt nach Hause. Sie wusste nicht mehr, wie sie die Treppe zu ihrer Wohnung hochgestiegen, und auch nicht, wie sie in ihre Küche gekommen war. Dort saß sie nun und zerschnitt Bilder. Erst hatte sie sich das Hochzeitsalbum vorgenommen, dann ein paar Alben mit Urlaubsbildern und zum Schluss die Fotos, die noch gerahmt die Wände und Beistelltische säumten. Auf allen Bildern fehlte er nun. Einsam stand sie dort in ihrem Brautkleid, eine tote Hand auf der Schulter, die zu niemandem mehr gehörte. Sie winkte allein von einem Strand auf Bali, ihr Kopf lehnte an einer Skijacke, die keinen Inhalt mehr hatte.

Erst als sie ihre Wut, ihre Verzweiflung und ihren Hass auf ihn an dem Papier ausgelassen hatte, wurde sie ruhiger. Danach ging sie zum Bücherregal und holte sämtliche Werke heraus, die sich mit Schwangerschaft und Geburt befassten. Sie ließ alles in einen großen Karton gleiten, den sie am Ende ihrer Säuberungsaktion in die Altpapiertonne warf – zusammen mit seinen Hälften der zerschnittenen Fotos. Die anderen Hälften, die sie selbst zeigten, steckte sie wieder in die Rahmen und Alben und brachte alles zurück an seinen angestammten Platz. Danach öffnete sie einen Wein und trank das erste Glas in einem Zug leer. Als es klingelte, fuhr sie erschrocken zusammen. Er würde doch wohl nicht die Frechheit haben und hier aufkreuzen? Ihr Herz begann schon wieder, aus dem Takt zu springen. Doch statt Robert stand ihre Schwester unten im Hausflur, die mit einem missmutigen Gesicht die Stufen zu ihrer Wohnung erklomm.

Kapitel 35

»Du bist aber früh dran«, sagte Jessy mit einem Blick auf ihre Armbanduhr und einer Kopfbewegung zu Mones leerem Weinglas. Mone zuckte mit den Schultern und ging voran Richtung Küche. Jessy fielen sofort die halbierten Fotos auf.

»Ist alles in Ordnung mit dir?«, fragte sie vorsichtig, als sie an der einsamen Galerie vorbeiging.

»Warum?«, fragte Mone, als ob es das Normalste auf der Welt sei, sich zerschnittene Bilder an die Wand zu hängen.

»Nun, offensichtlich hast du keine Mühen gescheut, um jemand Gewisses aus deinem Leben zu entfernen«, sagte Jessy und blieb vor dem Strandbild aus Bali stehen.

»Das mochte ich immer besonders, ihr saht so glücklich darauf aus.«

Mone schnaubte empört und schüttete sich ein neues Glas Wein ein. Jessy ging durch zur Küche und ließ sich neben ihre Schwester auf einen Stuhl fallen.

»Ich nehm auch eins«, sagte sie mit Blick zur Flasche. Beide stießen wortlos an.

»Was ist dein Grund?«, fragte Mone und ließ den Wein kreisen.

»Er ist weg, wieder nach Berlin«, sagte Jessy tonlos und nahm einen Schluck, um die Bitterkeit hinunterzuspülen, die die Worte in ihrem Mund hinterlassen hatten.

»Glaub mir, es ist besser so, er tut dir nicht gut, hat er nie«, sagte Mone und nickte bekräftigend. Jessy hätte ihr gern geglaubt, doch warum sehnte sie sich dann so sehr nach ihm, dass es wehtat?

»Was ist dein Grund?«, bohrte Jessy nach, um schnell das Thema von sich abzulenken.

»Er hätte nie Kinder zeugen können, Jessy, Robert hat sich schon lange vor unserer Beziehung sterilisieren lassen, hielt es aber wohl nicht für nötig, mich über dieses winzig kleine Detail zu informieren.« Sie lachte kurz freudlos. »Und ich dumme Kuh habe all die Jahre gedacht, dass mit mir etwas nicht stimmt. Du ahnst nicht mal, was ich alles gemacht habe, um schwanger zu werden, Jessy. Yoga, Hormone, Ernährungsumstellung, autogenes Training, Psychotherapie. Und dabei hätte er nur ein Wort sagen müssen, um mich zu erlösen. *Ein Wort.*«

Mone war immer lauter geworden. Sie hatte während ihrer Tirade das Glas erneut gefüllt, trank es nun bis zum Grund leer und stellte es mit einem lauten Krachen auf dem Tisch ab. Jessy schluckte an dieser neuen Information. Es Mone all die Zeit zu verheimlichen war mies gewesen von Robert, doch insgeheim glaubte sie, den Grund für sein Schweigen zu kennen. Sie sah ihre Schwester nachdenklich an, die immer noch vor Wut schäumte.

»Und hätte es an deiner Entscheidung, ihn zu heiraten, etwas geändert, wenn du es gewusst hättest?«

Mone blies sich eine blonde Locke aus dem Gesicht. »Klar, ich wollte immer Kinder, am besten gleich einen ganzen Haufen, das weißt du doch.«

Jessy sah sie ernst an. »Ja, und er wusste das auch.«

Darauf erwiderte ihre Schwester nichts mehr, und Jessy rückte näher an sie heran, um sie kurz zu umarmen. Mone tat ihr leid, aber irgendwie konnte sie Robert sogar ein kleines bisschen verstehen. Sie ahnte, warum er es ihr verheimlicht hatte. Er hatte sich damals Hals über Kopf in ihre Schwester verliebt, so wie sie sich in ihn. Und Mone hatte keinen Hehl daraus gemacht, dass sie sich möglichst schnell viele Kinder wünschte.

»Ich will mindestens drei Kinder. Töchter wären schön, so wie bei uns. Aber dazu noch einen kleinen Jungen mit deinen Schokoladenaugen«, hatte sie geschwärmt, als Robert und sie der Familie nach kurzer Zeit die Verlobung bekannt gaben. Er hatte damals schon nichts dazu gesagt, das fiel Jessy rückblickend auf. Sie versuchte, sich vorzustellen, wie es für ihn gewesen sein musste, all die Jahre mit dieser Lüge zu leben, doch sie wollte es sich nicht einmal annähernd ausmalen. Er musste gelitten haben wie ein Tier, weil ihm mit Sicherheit klar war, dass er Mone irgendwann verlieren würde, so oder so. Als Mone schließlich leer geweint und angetrunken auf dem Sofa einschlief, ließ Jessy eine Decke über sie gleiten und strich ihr die verschwitzten Locken aus dem Gesicht.

»Er hat es aus Liebe getan, Mone, auch, wenn du ihn jetzt dafür hasst«, flüsterte sie, bevor sie leise die Tür hinter sich zuzog und sich auf einen langen Marsch durch die Nacht aufmachte, weil sie zu viel getrunken hatte, um ihr

Auto zu nehmen, und zu knapp bei Kasse war, um sich schon wieder ein Taxi zu leisten.

Immerhin konnte sie so ihre unruhigen Gedanken kreisen lassen. Sie musste an die gestrige Nacht denken, daran, wie sie vor ihm fortgelaufen war. Doch schon, als sie später heimgekehrt war und sich auf ihrer alten Matratze herumschmiss, musste sie sich eingestehen, dass sie mehr vor sich selbst geflohen war. Sie hatte zehn Jahre nicht an die Zeit vor der schrecklichen Nacht gedacht. Irgendwie stand das Ereignis an der Grillhütte immer im Vordergrund und hatte alles andere verdrängt. Nun gestand sie sich ein, dass ihre Probleme schon lange vor Lukas Danko begonnen hatten. Jessy hatte ihren Vater geliebt, auch wenn sie nur noch eine vage Erinnerung an ihn hatte. Ebenso an die Zeit, als sie eine ganz normale, glückliche Familie waren, mit einem Haus in der Vorstadt. Eine Familie, bei der es zweimal am Tag gekochtes Essen gab, Gutenachtgeschichten und sonntägliche Ausflüge. Als ihre Welt noch in Ordnung war. All das war mit ihm damals aus ihrem Leben verschwunden. Hanne hatte so gut es ging versucht, ihr und Mone eine Mutter zu sein, doch sie war ja auch erst fünfzehn zu dieser Zeit. Sie musste sich alles erst mühsam selbst beibringen – kochen, waschen, Kinder erziehen. Jessy hatte sich deshalb schon als kleines Mädchen einsam und entwurzelt gefühlt. Sie hatte sich so sehr nach Liebe und Anerkennung gesehnt und beides nirgendwo bekommen. Sie war also schon angeknackst, als er auftauchte. Und vermutlich hatte sie all ihre Sehnsüchte auf ihn projiziert, sich von ihm erhofft, was sie zu Hause nicht bekam. Ihr Fass an Problemen und Sorgen war schon übervoll, Lukas hatte es mit seinem Verrat dann zum Überlaufen gebracht, aber schlussendlich war sie für ihr eigenes Handeln verantwortlich. Sie hatte das Rasiermesser angesetzt, nicht er. Es war nur all die Jahre umso vieles leichter, ihm die ganze Schuld zu geben und sich nicht mit ihrer eigenen Rolle in dem Drama auseinanderzusetzen.

Jessys Herz hatte bei dieser Erkenntnis wie wild zu schlagen begonnen. Sie musste ihm die Chance geben, sich zu erklären, bevor er ging. Denn, und auch das gestand sie sich jetzt ein, sie liebte ihn. Sie wusste nicht, ob sie je damit aufgehört oder sich neu in ihn verliebt hatte, doch letztendlich war das völlig egal. Wichtig war, dass sie es ihm sagen musste.

Am nächsten Tag war sie gleich nach ihrem Frühdienst erneut zu seinem Haus gefahren. Aber der schwarze Audi stand nicht mehr davor, und das »Zu verkaufen«-Schild des Maklers war aus dem Küchenfenster verschwunden. Sie blieb noch einige Zeit auf dem Hof stehen in der Hoffnung, er würde auftauchen, doch er kam nicht. Erst da wurde ihr bewusst, dass sie keine Ahnung hatte, wo er nun sein würde und wie sie ihn erreichen konnte. Sie hatte keine Adresse in Berlin, keine Handynummer, keinen Weg, ihn zu finden, da Lukas sich ebenso wie sie nicht einmal bei Insta und Co herumtrieb. Ihr Herz sank so tief wie ihr neu gewonnener Mut. Es änderte nichts an der Tatsache, dass sie es nun nicht mehr in der Hand hatte. Wenn er wie damals beschlossen hatte, aus ihrem Leben zu verschwinden, würde sie ihn niemals wiederfinden. Völlig in Gedanken versunken war sie irgendwann vor

ihrer Tür gestrandet. Sehnsüchtig starrte sie zu der Straßenlaterne, wo er immer geparkt hatte, doch natürlich
stand der Audi nicht dort auf seinem angestammten Platz.
Mit einem tiefen Seufzer war sie die Stufen zu ihrer einsamen Wohnung hochgestiegen.

Kapitel 36

Jessy war verschwitzt und außer Atem, als sie endlich in Mones Straße einbog, wo sie ihren Renault holen wollte, der noch vom Abend davor hier parkte. Eine breitschultrige Gestalt vor der Haustür ihrer Schwester ließ sie jedoch überrascht innehalten. Es war Robert.

»Hey, Schwager«, rief Jessy, und er zuckte kurz, bevor er sich umdrehte. Durch die vielen Einsätze war er furchtbar schreckhaft geworden, fast gehetzt blickte er die Straße hinab, bis er sie erkannte und seine Züge sich entspannten.

»Hallo, Jessy, wie geht es dir?« Er kam ihr entgegen, sein Lächeln warm, seine Umarmung fest und ein bisschen verzweifelt.

»Ganz gut«, log Jessy und wandte sich beschämt aus seiner herzlichen Umarmung, weil sie sich so überhitzt und klebrig fühlte. Er wirkte mittlerweile wieder beherrschter, aufgeräumter.

»Mone ist im Laden«, sagte Jessy, und er nickte.

»Ich weiß, ich wollte auch nur etwas einwerfen.« Er blickte hinab auf seine Hände, und erst jetzt bemerkte Jessy den Briefumschlag.

»Sie hat es mir erzählt«, sagte sie leise, und er sah sie bestürzt an.

»Ich kann verstehen, warum du nichts gesagt hast«, beeilte sie sich zu sagen, weil er aussah, als würde er sich am liebsten umdrehen und wegrennen. Er schwieg stattdessen und starrte auf den Boden.

»Wollen wir irgendwo einen Kaffee trinken? Ich habe noch Zeit, bis meine Schicht anfängt.«

Er brauchte einen Moment, doch dann stimmte er zu, steckte den Brief in die Brusttasche seiner Jacke und folgte ihr zu ihrem Wagen.

»Du fährst ja immer noch diese Rostlaube. Den nächsten TÜV wird die auch nicht mehr überstehen«, prophezeite er, stieg aber trotzdem ein. Wie um ihm recht zu geben, hustete das Auto nur kurz, bevor der Motor wieder erstarb.

»Ach, komm schon«, schimpfte Jessy und drehte mehrfach wütend den Zündschlüssel. Plötzlich sprang der Renault mit einem lauten Knall aus dem Auspuff an. Robert riss sie herunter, ihr Kopf knallte gegen das Lenkrad.

»Deckung«, brüllte er und presste sie so fest hinab, dass ihr Nacken schmerzte.

»Robert, ist okay, es war nur der Wagen«, keuchte sie ob seiner gut gemeinten, aber heftigen Rettungsaktion. Er starrte Jessy aus angsterfüllten Augen an, sein ganzer Körper zitterte. Mühsam riss er sich zusammen, atmete ein paarmal tief ein und aus, während er sich verzweifelt übers Gesicht rieb. Plötzlich war er wieder gefasst, als hätte er einen Schalter umgelegt. Jessy massierte ihren schmerzenden Nacken, wobei sie ihn argwöhnisch aus dem Augenwinkel beobachtete. Sie machte sich Sorgen um ihn, er wirkte so stark, war innerlich jedoch ähnlich gebrochen wie sie, wenn auch aus völlig anderen Gründen.

»Tut mir leid«, sagte er knapp. Dann nahm er den Brief aus seiner Tasche und zerriss ihn.

»Hey, warum tust du das?«, rief sie erschrocken.

»Du hast es doch gerade erlebt. Ich bin eine Zumutung. Ich habe nichts, was ich Mone bieten könnte. Ich bin einfach zu kaputt – hier und hier.« Bei diesen Worten tippte er sich unsanft gegen die Schläfe und dann gegen die Brust, wo sein Herz war. Jessy wollte ihn so gern trösten, doch bevor sie auch nur einen Laut von sich geben konnte, sprang er aus dem Auto und lief davon. Sie sah ihm traurig nach. Erst, als sie sich über den Beifahrersitz beugte, um die noch offen stehende Tür zuzuziehen, fiel ihr Blick auf den zerrissenen Brief. Die Papierschnipsel sahen aus wie übergroße Schneeflocken. Hastig sammelte sie alle auf und steckte sie vorsichtig in die Tasche ihrer Jeans.

Kapitel 37

Die Schicht zog sich einmal mehr wie Kaugummi. Die Leute, die durch den Modeladen stromerten, waren gereizt, das schwüle Wetter schlug sich in ihrer Stimmung nieder.

Jessy atmete tief ein und fragte sich zum wiederholten Male, ob sie das hier ein Leben lang tun wollte. Es war ein sicherer Hafen, es kam jeden Monat das nötige Geld, aber seitdem sie ihr Studium geschmissen hatte und Vollzeit hier arbeiten ging, hatte sie das Gefühl, in ihrem Leben die Pausentaste gedrückt zu haben. Als es endlich acht Uhr war, rammte sie erleichtert das Rolltor in den Boden und schloss ab. Der zerrissene Brief ihres Schwagers brannte in ihrer Hosentasche wie ein Stück glühende Kohle. Es war nicht richtig, ihn zu lesen. Auf der anderen Seite – wenn er gewollt hätte, dass sie es nicht tat, hätte er die Schnipsel ja mitnehmen können. Zu Hause ging sie ohne Umweg zum Flurschrank und kramte den Tesafilm heraus. Er war ziemlich gründlich vorgegangen, Jessy brauchte fast eine Stunde, bis sie alle Worte repariert und in eine logische Reihenfolge geklebt hatte.

Mone,

ich weiß, dass eine Entschuldigung nicht ausreicht für das, was ich dir angetan habe. Vielleicht wirst du es nie verstehen, vielleicht wirst du mir auch nie verzeihen, aber ich muss wenigstens versuchen, es dir zu erklären. Es ist nie zu spät, das Richtige zu tun, sagt man. Also, hier ist die Wahrheit: Ich wollte keine Kinder. Ich wollte keine kleinen Menschen in diese kranke Welt setzen. Diesen Entschluss hatte ich bereits kurz nach meinem ersten Auslandseinsatz gefasst. Schon damals ging es mir psychisch nicht gut. Du kannst dir nicht vorstellen, was dieser Job mit einem macht, Mone. Man hört auf, das Gute in der Welt zu sehen, weil das Böse einem jeden Tag zeigt, dass es sich nicht kleinkriegen lässt.

Und dann habe ich dich getroffen. Du warst alles Schöne und Helle, das ich verloren geglaubt hatte. Du warst Licht und Leben und Liebe. Aber das Erste, was du mir erzähltest, als es ernst mit uns wurde, war, dass du dir sehnlichst Kinder wünschst. Hätte ich dir damals gesagt, dass ich dir diesen Wunsch niemals würde erfüllen können, wärst du bei mir geblieben? Wohl nicht, also schwieg ich. Da war zunächst die unsinnige Hoffnung, dass du irgendwann aufgeben und dich auf uns, auf unsere Ehe und unser Leben konzentrieren und darin Glück finden würdest. Stattdessen warst du wie besessen davon, endlich schwanger zu werden. Und mit jedem Arztbesuch, mit jeder Hormonspritze, mit jedem negativen Test wog meine Lüge mehr, bis sie uns unter sich begrub. Ab wann ist der Punkt verstrichen, wo man den wichtigsten Menschen in seinem Leben mit einer solch massiven Unwahrheit konfrontieren kann? Ich wusste es damals nicht, wusste nur, dass es unerträglich war, tatenlos dabei zuzusehen, wie du gelitten hast. Und der Grund dafür war ich. Jetzt weiß ich, dass man ein Leben nicht auf Treibsand bauen kann. Irgendwann zieht es einen hinab. Vielleicht fiel es mir deshalb so leicht zu gehen, denn ich wollte endlich das Richtige tun, wollte dich freigeben, damit du deinen Lebenstraum mit jemand anderem umsetzen könntest, bevor es zu spät wäre. Ich hatte jedoch nicht damit gerechnet, wie weh es tun würde. Ohne dich kann ich nur noch existieren, ein Leben ist das nicht. Mir ist es nie bewusst aufgefallen, aber jetzt weiß ich: Egal von wo ich zu dir zurückgekehrt bin, du hast all die Stürme, die in mir tobten, zur Ruhe gebracht. Ich werde dich immer lieben.

Robert

Als Jessy den Brief fertig gelesen hatte, spürte sie den Kloß in ihrem Hals. Er drückte und wollte raus, doch ihre Augen blieben wie immer trocken. Die Erleichterung wurde ihr verwehrt. Stattdessen schluckte sie mehrmals, bis sie wenigstens das Gefühl hatte, wieder atmen zu können. Sie starrte auf die Zeilen, die nur durch die transparenten Klebestreifen zusammengehalten wurden. Was sollte sie jetzt damit tun? Es war eigentlich nicht ihre Aufgabe, seine Worte an Mone zu übergeben. Aber indem Jessy die Überreste aufgesammelt und zusammengeflickt hatte, hatte sie automatisch Verantwortung übernommen. Sie faltete den Brief und steckte ihn wieder in ihre Hosentasche. Es war jedoch, als würde die Last seiner Worte nun an ihr hängen, und so zog sie ihn wieder aus der Tasche und legte ihn erst einmal in die kleine Schublade ihres Flurschranks. Erst da bemerkte sie, dass das Licht an ihrem alten, verstaubten Anrufbeantworter blinkte. Kaum jemand rief noch auf dem Festnetz an. Sie zog ihre Stirn kraus, während sie die Taste zum Abspielen der Nachricht drückte und die blecherne Stimme ihre Mutter hörte. Mama hasste eigentlich »solche Apparate«, wie sie selbst sagte. Entsprechend ungelenk war ihre Nachricht formuliert. »*Guten Tag, hier spricht deine Mutter. Ich muss dich und Mone sehen, es ist dringend. Ich möchte, dass ihr heute Abend zu mir kommt. Ende der Nachricht.*«

Jessy sah auf ihre Uhr. Es war fast halb zehn. So spät hatte die Einladung sicher nicht gegolten, doch es klang dringlich genug, um die Uhrzeit zu ignorieren. Sie rief Mone an, das Wissen, das sie nun durch den Brief hatte und Mone nicht, kribbelte dabei unangenehm unter ihrer Kopfhaut.

»Was ist? Ich hab schon auf dem Sofa gelegen«, meldete sie sich mürrisch.

»Mama hat mir auf den Anrufbeantworter gesprochen, sie will uns sehen, heute Abend noch.«

Mone schwieg. »Das fällt dir ja früh ein«, sagte sie. Jessy hörte, wie Mone auf ihrem Handy herumtippte.

»Oh, ich habe gerade erst gesehen, dass sie auch bei mir angerufen hat, aber meine Mobilbox ist abgeschaltet.«

Nun klang echte Besorgnis aus ihrer Stimme. »Hat sie gesagt, was sie will?«

Jessy seufzte. »Nein, nur diese knappe, kryptische Nachricht.«

»Holst du mich ab?«, wollte Mone ohne weitere Umschweife wissen.

»Ich bin in einer Viertelstunde bei dir.« Jessy legte auf, ohne Mones Antwort abzuwarten.

Kapitel 38

Mone wartete bereits vor der Tür, ihr Gesicht drückte die gleiche Besorgnis aus, die Jessy verspürte. Mutter hatte sie noch nie zum Familienrat einbestellt – und dann auch noch ohne Hanne, was die Vermutung nahelegte, dass es bei diesem Gespräch um ihre älteste Schwester gehen würde. Es waren mit Sicherheit keine guten Nachrichten. Jessy hielt, und ihre Schwester kletterte neben ihr auf den Beifahrersitz. Dort, wo vor einigen Stunden noch Robert gesessen hatte.

Du musst ihr von dem Brief erzählen – dieser Satz rotierte in Jessys Gedankenkarussell, aber ihr Mund wollte nicht Folge leisten, beharrlich schwiegen sie beide. Sie würde es Mone nach dem Treffen bei Mama sagen, nahm sie sich vor.

Die Fahrt schien länger als sonst zu dauern, und Jessy brauchte einige Zeit, bis sie einen Parkplatz gefunden hatte. Die Schwestern stiegen aus und gingen zum Haus ihrer Mutter.

Die Gegend, in der es lag und in der sie ihre Kindheit verbracht hatten, war damals schon nicht die beste, heute sprach man von »sozialem Brennpunkt«. Abfall lag auf den Gehwegen, die Häuser sahen verwahrlost und heruntergewirtschaftet aus. An der Bushaltestelle saßen ein paar Jugendliche, rauchten Gras und tranken Wodka. Damals hatte sie dort auch manchmal gehockt, heute würde man keinem jungen Mädchen mehr raten, sich hier herumzudrücken. Mone und sie beeilten sich, um zur Haustür zu kommen, die fünf Halbstarken hatten schon Witterung aufgenommen. Jessy drückte die Klingel, doch es dauerte, bis die Stimme ihrer Mutter erklang.

»Ja?«

»Mama, wir sind's«, rief Mone, den Blick auf einen der Kerle geheftet, der aus dem Bushäuschen herausgetreten war, um zu sehen, was dort vor sich ging.

»Kommt schnell hoch«, forderte sie bestimmt, und Jessy und Mone blickten sich einmal mehr voller Besorgnis an. Jessy beschlich das mulmige Gefühl, dass das Gespräch gleich ihrer aller Leben verändern könnte.

Mutter war noch blasser als sonst. Tiefe dunkle Ringe hatten sich unter ihren Augen gebildet. Sie ging ohne Begrüßung vor ihren Töchtern durch den engen Flur, der immer abgestanden und muffig roch. Zu ihrer beider Überraschung war die Küche aufgeräumt, und statt der obligatorischen Flasche Wein standen drei Gläser und eine Karaffe Wasser auf dem Tisch. Ihre Mutter nahm Platz und bedeutete ihren Töchtern, sich ebenfalls zu setzen.

»Ich muss euch einige Dinge sagen, und ich fürchte, es sind keine schönen Neuigkeiten.«

Jessy blickte verstohlen zu Mone hinüber, die besorgt die Stirn runzelte. Ihre Mutter wirkte stocknüchtern, ein Zustand, den Jessy schon lange nicht mehr bei ihr erlebt hatte. Es knisterte in der Tasche ihres alten Morgenrocks, während sie einen vergilbten Umschlag herauszog, den sie ihren Töchtern hinüberschob. Mone las ihn zuerst, und Jessy beobachtete fasziniert, wie ihr Gesicht zuerst überrascht, dann schockiert und am Ende tieftraurig wirkte. Als sie Jessy die Zeilen schlussendlich übergab, liefen ihr die Tränen. Zitternd nahm Jessy das Papier und las. Als sie nach einer kleinen Ewigkeit hochblickte, fühlte sie sich, als habe ihr einmal mehr jemand den Boden unter den Füßen fortgezogen. Wie gern hätte sie geweint, doch wieder war da nur dieser elende Kloß, der ihr die Kehle zuschnürte. Ihre Mutter berichtete von dem Polizisten, der den Brief und die Nachricht vom Fund seiner sterblichen Überreste gebracht hatte.

»Das ist aber nur ein Teil dessen, was ich euch sagen muss.« Ihre Mutter hatte den Brief wieder an sich genommen und mit zärtlicher Geste über die Zeilen gestrichen, bevor sie sie wieder in ihrer Manteltasche verschwinden ließ. Sie trank einen großen Schluck Wasser, und Jessy sah, dass ihre Hand unkontrolliert zitterte, als sie das Glas ungelenk zurück auf den Tisch stellte.

»Nun wisst ihr, was mit Papa geschehen ist. Er war sehr krank und wollte keinen langen, qualvollen Tod sterben.« Sie schluckte kurz. »Er hat es lieber selbst beizeiten beendet. Aber er hat uns nicht einfach verlassen. Er hat uns geliebt.«

Hatte sie die ersten Worte noch fast geflüstert, so beendete sie den Satz mit fester Stimme. »Nun aber müssen wir einer anderen Wahrheit ins Gesicht sehen. Das, was er in dem Brief beschreibt, sind die gleichen Symptome, die Hanne hat.«

Jessy und Mone starrten ihre Mutter mit offenen Mündern an. Langsam sickerte diese Tatsache in ihr Bewusstsein und die damit verbundene Tragweite. Sie sah ihnen nun genau ins Gesicht. »Hanne wird sterben.«

Mone schluchzte plötzlich auf und schlug sich die Hand vor den Mund, um ihre verzweifelten Laute zu dämpfen. Ihre schmalen Schultern zitterten, während ein Weinkrampf sie durchschüttelte. Jessy hingegen war wie betäubt. Ihre Mutter stand auf und umrundete den Tisch. Sie blieb hinter Mone stehen und schlang ihre Arme um sie.

»Wir müssen jetzt stark sein für sie, Mone, wir alle.«

Noch nie hatte Jessy ihre Mutter so reden gehört, und sie war überrascht, wie tröstlich es sich anfühlte, endlich wieder eine Mutter zu haben. Als sich Mone beruhigt hatte, strich Helga ihr durchs Haar und ging dann zu Jessy, um auch sie in die Arme zu nehmen.

»Du kannst ruhig weinen, Kind. Wir werden alle noch viele Tränen vergießen, manchmal hilft das.«

Wie gern hätte Jessy genau das getan, doch wieder blieben ihre Augen trocken. Immerhin erleichterte die ungewohnte Geborgenheit, die sie in der Umarmung ihrer Mutter fand, das Druckgefühl in ihrer Kehle. Ihre Mutter küsste nach einer Weile ihr kurz geschnittenes blondes Haar und setzte sich dann zurück auf den Stuhl. Sie wirkte zwar unendlich müde, aber entschlossen.

»Sie wollte zunächst nicht, dass ich es euch sage, aber ich fand das falsch. Wir sind alles, was sie hat, und wir müssen jetzt für sie zusammenhalten.«

Mone hatte sich etwas beruhigt, während in Jessys Kopf alles durcheinanderwirbelte.

»Ist es die Krankheit, die dieser Physiker hatte, wie hieß er noch, Hawkings?« Mone blickte fragend zu Helga hinüber, die nickte.

»Eine Art davon«, bestätigte sie.

Jessy erinnerte sich, dass sie neulich im Fernsehen einen Bericht über diese Krankheit gesehen hatte. Sie war entsetzt gewesen von dem Schicksal des Mannes. Er war vollständig gelähmt und wurde rund um die Uhr beatmet. Immer piepste irgendwo ein Apparat, Schläuche gingen in ihn hinein und wieder hinaus. Alle Muskeln waren betroffen, bis auf sein Herz, das stetig weiterschlug, und seine Augen, mit denen er immerhin über einen Computer mit der Außenwelt Kontakt halten konnte. Seine Frau hatte stockend erzählt, wie es angefangen hatte. Wie innerhalb weniger Jahre aus dem sportlichen, lebenslustigen Partner an ihrer Seite erst ein Mensch mit Behinderung, dann ein Pflegefall wurde und wie zuletzt sein wacher Geist in einem toten Körper gefangen war. In dem Bericht hieß es weiter, die Krankheit sei selten und daher schlecht erforscht. Man wisse nur eins: Sie führte immer zum Tod. Jessy spürte, wie die Stockstarre nachließ und dafür der unbändige Drang in ihr hochkochte, fortzulaufen, weg von dieser Wahrheit, die sie nicht hören wollte.

»Nein«, sagte sie abrupt. »Nein!«, diesmal lauter. Sie sprang auf und rannte in Richtung Tür. Blind stolperte sie die Stufen hinab und sprintete wie von Sinnen hinaus in die Nacht, wo die Halbstarken sie nun nervös beäugten, wie sie dastand und verzweifelt nach Luft schnappte. Mone war plötzlich bei ihr. Sie legte die Arme um sie und erdrückte Jessys Gegenwehr an ihrer Brust.

»Schscht«, flüsterte sie immer wieder, bis Jessy sich beruhigt hatte. Sie ließen sich zusammen an der Hauswand hinabgleiten und blieben auf dem kalten Boden hocken, ineinander verschlungen.

»Das kann nicht wahr sein. Nicht Hanne. Sie von allen Menschen nicht«, wisperte Jessy.

Mone wiegte sie hin und her, so wie sie es früher getan hatte, als sie noch jünger waren und sich das Zimmer geteilt hatten.

»Mama hat recht, Jessy, wir sind nun dran. Wir müssen stark für sie sein. Wenn wir schon verzweifeln, was soll dann Hanne tun?«

Jessy sah ihre Schwester tieftraurig an. »Wie geht es dir damit, im Hinblick auf …?« Sie ließ den Satz wie ein loses Band durch die Nacht flattern. Mone schloss kurz die Augen, um sich zu sammeln. Dann sah sie Jessy genau ins Gesicht.

»Ich hasse mich dafür, dass ich sie betrogen hab, Jessy. Es fühlt sich so an, als wären wir zwar die Sünder, aber sie müsste büßen. Ich wünsche mir nichts mehr, als die Zeit zurückzudrehen, aber das geht nicht. Also werde ich alles in meiner Macht Stehende tun, um es wiedergutzumachen. Ich werde ihr beistehen, egal, wie hart das wird.«

»Ich weiß nicht, ob ich das kann«, gestand Jessy kleinlaut.

»Zusammen können wir das«, machte Mone ihnen beiden Mut.

Sie saßen noch eine ganze Zeit reglos in der Dunkelheit, doch Mone musste gespürt haben, dass Jessy versuchte, ihr Zittern zu unterdrücken, denn sie stand auf und zog sie mit sich hoch.

»Lass uns reingehen, Mama wartet.«

»Ich habe sie noch nie so erlebt, so …« Jessy suchte nach dem richtigen Wort, und Mone half ihr aus.

»Nüchtern.«

Jessy nickte stumm. Sie musste so vieles verdauen, diese Nacht glich einer Zäsur, einem Wendepunkt, nach dem nichts mehr so sein würde wie zuvor. Ihr Gefühl von vorhin hatte sie also nicht getrübt.

Plötzlich war da dieser irrige Wunsch, sich in Lukas' Arme zu flüchten und sich den ganzen Ballast von der Seele zu reden. Doch er war fort, und erneut zog sich ihr Herz bei dieser Erkenntnis schmerzhaft zusammen. Unbewusst strich sie sich über ihre Narben. Warum konnte das Leben nicht einfacher sein?

Kapitel 39

Joachim und Hanne standen gemeinsam in der großen, wohnlichen Küche und räumten die Reste vom Abendessen in die Spülmaschine. Er hätte es auch allein erledigt, aber Hanne ließ es sich nicht nehmen, alles wie immer zu machen, solange es irgendwie ging. Er beobachtete sie aus dem Augenwinkel, wie sie die Zähne zusammenbiss bei dem Versuch, die Schüsseln vom Tisch zu heben. Schnell war er neben ihr und legte seine Hände unter ihre, sodass sie mehr Kraft hatte. Hanne funkelte ihn böse an.

»Ich schaff das hier schon.«

Doch statt sie loszulassen, blieb er stehen und zog ihr ganz sanft die Schüsseln aus den Händen. Er stellte die fragile Fracht auf dem Esstisch ab und nahm dann wieder ihre Hände in seine. Sein Blick blieb dabei fest auf ihrem Gesicht. »Bitte, Hanne, seit wir zusammen sind, hast du mir das Gefühl gegeben, nutzlos zu sein.«

Sie presste finster die Lippen aufeinander und wollte ihm ihre Hände wieder entziehen, doch Joachim hielt sie weiter umschlungen, sanft, aber unnachgiebig.

»Ich weiß, dass das nicht deine Absicht war. Du wolltest mich entlasten, ich sollte keinen Stress haben, wenn ich von der Arbeit kam. Und du hast Kinder und Haushalt als deinen Job angesehen, den ohnehin niemand so gut erledigen konnte wie du. Damit hattest du recht, Hanne. Du bist die großartigste Mutter und Ehefrau, die ich kenne. Aber mir hat es stets das Gefühl gegeben, überflüssig zu sein, irgendwie nicht dazuzugehören. Ihr wart eine Einheit und ich der Störfaktor, der abends und an den Wochenenden den Ablauf durcheinanderbrachte. Es ist aber nicht deine Schuld, dass ich es einfach akzeptiert habe, Hanne. Ich hätte ja etwas sagen, etwas daran ändern können. Hab ich aber viel zu lange nicht. Doch ich bitte dich nun inständig, lass es jetzt zu. Lass mich dir helfen. Ich will für dich und die Kinder da sein. Schließ mich nicht wieder aus.«

Den Zusatz hatte er noch eindringlicher angefügt und dabei sanft über ihre Handrücken gestreichelt. Er spürte, wie Hannes Gegenwehr nachließ, und zog sie vorsichtig in eine Umarmung, die beides war – seltsam fremd und doch vertraut. So standen sie eine ganze Weile da, bis Hanne sich sanft von ihm löste und zu den Schüsseln zeigte.

»Machst du weiter? Ich bin so unendlich müde, ich mache mich schon einmal bettfertig.«

Joachim nickte. Er wusste nicht, ob er sich über diesen kleinen Sieg freuen oder lieber in Tränen ausbrechen sollte. Dass sie nachgab, zeigte, wie schwach sie schon geworden war.

Als er einige Tage später vom Einkaufen nach Hause kam, eine Aufgabe, die er nach dem Gespräch übernommen hatte, hörte er sie weinen. Er ließ die Einkaufstüten im Flur fallen und stürmte in die Küche. Hanne lag auf dem Boden. Neben ihr eine halb leere Kuchenform, der meiste Inhalt hatte sich in Krümeln über die Fliesen verteilt.

»Hanne, was ist passiert?«

Sie sah ihn zornig an. »Was wohl? Das siehst du doch. Mein unnützer Körper hat mich wieder im Stich gelassen.«

Sie zog sich schwerfällig am Griff eines der Küchenschränke hoch. Er eilte zu ihr, um ihr aufzuhelfen, doch sie stieß ihn von sich.

»Lass«, fauchte sie, ihr Blick wild. Sie holte aus und fegte einen Stapel Teller von der Anrichte, der mit einem lauten Scheppern erst zu Boden und dann zu Bruch ging. Sie warf mit den Gläsern, die dort ebenfalls standen, und humpelte dann zur Abtropfe, wo noch mehr Geschirr zum Trocknen gestapelt war.

»Ich will das nicht. Ich will, dass das aufhört. Es soll aufhören!«, schrie sie und ließ jedem Wort Scherben folgen.

Joachim stand hilflos daneben, dem Ansturm nicht gewachsen. Irgendwann war es vorüber, so schnell, wie es gekommen war. Erschöpft ließ sie sich vornüber auf die Arbeitsplatte sinken, den Kopf auf ihre Arme gebettet, und schluchzte.

»Darf ich jetzt?«, flüsterte er und berührte sacht ihre zuckenden Schultern. Sie nickte nur. Er zog sie hoch und in seine Arme, wo sie beide verzweifelt weinten.

»Oje, was ist denn passiert?«, hörte er plötzlich seinen Großen neben sich, der gerade mit Leander vom Schaukeln draußen gekommen war.

»Och, der Mami ist nur etwas runtergefallen«, log er schnell und wischte sich verstohlen die Tränen aus dem Gesicht. Sie bebte immer noch in seiner Umarmung. Doch dann hörte er auf einmal ein Kichern und merkte, dass sie gar nicht mehr weinte. Sie lachte. Auch Vincent lachte, unsicher allerdings, vermutlich, weil er nicht wusste, was so lustig daran war, Dinge kaputt zu machen. Er bekam dann eher Ärger, zumindest, wenn er es mit Absicht gemacht hatte.

Joachim schickte die Kinder wieder raus zum Spielen, damit sie sich nicht verletzten. Dann dirigierte er seine Frau zu einem Stuhl am Esstisch und begann, das Chaos aufzufegen.

»Schade, dass du das nicht mit dem Scherbenhaufen tun kannst, der aus unserem Leben geworden ist«, sagte sie resigniert.

Als er alle Spuren ihres Ausbruchs beseitigt hatte, brachte er ihr einen Tee und setzte sich neben sie.

»Weißt du, Hanne, auch wenn es in den vergangenen Jahren nicht immer einfach war – ich habe nie aufgehört, dich zu lieben.«

Er strich ihr eine dunkle Strähne aus dem Gesicht, die sich aus ihrem Zopf gelöst hatte. Als er seine Hand schon wieder wegziehen wollte, griff Hanne danach und legte sich seine große, warme Handfläche auf die Wange. Sie schloss die Augen und ließ ihren Kopf hineinsinken. Dann fuhren ihre Lippen über die Innenfläche, und er spürte den zaghaften Kuss, den sie dort hinterließ. Sein Herz begann zu hämmern. Sie öffnete die Augen und sah ihn eindringlich an. Er verstand die unausgesprochene Aufforderung, schob seinen Stuhl zu ihr herüber und küsste sie mit einer Leidenschaft, die er schon seit vielen Jahren nicht mehr verspürt hatte.

»Iiiihhh, ihr knutscht ja«, sagte da jemand, und sie brachen den Kuss ertappt ab. Leander stand mit triefnasser Hose neben ihnen, Benno, den Labrador, im Schlepptau. Die Sache mit dem windelfrei funktionierte offensichtlich doch nicht so gut wie gedacht, der Hund hatte sich zudem im Matsch gewälzt, sodass die eben noch frisch geputzte Küche nun wieder dreckig war.

»Ich mach das, okay?«, bot Joachim an, und Hanne nickte schicksalsergeben. Doch der Kuss ging ihm den ganzen Tag nicht mehr aus dem Sinn. Er hatte eine ganz andere Qualität gehabt als alle Küsse davor. Er war wahrhaftig gewesen, er war Ausdruck davon, dass sie zueinanderstanden, egal, was jetzt kommen würde. Als die Jungs später endlich im Bett waren, kam sie überraschenderweise aus dem Kinderzimmer heraus und blieb unschlüssig vor ihm stehen.

»Ich würde meinen Körper gern endlich einmal wieder auf eine positive Art und Weise spüren.«

Er fragte nicht lange, überlegte nicht, sondern ging auf sie zu und nahm sie hoch. Während er sie zu ihrem gemeinsamen Schlafzimmer trug, verließ sein Mund keinen Augenblick ihren. Es war so lange her, dass sie miteinander geschlafen hatten, dass alles neu und aufregend war.

»Tut es irgendwo weh?«, fragte er leise, wobei er sacht über ihr lahm gewordenes Bein fuhr. Sie schüttelte den Kopf.

»Es fühlt sich nur anders an, wenn du mich dort berührst, wo das Miststück schon gewütet hat. Irgendwie taub, als wenn man seine Gliedmaßen berührt, wenn sie eingeschlafen sind«, flüsterte sie.

»Miststück?« Er musste lächeln.

»Ich bin im Krieg, Jo, und ich werde mir für diese beschissene Krankheit gewiss keinen Kosenamen einfallen lassen.«

Er hatte schon Sorge, dass das Thema die gerade erst wiedergefundene Leidenschaft im Keim ersticken würde, doch er lag grundfalsch. Als sie ihn nun an sich zog, war der Kuss noch hungriger und tiefer.

Hanne war danach ohne viel Aufhebens von der Matratze im Kinderzimmer wieder in ihr gemeinsames Ehebett gezogen.

»Ich warne dich, ich schlafe kaum«, gestand sie Joachim am Abend.

»Weck mich, wann immer du willst, ich werde für dich da sein«, versprach er, und sie nickte, scheinbar beruhigt.

»Ich hatte die letzten Monate panische Angst vor den Stunden, in denen die Kinder tief und fest schliefen. Hatte das Gefühl, mich nicht gegen diese allumfassende Panik wehren zu können. Es war, als müsste ich in der Dunkelheit einen Berg hochsteigen, Nacht für Nacht, und am höchsten Punkt falle ich in eine bodenlose Unendlichkeit.«

Er hatte nicht gewusst, was er darauf antworten sollte, weshalb er sie einfach in den Arm nahm. Sie lagen danach wach, beide zu aufgewühlt, um Schlaf zu finden. Irgendwann drehte sie sich zu ihm, auf einen Arm gestützt und mit schwimmenden Augen.

»Ich weiß, dass du ein Verhältnis mit Mone hast. Es ist okay, ich bitte dich nur, es zu unterbrechen, bis …«

Sie schwieg, das letzte Wort wog mehr als die Erkenntnis, dass sie sein schmutziges Geheimnis enthüllt hatte. Ihre Tränen liefen stumm, und Joachim spürte, wie er in einem Strudel aus Emotionen zu versinken drohte. Schuld, Sorge, Angst, Liebe. Er zog sie enger an sich.

»Es tut mir leid, Hanne. Ich bin so ein Feigling gewesen. Statt anzusprechen, was bei uns nicht gut lief, bin ich davongerannt und habe mich auf diese dumme Affäre eingelassen. Und ausgerechnet mit deiner Schwester.«

Er rückte etwas von ihr ab, weil er sicher war, dass sie seine Nähe gerade nicht wollte.

»Es war keine Liebe, Hanne. Geliebt habe ich immer nur dich.«

Sie nickte und rückte ihm nach, vergrub sich in seinem Arm und legte ihren Kopf auf seine Brust. Sein Herz klopfte ein leises *Vergib mir* gegen seine Rippen.

»Es ist aus. Ich hab schon vor Längerem Schluss gemacht. Aber ich könnte verstehen, wenn du mir nicht verzeihen kannst«, flüsterte er in ihr Haar, doch sie lächelte.

»Ich hab dir schon verziehen. Ich habe keine Zeit, an meinem Groll festzuhalten.«

Er schluckte und musste wieder einmal mit den Tränen kämpfen, doch er wollte stark sein für sie, und so hielt er alles zurück und zog sie stattdessen noch enger an sich, wo sie endlich Schlaf fand, im Gegensatz zu ihm.

Als ein neuer Tag vor dem Fenster anbrach, schlug er die Augen auf und dachte einen Augenblick, dass alles in Ordnung sei. So fühlte es sich manchmal kurz nach dem

Aufwachen an. Sorglos und entspannt, bis die Erkenntnis ihm eine Ohrfeige versetzte, bis die Tatsache in seinen noch müden Verstand sickerte, dass das Leben nicht mehr sorglos war und nie wieder sein würde.

Hanne war ebenfalls aufgewacht. Sie schob seinen Arm von sich, den er in der Nacht beschützend um sie geschlungen hatte, und setzte sich auf. Sie hatte ihm den Rücken zugewandt, wobei ihre Beine über der Bettkante baumelten. Als sie sich zu ihm umdrehte, musste er schlucken, denn er konnte sie lesen wie ein Buch. Sie war nackt, innen wie außen. All der Schmerz und all die Angst lagen dicht an der Oberfläche, als wäre sie aus Glas.

»Jetzt geht es auch im anderen Bein los«, flüsterte sie.

Kapitel 40

Mone hatte mit sich gerungen, doch sie musste ihn dringend sprechen. Also hatte sie Joachims Handy angerufen und das Klingelzeichen benutzt, drei Mal läuten und dann auflegen. Er hatte zurückgerufen, klang jedoch müde und abweisend.

»Was gibt es denn, Mone?«, flüsterte er, und sie hörte, wie er dabei das Haus verließ, damit ihn niemand hören konnte beim Telefonieren.

»Mama hat es uns gestern erzählt. Oh, Joachim, ich fühle mich so furchtbar, so schmutzig, wie konnten wir ihr das antun? Wie soll ich ihr denn heute unter die Augen treten? Ich habe die ganze Nacht kein Auge zugetan. Ich ...«

Er fiel ihr sanft ins Wort.

»Mone, es ist schon gut. Hanne weiß es und wird es nicht thematisieren. Sie ...« Er schluckte, bevor er weitersprach. »Sie sagt, sie hat keine Zeit für Groll.«

Und dann begann er, hemmungslos zu weinen.

»Gott, Joachim, es tut mir so leid, alles, sie, du, das mit uns. Ich wünschte, ich könnte die Zeit zurückdrehen.«

Sie weinte nun mit ihm, doch als er sich beruhigt hatte, hörte sie eine neue Entschlossenheit aus seiner Stimme.

»Wir alle müssen uns jetzt hintanstellen. Es geht um Hanne, darum, dass sie nicht aufgibt, Mone. Sei für sie da«, flehte er, und Mone nickte, bevor sie noch einmal laut bestätigte, dass sie natürlich für Hanne da sein würde.

»An jedem Sonntag und an allen anderen Tagen auch.«

Sie hatten aufgelegt, und Mone fühlte sich ein wenig erleichtert, auch wenn sich noch immer in ihrem Inneren alles zusammenzog bei dem Gedanken, Hanne heute mit all dem neuen Wissen gegenüberzutreten. Viel zu schnell vergingen die Stunden, und es wurde Zeit, sich fertig zu machen.

Mone hatte einen Kuchen gebacken, und Jessy wollte einen Auflauf mitbringen, denn Hanne sollte ab sofort an den Sonntagen nicht mehr die Hauptlast für die ganze Organisation tragen. Jessy hatte sie abgeholt, und sie hatten sich lange umarmt, bis sie die Kraft hatten, in das kleine Dorf aufzubrechen und Hanne gegenüberzutreten.

Als sie ankamen, saß ihre große Schwester im Garten unter dem Apfelbaum in einem Liegestuhl. Trotz der Wärme hatte sie eine Wolldecke über ihre Beine gelegt. Die Jungs tollten mit dem Hund durch den Garten. Sie hatten sich verkleidet, trugen lange Umhänge mit Wappen darauf und ritten auf Steckenpferden aus Holz. Vincent hatte eine Krone auf, Leander einen Feuerwehrhelm. Hannes Mund umspielte ein trauriges Lächeln.

»Was macht ihr denn schon hier?«, sagte sie überrascht, als Mone und Jessy durch die Gartenpforte auf sie zukamen. »Ihr seid zwei Stunden zu früh.«

Jessy und Mone gingen unsicher auf sie zu und blieben nervös vor dem Liegestuhl stehen.

»Wir wollten, dass du dir heute keine Arbeit machst, wir haben alles dabei«, sagte Mone schließlich. Hanne blickte kurz irritiert, nickte dann aber, wieder mit diesem traurigen Zug um den Mund.

»Daran werde ich mich wohl gewöhnen müssen«, flüsterte sie und blickte wieder zu ihren Kindern, die sich gerade einen imaginären Schwertkampf lieferten. Jessy sank vor ihr auf die Knie und legte ihren Kopf auf Hannes Schoß, Mone blieb noch einen Augenblick unschlüssig stehen, doch als Hanne ihr signalisierte, mit in die Umarmung zu kommen, ließ sie sich ebenfalls fallen und vergrub ihren Kopf nun wiederum in Jessys Nacken, wobei ihre Arme beide Schwestern umschlangen. So blieben sie lange hocken, bis Hanne ihnen sanft zu verstehen gab, dass die Jungs schon neugierig in ihre Richtung blickten.

Verstohlen wischte sich Mone die Tränen aus den Augen, und selbst Jessy, die nie weinte, schluckte mehrfach.

»Ich hab Hunger«, platzte Hanne heraus und grinste spitzbübisch. »Zum Glück ist das wohl jetzt euer Problem.«

»Dann mal los«, sagte Mone und versuchte, unbeschwert zu klingen, was ihr jedoch nicht ganz gelang. Sorgenvoll beobachtete sie, dass Hanne mittlerweile nicht mehr nur humpelte, sie stakste eher, wie eine Puppe, bei der man die Scharniere am Knie vergessen hatte. Bestürzt sah Mone über Hannes Kopf hinweg in Jessys Richtung, die ebenfalls schockiert wirkte. Es wurde rasch schlechter, allzu rasch. Beide blickten einander kurz an, dann nickten sie und gingen zu Hanne, um sie rechts und links zu stützen. Hannes sonst so glatte Stirn warf missbilligende Falten, doch dann ließ sie sich wortlos helfen. Es fühlte sich merkwürdig an, als seien ihre Rollen vertauscht, schoss es Mone durch den Kopf. Hanne war immer wie eine Mutter für sie gewesen, ihr Fels in der Brandung, doch jetzt war es, als wäre sie das Kind, das gerade erst laufen lernte und ohne Hilfe fallen würde. Anders als bei einem Kind würde es allerdings bei Hanne keine Fortschritte mehr geben, nur noch Rückschritte. Die Zeit lief verkehrt herum bei ihr, und wie es aussah, rannten die Zeiger ihrer Uhr viel schneller, als alle gedacht hatten.

Drinnen stand Joachim in der Küche und zog eine Pfanne vom Herd. Dann ging er auf sie zu. Mone musste kurz schlucken. So nah war sie ihm seit dem Ende ihrer Affäre nicht mehr gekommen. Er nickte ihr jedoch nur flüchtig zu, bevor er ihr und Jessy bedeutete, dass er übernehmen würde. Unendlich sanft zog er Hanne an sich und führte sie zu ihrem Platz, wo er ihr half, sich zu setzen, bevor er sie zärtlich küsste.

»Ich glaube, ich habe das Fleisch zu lange angebraten, und die Soße klumpt, aber ich hoffe, es ist trotzdem essbar.«

Hanne lächelte milde.

»Wird schon schmecken«, sagte sie und sah ihnen nun dabei zu, wie sie alle übermotiviert, jedoch chaotisch in der fremden Küche herumwirbelten. Wie sie den Tisch eher pragmatisch als festlich eindeckten und das Essen auftrugen, das vermutlich sättigen, aber nicht unbedingt schmecken würde. Von ihrem Perfektionismus würde Hanne sich verabschieden müssen, dachte Mone traurig, doch dann wurde ihr noch etwas bewusst: So würde es von nun an jeden Tag für sie alle sein. Täglich würden sie kleine Abschiede nehmen müssen. Hanne hatte sie beobachtet und ihr Minenspiel wohl richtig interpretiert, denn sie holte tief Luft und legte ein tapferes Lächeln auf. Was blieb ihr auch sonst übrig?

EIN JAHR SPÄTER

Kapitel 41

»Hast du alles?«, rief Jessy den Hausflur hinauf. Mone balancierte mit einem Korb und einer Tasche die Treppe herunter. Der Ausdruck auf ihrem Gesicht zeigte pure Konzentration. Es war Sonntag. Und wie immer sonntags würden sie sich gleich bei Hanne treffen. Dieser Tag war schon lange der rote Faden der Familie geworden, der die Woche bestimmte und ihnen Halt gab, auch in diesen dunklen Zeiten.

Allerdings war es mittlerweile so, dass Mone und Jessy alles richteten und hinterher auch aufräumten. Hanne saß seit ein paar Monaten fest im Rollstuhl. Die Krankheit hatte sie mehr und mehr im Griff. War Hanne im vorigen Sommer zwar schon geschwächt gewesen, aber noch mobil, so hatten der Herbst und der lange Winter sie viel Kraft gekostet. Sie schlief nun oft, auch über Tag, und der Rollstuhl, der zu Beginn nur gelegentlich auf längeren Ausflügen dabei war, wurde für sie zum festen Begleiter. Mone und Jessy hatten versucht, Hanne zu diversen Hilfsangeboten zu überreden, angefangen von Physiotherapie, über Logopädie, einer Kur bis hin zu der frühzeitigen Einarbeitung eines Palliativteams. Doch Hanne hatte sich wie immer stur gegen alles gestellt. »Ich will meine Zeit nicht damit vergeuden. Und ich will, dass die Jungs, solange es geht, in der größtmöglichen Normalität aufwachsen.«

Sie hatte traurig gelächelt, und so hatten Mone und Jessy schlussendlich nachgegeben. Immerhin akzeptierte Hanne es, dass die beiden im Wechsel mit ihrer Mutter Joachim so gut es ging dabei halfen, dass der Alltag weiterlaufen konnte. Mal kam Mone, um die Jungs zu baden, mal Jessy, um die Fenster zu putzen oder den Wocheneinkauf zu erledigen.

Die größte Überraschung war allerdings ihre Mutter. Helga hatte es tatsächlich geschafft, ihrer Sucht den Kampf anzusagen. Es schien, dass sie seit dem Tag, an dem sie erfahren hatte, dass ihr Mann sie stets geliebt und nicht einfach verlassen hatte, mit der Vergangenheit hatte abschließen können. Dazu kam der feste Wille, es dieses Mal besser zu machen und ihren Kindern in dieser furchtbaren Zeit eine Mutter zu sein – etwas, das sie damals versäumt hatte. Weil sie nun, wo klar war, dass Papa tot war, eine Hinterbliebenenrente bekam, war sie endlich aus der muffigen alten Bleibe in ein kleines Apartment in Hannes Nähe umgezogen. Eine freundliche Wohnung im Parterre, in der es nun ein extra Zimmer für die Jungs gab und einen Garten, in dem sie manchmal saß, wenn Jessy oder Mone sie abholten. Sie ruhte in sich, so schien es, hatte ihren Frieden mit dem gemacht, was das Leben ihr an Herausforderungen und Hürden gegeben hatte. Sogar ihre selbst gefärbten roten Haare gehörten der Vergangenheit an. Sie trug sie nun kurz wie Jessy, aber in einem sanften Grau, ihre natürliche Farbe. Joachim betonte oft, wie dankbar er war, denn allein hätte er Arbeit und Betreuung nicht unter einen Hut bekommen. So hatten sie es bislang noch verhindern können, dass Fremde dies übernehmen mussten. Sie standen füreinander ein, und alle schienen daraus Kraft zu ziehen, so schwer die Umstände auch waren.

Es schepperte, und das Geräusch riss Jessy aus ihren Gedanken.

»Kannst du mir vielleicht mal helfen?«, schimpfte Mone sie über das Geländer hinweg an, eine Tupperdose mit geschnittenen Kartoffeln lag nun vor ihr auf dem Treppenabsatz.

»'tschuldigung«, sagte Jessy kleinlaut und kam hoch, um alles aufzuheben.

»Die können wir später abwaschen, los doch«, hetzte Mone sie. Im Auto sah sie Jessy erwartungsvoll an. »Jetzt frag schon«, sagte sie ungeduldig.

»Und, wie war dein Abend?«, forschte Jessy artig nach.

»Sehr nett«, sagte sie und lehnte sich wie die Grinsekatze aus »Alice im Wunderland« in ihrem Sitz zurück.

»Nett ist die kleine Schwester von doof«, sagte Jessy und konzentrierte sich auf die Straße.

»Okay, es war großartig, besser?«, sagte sie nun. Jessy nickte wenig enthusiastisch. Mone traf sich seit ein paar Wochen mit einem Typen. Die Familie hatte ihn noch nicht kennengelernt. Er war zu ihr in den Laden gekommen, um ein Geschenk für seine Mutter zu kaufen.

»Ein Muttersöhnchen«, hatte Hanne gefrotzelt, aber die Schwestern versuchten, sich trotzdem für Mone zu freuen. Er hieß Lorenz und hatte sie danach noch einige Male im Laden besucht, bevor er sich zaghaft traute, nach ihrer

Nummer zu fragen. Nun gingen sie seit einiger Zeit aus. Er schien sehr geduldig zu sein, denn weiter als bis zur Haustür war er noch nicht gekommen. Mone hatte ihm fairerweise von ihrer gescheiterten Ehe berichtet und ihn gebeten, ihr Zeit zu geben. In den letzten Wochen schien sie aber mehr und mehr bereit, sich auf ihn einzulassen.

Jessy wusste, sie hätte sich für sie freuen sollen, denn in all dem Unglück, das sie umgab, war etwas Freude wie ein goldener Farbtupfer auf einer dunklen Leinwand. Ihr tat es nur immer noch leid, dass Mone und Robert ihre Probleme nicht in den Griff bekommen hatten. Robert war einmal bei Jessy im Bekleidungsgeschäft gewesen, kurz nachdem sie ihn damals vor Mones Haus getroffen hatte. Er war auf dem Weg in den Sudan, sein letzter Einsatz.

»Ich werde mich danach in den Innendienst versetzen lassen. Und ich sehe nun auch zweimal die Woche einen Therapeuten«, hatte er ihr damals gestanden.

Jessy hatte Mone davon erzählt, doch diese hatte nur mit den Schultern gezuckt. »Ich wünsche ihm viel Glück, vielleicht kommt er ja irgendwann mal wieder auf die Füße.«

Mehr sagte sie nicht, und sie fuhr auch nie mehr durch die Moltkestraße, wo er immer noch in der möblierten Zweizimmerwohnung hauste.

»Lorenz hat mich ins Gigis ausgeführt, und danach waren wir in dem neuen Theaterstück«, schwärmte Mone gerade. Das Gigis war der neue In-Laden. Hip und durchgestylt. Eigentlich bekam man da nur einen Tisch, wenn man reich oder berühmt oder am besten beides war. Lorenz fiel in die erste Kategorie, er war ironischerweise Scheidungsanwalt.

»Ich finde es immer noch befremdlich, wie jemand mit dem Unglück anderer seinen Lebensunterhalt verdienen kann«, sagte Jessy und fand selbst, dass sie sich wie ein trotziges Kind anhörte, sobald das Thema auf Mones potenziellen neuen Freund kam.

»Er wird mich vertreten, in dem Scheidungsverfahren, meine ich. Das Trennungsjahr ist fast vorüber«, sagte Mone nun. Jessy blickte zu ihr hinüber. Ihre Schwester starrte auf ihre Hände, während ihre Finger unruhig an der blassen Stelle herumnestelten, an der früher ihr Ehering gesessen hatte.

»Und du bist dir sicher?«, fragte Jessy skeptisch.

»Natürlich«, antwortete Mone, doch ihr Gesicht sagte etwas anderes.

Joachim stand schon an der Tür und wartete auf seine Schwägerinnen. Er nahm Mone die Taschen und Körbe ab und gab ihr einen platonischen Kuss auf die Wange. Jessy sah betreten zur Seite. Es war immer noch merkwürdig, die beiden zusammen zu sehen, auch wenn die Affäre längst der Vergangenheit angehörte. Er tätschelte Jessys Schulter und schob beide in den Flur.

»Heute ist kein guter Tag, man versteht sie sehr schlecht«, flüsterte er.

»Ws pschplt hr da hntr min rckn?«, sagte Hanne, und es hörte sich an, als müsse sie um ein zu großes Bonbon herumsprechen. Es versetzte Jessy, wie immer, wenn sich Hannes Zustand verschlechterte, einen Stich. Sie rollte zu ihnen in den Flur, ihre eine Hand hing dabei schlaff herunter, die andere umklammerte einen kleinen Stick, mit dem sie den Rollstuhl steuerte.

Die Schwestern umarmten sich, und während Hanne den Rollstuhl wieder in Richtung Küche manövrierte, sahen Mone und Jessy betreten zu ihrem Schwager. Schon seit ein paar Wochen war augenscheinlich, dass es mit ihrer Sprache bergab ging. Zuerst hatte sie sich angehört wie eine Betrunkene. Die Worte waren störrisch und ungelenk aus ihrem Mund gepurzelt, schwere Worte vermied sie mittlerweile ganz, weil sich ihre Zunge daran abarbeitete. Der Kloß in Jessys Hals begann schon wieder, ihr die Luft abzudrücken. Sie hatten alle nicht geglaubt, dass es so schnell gehen würde.

»Kmmt rn, sch hb hnger«, sagte Hanne und rollte sich wieder ein Stück Richtung Flur, wo die anderen stehen geblieben waren. Jessy und Mone brachten das Essen in die Küche und begannen, alles in Schüsseln und Töpfe zu verteilen. Jessy blickte sich dabei staunend um.

»Sag mal, Schwager, hast du hier alles so auf Hochglanz gebracht?« Schon seit Monaten war es eher nachlässig sauber im Hause ihrer sonst so peniblen Schwester. Helga und Joachim hatten ihr Bestes getan, doch an Hannes Grad der Sauberkeit waren sie nie auch nur im Entferntesten herangekommen.

»Wir haben seit Montag eine Putzfrau«, sagte er und blickte vorsichtig zu seiner Frau. Jessy sah den kurzen Schmerz über Hannes Gesicht huschen. Sie hatte sich lange dagegen gewehrt, eine Fremde ins Haus zu lassen. Fremde Menschen, das bedeutete immer auch fragende Blicke und unausgesprochene Neugier. Hanne hatte nur sehr zögerlich und auch nur im engsten Freundeskreis über ihre Diagnose gesprochen. Die Jungs wussten immer noch nicht genau Bescheid. Sie glaubten nach wie vor, dass ihre Mutter irgendwann einmal wieder gesund werden würde.

»Ich will nicht, dass sie nur noch ans Sterben denken. Wenn ich einmal fort bin, dann werden sie sich hoffentlich an alles Schöne erinnern und an alles, was ich ihnen noch geben konnte. Sie sollen sich an ihre Mutter erinnern, nicht an eine Todkranke.«

Keiner hatte mit ihr diskutiert. Zum einen, weil die Jungs wirklich noch zu klein waren, um die ganze Tragweite zu begreifen. Zum anderen, weil alle wussten, dass man mit Hanne nicht diskutieren konnte. Seit der Erkrankung schon zweimal nicht. War sie vorher stur gewesen, so konnte man sie seitdem geradezu als stoisch bezeichnen. Nur scheibchenweise war sie bereit einzuknicken, vor der Wahrheit und vor ihrem Körper, der ihr leider jeden Tag mehr und mehr die Grenzen aufzeigte.

Den Rest der Vorbereitungen verrichteten Mone und Jessy in friedlichem Schweigen. Helga war draußen und spielte Fangen mit den Kindern, die mittlerweile sehr an ihrer früher so abwesenden und komischen Großmutter hingen. Jessy holte den Standmixer heraus und pürierte das Essen für Hanne, die schon länger nicht gut schlucken konnte und sich an größeren Stückchen oft so schwer verschluckte, dass sie alle dachten, sie würde keine Luft mehr bekommen.

Sie rief alle zu Tisch, wo sie Hanne eine kleine Menge der pürierten Nahrung auf den Teller häufte. Noch konnte Hanne das Besteck selbst zu ihrem Mund führen, doch schon bald würde sie jemand füttern müssen, schoss es Jessy durch den Kopf, die nun beobachtete, wie ihre große

Schwester mit konzentrierter Miene Löffel für Löffel zum Mund führte. Plötzlich sog sie gierig Luft ein und fing erbärmlich an zu husten. Joachim sprang auf und eilte zu ihr, umschlang sie und flüsterte beruhigende Worte, bis sich Hannes panische Atmung wieder verlangsamte und sie so auch wieder etwas besser Luft bekam. Ihre Mutter hatte die Jungs schnell vom Esstisch fortgeholt, um mit ihnen unter einem Vorwand in der Küche zu verschwinden. Nach dieser Attacke sank Hanne mit dem Kopf auf ihren einen noch funktionierenden Arm und schluchzte so bitterlich, dass es ihnen allen das Herz zerriss.

Während Mone und Joachim Hanne trösteten, war Jessy leise aufgestanden und vor die Tür gegangen. Wie konnte das Schicksal so grausam sein? Gab es überhaupt einen Gott, der solches Leid zulassen konnte? Wie gern hätte sie ihren Kummer ebenfalls aus sich herausgeschluchzt, doch wie immer blieben ihre Augen trocken. Als Jessy kurze Zeit später wieder reinging, saßen alle zusammen am Tisch, und Joachim flachste mit den Jungs, denen man die Sorge und die Angst wegen der Attacke deutlich an ihren fragenden Gesichtern ablesen konnte.

»Du hast dich doch auch schon mal verschluckt, weißt du noch, Vinni? Und dann hat Leander dir so fest auf den Rücken gehauen, dass du dich gleich noch mal verschluckt hast«, erinnerte er die beiden.

Die Erwachsenen lachten pflichtschuldig, und Leander kletterte mit seinem Eis auf Mones Schoß, wo er selbstvergessen die kleine kühle Süßigkeit genoss. Den Vorfall hatte er schon wieder vergessen.

Anders Vincent, der nun finster zur Seite blickte. Jessy spürte, dass er sich nicht ernst genommen fühlte, und fragte sich nicht zum ersten Mal, ob Joachim nicht langsam wenigstens mit seinem Ältesten reden musste. Sie fand, dass es an der Zeit sei.

Sie aßen den Nachtisch und tranken hinterher noch zusammen Kaffee. Erst am frühen Abend, als Joachim die Jungs huckepack in die obere Etage verfrachtete, um ihnen die Schlafanzüge anzuziehen, machten sie sich daran, alles aufzuräumen, um ebenfalls aufzubrechen. Jessy beobachtete in diesem Moment, wie Mone sich zu Hanne herunterbeugte und ihr liebevoll ein Speichelrinnsal vom Kinn wischte, denn seit einiger Zeit stand Hannes Mund immer leicht offen. Nicht zum ersten Mal beneidete Jessy Mone darum, wie selbstverständlich diese mit Hanne umgehen konnte. Ihr schien die Verkehrung der Rollen im Gegensatz zu Jessy nichts auszumachen.

»Bis morgen, ich bastel dann mit Vincent für das Kunstprojekt«, versprach Mone, und Jessy sah, wie erneut Tränen über Hannes Wange liefen. Doch sie nickte und versuchte sogar, ihren Schwestern zum Abschied ein Lächeln zu schenken.

Draußen musste Jessy lange und tief durchatmen. Die Tage mit Hanne waren so wertvoll, und sie wollte keinen einzigen missen, jedoch musste sie sich eingestehen, dass sie oft das Gefühl hatte, völlig entkräftet und emotional ausgelaugt zu sein, wenn sie wieder fuhr. Und jedes Mal, wenn sie über den Hof schritt und sich umsah, wurde ihr bewusst, dass wieder ein Stück Zeit auf Hannes Uhr abgelaufen war.

Kapitel 42

»Hast du die Unterlagen fertig gemacht?«, bohrte Mone im Auto nach. Jessy nickte pflichtschuldig. Tatsächlich hatte sie beschlossen, sich wieder einzuschreiben. Sie würde im Modeladen ihre Stunden reduzieren müssen und könnte sich dann ihre Wohnung nicht mehr leisten, aber Mone hatte angeboten, dass sie jederzeit bei ihr einziehen konnte. Und es gab ja auch noch das Studentenwohnheim, für das Jessy sich allerdings schon etwas zu alt fühlte. Sie fuhr Mone nach Hause und beschloss dann, ihre Wohnung auszumisten, da sie in naher Zeit ohnehin die Umzugskartons würde packen müssen.

Mit einem Glas Tee machte Jessy es sich vor ihrem gefürchteten Flurschrank gemütlich, einen großen Karton auf der einen Seite, einen Abfalleimer auf der anderen. In diesen drei Schubladen war in den vergangenen Jahren so ziemlich alles gelandet, was ihr irgendwo im Weg gewesen war. Sie fand unzählige Kugelschreiber, Notizblöcke, Werbegeschenke diverser Läden, Speisekarten von Lieferdiensten, alte Rechnungen, Fotos, und ganz unten, unter all dem Unrat, einen Brief, den lediglich die fahrig geklebten Streifen Tesafilm zusammenhielten. Jessy ließ sich mit dem Brief auf den Boden sinken.

O Gott, den hatte sie damals ganz vergessen. In all der Aufregung, die herrschte, nachdem Hannes Krankheit ans Licht kam, durch die Angst und den Schmerz dieser Tage und Wochen, waren Roberts Worte völlig untergegangen. Vielleicht, so musste sie sich eingestehen, hatte sie damals auch einfach keine Ahnung gehabt, was sie mit dem Brief anstellen sollte. In Gedanken sah sie nun ihre Schwester, wie diese selbstvergessen den blassen Streifen an ihrem nackten Ringfinger streichelte. Wie sie sich so sehr bemühte, Begeisterung für einen anderen Mann an den Tag zu legen. Noch war es nicht zu spät, noch konnte dieser Brief etwas ausrichten. Jessy war sich nun sicher, was sie damit tun musste.

Nur wenige Minuten später saß sie in ihrem alten Renault und fuhr viel zu schnell den Weg zurück, den sie eben erst gekommen war. Sie klingelte ungeduldig und hörte Mones gereizte Stimme durch die Sprechanlage.

»Wer ist denn da?«

Jessy blickte auf das Stück Papier in ihren Händen, das eigentlich schon lange bei Mone hätte sein sollen.

»Ich bin's, ich habe etwas für dich«, sagte sie und rannte die Stufen hoch, als könnte sie damit die verlorene Zeit etwas wettmachen. Mone stand im Türrahmen. Sie trug ein Schlafshirt, auf dem die drei Affen nichts sahen, hörten und sprachen. Ihre blonden Locken lagen wild und ungekämmt auf ihren schmalen Schultern, und auf ihrer Stirn hatte sich eine tiefe Falte gebildet. Sie fragte sich vermutlich, was ihrer verrückten kleinen Schwester um diese Uhrzeit so Dringliches auf der Seele brannte.

»Darf ich reinkommen?«, fragte Jessy atemlos. Die Stirnfalte war noch immer da, doch Mone ließ sie eintreten und folgte ihr ins Wohnzimmer. Sie hatte ferngesehen, irgendeine Sonntagabendschnulze. Auf dem Bildschirm küssten sich gerade ein schöner Mann und eine schöne Frau vor schöner Bergkulisse. Mone ließ sich wieder aufs Sofa fallen und zog sich eine Wolldecke über ihre bloßen Füße. Jessy räusperte sich und zog den Brief aus ihrer Jackentasche. Fragend sah Mone auf das geklebte Stück Papier in ihrer Hand.

»Lies«, forderte Jessy sie auf und wartete geduldig, bis Mones Augen über die Zeilen geflogen waren, deren Tinte bereits verblasste. Die Hand, in der sie den Brief hielt, begann zu zittern, mit der anderen berührte sie zuerst ihren Mund und dann die Stelle, an der ihr Herz ziemlich sicher gerade wie wild hämmerte. Am Ende sah sie auf, Tränen und tausend Fragen im Blick. Jessy schluckte. Dann begann sie zu erklären, wie der Brief in ihre Hände gelangt war. Mone nickte ein paarmal, unterbrach sie aber nicht.

»Ich hatte ihn total vergessen, Mone. Da war Hannes Erkrankung und all der Trubel im Anschluss. Es tut mir so leid. Ich habe ihn eben erst wiedergefunden, als ich meinen Flurschrank ausmisten wollte.«

Mone las den Brief noch einmal. Danach starrte sie eine Zeit lang schweigend zu Boden. Zu guter Letzt sah sie Jessy wieder an.

»Ich wäre jetzt lieber allein«, sagte sie und ließ sich mit keiner Silbe anmerken, in welcher Stimmung Jessy sie zurücklassen würde. Jessy nickte unsicher, verließ dann aber die Wohnung und Mone ohne weitere Diskussionen.

Kapitel 43

Mone fühlte sich völlig benommen. Die Worte, auf die sie so lange vergebens gewartet hatte, verschwammen vor ihren Augen. Ein Laut, zwischen Wut, Trauer und Erleichterung angesiedelt, entrang sich ihrer Kehle.

»Scheißkerl«, flüsterte sie. »Du verdammter Scheißkerl«.

Waren die Worte an sich beleidigend, so war es keinesfalls die Art, wie sie sie aussprach. Noch während sie ihn verfluchte, presste sie seinen Brief an ihr Herz und hielt ihn dort fest. In ihrem Kopf drehte sich alles und in ihrem Bauch sowieso. Sie hatte in den Tagen und Wochen nach ihrem Besuch bei Robert trotz aller Wut paradoxerweise gehofft, dass er sich melden würde. Dass er ihr eine Erklärung liefern würde für sein Handeln. Für diese große Lüge, die zwischen ihnen stand und auch vor ihrer Enttarnung schon alles, was sie hatten, vergiftete.

Doch sie hatte nichts mehr von ihm gehört. Kein Sterbenswort. Mone war zunächst tief verletzt, dann wütend und zum Schluss verbittert gewesen. Sie hatte alles infrage gestellt, was sie je miteinander geteilt hatten. Doch der Brief warf nun ein anderes Licht auf alles. Sie rang mit sich, mit all den widersprüchlichen Gefühlen, die in ihr tobten. Wieder und wieder las sie seine Worte und musste sich irgendwann eingestehen, dass sie noch nicht über Robert hinweggekommen war – dass sie vielleicht niemals über ihn hinwegkommen würde, weil da immer noch Liebe war. Mit dieser Gewissheit schlief sie schließlich auf dem nur provisorisch zusammengeflickten Brief ein.

Der Montagmorgen weckte Mone mit launischem Wetter und einer dichten Wolkendecke, die nur hie und da von ein paar Sonnenstrahlen durchbrochen wurde. Das Wetter passte hervorragend zu ihrer wechselhaften Stimmung. Sie duschte, zog sich an und faltete seinen Brief sorgfältig, um ihn in die Innentasche ihres Leinenblazers zu stecken. Dann machte sie sich auf den Weg zum Laden. Eigentlich fühlte sie immer einen gewissen Frieden, wenn sie zur Arbeit fuhr und den Schlüssel in das Schloss zu ihrem eigenen kleinen Geschäft gleiten ließ. Seit sie den Laden für Geschenke und Dekoration vor ein paar Jahren eröffnet hatte, war dieser so etwas wie ihr Baby gewesen. Er war mit den Jahren gewachsen und erblüht, und es erdete sie, zwischen den Regalen zu stehen und sich mit den hübschen Dingen zu umgeben, die zwar nicht notwendig waren, aber das Leben einfach schöner machen konnten. Doch heute war sie zu angespannt, um sich auf die Atmosphäre hier einzulassen.

Den ganzen Vormittag, während sie Kisten mit auf alt getrimmten Bilderrahmen, mit kleinen Vasen und gewollt verschlissenen Holzschildern auspackte und in die Regale räumte, spürte sie das Papier in der Innentasche ihrer Jacke, das bei jeder Bewegungen raschelte und ihr etwas zuzuflüstern schien. Das Wissen, dass seine Zeilen, sein

Herz dort steckte, ließ sie von Zeit zu Zeit innehalten und ihre Hand darauf pressen, als fürchtete sie, die zusammengeklebten Schnipsel könnten plötzlich auseinanderfallen und wieder aus ihrem Leben wehen.

Sie atmete tief durch, vielleicht das erste Mal seit einem Jahr. Am Nachmittag, als ihre Aushilfe kam, schrieb sie Lorenz eine kurze Entschuldigung per SMS und sagte ihre Verabredung für den Abend ab. Als sie schon auf Senden drücken wollte, löschte sie den Text und formulierte eine neue Nachricht.

Lorenz, es tut mir leid. Ich möchte dir nicht noch mehr Hoffnung machen. Ich habe mit meiner Vergangenheit doch noch nicht so abgeschlossen, wie ich geglaubt habe. Du hast jemanden verdient, der mit ganzem Herzen bei dir ist. Mone.

Ohne zu zögern, schickte sie die Zeilen ab. Dann nahm sie den Volvo und fuhr in die südliche Vorstadt. Sie parkte ein Stück weiter die Straße hinab und stieg aus, um zu Haus 123 zu gehen. Sie zitterte, als ihr Finger über die Platte mit den Namen und den dazugehörigen Klingelknöpfen fuhr. »Stahl«, stand da und handschriftlich ergänzt »Kerber«. *Nina.* Sie hatte es immer geahnt, hatte immer Zweifel an dieser Frau und Roberts Beziehung zu ihr gehabt. Nun zeigte sich, dass sie recht behielt. Mone blieb einen Moment benommen vor der Tür stehen, den Finger immer noch auf seinen, ihren eigenen Namen gelegt. In ihren Ohren rauschte es, und die Buchstaben auf der Klingel verschwammen vor ihren Augen. Dann drehte sie sich abrupt um und rannte zu ihrem parkenden Auto. Sie riss die Tür auf, sprang hinein und ließ den Motor aufheulen. Ihr Fuß trat das Gas durch, sodass der Wagen mit quietschenden Reifen aus der Parklücke schoss. Sie fuhr nach Hause, parkte vor ihrer Wohnung und blieb dort im Auto sitzen. Sie stieg nicht aus, sie hatte keine Kraft mehr. Tränen begannen, ihr Gesicht hinabzulaufen. Sie hatte keine Ahnung, wie es weitergehen sollte.

Kapitel 44

Robert schloss einen kurzen Moment die Augen. Er liebte es, den Widerhall seiner Schritte in seinem Kopf zu spüren, zu fühlen, wie sich seine anderen Sinne dadurch schärften, doch dann öffnete er die Augen schnell wieder. Zu lange blind zu laufen, das hätte sein antrainierter Instinkt für Gefahr ihm verboten. Immerhin aber schaffte er es, sich beim Joggen für diese kurzen Momente seinem Gefühl hinzugeben, sich auszuliefern und sich ganz eins mit der Welt zu fühlen. Er machte Fortschritte. Kleine, doch für ihn bedeutsame Fortschritte. Sein Psychologe, ein kauziger Typ mit einem grauen Spitzbart und einer Nickelbrille, hatte ihm bescheinigt, dass er mehr und mehr in die Normalität zurückfand.

Die Diagnose »posttraumatisches Stresssyndrom« hatte ihm insofern geholfen, seinen Antrag für eine Versetzung in den Innendienst schneller durchzubekommen. Gemeinsam arbeiteten sie seine Erlebnisse im Einsatz auf. Dabei schaffte es dieser seltsame alte Mann, mit ihm an die Stellen zurückzukehren, die er freiwillig und aus eigenem Antrieb heraus nie besucht hätte. In den vergangenen Wochen hatten sie sich dann dem Scherbenhaufen angenähert, der einmal seine Ehe gewesen war. Er blickte kurz auf den Pulsmesser an seinem Arm. Etwas mehr Geschwindigkeit konnte er noch zugeben.

Seine Füße flogen nun fast über den kleinen Feldweg, um ihn herum tanzten lose bunte Blätter im Wind, Vorboten des nahenden Herbstes. An der Kreuzung lief er nach rechts. Der linke Weg hätte ihn wieder näher an seine Behausung gebracht, wie er die Bude nannte, in der er seit der Trennung lebte. Der rechte Weg führte zum Fluss und dann in Richtung Stadt. Und am Ende der Runde würde er vor seinem alten Haus stehen – ihrem Haus.

Er lief diese Runde oft, einfach, um ihr zwischendurch nah sein zu können. Manchmal erhaschte er auch einen Blick auf sie. Wie sie Einkäufe aus dem Wagen trug oder wie sie an der Tür stand und in ihrer übergroßen Handtasche erfolglos nach dem Haustürschlüssel kramte. Mone hatte ihn noch nie bemerkt. Er war einfach ein Jogger, der mit Sonnenbrille und Schirmmütze an ihr vorbeilief. Die ersten paar Mal hatte er sich gewünscht, dass sie sich zu ihm umdrehte. Dass sie ihn ansah und er irgendeine Regung auf ihrem Gesicht lesen könnte.

Er hatte nicht die geringste Ahnung, wie es ihr ging. Er wusste nicht, ob ihre Wut auf ihn immer noch so groß war. Ob sie vielleicht inzwischen fest mit dem anderen zusammen war, wer auch immer das gewesen sein mochte. Oder ob sie Robert vielleicht doch ein wenig vermisste.

Seine Schritte verlangsamten sich. Das Herzsymbol auf seinem Pulsmesser blinkte hektisch. Er hatte sich wieder zu sehr hochgepeitscht. Nach ein paar Minuten hatte sich seine Atmung verlangsamt. Er lief nun am Fluss entlang und bog dann in seine alte Straße ein. Schon von Weitem sah er den Volvo. Er parkte schief. Ein Reifen schien in der Luft zu hängen. Erst bei näherem Hinsehen bemerkte er, dass sie am Steuer saß. Ihre blonden Locken lagen auf dem Lenkrad, ihr Gesicht konnte er nicht sehen. Sein Herzschlag beschleunigte sich wieder, diesmal akut. Er rannte die letzten Meter und riss die Fahrertür auf, ohne lange darüber nachzudenken.

»Mone, bist du okay?« Er konnte die aufkeimende Panik in seiner Stimme kaum hören, weil sein Herzschlag wie verrückt in seinen Ohren hämmerte. Er zog sie langsam vom Lenkrad hoch, die Gefühle, die ihn plötzlich ergriffen, schnürten ihm förmlich die Kehle zu. Sie starrte ihn aus tränenverschleierten Augen an.

»Was tust du denn hier?«, stammelte sie und klammerte sich an seine verschwitzten Arme. Verwirrung lag in ihrem Blick.

»Das ist meine Laufstrecke«, sagte er und fragte sich gleich, ob sie es merkwürdig fand, dass er ausgerechnet an ihrem Haus vorbeilief. Sie sagte jedoch nichts.

»Was ist passiert? Warum weinst du, um Himmels willen? Hast du Schmerzen? Hattest du einen Unfall?«

Sie schüttelte den Kopf, ihre blonden Locken flogen ihr dabei durchs Gesicht wie bei einem kleinen Mädchen. Fragend sah er sie an, als immer noch keine Erklärung kam. Sie rückte ein kleines Stück von ihm ab. Ihr Gesicht war etwas schmaler geworden, stellte er fest, ihre Augen wirkten riesig darin. Sie fasste wie in Zeitlupe in die Innentasche ihrer Jacke und zog ein mit Tesafilm geklebtes Stück Papier heraus. Er nahm es ihr aus der Hand, sanft musste er ihren festen Griff lösen, damit sie den Brief überhaupt herausgab. Schon als er ihn auseinanderfaltete, ahnte er, was die geflickten Schnipsel beinhalteten. Er überflog sie nur kurz, er konnte sich noch gut an den Wortlaut erinnern.

»Wo hast du den her?«, fragte er und faltete seine Zeilen vorsichtig wieder zusammen.

»Jessy hatte ihn die ganze Zeit. Sie hat die Überbleibsel aufgehoben, nachdem du ihn zerrissen hattest, und dann zusammengeklebt. Sie wusste nicht, was sie damit machen sollte, und hat ihn am Ende in einer Schublade vergessen. Und gestern Abend beim Aufräumen ist er ihr wieder in die Hände gefallen, verrückt, oder?«

Er versuchte ein vorsichtiges Lächeln. »Verrückt«, stimmte er beklommen zu.

Geräuschvoll zog sie die Nase hoch, dann wischte sie sich über das Gesicht, zwei Finger fuhren dabei unter ihren Augen entlang.

»Alles verlaufen«, sagte sie leise, als sie die Spuren ihrer Wimperntusche an ihren Fingerspitzen entdeckte. Er packte in die Tasche seiner Laufweste, wo immer ein Päckchen Tempos steckte, und hielt es ihr hin. Mone nahm das Taschentuch, wischte sich zunächst die Augen ab und schnäuzte sich dann wenig damenhaft. Anschließend steckte sie es in ihre übergroße Handtasche. Robert hielt immer noch unschlüssig den Brief, und Mone griff vorsichtig danach, um ihn wieder an sich zu nehmen. Fast zärtlich fuhr sie dabei über das mit Tesafilm verstärkte Papier.

»Es ist ein wunderschöner Brief, Robert, und ich wollte dir Danke sagen. Ich war eben bei dir, aber …«

Sie brach ab, ihre Augen suchten in seinem Gesicht nach einer Antwort. Er verstand sofort.

»Du hast den Namen auf der Türklingel gesehen.«

Es war keine Frage, eher eine Feststellung. Sie schniefte wieder und nickte. Er saß immer noch verschwitzt und langsam fröstelnd in der Hocke vor ihrem Auto.

»Wollen wir das Gespräch drinnen fortsetzen?«, fragte er, und sein Kopf zeigte zur gegenüberliegenden Straßenseite. Fast hätte er *zu Hause* gesagt, aber das war nicht mehr sein Zuhause. Sie nickte, während sie sich noch einmal schnell übers Gesicht rieb und sich die zerzausten Locken aus der Stirn strich. Dann stieg sie aus, und gemeinsam gingen sie zu ihrer Wohnung.

Kapitel 45

Helga stand am Herd und rührte in den Nudeln. Gleich würde sie die Kinder abholen, Vincent aus der Schule und den kleinen Leander aus dem Kindergarten. Seit die beiden zweimal die Woche den Nachmittag bei ihr verbrachten, war ihre Beziehung zu ihren Enkelsöhnen sehr innig geworden. Umso mehr quälte sie der Gedanke, welcher Schmerz den beiden beim Verlust ihrer geliebten Mutter bevorstand. Helga schluckte. In Momenten wie diesen kam das Bedürfnis hoch, Alkohol zu trinken. Sie griff in ihre Hosentasche und rieb über die Münze, die sie von ihrem Mentor bei den Anonymen Alkoholikern bekommen hatte. Ein halbes Jahr hatte sie schon geschafft.

»Du kannst wirklich stolz auf dich sein«, hatte Berthold gesagt, als er ihr die Münze überreichte und dabei seine Hand vielleicht einen Moment zu lange in ihrer liegen ließ. Helga hatte ein merkwürdiges, vergessenes Flattern in der Magengegend verspürt und schnell verlegen zur Seite geblickt. Sie war mit Anfang siebzig doch nun wirklich schon zu alt für solche Backfischschwärmereien.

Aber irgendetwas an Berthold hatte sie vom ersten Augenblick an berührt. Er war ein stiller Mann, dessen Gesicht deutliche Spuren des Lebens trug, das er geführt hatte. Es war ein hageres, faltiges Gesicht, meist von Bart-stoppeln überdeckt, aber mit wachen blauen Augen, die scheinbar hinter jede Fassade blicken konnten. Sie rieb wieder über die Münze und stellte erleichtert fest, dass allein der Gedanke an ihren Mentor ausgereicht hatte, um den Wunsch nach Alkohol zu verdrängen. Sie hatte ihm bei einem ihrer ersten Treffen ihre Geschichte erzählt, davon, wie ihr über alles geliebter Fritz von einem auf den anderen Tag verschwunden war, von den dunklen Jahren, in denen sie tief versunken war in ihrer Sucht und Depression, von dem plötzlichen Fund seiner Überreste, dem Abschiedsbrief und natürlich von Hanne. Er hatte still zugehört und nur ab und zu genickt, um sie zu ermutigen weiterzusprechen. Sie hatte sich erleichtert gefühlt, als alles gesagt war.

»Du bist eine starke Frau, Helga. Ich bewundere es haltlos, dass du deinem Leben noch einmal eine Wende gibst. Das hätten nicht viele geschafft.«

Sein Lob war süßer, als jeder Tropfen Alkohol es je hätte sein können. Sie hatten sich seither in regelmäßigen Abständen getroffen, und Berthold hatte ihr auch seine Nummer gegeben – für den Notfall. Zu gern hätte sie die Zahlenfolge jetzt getippt, um seine Stimme zu hören. Die Gespräche mit ihm waren erfüllend, sie ging stets mit mehr Mut und Zuversicht aus diesen Telefonaten. Doch hatte sie es bisher vermieden, ihn nach seiner eigenen Geschichte zu fragen, und die Neugier wurde mit jedem Mal stärker. Er hatte ihr lediglich zu Beginn erzählt, dass er mehr als dreißig Jahre getrunken und sich selbst in dieser Zeit verloren hatte.

Als Rauchgeruch aus dem Topf aufstieg, stellte Helga fest, dass sie so in Gedanken gewesen war, dass sie vergessen hatte, den Herd herunterzudrehen. Die Nudeln waren verkocht und klebten am Boden fest, doch daran war nun nichts mehr zu ändern. Es wurde Zeit, die Kinder abzuholen. Helga schüttete die angebrannten Spaghetti ins Sieb und hoffte, dass wenigstens ein Teil noch genießbar wäre. Dann zog sie sich eine Jacke über und ging los Richtung Schule. Gottlob hatte sie die hübsche Wohnung ganz in Hannes Nähe gefunden, so konnte sie da sein, wann immer sie gebraucht wurde.

Vincent war stiller geworden in den vergangenen Wochen. Mit ernsten Augen stand er bereits am Schultor und erwartete sie.

»Hallo, Oma«, sagte er, während seine kleine, schmale Hand nach ihrer großen, faltigen griff. Es rührte sie und ließ einen Mix aus Emotionen in ihr hochsteigen – Liebe, Freude, der absolute Wille, die Kinder vor allem Schlimmen zu beschützen, sowie eine tiefe Traurigkeit bei dem Wissen, es nicht zu können.

Sie holten Leander ab und schlenderten in Richtung Helgas Wohnung, als plötzlich ein Motorrad neben ihnen hielt. Eine schwere, chromverzierte Harley. Die Jungs rissen begeistert die Augen auf. Helga starrte den behelmten Fahrer einen Augenblick lang finster an, bis dieser den Kopfschutz abnahm und sie Bertholds zerfurchtes Gesicht erkannte. Sofort machte ihr Herz einen Sprung, und sie spürte, wie ihre Wangen sich röteten. Die Jungs merkten zum Glück nichts, zu begeistert waren sie von dieser Höllenmaschine auf zwei Rädern.

»Hallo, Helga«, sagte Berthold und stützte sich lässig auf seinem Helm ab, den er vor sich auf dem ausladend breiten Sitz abgestellt hatte.

»Hallo, Berthold«, sagte sie und klang selbst für ihre eigenen Ohren eine Spur zu atemlos.

»Ich war bei dir in der Gegend und wollte eigentlich fragen, ob du Lust auf ein Eis hast, aber ich sehe, dass du beschäftigt bist.« Mit dem Kinn deutete er zu den beiden Jungs. Helga musste sich ein überraschtes Lächeln verkneifen. Er wollte mit ihr Eis essen.

»Ja, ich habe meine Enkel bei mir, aber die beiden haben sicher nichts gegen ein Eis einzuwenden«, sagte sie in Gedanken an die verkochten Nudeln. Sie lächelte die Jungs an und sah sofort das Strahlen in den Augen der beiden.

»Au ja, Oma, Eis«, jubelte der Kleine, und selbst Vincent nickte freudig.

»Das hört sich nach einem Plan an«, sagte Berthold und wollte sein Motorrad abstellen. Doch da trat Vincent auf ihn zu und beäugte so sehnsüchtig die Maschine, dass Berthold lachte und ihn fragte, ob er mal drauf sitzen wolle.

Was für eine Frage, natürlich wollte er, und Leander auch. Helga spürte, wie ihr Tränen der Rührung in die Augen stiegen bei dem Anblick, wie Berthold nun die beiden abwechselnd auf den Sitz hob, sie den Helm anprobieren und den Lenker halten ließ. Leander kam nur dran, wenn Berthold ihn auf dem Schoß sitzen ließ und er sich mit seinen kleinen Ärmchen ganz weit nach vorn streckte. Das sah so komisch aus, dass sie alle lachen mussten. Danach stellte Berthold die Harley auf einem kleinen

Schotterparkplatz unweit ihrer Wohnung ab, und zu viert schlenderten sie in Richtung der Eisdiele, die zwei Häuserblocks entfernt lag. Helga sah Berthold auf dem Weg mehrfach verstohlen von der Seite an. Er war geduldig mit den Jungs, erklärte ihnen gerade alles über sein Motorrad und über das Fahren. Als sein Blick ihren auffing und sich ein Lächeln in seine blauen Augen stahl, konnte sie zum ersten Mal seit vielen, vielen Jahren fast daran glauben, dass ein Leben nach Fritz möglich war.

Kapitel 46

»Magst du etwas trinken?«, fragte Mone über die Schulter, während Robert ihr zögerlich in die Wohnung folgte.

»Wasser«, sagte er, und seine Stimme klang belegt. Sie ging in die Küche und goss ihm ein Glas ein. Er sah sich um. Es hatte sich nicht viel verändert. Nur die gemeinsamen Bilder waren von den Wänden verschwunden. Stattdessen hatte sie die alten Erinnerungen mit ein paar Landschaftsaufnahmen und einigen Schnappschüssen von sich und ihren Schwestern ersetzt. Er war von diesen Wänden verschwunden, ihr gemeinsames Leben hing nicht mehr hier, sie hatte nun ein eigenes. Die Erkenntnis versetzte ihm einen Stich.

Er fühlte, dass sie wieder hinter ihm stand. Sie räusperte sich leicht, und er drehte sich zu ihr um, um das Glas Wasser zu nehmen. Es war wie damals in der kleinen Kneipe, die Luft schien plötzlich wie elektrisiert. Mone sog überrascht die Luft ein, und er selbst hatte das Gefühl, seine Beine könnten jeden Augenblick unter ihm nachgeben. Ihre Hände berührten sich leicht, als er ihr das Wasserglas abnahm.

»Wollen wir uns setzen?« Mone klang nervös. Ohne seine Antwort abzuwarten, ging sie voran ins Wohnzimmer. Beide ließen sich aufs Sofa sinken, wobei jeder darauf bedacht war, dem anderen genug Raum zu lassen. Sie mussten den Moment eben erst noch verdauen.

Robert trank das Glas in einem Zug leer und stellte es dann etwas zu geräuschvoll auf den kleinen Holztisch.

»Der Name auf der Klingel, Nina, das ist nicht, was du denkst«, knüpfte er an das Gespräch an, das sie zuvor auf der Straße begonnen hatten. »Nina und Tanja hatten eine ziemliche Krise, bevor ich in den Sudan musste. Sie stritten sich nur noch, und Tanja hatte damit gedroht auszuziehen. Ich habe Nina dann meine Wohnung angeboten, damit sich die Lage etwas entspannen konnte.« Während er sprach, huschten unterschiedliche Emotionen über ihr Gesicht. Sie glitten so schnell ineinander, dass er sie nicht zu lesen vermochte. Doch nun, wo er geendet hatte, sah er, dass ein kleines Lächeln ihren Mund umspielte.

»Ihr seid also nicht …« Wieder ließ sie die Frage unausgesprochen im Raum stehen. Er schüttelte den Kopf.

Mones Lächeln hatte nun auch ihre Augen erreicht.

»Ach so«, sagte sie und sah nervös auf ihre Hände.

»Nina ist etwa eine Woche, bevor ich aus dem Einsatz zurückkam, wieder zu Hause eingezogen. Sie reden gerade darüber, ob sie versuchen sollen, ein Kind per Samenspende zu bekommen.«

Er stockte abrupt, sich schmerzhaft bewusst, dass er gerade ein gefährliches Terrain betreten hatte. Doch sie sagte nichts. Nicht einmal das kleine Lächeln auf ihren Lippen erlosch.

»Und, was genau hattest du mit mir besprechen wollen?«, fragte er nun über den heftigen Schlag seines eigenen Herzens hinweg. Sie sah auf und ihm genau in die Augen.

»Ich weiß es nicht genau, das hatte ich mir im Grunde noch gar nicht überlegt. Aber nachdem ich den Brief gelesen hatte, war mir klar, dass unsere Geschichte noch nicht zu Ende ist.«

Er schluckte hörbar.

»Ich will nicht, dass es hier drin weiter stürmt«, flüsterte sie leise, seine Worte aus dem Brief aufnehmend. Dann legte sie vorsichtig ihre Hand auf seinen Brustkorb. Auch wenn ihre Berührung nun ganze Orkane in ihm entfesselte, lag darunter eine ganz und gar zuversichtliche Ruhe. Eine Ruhe, die nur sie bringen konnte.

Sein Hals war staubtrocken, seine Hände dafür klamm. Dieser Augenblick konnte alles entscheidend sein, und Robert wollte auf gar keinen Fall einen Fehler machen. Überwältigt, dass sie ihm diese Tür öffnete, war er nur fähig, langsam zu nicken.

»Weißt du, es ist so viel passiert, seit du fort bist. So viel Schreckliches, und ich habe oft darüber nachgedacht, wie kurz das Leben ist und wie schnell sich alles ändern kann. Ich finde es immer noch gemein und falsch, dass du mir die Wahrheit nicht gesagt hast und dass du mich hast glauben lassen, es läge an mir. Und ich bin immer noch wütend. Aber noch viel schlimmer finde ich es, nicht bei dir zu sein. Das weiß ich jetzt.«

Sie hatte während ihres Monologs ihre schmale Hand fortgezogen und damit begonnen, nervös am Zipfel ihres Pullovers zu kneten, wobei sie es vermied, ihn anzusehen. Doch jetzt blickte sie auf, und in ihren großen Augen schimmerten Tränen. Sanft löste er ihre unruhigen Finger vom Bund ihres Sweaters, der schon ganz zerknittert aussah. Statt ihre Hand freizugeben, zog er sie zu sich heran, bis sie dicht vor ihm saß. Mein Gott, wie sehr er sie liebte, immer geliebt hatte, nie damit aufhören würde. Zögerlich strich er ihr eine Locke hinters Ohr. »Du hast alles Recht der Welt, wütend auf mich zu sein. Aber ich verspreche dir, ich will jeden Tag, der uns gegeben ist, damit zubringen, es wiedergutzumachen, Mone.«

Sie sah ihm lange prüfend in die Augen, dann schlich sich ein bezauberndes Lächeln auf ihre Züge.

»Dann fang mal damit an«, sagte sie auffordernd. Erleichtert zog er sie in seine Arme und vergrub sein Gesicht in der Wärme ihres Nackens. Für ein paar Augenblicke sog er einfach ihren vertrauten Geruch ein. Das vergangene Jahr fiel von ihm ab, all der Schmerz, die Angst und Verletzlichkeit – all die einsam überstandenen Stürme. Übrig blieb nur dieser unglaubliche Augenblick.

Er schob sie irgendwann ein Stück von sich und sah sie durchdringend an.

»Mone, es tut mir leid. Unendlich leid. Ich hätte dir von Anfang an die Wahrheit sagen müssen, das weiß ich jetzt.«

Sie legte den Kopf leicht schief. »Ja, wahrscheinlich, aber du hattest recht, mein Wunsch nach einem Kind war so groß, ich hätte unsere Beziehung zu Beginn wohl beendet, hätte ich gewusst, dass ich ihn mir mit dir nicht erfüllen kann.«

Ihre Pupillen waren riesig, wie tiefe Seen, als sie ihn nun musterte. »Jetzt weiß ich aber, was ich dann alles verloren hätte.«

Zaghaft hob er seine Hand und berührte ihre Wange, wobei sein Daumen an ihrem Mund verharrte und dann sanft darüberstrich. Sie schloss für einen kurzen Moment die Augen und ließ sich dann vorbehaltlos in seine Berührung fallen. Unendlich langsam beugte er sich nach vorn, sein Blick verließ niemals ihren. Es schien, als könnte sie direkt in seine Seele schauen. Seine Lippen legten sich fast fragend auf ihre. Doch nur Sekunden später wurden sie beide von all der aufgestauten Sehnsucht und dem Verlangen mitgerissen.

»Warte«, keuchte er zwischen zwei Küssen. Mone sah ihn fragend an. Die Farbe wich aus ihren eben noch geröteten Wangen.

»Ist doch zu viel zwischen uns geschehen?«, fragte sie ängstlich, weil sie seine Worte missinterpretierte. »Wir haben ja auch nie über meine Fehler gesprochen, mein Fremdgehen …«

Weiter kam sie nicht, weil er ihren Mund mit einem erneuten Kuss verschloss. Dann lächelte er sie entschuldigend an. »Ich will nur duschen, ich bin total verschwitzt.«

Er stand auf und ging ein paar Schritte, blieb jedoch an der Tür zum Wohnzimmer stehen, weil sie abwartend immer noch am gleichen Fleck verharrte.

»Wenn ich mich recht erinnere, ist die Dusche groß genug für zwei.«

Sie erhob sich und trat zu ihm, ein vorfreudiges Funkeln in den Augen. Als sie ihre Hand in seine schob und ihm durch den Flur den altbekannten Weg zum Bad folgte, versprach er sich selbst, alles dafür zu tun, sein Versprechen wahr zu machen.

Kapitel 47

Mone wachte als Erste auf. Es war zu früh, um aufzustehen, der Himmel vor ihrem Fenster war noch dunkel, ein voller Mond schien freundlich durch die Lamellen ihres Rollos. Sie nahm seinen Geruch wahr, noch bevor sie seine Silhouette in dem nur schwach beleuchteten Raum ausmachen konnte. Es war ein ganz und gar vertrauter Duft. Ihre Augen wanderten langsam über sein Gesicht. Sie konnte nur seine Umrisse erkennen, doch sie wusste auch so, wie er aussah. Wie seine langen Wimpern auf seinen Wangen ruhten und sein blondes Haar, das er nun etwas länger trug, seit er im Innendienst arbeitete, ihm über die Stirn fiel, die er selbst im Schlaf runzelte. Sie hauchte ihm einen zarten Kuss auf die Lippen und drehte sich wieder in seine Umarmung.

Am Morgen wachten sie beide etwa zeitgleich auf. Sie lächelten sich an, jegliche Befangenheit war der alten Vertrautheit gewichen.

»Guten Morgen«, sagte er, und seine Stimme kitzelte in ihrem Bauch. Anders als am Abend liebten sie sich nun langsam, ließen sich Zeit damit, den anderen wieder neu zu entdecken. Danach hielten sie sich in den Armen, ihr Kopf auf seiner Brust, sein Herzschlag in ihrem Ohr. Es war ein guter Morgen, der beste seit Langem. Irgendwann sah er über ihren Kopf hinweg auf den kleinen Wecker, der auf dem Nachttisch stand.

»Ich muss los, ich muss um neun bei der Dienstbesprechung sein.«

Sie zog ihn noch einmal an sich und küsste ihn mit all der Liebe, die sie in den vergangenen Jahren irgendwo tief drinnen verschüttet hatte. Er küsste sie genauso hungrig zurück, schob sie dann aber sanft von sich und kletterte aus dem Bett. Sein Körper war wie ein Kunstwerk, schlank und drahtig und so gebaut, dass ihrer genau hineinpasste.

»Darf ich dich heute Abend sehen?«, fragte er, eine kleine Unsicherheit war in seine Stimme zurückgekehrt.

»Heute und an jedem anderen Abend«, sagte sie ernst, und er kehrte für einen letzten, tiefen Kuss zurück zum Bett, bevor er sich eilig für den Dienst fertig machte.

Kapitel 48

Helga hatte schon lange nicht mehr einen so schönen Tag verbracht. Sie hatten riesige Eisbecher bestellt und waren mit den Jungs danach im Park auf einem kleinen Spielplatz gewesen. Sie hatten schweigend auf einer Bank gesessen und den Kindern beim Spielen zugesehen, doch es war ein entspanntes, einvernehmliches Schweigen. Sie fühlten sich scheinbar beide miteinander so wohl, dass keiner den Drang verspürte, diesen friedlichen Augenblick mit leeren Worten zu füllen. Um fünf war Joachim gekommen und hatte seine Söhne abgeholt, die aufgeregt von ihrem Nachmittag berichteten. Helga hatte ihm Berthold vorgestellt und die offene Frage im Blick ihres Schwiegersohns gesehen. Doch sie hatte es dabei belassen, Berthold als Bekannten zu etikettieren.

Sie hatte ihren Mentor danach noch auf einen Kaffee eingeladen, und er war ihr lächelnd zu ihrer Wohnung gefolgt. Helga war froh, dass sie nach dem Umzug kein Problem mehr damit hatte, jemanden in ihr Reich zu lassen. Ihre neue Bleibe war zwar klein, aber sauber und ordentlich. Sie gingen in die Küche, wo Helga mit zittrigen Händen das Kaffeepulver abmaß, während er sie schweigend beobachtete. Sie rang zunächst mit sich, doch ihre Neugier siegte.

»Du hast mir nie erzählt, warum du mit dem Trinken angefangen hast.«

Er sah fort, und sie hatte Angst, einen Fehler begangen, eine unsichtbare Grenze überschritten zu haben, doch dann blickte er sie an und holte tief Luft.

»Es ist gut, dass du danach fragst, Helga. Ich mag dich, sehr sogar. So gern, wie ich schon sehr lange niemanden mehr mochte. Ich wusste vom ersten Moment an, dass du für mich etwas Besonderes bist.«

Sie lächelte scheu, und er strich kurz über ihre Hand, als sie die Kaffeetasse vor ihm abstellte.

»Und deshalb ist es wichtig, dass du ebenso viel von mir weißt wie ich von dir.«

Sie nickte und nahm ihm gegenüber Platz. Er räusperte sich, bevor er zu erzählen begann.

»Alkohol hat immer eine Rolle in meinem Leben gespielt. Schon mein Vater hat getrunken. Jeden Abend, wenn er von der Arbeit kam, setzte er sich vor den Fernseher und trank seine fünf bis sechs Flaschen Bier. Dann war er ›bettschwer‹, wie er es nannte. Er ist an einer Leberzirrhose gestorben, als ich achtzehn war. Ich selbst habe auch schon früh angefangen, Alkohol zu trinken. Auf Feiern, mit Freunden in der Kneipe, später auch allein zu Hause. Ich war immer der Meinung, es im Griff zu haben, aufhören zu können, wenn ich wollte – was natürlich nicht stimmte. Ich war längst ein Alkoholiker, wollte es aber nicht wahrhaben. Ich hatte schon zwei Arbeitsstellen verloren, keine Beziehung hielt meiner Sucht stand. Und dann bin ich eines Nachts wie so oft stockbesoffen in mein Auto gestiegen und losgefahren. Zuvor war nie etwas passiert, nicht mal ein Kratzer am Wagen. In dieser Nacht aber war es regnerisch, und ich hatte noch mehr als sonst in mich reingekippt. Ich war zu schnell und meine Reaktionen getrübt. In einer Kurve kam ich ins Schleudern und geriet auf die Gegenfahrbahn, wo mir ein Kleinwagen entgegenkam. In dem Auto saß eine junge Frau, sie war im sechsten Monat schwanger.« Helga legte kurz erschrocken die Hand über ihren Mund.

»Wir sind frontal zusammengestoßen. Ich blieb wie durch ein Wunder unverletzt, die junge Frau musste in ein Krankenhaus gebracht werden. Gottlob konnten sie und das ungeborene Kind gerettet werden, aber es hätte auch anders ausgehen können. Ich hätte die beiden auf dem Gewissen gehabt. Ich bin an dem Abend nach Hause gefahren und habe alles, was ich an Alkohol hatte, in den Ausguss gekippt – und das war eine ganze Menge. Seither habe ich nie wieder einen Tropfen angerührt. Das liegt nun fast dreißig Jahre zurück.«

Er schwieg kurz und nahm einen Schluck von dem Kaffee, der mittlerweile schon abgekühlt war.

»Ich habe allerdings lange gebraucht, um wieder Fuß zu fassen. Die Anonymen haben mir da sehr geholfen, und ich wollte etwas zurückgeben, weshalb ich anfing, mich dort zu engagieren. Und dann ist etwas passiert, womit ich nun wirklich nicht mehr gerechnet habe.«

»Was denn?«, fragte Helga, die ihm gebannt gelauscht hatte.

»Ich habe jemanden getroffen, der mich so langsam glauben lässt, dass sogar ein so alter, verlebter Sack wie ich noch ein bisschen Anrecht auf Glück hat.«

Helga errötete wie ein Schulmädchen. Sie war nie sehr gut mit Worten gewesen, doch das Lächeln, das sie ihm nun schenkte, sagte ohnehin mehr.

»Danke«, flüsterte sie.

»Wofür?«, fragte er überrascht.

»Für dein Vertrauen.«

Sie tranken beide schweigend ihren Kaffee, und als ihre Tassen leer waren, schob Berthold seine beiseite und griff über den Tisch nach ihrer Hand. So waren sie sitzen geblieben, bis Berthold mit einem Blick auf die Uhr feststellte, dass es spät geworden war. Sie brachte ihn zur Tür, wo er ihr einen scheuen Kuss auf die Wange gab, bevor er sich verabschiedete. Und nun saß sie hier in ihrer Küche, seine Tasse Kaffee vor sich stehend, um die sie beide Hände gelegt hatte, und ein fremd gewordenes Gefühl im Bauch.

Kapitel 49

Jessy hatte noch im Bett gelegen, als das Telefon klingelte. Verschlafen war sie in den Flur getapst und hatte sich schon dafür gewappnet, irgendeinen lästigen Werbeanruf abzuwimmeln, als sie die aufgeregte Stimme ihrer Schwester erkannte.

»Jessy, hast du gleich Zeit? Kannst du im Laden vorbeikommen?« Jessy hatte kurz überlegen müssen, welcher Tag war, doch dann fiel ihr ein, dass es Dienstag war und sie erst zum Spätdienst im Modegeschäft auftauchen musste.

»Okay, ich komm dich zum Mittagessen abholen«, versprach sie, als Mone partout nicht verraten wollte, worum es ging. Jessy war dann pünktlich zu dem kleinen Dekoladen gefahren, den Mone seit ein paar Jahren führte. Ihre Schwester hatte schon vor der Tür gestanden, ungeduldig von einem Fuß auf den anderen steigend.

»Da bist du ja endlich«, sagte sie zur Begrüßung und ließ sich neben Jessy auf den Beifahrersitz fallen. Sie drehte sich um und hatte das strahlendste Lächeln im Gesicht, das Jessy je gesehen hatte.

»Danke, kleine Schwester. Danke, dass du diesen Brief aufgehoben hast«, sagte sie dann und lehnte sich zu Jessy rüber, um ihr einen schmatzenden Kuss aufzudrücken.

»Jetzt erzähl schon«, sagte Jessy, nun selbst ungeduldig, während sie Mone von sich wegschob. Mone schüttelte jedoch ihre blonden Locken und grinste sie an.

»Nicht hier, es ist zu schön, um es zwischen Tür und Angel zu erzählen.«

Und so spannte sie Jessy noch auf die Folter, bis sie bei ihrem Lieblingsitaliener saßen und beide eine große Pizza mit Meeresfrüchten vor sich hatten. Dann erzählte Mone ihr alles von ihrem Treffen mit Robert. Auch, dass sie ihrem Mann im Laufe des Abends den Seitensprung mit Joachim gebeichtet hatte. Robert hatte einen Moment gebraucht, um diese Information zu verdauen, doch hatte dann genickt und ihr versprochen, dass die Sache nicht zwischen ihnen stehen würde.

»Ich glaube, wir beide wissen nun, dass es viel schwerer wiegt, sich zu verlieren, als einander zu vergeben.«

Eine wunderschöne Röte überzog dabei ihr Gesicht, und Jessy freute sich aufrichtig für ihre Schwester und ihren Schwager.

»Also versucht ihr es noch einmal miteinander?«, bohrte sie nach, und Mone strahlte sie an.

»Ich glaube, ich muss nichts versuchen, ich weiß, dass es dieses Mal klappt.«

Nur zwei Tage später zog Robert wieder bei Mone ein. Jessy hatte ihre Schwester schon lange nicht mehr so glücklich gesehen. Sie leuchtete in jeder Hinsicht. Es war ansteckend, den beiden bei ihrem neu gefundenen Glück zuzusehen. Jessy freute sich für sie. Es war ein neuer Anfang, und nicht umsonst sagte man, dass einem solchen ein besonderer Zauber innewohnt.

»Wirst du Robert morgen mitbringen?«, fragte Jessy, als es auf den Sonntag zuging und sie Mone wegen der Planung anrief. Mone schwieg einige Augenblicke lang, und Jessy hörte, wie sie leise eine Tür schloss, Luft holte und dann im Flüsterton antwortete.

»Es ist so eine blöde Situation, weißt du, wenn Robert und Joachim sich dort nach all der Zeit das erste Mal treffen, aber ich will Robert nicht ausschließen. Der Sonntag gehört zu uns, und er gehört zu mir.«

Jessy verstand, weshalb das Familientreffen morgen ihrer Schwester Bauchschmerzen verursachte, aber wenn Mone, Hanne und Joachim es geschafft hatten, die Sache hinter sich zu lassen, dann würde Robert es auch schaffen.

»Er will doch sicher Hanne und die Kinder wiedersehen«, gab Jessy zu bedenken, und Mone seufzte.

»Ich habe ja auch gar nicht infrage gestellt, dass ich ihn mitbringe. Ich wünschte nur, der Tag wäre schon vorüber.«

Mone hatte angeboten, dass sie und Robert Jessy mittags abholen würden. Sie hatten sich noch kurz wegen des Essens besprochen und dann aufgelegt.

Roberts Volvo kam am nächsten Tag pünktlich vor Jessys Haus zum Stehen. Sie fiel ihrem Schwager kurz um den Hals, als dieser ausstieg, um ihr mit der Kühltasche zu helfen.

»Schön, dass du wieder da bist«, flüsterte Jessy ihm ins Ohr.

»Dank dir, Jessy, hättest du nicht Amor gespielt, hätten wir beide den Schritt aufeinander zu wohl nicht gewagt.« Er lächelte sie mit einem Zwinkern an.

Im Auto herrschte dann jedoch angespannte Stille. Mone hatte nach Roberts Hand gegriffen, und er hielt sie fest, während er mit der anderen Hand lenkte. Keiner sagte ein Wort, alle hingen ihren eigenen Gedanken nach. Doch als sie bei Hanne ankamen, war Roberts Rückkehr gar nicht das große Thema und auch nicht sein Aufeinandertreffen mit Joachim, sondern die Überraschung, die ihre Mutter mitgebracht hatte. Kurz nach ihnen knatterte nämlich eine verchromte Harley auf den Hof, von deren Rücksitz ihre Mutter stieg und sich die kurzen grauen Haare ausschüttelte, nachdem sie den Helm abgezogen hatte. Der Fahrer des Motorrads kam ihr nach, ein hagerer Mann Mitte siebzig mit verwegenem Lederoutfit, Dreitagebart und leuchtend blauen Augen, die ihn um einiges jünger machten.

»Berthold«, riefen die Jungs und stoben über den Hof auf den Fremden zu. Jessy und Mone war der Mund offen stehen geblieben.

»Ich habe hier irgendwas verpasst«, raunte Jessy ihrer Schwester ins Ohr, die ebenfalls ungläubig dabei zusah, wie *Berthold* nun ihre beiden Neffen abwechselnd auf die Harley setzte, als hätte er nie etwas anderes getan. Ihre Mutter kam mit einem verlegenen Lächeln auf sie zu.

»Ich habe jemanden mitgebracht«, sagte sie an Joachim gewandt. »Ich hoffe, das ist in Ordnung für euch.«

Er nickte und grüßte zu Berthold hinüber, den er bereits zu kennen schien. Berthold winkte zurück und kam in Begleitung der Jungs, die wie aufgeregte Welpen um ihn herumwuselten, zu ihrer kleinen Gruppe. Berthold stellte sich ihnen mit festem Händedruck vor, während Mama alle aufzählte, wobei er bei Robert kurz innehielt, so als sei ihm sein Name nicht geläufig.

»Der Mann meiner Mittleren«, erläuterte Mama, ohne zu zögern. Dann zog sie Robert herzlich in ihre Arme.

»Wurde auch Zeit, dass ihr das auf die Reihe bekommt«, sagte sie grinsend und strebte, Berthold im Schlepptau, zielsicher in Richtung Haus. Jessy und Mone sahen sich zunächst mit einem Schulterzucken an, dann lachten beide. Mones lachen gefror allerdings, als sie Joachim auf sich zukommen sah. Jessy beobachtete, wie ihre Schwester erst leichenblass und dann hummerrot wurde. Unsicher wanderte ihr Blick zu Robert, dessen Miene nicht verriet, was in ihm vorging.

Die beiden Männer sahen sich einen Augenblick lang schweigend an, dann trat Robert einen Schritt vor, stellte die Kühltasche ab und streckte Joachim die Hand hin, die dieser erleichtert ergriff.

»Danke für die Einladung«, sagte Robert und ergänzte leise, wie leid ihm die Sache mit Hanne täte. Über Joachims Miene huschten kurz Schmerz und Resignation, doch dann straffte er die Schultern und lächelte Robert an.

»Schön, dich zu sehen, Schwager.« Er trat zur Seite und nahm Robert die Kühltasche ab, sodass sie ihm alle ins Innere des Hauses folgen konnten.

Mone warf Jessy einen erleichterten Blick zu. Hanne kam ihnen bereits im Flur mit ihrem Rollstuhl entgegen, und Jessy konnte sehen, wie sich auf Roberts Zügen Schock und Mitleid mischten. Er hatte Hanne seit einem Jahr nicht mehr gesehen und war davor nur sporadisch bei den Sonntagen dabei gewesen. Er hatte sich jedoch schnell wieder im Griff und ging zu ihr, um sie zu umarmen.

»Schn, ch free mch«, sagte sie und gab sich besonders viel Mühe, damit er sie verstand. Robert nickte und lächelte sie an.

»Ich freue mich auch, Hanne.« Er schob sie in die Küche, wo Jessy und Mone anfingen, das Essen zu bereiten. Die Jungs hatten Berthold in Beschlag genommen und ihn genötigt, ihre Zimmer zu bewundern, weshalb Helga nun ebenfalls in die Küche kam, um ihren Töchtern zu helfen.

»Mama, jetzt erzähl schon, wer das ist«, sagte Jessy und versuchte nicht einmal, leise dabei zu sein.

»Wir haben uns bei den AA kennengelernt. Er war mein Mentor«, flüsterte Helga und sah verstohlen zum Flur hinüber, wo sie Berthold mit Leander sprechen hörte. Jessy hätte gern noch mehr gehört, doch der neue Mann an Mutters Seite kam wieder in die Küche, wo er neben Helga stehen blieb und ihr einen Arm um die Taille legte, was sie zum Strahlen brachte. Jessy verkniff sich ein Lächeln. So hatte sie ihre Mutter noch nie erlebt, und es freute sie von Herzen.

»Onkel Robert«, rief Vincent da und sprang seinem Lieblingsonkel auf den Arm.

»Hey, Großer, lange nicht gesehen. Mann, bist du riesig, ich hätte dich fast nicht wiedererkannt«, sagte Robert, während er Vincent aus der Küche trug, um die neue Legoburg der Jungs in deren Zimmer zu bewundern. Später saßen sie alle zusammen im Innenhof, über den Joachim Lichterketten gespannt hatte, die in der aufkommenden Dämmerung für wohlige Stimmung sorgten. Sie aßen, tranken und lachten miteinander. Es war ein so schöner und fröhlicher Tag, dass Jessy sich wünschte, er möge niemals enden. Doch viel zu schnell war die Dunkelheit hereingebrochen, und es wurde zu kalt, sodass Joachim Hanne reintrug und ins Bett brachte, während Helga und Berthold sich um die Jungs und Mone, Jessy und Robert um den Abwasch kümmerten.

Als sie dann auf dem Heimweg waren, blickte Robert Mone kurz von der Seite an, bevor er sich wieder auf die Straße konzentrierte.

»Du hattest es mir zwar geschildert, aber ich hatte keine Vorstellung davon, wie schlimm es wirklich ist.«

Er klang neutral, doch Jessy kannte ihn gut genug, um zu wissen, dass Hannes rascher Verfall ihn ebenso schockierte wie sie alle. Nur hatten sie bereits gelernt, damit zu leben. Jeden neuen kleinen Verlust zu übergehen und so zu tun, als wäre nichts, als würde ihre gesamte Welt nicht Stück für Stück aus den Fugen geraten. Jessy schwieg auf dem Rücksitz, die Realität hatte sie wieder eingeholt.

Kapitel 50

Es war erschreckend, wie schnell es danach mit Hanne bergab ging. Anfang Herbst war sie völlig verstummt. Sie hatten einen Computer beantragt, den sie mit ihren Augen würde steuern können, doch es dauerte, bis alles bewilligt und in Auftrag gegeben war, und so blieb ihr nichts anderes übrig, als Stichworte auf einen kleinen weißen Block zu schreiben, den sie nun stets bei sich trug. Wollte sie etwas, brauchte es Zeit, bis sie die Buchstaben aufs Papier zwang, weil ihre eine, noch halbwegs funktionierende Hand den Stift kaum halten konnte. Hatte sie endlich aufgeschrieben, worum es ihr ging, war ihre Schrift ungelenk und krakelig wie die eines Kindes im ersten Schuljahr. Die Familie lernte trotzdem schnell zu verstehen, was sie meinte. Doch für Hanne war es furchtbar. Mit jedem konzentrierten Strich des Kugelschreibers paarte sich die Anstrengung auf ihrem Gesicht mit dem Zorn und der Verzweiflung darüber, dass etwas so Profanes sie solche Kraft kostete. Immer mehr war sie auf etwas oder jemanden angewiesen, um durch den Tag zu kommen. Auch wurde sie zusehend schwächer. Oft nickte sie einfach weg, übermannt von der Anstrengung, die es für sie bedeutete, am Leben zu sein. Jessy und Mone fuhren nun fast jeden Abend abwechselnd in das kleine Dorf, um Joachim zur Hand zu gehen und für die Kinder einen normalen Ablauf zu garantieren. Immer noch wehrte Hanne sich dagegen, einen Pflegedienst ins Haus zu holen.

Da Robert nun wieder bei Mone lebte, hatte Jessy sich anderweitig nach einer bezahlbaren Bleibe umgesehen, jedoch nichts Passendes gefunden, sodass ihr am Ende nichts anderes übrig geblieben war, als doch Quartier im Studentenwohnheim zu beziehen. Es war okay, auch wenn sie der Lärm auf den Gängen und die Dauerbeschallung aus den beiden Nachbarzimmern stetig daran erinnerten, dass sie eigentlich zu alt war, um so zu leben. An anderer Stelle kam es ihr dafür entgegen, keine junge Abiturientin mehr zu sein. Der Dekan der Universität, der zugleich auch Jessys Professor für Linguistik war, hatte sie als studentische Hilfskraft eingestellt, was zum großen Teil hieß, die Arbeiten der Erstsemester zu korrigieren, seine Termine zu koordinieren, Vorlesungen für ihn vorzubereiten und bei Bedarf auch schon mal Kaffee zu kochen und Brote zu schmieren.

»Frau Sturm, hätten Sie morgen Vormittag Zeit? Ein junger Herr von der örtlichen Presse ist mit einer Interviewanfrage an mich herangetreten wegen des Neubaus unseres Kommunikationstraktes. Sie könnten vielleicht ein bisschen was herrichten und mir vorab ein paar Zahlen raussuchen, Kosten, Dauer. Irgendwo liegen auch die Pläne von diesem Architekturbüro.«

Kleinschmidt hatte die unangenehme Angewohnheit, Jessy niemals anzusehen, wenn er seine Arbeitsaufträge an sie herunterratterte. Sie machte sich Notizen und überprüfte den Outlook-Kalender, denn wenn ihr Chef etwas noch mehr hasste, als *überflüssige Höflichkeitsformen* zu wahren, dann auf *obsolete Fragen einzugehen,* wie er ihr bei einer ihrer ersten Unterredungen formlos mitgeteilt hatte. Jessy suchte nach dem Datum des nächsten Tages und fand den Eintrag: *9.30 Uhr, Pressegespräch wg Neubau Kommtrakt, Hr. Danko.*

Sie verschluckte sich vor Schreck an ihrem lauwarmen Kaffee. Das musste ein Zufall sein, wenngleich es den Namen nicht so häufig gab. Jessy zog den Cursor der Maus auf den Eintrag und klickte, um sich die Worte noch einmal genauer anzusehen. Nein, sie hatte sich weder verlesen noch sich etwas eingebildet. Da stand sein Name. Zitternd schloss sie den gelb unterlegten Balken und ließ den Rechner herunterfahren. Sie musste gegen vier im Modeladen sein, um Becky bei der Spätschicht abzulösen, doch in Gedanken war sie ganz woanders.

Jessy nahm den Bus und lehnte ihre fiebrig heiße Stirn gegen die kühle Scheibe. Die Welt draußen flog verschwommen an ihr vorbei, ein einsetzender Nieselregen beschlug von außen die Scheiben. *Lukas.* Sie hatte seit der Nacht nichts mehr von ihm gehört, obgleich kein Tag vergangen war, an dem sie nicht an ihn hatte denken müssen.

Nachdem sie sich damals eingestanden hatte, dass er recht hatte, dass sie sich den Geistern der Vergangenheit stellen musste, war es, als hätte sich eine lange nässende, unschöne Wunde endlich verschorft. Es heilte in ihr Stück für Stück, und wenn er zurückgekommen wäre, wenn er sie noch einmal gebeten hätte, mit ihm darüber zu reden, sie hätte nicht gekniffen. Sie hätte sich seine Seite dieser

Nacht angehört. Doch er war fort. Er war wie damals aus ihrem Leben verschwunden. Nur, dass sie sich dieses Mal sehnsüchtig wünschte, er möge zu ihr zurückkehren.

Der Bus hielt ruckelnd an, und Jessy stieg aus, um die letzten Meter zu Fuß zu gehen. Die Stadt war leer, nur ab und an sah man ein paar Menschen, manche mit Schirm, manche, die sich unter die Vordächer der Geschäfte flüchteten. Sie lief durch den Regen, als hätte sie eine Politur an sich, die das Wasser abperlen ließ. Sie störte sich nicht daran, dass ihr die dicken Tropfen wie Tränen über die Wangen liefen. Wenn es doch nur endlich einmal echte gewesen wären, dachte sie und wischte sich mit dem ebenfalls völlig durchtränkten Ärmel ihrer Jeansjacke übers Gesicht.

»Himmel, hattest du keinen Schirm?«, rief Becky, als Jessy wie ein nasser Straßenköter in den Laden kam. Sie verfrachtete sie ins Büro und brachte ihr eine trockene Jeans und ein Shirt.

»Zieh ich dir vom Gehalt ab«, sagte sie und nahm Jessys durchweichte Sachen, um diese auf einem Bügel an die Heizung zu hängen. Jessy saß da, in ihrer Unterwäsche, und fühlte sich wie gelähmt. Was, wenn er es wirklich war? Was, wenn sie morgen früh tatsächlich Lukas Danko gegenüberstehen würde? Sie hatte keine Antwort darauf.

Pflichtschuldig, wenn auch wenig enthusiastisch, absolvierte sie ihre Schicht, holte sich danach ein Schnellgericht beim Imbiss gegenüber und fuhr mit dem Bus zurück in Richtung Studentenwohnheim. Torsten, der das Appartement neben ihr hatte, saß draußen vor der Tür und rauchte.

»Na, auch eine?« Er hielt ihr seine Packung mit Zigaretten hin.

»Hab doch aufgehört. Ist ungesund und eh viel zu teuer«, erinnerte Jessy ihn und ließ sich auf den Stufen neben ihm nieder, um lustlos in ihren kalten gebratenen Nudeln zu stochern. Torsten neben ihr stibitzte sich von Zeit zu Zeit eine mit einem frechen Grinsen. Noch vor einem Jahr hätte er genau in ihr Beuteschema gepasst. Er sah gut aus, war oberflächlich, noch sehr jung und nicht an einer festen Beziehung interessiert. Er wechselte die Frauen wie die Unterwäsche. Nicht wenige hatten versucht, ihn einzufangen, was er aber geschickt zu umgehen verstand. Vielleicht, weil Jessy nicht zu diesen Frauen gehörte, hatte sich eine Art Freundschaft zwischen ihnen entwickelt.

»Harter Tag?«, fragte er, als die Pappschachtel geleert war und er sich eine neue Zigarette zwischen die Lippen schob. Jessy zuckte mit den Schultern. »Ich weiß es nicht genau, aber es könnte sein, dass *er* zurück ist.«

Torsten zog überrascht seine rechte Augenbraue hoch. Etwas, das auf die meisten Frauen vermutlich sexy gewirkt hätte. Jessy musste jedoch über seinen erstaunten Ausdruck lachen. »Wow, hat er sich gemeldet, oder was?«

Sie erzählte ihm von dem Termin, den ihr Chef für den morgigen Tag in den Kalender eingetragen hatte.

»Aber er hätte dich doch sicher angerufen, wenn er wieder in der Stadt wäre?«, mutmaßte Torsten, dem Jessy vor ein paar Wochen mal in einer weinseligen Nacht in der Küche des Studentenwohnheims ihr Herz ausgeschüttet hatte. Torsten hatte damals nachgebohrt, warum Jessy nie

Dates hatte, und sie erzählte ihm zumindest die Kurzversion. Dass es da diesen Kerl gab, dem ihr Herz gehörte, der jedoch nach einem blöden Streit abgehauen und nie wiedergekommen war.

Jessy schnupperte dem Qualm der Zigarette nach und wünschte sich, nicht aufgehört zu haben. Sie seufzte.

»Es ist kompliziert, weißt du«, sagte sie und sah Torsten von der Seite an, der wieder einen tiefen Zug nahm, bevor er ihren Blick erwiderte.

»Jetzt weißt du, warum ich mich nicht auf so blöde Beziehungskisten einlasse, es ist immer kompliziert.«

Sie zuckte mit den Schultern.

»Ich hab auch mal so gedacht, aber wenn man nie mit dem Herzen dabei ist, weiß man irgendwann nicht mehr, ob man überhaupt noch eins hat.«

Torsten rückte von ihr ab und schüttelte sich übertrieben.

»Hey, das wird mir zu tiefsinnig hier, wollen wir nicht lieber 'ne Runde netflixen?«

Jessy lächelte gutmütig.

»Von mir aus.«

Immerhin würde es sie von dem morgigen Tag ablenken.

»Wir könnten aber auch vögeln, das entspannt«, sagte er so nebensächlich, dass Jessy laut lachen musste.

»Vergiss es, du bist nun mal nicht mein Typ.«

Getroffen griff er sich ans Herz, stand dann aber auf und zog Jessy mit sich. In seiner unaufgeräumten, nach Qualm und alten Sportsachen riechenden Bude lümmelten sie sich anschließend auf das alte Sofa und sahen sich das Staffelfinale von »Game of Thrones« an, das Jessy schon kannte und ohnehin enttäuschend fand, weshalb sie mit ihren Gedanken nun doch wieder bei Lukas landete.

Sie hatte seit einem Jahr das Gefühl, dass die Sache noch nicht beendet war, dass er wieder auftauchen würde und sie dort anknüpfen würden, wo sie so abrupt geendet hatten. Doch nichts dergleichen war geschehen, und je mehr Zeit verging, desto verdrossener wurde sie. Jessy hatte versucht, ihn über das Internet zu finden, hatte sich unauffällig bei ein paar Leuten umgehört, die Lukas von früher kannten, aber er war wie vom Erdboden verschluckt. Im Abhauen, das hatte er ja bereits bewiesen, war er verdammt großartig.

Wie gern hätte sie sich jemandem anvertraut, aber Mone war so beschäftigt, zunächst mit ihrer zerrütteten und dann mit ihrer wieder aufblühenden Ehe, dass Jessy nie das Gefühl hatte, dort ein offenes Ohr zu finden. Einmal hätte sie sich fast Hanne anvertraut. Jessy erinnerte sich an den Abend vor einigen Monaten, als sie in Hannes gemütlicher Küche beieinandergesessen hatten. Damals hatte sie ihre Stimme noch, auch wenn sie schon begonnen hatte, schleppend zu sprechen.

»Was bedrückt dich? Du bist heute so abwesend«, hatte Hanne geflüstert. Wie gern hätte Jessy ihr in diesem Augenblick ihr Herz geöffnet. Doch dann kam sie sich egoistisch vor. Hannes Probleme stellten alles andere in den Schatten. Und so hatte Jessy geschwiegen. Hannes Blick hatte jedoch weiter auf ihr geruht.

»Du willst nicht darüber sprechen, oder?«

Sie hatte verletzt geklungen. Jessy küsste Hannes kalte Hand, die über ihrer eigenen lag.

»Es ist nichts, Hanne. Ich bin nur so mit der Arbeit beschäftigt, das ist alles. Ich will dich nicht damit belasten, du hast genug mit dir zu tun.«

Das stimmte auch bis zu einem gewissen Grad.

»Ja, aber nur, weil sich mein Leben gerade im freien Fall befindet, heißt das nicht, dass das Leben der anderen auf Pause steht. Ich vergesse das nur manchmal«, hatte Hanne leise festgestellt. Joachim war später an diesem Abend zu ihnen gekommen und hatte Hanne liebevoll eine Wärmflasche unter die Wolldecke gelegt, die ihre mittlerweile viel zu dünnen Beine bedeckte.

»Na, ihr Mädels, worüber tuschelt ihr?«, hatte er gefragt und Jessy brüderlich über die kurzen Haare gestrubbelt.

»Mädelskram eben«, hatte Hanne gesagt, und dann, ganz leise, so, dass nur Jessy es hören konnte: »Du weißt doch, am Ende ist alles gut, und wenn es nicht gut ist, ist es noch nicht das Ende.«

Kapitel 51

Dieses Oscar-Wilde-Zitat ging Jessy nun wieder durch den Kopf. Torsten war neben ihr eingeschlafen und schnarchte. Sie musste grinsen, weil er gerade so gar nicht wie ein Verführer aussah. Sein Mund stand offen, und im Schlaf kratzte er sich ausgiebig zwischen den Beinen.

Jessy schaltete den Fernseher aus und ging leise in ihr eigenes Zimmer, wo der Schlaf sie aber immer noch nicht finden wollte. Von der anderen Seite der Wand aus drangen eindeutige Geräusche herüber. Sie vermutete, dass das stets mürrisch aussehende Mädchen, das seit Kurzem das Zimmer bezogen hatte, nicht allein war. Jessy zog sich das Kissen über die Ohren, um dem leisen Stöhnen und dem dazwischen zu vernehmenden Quietschen des Lattenrosts zu entkommen. Sie warf sich unruhig hin und her, schob ihr Laken erst fort, um es sich nur Augenblicke danach wieder bis zur Nase zu ziehen, weil sie erst schwitzte und dann fror. Irgendwann streckte sie die Waffen, stand auf und setzte sich in der Dunkelheit an ihr Fenster. Sie umschlang sich mit beiden Armen und starrte hinaus, doch alles, was sie sah, war sein Gesicht. Seit sie seinen Namen gelesen hatte, war da diese Aufregung. Aber es mischte sich noch mehr mit unter dieses nervöse

Kribbeln. Da war auch Zorn darüber, dass er einfach gegangen war. Angst davor, ihm gegenüberzustehen und keine Worte zu haben. Panik, dass er es am Ende doch nicht war, dass er einfach für immer verschwunden blieb.

Als der Morgen hereinbrach, ging sie duschen und schminkte sich sehr sorgsam. Ihre Haare waren wieder länger, sie hatte sich zu einem Pixi-Cut überreden lassen mit langem Pony und fransigen Konturen, was sie »echt sexy« aussehen ließ, wie ihr Torsten bescheinigt hatte. Sie stand lange vor dem Kleiderschrank, um etwas Angemessenes zu finden. Etwas, das wie eine Rüstung wäre für den Kampf, in den sie zog. Am Ende entschied sie sich für einen engen blauen Bleistiftrock, ein weißes Top und eine kurze beige Strickjacke. Sie sah ein bisschen aus wie eine attraktivere Version von Frau Rottenmeier aus Heidi, aber der strenge Look half ihr dabei, die Fassung zu bewahren.

Das Studentenwohnheim lag in unmittelbarer Nähe zum Campus, weshalb Jessy auch zu Fuß zum Büro des Dekans gehen konnte. Der Morgen war frisch, der Regen der vergangenen Nacht hatte alles rein gewaschen. Die Luft roch nach feuchter Erde und dem nassen Laub, das das Grün der Wiesen langsam zu bedecken begann. Der Dekan saß wie immer schon an seinem Schreibtisch. Und wie immer trug er ein braunes Sakko, ein beiges Hemd und eine braune Fliege, sein Markenzeichen. Manchmal machten die Studenten Witze darüber, ob er dort einfach noch vom Vorabend saß. Vielleicht hatte er aber auch einen ganzen Schrank voll beige-brauner Sachen.

»Kaffee«, brummte er, ohne auch nur ein »Guten Morgen« in Jessys Richtung zu verschwenden. Sie verbeugte sich spöttisch und ging rückwärts aus dem Büro. Vermutlich hätte sie auch nackt auf den Händen hinauslaufen können, er hätte es nicht bemerkt. Die antike Wanduhr stand auf kurz vor neun. Adrenalin pulsierte durch ihre Venen, als hätte sie eine Droge im Blut. Beim Einfüllen des Kaffeepulvers verschüttete sie gut die Hälfte, weil ihre Hand so zitterte. Wie in Zeitlupe glitt der große Zeiger nun über das mit Blattgold verzierte Ziffernblatt.

»Frau Sturm, die Unterlagen«, kommandierte Kleinschmidt von seinem Büro aus. Jessy nahm den Ordner, den sie gestern noch kurz vor Ende ihres Dienstes für ihn zusammengestellt hatte. Er nickte kurz und zog ihr die Mappe aus den Händen. Es klopfte. Jessy zuckte so zusammen, dass selbst der Dekan einen kritischen Blick in ihre Richtung warf.

»Alles in Ordnung? Sie sehen aus wie ein Reh im Scheinwerferlicht«, blaffte er. Sie nickte schnell.

»Zu viel Kaffee«, log sie.

Wenn es etwas gab, wofür der Dekan Verständnis hatte, dann übermäßigen Kaffeekonsum.

»Ja«, sagte er knapp, den kurzen Austausch mit ihr hatte er gedanklich schon wieder ad acta gelegt. Die Tür schob sich langsam auf. Jessy hielt die Luft an und starrte zu dem Spalt, der Stück für Stück die Gestalt eines Mannes preisgab. Er hatte dunkles Haar und abstehende Ohren. Seine Figur war untersetzt, sein Gesicht nicht unattraktiv, aber etwas teigig. Das war definitiv nicht Lukas Danko.

»Guten Tag, Herr Danko, setzen Sie sich, Kaffee?«

Der Dekan hatte den Satz ausgesprochen, als würden alle Worte zusammenhängen, als gäbe es bei ihm keine

Leerstellen, keine Satzzeichen und auch keinen Willen, dass andere Menschen ihn verstanden. Erst jetzt merkte Jessy, dass sie immer noch nicht ausgeatmet hatte, was sie nun geräuschvoll nachholte. Sie spürte, wie die Enttäuschung sie traf wie ein Faustschlag. Der Journalist nickte ihr kurz zu und wandte seine Aufmerksamkeit dann wieder dem Dekan zu.

»Entschuldigen Sie, Dekan Kleinschmidt, aber mein Name ist Brecht, Arnold, nicht Bert.« Er lachte kurz über seinen eigenen, abgedroschenen Scherz.

Der Dekan sah ihn mit der solchen Situationen vorbehaltenen Herablassung an. Brecht räusperte sich verlegen, da er merkte, dass sein Gegenüber vermutlich seine Art von Humor nicht teilte.

»Herr Danko lässt sich entschuldigen, ihm ist heute Morgen ein anderer Termin dazwischengekommen.«

Mehr nahm Jessy von diesem Moment an nicht mehr wahr. Es bestand also noch berechtigte Hoffnung, dass Lukas tatsächlich der Danko war, der heute hier hätte sitzen sollen. Sie überlegte fieberhaft, wie sie herausfinden konnte, ob er es war. Letztendlich würde ihr nichts anderes übrig bleiben, als nach dem Interview hinter Brecht herzuhetzen und es auf direktem Weg zu versuchen. Noch einmal wollte sie Lukas nicht so einfach aus ihrem Leben verschwinden lassen – wenn er es denn war.

Jessy tauchte aus ihren Gedanken auf. Brecht hockte dem Dekan nun gegenüber wie ein Schulkind, das zum Rektor gerufen wurde. Jessy wusste, dass die beiden Stühle, die für Besucher bereitstanden, ein gutes Stück kleiner waren als der lederne Sessel, auf dem Kleinschmidt thronte wie Gott. Man merkte es kaum, optisch fiel der Unterschied nicht auf. Nur wenn man ihm gegenüber Platz nahm, dann wuchs er augenblicklich über die meisten Menschen hinaus.

Brecht stellte kurze Fragen und schrieb dann Unmengen an Informationen mit, da der Dekan seine Antworten wie Maschinengewehrsalven abfeuerte. Um kurz vor zehn schob er den Redakteur mit einer nicht unfreundlichen, aber doch resoluten Verabschiedung zur Bürotür hinaus.

»Zeitverschwendung«, grunzte Kleinschmidt. »Auf den Artikel bin ich gespannt. Rufen Sie bei diesem Käseblatt an, und lassen Sie sich das Interview auf jeden Fall vorab zeigen. Ich will das vor dem Druck autorisieren.«

Damit saß er schon wieder gebeugt über einer Magisterarbeit, deren Verfasser vermutlich nun eine Note schlechter abschneiden würde – einfach, weil der Dekan gerade äußerst schlecht gelaunt war.

Ohne weiter auf Kleinschmidt einzugehen, eilte Jessy hinter dem Journalisten her.

»Warten Sie«, rief sie, leicht außer Atem. Für seine recht untersetzte Statur war Brecht überraschend flink. Vielleicht war es aber auch nur der Wunsch, so schnell wie möglich vom Dekan wegzukommen, der ihn so beflügelt hatte. Der Redakteur blieb am Ende des langen Ganges stehen. Als sie ihn einholte, sah er sie argwöhnisch an.

»Hallo, ich heiße Jessica Sturm. Ich bin die studentische Hilfskraft von Professor Kleinschmidt.«

Er nickte vorsichtig, beäugte sie aber immer noch mit Misstrauen. Er erinnerte sie ein wenig an den kleinen Maulwurf aus der »Sendung mit der Maus«, wie er so dastand, den Kopf leicht eingezogen, sodass es aussah, als habe er keinen Hals. Jessy stockte. Um ehrlich zu sein, hatte sie keine Ahnung, wie sie auf unverfängliche Art nach Lukas fragen sollte. Also fiel sie mit der Tür ins Haus.

»Heute Morgen hätte eigentlich ein Herr Danko zum Termin kommen sollen. Können Sie mir etwas zu ihm sagen?«

Brecht wirkte misstrauisch. »Warum?«, fragte er und kniff die Augen zusammen.

»Ich glaube, dass ich ihn von früher kenne, und ich würde ihn gern wiedersehen, wenn er es ist.«

Nun entspannte er sich etwas. Sogar sein Hals tauchte zwischen seinen Schultern auf, die er mit einem hörbaren Ausatmen sacken ließ.

»Ach so. Er heißt Lukas Danko. Er ist vor ein paar Wochen von Berlin hergekommen. Er hatte sich um ein Volontariat bei uns beworben und es bekommen. Er ist hier in der Lokalredaktion eingesetzt. Zuvor hat er in den USA gelebt und dort unter anderem für ein Sportmagazin gearbeitet. Passt die Beschreibung zu Ihrem Bekannten?«

Sie nickte aufgeregt, während ihr Herz einen freudigen Sprung machte.

»Danke«, sagte Jessy, beugte sich spontan vor und drückte Brecht einen Kuss auf seine schlaffe Wange. Dann rannte sie zurück ins Büro. Den verwirrt dreinschauenden Redakteur ließ sie einfach im Flur stehen. Ihr Herz schlug nun doppelt so schnell, ihre Füße berührten beim Laufen kaum noch den marmornen Boden, der zum Büro des Dekans führte. Er war es. Er war es tatsächlich. Jessy ließ sich in ihren Stuhl fallen und legte atemlos ihren Kopf auf die Arme.

»Da liegen noch ein paar Erstsemesterklausuren, die sind für Sie«, rief der Dekan hinter seiner Bürotür mit der üblichen Missachtung in der Stimme, die er Erstsemestern per se entgegenbrachte. Jessy nahm den Stapel Hefter und versuchte, sich auf ihre Aufgabe zu konzentrieren, aber es war zwecklos. Lukas war in der Stadt, er war in ihrer Nähe. Was sollte sie tun? Was ihm sagen? In Gedanken sah Jessy ihr erstes Zusammentreffen in verschiedenen Versionen wie aneinandergeschnittene TikTok-Clips ablaufen. Sie, wie sie ihn anschrie, weil er einfach abgehauen war. Er, wie er kleinlaut vor ihr stand und um Vergebung bat. Wieder sie, wie sie ihm gestand, dass er ihr gefehlt hatte, und er, wie er lachte und ihr seine Hand zeigte, wo ein dünnes goldenes Band deutlich machte, dass er bereits vergeben war. Es gab tausend Möglichkeiten. Ein Drehbuchautor hätte aus ihrem bevorstehenden Wiedersehen alles machen können, eine Komödie, ein Drama, einen Thriller oder einen ergreifenden Liebesfilm. Sie war gespannt, was das Schicksal daraus machen würde.

Kapitel 52

Gegen elf streckte Jessy die Waffen. Es hatte keinen Sinn, weiter über den kläglichen Versuchen der Erstsemester in Phonologie zu sitzen. Sie klopfte an Kleinschmidts Tür, der einen undefinierbaren Laut von sich gab, was so viel wie »reinkommen« hieß. Jessy streckte den Kopf durch die Tür, und er hatte immerhin den Anstand, kurz aufzuschauen.

»Ich muss jetzt gehen, ich habe noch einen Arzttermin. Ich nehme die Arbeiten mit nach Hause.«

Er nickte nur. Als sie schon im Vorflur des Büros in ihre Jacke schlüpfte, hörte sie ihn noch einmal rufen.

»Denken Sie daran, die Sache mit dem Käseblatt zu klären. Ohne mein Okay geht der Text nicht in den Druck.«

Jessy nickte euphorisch. Da hatte sie ihre goldene Brücke zu Lukas, und Kleinschmidt hatte sie ihr gerade gebaut.

Jessy ging zum Parkhaus, wo sie für vierzig Euro im Monat einen Parkplatz gemietet hatte. Ihr Renault war ihr vermutlich dankbar, dass er nicht mehr bei Wind und Wetter auf der Straße stehen musste.

Sie hatte vorab im Internet nach der Straße gesucht, in der sich die Lokalredaktion der Zeitung befand. Jessy musste vom Campus aus einmal quer durch die Stadt. Der Verkehr war zäh an diesem Tag. Es war Freitag, und der erste Schwung Büroarbeiter hatte sich nach Dienstschluss in die Blechlawine gereiht, um schnell nach Hause zu kommen. Jessy brauchte fast eine Dreiviertelstunde, bis sie endlich vor dem weiß-blauen Werbebanner stand, das an der Scheibe zu den Redaktionsräumen klebte. Doch in diesem Moment überkam sie die Angst wie eine Lähmung. Sie musste noch einmal ihren ganzen Mut zusammennehmen. Noch einmal alle Luft, die sie in ihre Lunge gefüllt hatte, geräuschvoll ausstoßen, dann trat sie durch die Tür. Im Vorraum gab es einen großen Empfang, hinter dem eine dunkelhaarige junge Frau gerade geschäftig auf der Tastatur eines Computers tippte. Sie trug ein Headset und sah konzentriert auf den Bildschirm vor sich. Jessy wartete.

»Gut, die Anzeige würde dann etwa hundertfünfzig Euro kosten.« Sie nickte. »Ja, sie erscheint dann am Samstag.« Sie verabschiedete sich langatmig und blickte dann auf. »Hallo, was kann ich für Sie tun?«, fragte sie und sah Jessy freundlich an.

»Ich muss etwas mit Herrn Brecht besprechen. Ich bin die Hilfskraft von Professor Kleinschmidt. Herr Brecht war heute Morgen bei ihm für ein Interview.«

Die Mitarbeiterin stand auf. »Kommen Sie mit.« Jessy folgte ihr durch einen mit dunkelblauem Teppich ausgelegten Flur zu einer gläsernen Bürotür.

Brecht, stellvertretender Redaktionsleiter, stand mit blauen Lettern auf der Milchglasscheibe. Eine solche Position hätte sie dem halslosen, unscheinbaren Männlein gar nicht zugetraut. Als sie eintrat, sah er sie freundlich an. Hier, in seiner natürlichen Umgebung, wirkte er viel entspannter als draußen in der realen Welt. Jessy erklärte ihm kurz, was Kleinschmidt ihr aufgetragen hatte. Er hörte ihr ruhig und konzentriert zu.

»Tut mir leid, wir sind alle ausgebildete Redakteure hier. Ich lasse nur gegenlesen, wenn es sich um sehr brisante, persönliche Themen handelt oder um hoch wissenschaftliche. Ein paar langweilige Zahlen und Fakten zu einem Bauvorhaben lasse ich nicht absegnen. Kann ich sonst noch etwas für Sie tun?«

Seine selbstbewusste Antwort überraschte Jessy. Sie schluckte kurz bei dem Gedanken, diese Botschaft an Kleinschmidt weitergeben zu müssen, aber um dieses Problem würde sie sich später kümmern. Sie rieb ihre schweißfeuchten Handflächen kurz an ihrem Rock ab und fragte ihn dann freiheraus. Ein wissendes Lächeln huschte über Brechts füllige Gesichtszüge.

»Er sitzt drüben im Großraumbüro. Durch den Gang und dann links.«

Jessy konnte sich nicht erinnern, wann sie das letzte Mal so nervös gewesen war. Ihr ganzer Körper vibrierte.

Der Weg schien ihr endlos. Doch dann stand sie viel zu schnell vor der Tür, hinter der das Großraumbüro lag. Sie klopfte und wartete, bis sie ein lautes »Herein« hörte. Es war nicht seine Stimme. Jessy öffnete und ließ ihren Blick über die vielen Köpfe gleiten, die dort brav ihre Arbeit vor den Rechnern verrichteten. Ein paar Gesichter hatten sich erwartungsvoll zu ihr gewandt, vier Frauen und zwei Männer, bilanzierte sie schnell. Es war warm durch die Technik und die vielen Körper, die hier auf engstem Raum zusammenarbeiteten. Durch ein gekipptes Fenster kam ab und zu ein Windstoß und erfrischte die abgestandene Luft.

»Ja?«, sagte die junge Frau, die der Tür am nächsten saß. Jessy räusperte sich.

»Ich wollte zu Lukas Danko.«

Sein Schreibtisch stand an der hinteren Wand. Er saß mit dem Rücken zu ihr, doch sie hatte ihn auch so erkannt, hätte ihn unter Tausenden erkannt – an den blonden Haaren und der Art, wie er konzentriert den Kopf schief legte, wenn er arbeitete.

Als Lukas ihre Stimme hörte, drehte er sich mit einem ungläubigen Zug auf dem Gesicht zu ihr herum. Seine Pupillen weiteten sich kurz, was Jessy sogar über die kleine Distanz hinweg auffiel.

»Da drüben«, sagte seine Kollegin überflüssigerweise. Wortlos starrten sie sich an. Keiner regte sich. Auch nicht seine Kollegen, die die Anspannung zwischen ihnen nun ebenfalls zu spüren schienen. Das Klappern der Tastaturen war verstummt. Kein Geräusch war mehr zu vernehmen. Es schien, als hätten manche sogar das Atmen eingestellt.

»Ich …« Mehr bekam Jessy nicht heraus. Sie starrte kurz zu Boden, um sich zu sammeln und nach den richtigen Worten zu suchen. Als sie erneut hochblickte, sah sie seinen leeren Stuhl, der sich leicht nachdrehte, weil sein Gewicht so plötzlich fehlte. Mit wenigen langen Schritten hatte Lukas den Raum durchquert.

Bevor Jessy denken konnte, bevor ihr Verstand fähig war, Worte zu formen, zogen seine Hände ihr Gesicht sanft zu sich. Er suchte nur kurz nach einem Veto in ihren Augen. Als er keins fand, senkte er den Kopf. Sein Kuss war überraschend, spontan und absolut unüberlegt. Und überrumpelte sie so, dass sie ihn völlig selbstvergessen zurückküsste. Die Welt um sie herum, das stickige Büro und die anderen Menschen in dem Raum verschwanden.

»Träume ich das, oder bist du wirklich hier?«, flüsterte er irgendwann, ohne seine Lippen von ihrem weich geküssten Mund zu nehmen. Statt ihm zu antworten, zog sie ihn noch fester an sich. Ihr Kopf war so leer, wie ihr Herz übervoll war. Erst allmählich drangen der Applaus und die anzüglichen Pfiffe an Jessys Ohr.

»Sucht euch ein Zimmer, Danko«, hörte sie seinen männlichen Kollegen spöttisch rufen. Sie spürte das tiefe Vibrieren, das sein leises Lachen in seinem Brustkorb verursachte. Der blöde Spruch hatte sie jedoch in die Realität zurückgeholt. Hastig brach sie den Kuss ab und blickte ertappt auf ihre Schuhspitzen. Röte überzog ihr Gesicht bis zu ihren Ohren. Nur er hatte diese Macht über sie. Nur er war in der Lage, ihre Festung so spielerisch einzunehmen – alle Hürden mit wenigen Schritten zu überwinden und jegliche Zweifel mit einem einzigen Kuss im Keim zu ersticken. Früher hätte diese Erkenntnis sie mit Scham erfüllt und wütend gemacht. Er war der große, schwache Punkt in ihrem Leben. Doch gerade war sie einfach zu glücklich, um sich mit solchen Überlegungen zu quälen.

Lukas sah nicht minder überwältigt aus – und mit einem Mal weitaus weniger selbstsicher.

»Lass uns rausgehen«, flüsterte er und schirmte sie vor den neugierigen Blicken der anderen ab, während er an ihr vorbei nach der Tür griff, um sie ihr aufzuhalten.

Er dirigierte sie durch einen langen Flur zu einem Hinterhof, wo sie verlegen voreinander stehen blieben. Lukas fuhr sich mit der für ihn typischen Geste durchs Haar.

»Es tut mir leid, ich hab dich völlig überrumpelt da drin. Tatsächlich hab ich mich selbst überrumpelt.« Er lachte kurz, wurde dann aber wieder ernst. »Es ist nur so, dass ich dieses Wiedersehen seit einem Jahr gedanklich in allen nur erdenklichen Varianten durchgespielt habe. Und dann stehst du plötzlich wahrhaftig vor mir. Ich …« Er brach kurz ab, als er nach den richtigen Worten suchte. »Ich wollte dir eigentlich so viel sagen, so vieles erklären. Aber als ich dich gesehen habe, konnte ich nicht anders, ich musste dich spüren.« Er war nun nicht minder rot wie sie. Jessy grinste ihn schief an.

»Eigentlich wollte ich dich anschreien und dir sagen, dass du ein Mistkerl bist, weil du ohne ein Wort verschwunden bist. Weil du erst zurückkehrst und mein Leben auf den Kopf stellst, nur um dann wieder spurlos zu verschwinden. Ich wollte meine Wut so lange an dir auslassen, bis du um Gnade flehst.«

Er blickte gequält drein.

»Und dann wollte ich dir gestehen, dass du mit allem recht hattest und dass du es irgendwie geschafft hast, dich sehr nachhaltig durch all meine Mauern zu arbeiten.«

Sie wusste nicht, woher sie den Mut genommen hatte, mit der Wahrheit herauszuplatzen. Doch die Hoffnung, die ihre Worte wie Lichter in seinen dunkelblauen Augen angeknipst hatte, bestätigte sie darin, dass Wahrhaftigkeit manchmal der einzige Weg war, um Abgründe zwischen zwei Menschen zu überbrücken. Es hatte zu regnen begonnen, doch sie spürte die Nässe nicht.

»Gott, ich habe dich vermisst, Jessy, jeden verdammten Tag«, sagte er heiser. »Ich hatte Angst, dass die Vergangenheit für immer zwischen uns stehen würde, dass ich dich ohnehin nicht verdiene. Es war feige und leichtsinnig fortzugehen, weil ich riskiert habe, dich ganz zu verlieren. Aber damals erschien es mir das einzig Richtige. Ich hatte das Gefühl, es dir schuldig zu sein, mit einer besseren Version von mir zurückzukommen, um mein Glück noch einmal zu versuchen.«

Er trat einen Schritt auf sie zu und schob ihr eine feuchte Haarsträhne hinters Ohr. Die Berührung ließ sie weitaus mehr erschauern als die Nässe oder der kalte Wind.

»Vermutlich habe ich dich immer noch nicht verdient, aber sag das mal meinem dummen Herz.«

Seine Hand lag noch immer auf ihrer Wange, sein Daumen strich in kleinen Kreisen über ihre Haut und hinterließ ein wohliges Prickeln. Bei seinen letzten Worten jedoch wanderte sie zögerlich zu ihrem Hinterkopf. Behutsam zog er sie, begleitet vom sanften Prasseln des Regens, zu einem erneuten Kuss an sich, der ihr den Atem und den letzten Rest Verstand raubte. Als sie sich irgendwann voneinander lösten, hatte sie das Gefühl, sogar in ihrem Inneren eine Gänsehaut zu haben. Er blickte kurz in den regenschweren Himmel und dirigierte sie dann unter ein Vordach. Dort pellte er sich aus seinem nassen Sakko und hängte es ihr über die Schultern. Seine Wärme steckte noch im Innenstoff, ebenso wie sein vertrauter Geruch.

»Sag, wie hast du mich überhaupt gefunden?«

Jessy erzählte ihm von ihrem Job beim Dekan und von dem Interview, das sein Chef an seiner Stelle geführt hatte.

»Das war wohl Schicksal – auch wenn ich eigentlich nicht an Schicksal glaube«, sagte er mit einem Zwinkern. Sein Blick wurde eindringlich. »Ich bin erst ein paar Wochen zurück. Eigentlich wollte ich dich am liebsten sofort sehen, aber dann hat mich immer wieder der Mut verlassen. Ich wollte nicht erneut kopflos in dein Leben platzen, sondern mit einem Plan, mit gut vorbereiteten Worten und mit dem Ziel, dich davon zu überzeugen, dass es die Sache wert ist, ihr eine Chance zu geben.«

Jessy hüllte sich noch enger in sein Sakko, die Kälte war nun doch deutlich zu spüren. Er zog sie an sich, um sie in seiner Umarmung zu wärmen. Seine Lippen berührten sanft ihr vom Regen durchnässtes Haar. »Ich liebe dich, Jessy. Aber ich kann die Vergangenheit nicht ungeschehen machen. Ich kann nicht ändern, dass ich damals nichts unternommen habe. Dass ich nicht die Eier hatte, für dich einzustehen.« Sie spürte, wie er ein paar Mal schluckte.

»Seit Wochen schon ringe ich jeden Tag mit mir, weil ich dich so unbedingt sehen wollte. Ich bin wie ein liebeskranker Teenager abends am verschlossenen Modeladen vorbeigeschlichen. Einmal hatte ich den Mut und bin zu deiner Wohnung gefahren. Dort lebt jetzt ein Pärchen mit einem ziemlich bissigen Dackel.« Sein verkniffenes Gesicht verriet, dass er diese Erfahrung wohl am eigenen

Leib gemacht hatte. Er lächelte wieder, doch dieses Mal erreichte es seine Augen nicht. Die blieben ernst.

»Ich weiß, dass ich es wieder vermasselt hab, als ich nach Berlin abgehauen bin, aber ich möchte es jetzt richtig machen. Ich will nicht mehr weglaufen, Jessy.« Sie spürte, wie jeglicher Zorn von ihr abfiel. Ja, er war fortgelaufen, aber sie hatte ihn zuvor von sich gestoßen und dann nicht zurückgehalten. Ein Fehler, den sie nicht wiederholen wollte.

»Es ist sehr viel passiert in der Zeit, in der du fort warst«, sagte sie leise, und er wich ihrem Blick aus.

»Gibt es jemand anderen?« Er klang betreten. Sie schüttelte langsam den Kopf. Eine alberne Frage – es hatte nie jemand anderen gegeben.

»Nein, aber es gibt Umstände, die mich dazu gezwungen haben, mich mit der Endlichkeit auseinanderzusetzen«, sagte sie vage.

Er forschte in ihrem Gesicht nach einer Erklärung, doch sie würde ihm ein anderes Mal von Hanne erzählen. Nicht hier und jetzt im Regen in diesem tristen Hinterhof.

»Und wenn ich in diesem Jahr eines gelernt habe, dann, dass man nur ein Leben hat und dass Zeit zu wertvoll ist, um sie mit längst vergangenen Geschichten und alter Wut zu verschwenden.«

Sie stellte sich auf die Zehenspitzen und presste ihre kalten Lippen auf seine warmen. Durch den Stoff seines dünnen Hemdes hindurch konnte sie spüren, wie sein Herzschlag sich beschleunigte.

»Du hast mir auch gefehlt, jeden einzelnen Tag«, gestand sie lächelnd. Sie küssten sich erneut und standen dann lange einfach zusammen. Er hatte seine Arme um sie geschlungen und sein Kinn auf ihrem Scheitel abgelegt. Jessy atmete den Augenblick ein, ließ sich fallen in dieses unglaubliche Gefühl, ihn ohne Scham und Vorbehalte einfach zu lieben.

Irgendwann schlug in der Ferne die Kirchturmuhr. Lukas sah erschrocken auf seine Armbanduhr.

»Mist, ich bin spät dran. Ich muss zu einer Pressekonferenz ins Rathaus. Sehen wir uns heute Abend?«

Jessy nickte, unwillig, ihn schon wieder gehen zu lassen. Trotz der Kälte hätte sie noch Stunden so mit ihm dastehen können. Er fasste in die Innentasche seines Sakkos, das noch immer um ihre Schultern lag, und zog einen kleinen Notizblock und einen Stift heraus. Sie musste lächeln.

»Ein echter Journalist hat immer was zu schreiben dabei, wie es aussieht.«

Eilig notierte er ihr seine Adresse und seine Handynummer.

»Ruf mich an, dann hab ich deine auch. Noch mal bin ich nämlich nicht so blöd, ohne deine Nummer irgendwohin zu gehen.«

Er grinste, bevor er fortfuhr. »Ich koch später was für uns. Ich hoffe, du willst danach immer noch mit mir zusammen sein«, flachste er. Nach einem letzten Kuss, der mehr Hunger entfachte, als er stillen konnte, eilte er zurück in die Redaktion, um seine Tasche und die Kamera zu holen. Sie wusste, dass sie albern aussah, aber das breite Lächeln wollte sich einfach nicht wieder einfangen lassen.

Kapitel 53

Jessy parkte den Renault vor Lukas' Wohnung. Sie war zu früh dran, wollte jedoch nicht den Eindruck erwecken, dass sie es nicht mehr hätte abwarten können – auch wenn das durchaus der Wahrheit entsprach. Deshalb blieb sie noch eine Weile im Wagen sitzen und beobachtete mit klopfendem Herzen die Umgebung. Sein neues Zuhause befand sich in einem modernen Zweifamilienhaus mit hübschem Vorgarten, in dem noch einige Spätsommerblumen ihren letzten Kampf gegen den Herbst ausfochten.

Sie hatte den ganzen Tag an nichts anderes denken können als daran, ihn gleich wiederzusehen. Die Erstsemesterarbeiten lagen noch unangetastet auf ihrem Schreibtisch, was sie vermutlich am Wochenende bitter bereuen würde. Heute jedoch war es ihr egal. Als ihre kleine digitale Uhr am Autoradio endlich auf kurz nach halb acht sprang, stieg Jessy aus und rückte ihr Kleid noch einmal zurecht. Sie klingelte oben, wo sein Name handschriftlich mit einem Klebeetikett ergänzt worden war. Lukas drückte gleich auf den Summer, so als hätte auch er ungeduldig neben dem Türöffner auf diesen Moment gewartet. Jessy ging eine kleine Treppe hinauf, an deren oberen Ende er bereits erwartungsvoll stand. Ein Spültuch hing aus seiner

Hosentasche, und sein Hemd hatte ein paar verdächtige rote Spritzer. Noch bevor sie einen Gruß herausbekam, zog Lukas sie in seine Arme und küsste sie. Ein tiefer Kuss, der beide atemlos zurückließ. Jessy wusste nicht, ob sie sich je daran gewöhnen oder für immer in Flammen stehen würde bei seiner Berührung.

»Erwarte nicht zu viel. Ich wollte dich beeindrucken, aber ich glaube, die Tomatensoße ist versalzen, und die Nudeln sind mir gerade im Topf angebrannt.«

Jessy lachte. »Das erklärt auch das leicht rauchige Aroma, das dich umgibt.«

Er zog sie in seine Wohnung und half ihr aus der Jacke. In dem kleinen Flur stand eine alte Weinkiste, auf der ein Handyladekabel neben dem Internetrouter stand. Davor hatte er einen breiten Korbstuhl platziert. Auf der anderen Seite hing eine alte Holzgarderobe. Vom Flur aus ging es zu allen Zimmern ab. Geradeaus war die Küche, aus der es immer noch weniger nach Essen als nach Feuerwehreinsatz roch.

Er hatte einen kleinen Tisch dort gedeckt, in dessen Mitte zwei Kerzen standen, die noch nicht brannten. Lukas drückte Jessy ein Glas Wein in die Hand und goss sich selbst ebenfalls nach. Sie stießen an und tranken, wobei sein Blick aufmerksam auf ihr ruhte. Ein beredtes Schweigen breitete sich aus.

»Was hast du das ganze letzte Jahr denn getrieben?«, fragte Jessy plötzlich in die kleine Pause hinein. Sie hatte alle Mühe, ihre Frage neutral klingen zu lassen. Trotz ihrer Beteuerungen nahm ein kleiner Teil von ihr ihm sein erneutes Verschwinden noch immer ein wenig übel. Er sah in sein Weinglas hinab, als läge dort eine einfache Antwort. Dann lehnte er sich zurück und betrachtete sie.

»Ich habe versucht, dich zu vergessen«, sagte er, wobei ein Lächeln über seine Lippen huschte. »Ist mir nicht gelungen.« Nun war Jessy diejenige, die lächelte.

»Und dazwischen?«

»Als ich weg bin, habe ich zuerst ein paar Monate bei meinem Kumpel Max gewohnt. Er ist ein schrecklicher Chaot, aber ein guter Freund, wir waren zusammen in den USA, er ist aber im Gegensatz zu mir nach einem Jahr wieder nach Hause zurückgekehrt. Ich wusste nicht so recht, wie es weitergehen sollte. Zurück in mein altes Leben wollte ich nicht mehr – Amerika war einfach viel zu weit weg von dir. Ich habe von Berlin aus meine Zelte dort abgebrochen und hab von meinem Ersparten gelebt. Weil das Geld aber irgendwann zur Neige ging, bin ich eine Zeit lang Taxi gefahren, hab als Türsteher in einem Nachtklub gearbeitet und für einen Fahrradkurierdienst Essen ausgeliefert.«

Jessy musste lachen, während sie ihn sich in der orangen Montur von Lieferando vorstellte.

»Max war es dann, der mir eine Stelle als freier Mitarbeiter bei einem Berliner Szeneblatt beschafft hat. Ich habe ein paar ganz gute Geschichten geschrieben. Durch Zufall hab ich dann im Internet die Stellenausschreibung hier zu Hause gesehen und mich beworben. Zum einen wollte ich das Handwerk des Journalismus endlich von Grund auf lernen, und zum anderen war ich so wieder näher bei dir. Es schien mir insgesamt eine gute Gelegenheit.«

»Weißt du, Handys sollen einem in dieser Hinsicht das Leben mitunter erleichtern«, konterte Jessy.

»Ich Idiot hatte nicht mal deine Nummer. War aber vielleicht auch gut so. Wir scheinen beide Zeit gebraucht zu haben.«

Sie nickte nachdenklich. Lukas nahm sein Glas, und sie stießen an.

»Du solltest lieber schnell essen, ich glaube, kalt ist es noch ungenießbarer«, sagte er dann und nahm damit etwas von der Schwere, die sich im Raum ausbreiten wollte.

»Es schmeckt …« Jessy tat, als suche sie nach dem richtigen Wort. »… scheußlich!«, brach es schließlich aus ihr heraus, und sie mussten beide lachen.

»Tut mir leid, ich bin nicht gerade Jamie Oliver. Ich habe aber noch zwei Tiefkühlpizzen da.«

Jessy nickte dankbar, noch immer lachend. Sie warteten zusammen vor dem Backofen, bis der Teig sich bräunte. Danach gingen sie mit ihren Tellern ins Wohnzimmer. Auch hier hatte er nur das Nötigste eingerichtet. Trotzdem wirkte es nicht ungemütlich. Sie setzten sich vor das große graue Stoffsofa auf den Boden. Die Pizzen standen auf dem niedrigen Holztisch davor. Sie aßen und redeten und lagen sich hinterher satt und entspannt auf dem weichen dicken Teppich gegenüber.

Die Stimmung war so ruhig und friedlich, dass sie kurz zuckte, als er leise darum bat, etwas zu damals sagen zu dürfen. Der Gedanke, mit ihm durch die Zeit zu springen, versetzte Jessy immer noch leicht in Panik, aber sie wollte ihm die Chance nicht nehmen, sich zu erklären. Sie hatte versprochen, dass die Sache nicht mehr zwischen ihnen stehen würde. Als er etwas von ihr abrückte, wusste sie, dass es nun kein Zurück mehr gab.

»Nachdem dein Brief damals die Runde gemacht hatte, kam Rina mit dieser Idee, dir bei einem gefakten Date klarzumachen, dass du mich in Ruhe lassen sollst. Die Clique hielt es für einen lustigen Streich, ich fand den Plan da schon blöd, wollte aber nicht, dass irgendwer denken würde, mir läge was an dir.«

»Gott bewahre, der coole Lukas und die hässliche, unbeliebte Jessy«, sagte sie bitter.

Er schluckte, dann zuckte er entschuldigend mit den Schultern. »Siebzehnjährige sind leider mit Selbstzweifeln beladene Hornochsen. Und eigentlich wollte ich nur meine Ruhe haben. Ich konnte mit deinen Gefühlen nicht umgehen. Du hast mir mit dieser Intensität Angst eingejagt. Du warst damals schon so stark. Viel stärker als ich. Ich hätte mich zu diesem Zeitpunkt niemals getraut, jemanden so öffentlich und bedingungslos zu lieben.«

Er sammelte sich kurz, bevor er leise fortfuhr.

»Rina hat mir dann so lange zugesetzt, bis ich einwilligte. Beim Spaziergang im Park hast du mir zuerst leidgetan, aber da war noch etwas. Du warst anders, als ich erwartet hatte. Ich hatte das Gefühl, dass uns etwas verband. Ich mochte dich, da schon, und mir war klar, dass der Abend für dich nicht gut enden würde. Aber ich hab den Mund gehalten. Und auf der Feier war ich einfach nur entsetzt, als die Sache so aus dem Ruder lief.« Er seufzte. »Ich war wie gelähmt, Jessy. Dass mich zwei der Deppen festgehalten haben, während Micha und die anderen dich fertiggemacht haben, ändert nichts daran, dass es am

Ende des Tages meine Schuld war, was dir zugestoßen ist.«

Er blickte zu Boden, und sie konnte sehen, wie er mit sich rang, bevor er weitersprach. »Ich hätte dich da rausholen müssen. Ohne Wenn und Aber. Ich war ein verdammter Feigling, und es tut mir so unglaublich leid.«

Als er geendet hatte, hob er seinen Blick und sah sie eindringlich an. Jessy setzte sich auf und umschlang ihre Beine, wobei sie ihr Kinn auf ihre Knie legte.

»Du hast mir sehr wehgetan, Lukas. Ich weiß aber auch, dass ich damals völlig über die Stränge geschlagen habe mit meiner Verliebtheit. Du warst, glaube ich, nur eine Projektionsfläche für alles, was mir im Leben fehlte. Ich war einfach einsam und unglücklich, und dafür bist du nicht verantwortlich. Das war ich schon lange, bevor du auf der Bildfläche aufgetaucht bist.«

Er starrte sie schweigend an. Dann, ganz langsam, griff er nach ihrer Hand und schob den Ärmel nach oben. Seine Augen verließen nicht einen Augenblick ihr überraschtes Gesicht, als er ihr Handgelenk vorsichtig zu seinem Mund führte und einen kaum spürbaren Kuss auf die blasse Narbe hauchte, die Vergangenheit und Gegenwart verband. Als sie nicht zurückwich, wurde er mutiger und ließ seine Zunge langsam über die zarte Haut gleiten. Jessys Herz hämmerte wie wild gegen ihre Rippen, während ihr der Atem stockte. Obwohl es ihr Handgelenk war, das er küsste, spürte sie seine Berührung wie ein Echo auf ihren Lippen, der Widerhall kitzelte sie tief im Bauch.

»Lass uns ein neues Kapitel schreiben«, flüsterte sie und schlug gedanklich in dem dicken Buch eine frische weiße Seite auf. Er lächelte, während er sie sanft auf seinen Schoß zog und küsste, spielerisch und verzweifelt zugleich.

»Ich will dir etwas zeigen«, flüsterte er irgendwann an ihren Lippen und zog sie vom Boden hoch. Küssend befreiten sie einander Stück für Stück von ihren lästigen Klamotten und stolperten dabei durch den Flur zu seinem Schlafzimmer. Und dann standen sie vor dem übergroßen Doppelbett.

»Ich habe ein Déjà-vu«, sagte Jessy lachend und zeigte mit dem Kopf auf das Bett.

»Ich konnte mich nicht davon trennen, es hat mich an dich erinnert«, gestand er, und seine Stimme klang rau. Er ließ sich auf die Matratze sinken und zog sie mit sich herunter, sodass er nun auf dem Rücken lag und sie auf ihm. Nichts war mehr zwischen ihnen. Jessy genoss das Gefühl, ihm so nahe zu sein. Sie wusste nicht, wo sie endete und er anfing, wusste nur, dass sie niemals genug von ihm bekommen würde.

»Ich glaube, ich habe noch nie jemanden mehr gewollt als dich«, gestand er atemlos. Mit einer einzigen Bewegung hatte er sich mit ihr im Arm gedreht, sodass er nun auf ihr lag, wobei er sich auf den Ellbogen abstützte, um sie nicht zu erdrücken.

»Dito«, flüsterte sie, bevor sie ihn so leidenschaftlich küsste, dass sie spüren konnte, wie sein Herz aufgeregt gegen seinen Brustkorb schlug. Sie hörte sein tiefes, kehliges Stöhnen und fühlte sich mächtig und verletzlich zugleich, als er endlich sanft in sie eindrang. Die Wellen in ihrem Bauch bauten sich auf, um sich in einer alles auslöschenden Explosion zu brechen, genau in dem Moment, in dem er ebenfalls mit ihrem Namen auf den Lippen kam.

Erschöpft lag sie danach in seinem Arm. Seine Hand glitt träge und zärtlich in kreisenden Bewegungen über ihre Schulterblätter. Sie spürte seine Wärme und seinen ruhigen, gleichmäßigen Atem unter sich und empfand in diesem einen Augenblick vollkommenes Glück.

Als plötzlich ihr Handy klingelte, schob sich Jessy deshalb nur unwillig von ihm und tastete in der Dunkelheit nach ihren Sachen, die verstreut auf dem Boden lagen. Sie zog eilig sein Shirt über, weil es das Erste war, das sie zu fassen bekam. Dann schlich sie auf Zehenspitzen zum Flur, um dort nach ihrer Tasche zu suchen, in der das Handy steckte.

Das Klingeln wurde lauter, als sie ihr iPhone aus den Untiefen ihres Beutels hervorzog, der an der Garderobe gehangen hatte. Ein ungutes Gefühl beschlich sie. Fast wie im Film, wenn plötzlich unheilvolle Musik einsetzt, die davon kündet, dass gleich etwas Schreckliches passieren wird. Jessy zitterte, sie musste dreimal den Namen lesen, bevor sie mit klopfendem Herzen die grüne Taste drückte, um das Gespräch anzunehmen.

»Joachim?« Sie klang zu hoch, zu schrill.

»Jessy, sie haben sie gerade ins Krankenhaus gebracht, sie hat keine Luft mehr bekommen. Es sieht nicht gut aus. Ich bin schon unterwegs und wollte nur kurz Bescheid sagen. Sie liegt im Marienkrankenhaus, bis gleich.« Damit hatte er aufgelegt.

Zitternd hockte Jessy in der Dunkelheit, die Arme um sich geschlungen, das Handy noch umklammert. Sie spürte den Kloß, wie er ihr langsam die Luft abdrückte. Ein würgender Laut kam aus ihrer Kehle. Plötzlich war Lukas bei ihr. Sie hatte ihn nicht kommen gehört. Er hatte sich nur schnell eine Jeans übergezogen.

»Jessy, was ist?« Er bückte sich und legte ihr unsicher eine Hand auf die bebende Schulter. Wieder entrang ihr ein Laut. Er klang wie von einem Tier, das man angefahren und halb tot am Straßenrand liegen gelassen hatte. Lukas ließ sich neben sie fallen, zog sie in die Wärme seiner Umarmung und hielt sie fest. Sein Herz schlug an ihrem Ohr im Rhythmus ihrer eigenen aufkeimenden Panik.

»Sie haben sie ins Krankenhaus gebracht. Ich muss da hin, ich muss sofort los.«

Wie in Trance schob Jessy ihn fort, verließ die Sicherheit seiner Arme und begann gleich wieder zu zittern.

»Wen, Jessy? Wen haben sie ins Krankenhaus gebracht?«

Sie starrte ihn an wie durch eine Wand aus Nebel.

»Hanne, meine Schwester.«

Kapitel 54

Lukas hatte angeboten, Jessy zu fahren, doch sie lehnte ab.

»Ich fahr selbst, das ist eine Familienangelegenheit.«

Er trat einen Schritt von ihr weg, sich deutlich bewusst, dass sie ihn mit diesen Worten ausgeschlossen hatte.

»Du bist viel zu aufgewühlt, ich lass dich so nicht fahren.« Er kam ihr nach, während sie durch die Wohnung huschte und Stück für Stück wieder in ihre Kleidung und damit in die bittere Realität schlüpfte. Er war ihr ins Schlafzimmer gefolgt und hielt sie nun am Arm fest.

»Warum willst du nicht, dass ich dich fahre?«, fragte er verzweifelt, doch sie konnte keinen klaren Gedanken fassen und nur an Hanne denken.

»Ich muss zu ihr, ich muss zu meiner Schwester«, stieß Jessy panisch aus und versuchte, auf einem Bein hüpfend, in ihren Schuh zu kommen. Er hob die Hände.

»Schon gut.« Er klang ratlos. Jessy machte einen kleinen Bogen um ihn. Sie konnte nicht anders, sie verspürte plötzlich Schuldgefühle. Wie hatte sie den glücklichsten Abend ihres Lebens haben können, wo ihre Schwester mit dem Tod rang? Was, wenn Hanne nun starb und sie sie nicht mehr sehen würde?

»Lass mich mitkommen«, bat er mit Nachdruck, während er in einen Pullover schlüpfte. Jessy musste daran denken, dass gleich vermutlich die ganze Familie im Krankenhaus sein würde, und ihr fehlte sowohl die Kraft, ihm alles zu erklären, als auch den anderen beizubringen, wer ihr Begleiter war. Vehement schüttelte sie den Kopf und strebte zur Haustür.

»Dann lass mich wenigstens ein Taxi rufen. Du hast eben Wein getrunken«, sagte er, während er sie im Hausflur eingeholt hatte und ihr nun den Weg zur Tür mit seinem Körper versperrte. Jessy stand einen Augenblick unschlüssig da. Dann nickte sie. Zehn Minuten später klingelte es. Sie war Lukas in diesen Minuten aus dem Weg gegangen, hatte sich viel Zeit gelassen, um sich im Bad etwas zu richten. Nun stürmte sie an ihm vorbei Richtung Ausgang. Er bekam gerade noch ihren Ellbogen zu fassen.

»Kann ich dich nachher anrufen?« Sein Ton war neutral, seine Augen verrieten allerdings seinen Aufruhr.

»Ich ruf *dich* an«, sagte sie kurz, bevor sie die Wohnungstür zuschlug, die Treppe runterrannte und ins Taxi stieg.

Sie legte sich einen Arm über die Augen und versuchte, ihre wirren Gedanken und Gefühle zu ordnen. Viel zu schnell hielt der Wagen vor dem roten Backsteinbau, in dem Jessy vor einem Jahr ebenfalls eine Nacht verbracht hatte, nach dem unglücklichen Zusammentreffen mit dem Typen in der Bar. Lukas drängte sich sofort in diesen Gedanken, doch sie schob ihn zur Seite und fokussierte sich wieder auf Hanne. Sie war alles, was im Moment zählte.

Wortlos drückte sie dem Fahrer das Geld in die Hand und stieg aus. Sie kannte den Weg noch gut, sogar die gleiche Empfangsdame saß gelangweilt hinter der Plexiglasscheibe, diesmal in einen Roman vertieft, dessen Titelblatt einen muskulösen Krieger zeigte, der eine blasse blonde Schönheit schmachtend in seine Arme zog.

Jessy klopfte gegen das Glas, denn die Dame schien so von den Zeilen gefesselt, dass sie die verstörte junge Frau, die dort ihr Gesicht an die Scheibe presste, gar nicht bemerkt hatte. Unwillig tauchte sie aus ihrer Romanwelt auf und hob den Blick in Jessys Richtung.

»Ja?«, fragte sie barsch.

»Ich will zu Hanne Kramer«, sagte sie und klang atemlos, obwohl sie nicht mal gerannt war. Der Blick der Empfangsdame wurde weicher.

»Sind Sie eine Angehörige?«, fragte sie freundlicher. Jessy nickte nur, sie hatte merklich Mühe, die nächsten Worte um den Kloß herum herauszupressen.

»Sie ist meine Schwester.«

Die Augen der Empfangsdame ruhten nun mitleidig auf Jessy. »Sie liegt auf Zimmer 231, Intensivstation. Sie müssen klingeln. Es darf immer nur ein Besucher zur selben Zeit hinein.«

Jessy nickte und lief den langen, um diese nachtschlafende Zeit nur notbeleuchteten Gang hinab, der zu den Fahrstühlen führte. Die Intensivstation lag im dritten Stock. Als sich die Türen mit einem leisen Rauschen vor ihr auftaten, sah sie am Ende des Ganges bereits einen Teil ihrer Familie. »Jessy!«, rief Mone, sprang auf und kam ihr entgegen. Tränen liefen ihr übers Gesicht, sie fiel ihrer kleinen Schwester in die Arme, und obgleich sie vermutlich Jessy hatte trösten wollen, war es nun genau andersherum.

»Wo ist Joachim?«, fragte Jessy nach einer Weile und schob den blonden Schopf ihrer Schwester von sich.

»Er ist bei ihr, es geht ihr sehr schlecht. Sie hat seit ein paar Tagen eine dicke Erkältung. Die Ärzte sagen, dass ihr Körper nicht mehr in der Lage sei, den Schleim abzuhusten. Letzte Nacht hat sie hohes Fieber bekommen und starke Luftnot.«

Mone brach ab und wischte sich wieder eine Träne aus dem Augenwinkel. Robert kam zu ihnen und legte nun beschützend einen Arm um seine Frau. Sie lehnte sich an ihn und teilte ihren Schmerz. Jessy beneidete ihre Schwester in diesem Augenblick, um ihre Tränen und um die Selbstverständlichkeit, die in dieser simplen Geste zwischen den beiden lag.

»Und Mama?«

Mone wischte sich kurz die Nase an Roberts Hemdärmel. Er lächelte sanft. »Sie ist mit Berthold bei den Jungs geblieben, Joachim wollte die Kinder nicht wecken und beunruhigen.«

Jessy ließ sich erschöpft auf einen der unbequemen Stühle im Wartebereich fallen. Robert kam und drückte ihr einen Kaffee in die Hand. Sie trank einen Schluck, obwohl er bitter war und den faden Beigeschmack von Plastik trug.

Die Nacht kroch in einen grauen, unfreundlichen Morgen. Langsam kam Leben in die gespenstische Stille des Krankenhauses. Schwestern eilten über die Gänge, um die

Nachtschicht abzulösen, Patienten wurden in Betten aus Zimmern gebracht oder schlurften, an Infusionsständer gekettet, über den abgetretenen Boden. Jessy hasste Krankenhäuser. Sie hasste ihren Geruch nach Desinfektionsmitteln und Krankheit. Gegen halb acht kam Joachim aus Zimmer 231. Er sah um Jahre gealtert aus. Zum ersten Mal fiel Jessy auf, dass sein sonst noch dunkles Haar an den Schläfen nun fast grau war. Unter seinen Augen lagen tiefe Schatten, und um seinen Mund herum und auf der Stirn hatten sich tiefe Furchen in seine noch vom Sommer gebräunte Haut gegraben.

»Sie ist stabil, es besteht im Moment keine akute Gefahr«, sagte er, und die Erleichterung raubte Jessy die Kraft, von ihrem Plastikstuhl aufzustehen. Robert war zu seinem Schwager getreten und hatte ihm nun ebenfalls einen Kaffee in die Hand gedrückt. Er klopfte ihm freundschaftlich auf die Schulter. Joachim trank und verzog angewidert das Gesicht.

»Willst du mich vergiften?«, fragte er, und alle lachten kurz. Ein komisches Lachen, denn es entließ etwas der Anspannung aus ihren Köpfen und machte gleichzeitig Platz für die Schuld, die sich sofort dort einnistete und bohrend zu fragen schien, wie man jetzt nur lachen konnte.

Joachim hatte in der Firma angerufen und sich freigenommen. Er wollte nach Hause, um Helga abzulösen und bei den Kindern zu sein, wenn diese wach wurden. In die Runde fragte er, ob jemand hierbleiben könnte, für den Fall, dass Hanne aufwachte. Sie hatten sie sediert, weil sie so panisch gewesen war in ihrer Not zu ersticken. Da es eine Patientenverfügung gab, in der Hanne sich für lebenserhaltende Maßnahmen entschieden hatte, war eine Tracheotomie durchgeführt worden, damit Hanne künstlich beatmet werden konnte. Joachim hatte geschildert, dass der Eingriff gut verlaufen sei und sie nun durch einen Schlauch beatmet wurde. Das Bild ging Jessy nicht aus dem Kopf, sie schluckte schwer, doch nickte. »Kleinschmidt ist bis zum Wochenende unterwegs auf einer Tagung. Niemand wird es bemerken, wenn ich nicht allein und verloren im Vorzimmer zu seinem Büro hocke, um Arbeiten zu korrigieren.«

Joachim sah sie erleichtert an.

»Danke dir. Du kannst sicher gleich rein, im Moment ist Visite.«

Mone drückte sie an sich und versprach, sie gegen Mittag, wenn ihre Aushilfe kam, abzulösen. Robert küsste ihre Stirn, und dann waren alle fort und Jessy allein mit der Angst und der Verantwortung, Hanne zu beruhigen, wenn sie aufwachte.

Sie ließ sich wieder auf den unbequemen Stuhl fallen und starrte die Wand an. Jemand hatte einen geschmacklosen Kunstdruck aufgehängt, eine Blumenwiese mit grellrotem Klatschmohn und bunten Schmetterlingen. Die vielen Farben sollten wohl den sterilen Eindruck aus den einsamen, langen Gängen vertreiben, doch irgendwie unterstrich dieses überfrachtete Bild die Wirkung der kalten, weiß-grau-grün getünchten Umgebung noch. In Jessys Umhängetasche piepste ihr Handy. Gleich auf dem Display sah sie die Anzeige von Lukas' WhatsApp-Nachricht. Sie atmete tief und zittrig ein.

Jessy starrte blicklos auf die Nachricht. Sie wusste, dass er sich um sie sorgte, dass er wissen wollte, was in ihrem Leben gerade geschah, aber wie sollte sie Hannes Schicksal in einer kurzen Nachricht ausdrücken?

Noch während sie darüber nachgrübelte, was sie ihm antworten sollte, ging die graue Schiebetür auf, und ein Team von Ärzten verließ die Intensivstation. Ihnen folgte ein Pfleger etwa mittleren Alters mit der Statur eines Boxers. Er hatte kurz geschorenes Haar und einen Dreitagebart. Der Blick aus seinen müden Augen kam freundlich auf Jessy zum Ruhen.

»Lange Nacht?«, fragte er voller Anteilnahme. Jessy nickte, während sie das Handy wieder in ihre Tasche gleiten ließ, ohne ihm geschrieben zu haben. »Es geht ihr schon besser. Wir haben ihr eine Trachealkanüle gelegt, damit kann die Luftröhre freigehalten und der Schleim besser abgesaugt werden.«

Er schaute Jessy an, die blass geworden war.

»Ich erkläre Ihnen das, damit Sie nicht erschrecken. Der Anblick ist vielleicht erst einmal gewöhnungsbedürftig.«

Er berührte freundlich ihre Schulter und fuhr fort.

»Mit der starken Antibiose IV, also über einen Tropf, haben wir das Fieber gut in den Griff bekommen. Ich denke, wir können sie morgen auf die normale Station verlegen und in ein paar Tagen nach Hause entlassen.«

Der Pfleger ging. Jessy blickte seinem breiten Kreuz nach. Eigentlich hätte sie erleichtert sein sollen, aber das Einzige, das ihr im Kopf herumging, war *dieses Mal noch.*

Kapitel 55

Lukas hatte nicht mehr schlafen können nach ihrem hastigen Aufbruch. Er wälzte sich herum, sein Blick fiel auf den Wecker. Erst halb sechs. Er musste vor halb neun nicht in der Redaktion sein. Das Tagesgeschäft begann meist erst gegen elf, nachdem die Mails und die Post gesichtet, die Themenkonferenzen samt Blattkritik erledigt waren und einer von ihnen mit dem Haupthaus in der Telefonschalte die überregional relevanten Themen für den morgigen Tag besprochen hatte. Dafür wurde es abends oft länger. Es war ein Rhythmus, der ihm zupasskam. Nur heute hätte er sich gewünscht, schon früher loszukönnen, sich abzulenken und nicht dauernd auf sein Handydisplay zu starren in der unsinnigen Hoffnung, dass er das Piepen einfach überhört hätte. Gegen kurz vor acht stand er auf und ging duschen. Er aß im Stehen ein Müsli mit Orangensaft, weil die Milch sauer geworden war.

Bevor er aufbrach, entschloss er sich, ihr noch einmal eine Nachricht zu schreiben.

Lass mich bitte für dich da sein.

Als er das Handy in seine Jackentasche schob, hatte er das ungute Gefühl, dass er auch hierauf keine Antwort bekommen würde.

Kapitel 56

Als Jessy die Klingel drückte und darauf wartete, dass man sie auf die Intensivstation lassen würde, spürte sie, wie sich ihr ganzes Inneres zusammenkrampfte. Als sie eintrat, registrierte sie zuerst Hannes mageren Körper, der dort in diesem unendlichen Weiß lag. Überall waren Schläuche, ein Monitor überwachte ihre Vitalfunktionen. Sie hatte müde die Augen geöffnet, das Lächeln, das sie ihr schenken wollte, blieb auf halbem Weg stecken. Jessy betrachtete die gespenstische Szene wie ein Polaroidbild, auf dem die Konturen nur langsam schärfer wurden. Sie bemerkte erst nach und nach die Kleinigkeiten, die zufällig mit festgehalten wurden für die Ewigkeit, und wusste, dass ihre Erinnerungen an ihre wunderschöne, lebenslustige Schwester von nun an für immer von diesem einen Bild überdeckt sein würden. Der Gedanke machte sie noch trauriger.

Unbeholfen tätschelte Jessy Hannes magere Hand, darauf bedacht, nicht an den Zugang zu stoßen, durch den das Antibiotikum immer noch hoch dosiert aus dem Infusionsbeutel in sie hineinlief. Eine einzelne Träne war auf Hannes Wange heruntergelaufen. Jessy trat auf sie zu und wischte sie ihr mit dem Ärmel ihres Pullovers ab.

»O Hanne«, flüsterte sie und ließ sich auf einem kleinen Hocker nieder, der neben dem Bett stand. Immer wieder tupfte sie mit Papiertüchern den Speichel ab, der aus Hannes Mund rann, während sie am liebsten ihre Ohren vor dem stetigen Gurgeln verschlossen hätte, welches von dem Schlauch stammte, der nun in Hannes Hals endete und sie mit der Maschine verband, die sie am Leben hielt. Jessy ergriff Hannes Hand und strich beruhigend mit dem Daumen über den Handrücken, bis diese irgendwann erschöpft die Augen schloss. Jessy legte Hannes Arm sanft zurück auf die Bettdecke, darauf bedacht, sie nicht aufzuwecken. Erleichtert, dass Hanne wenigstens im Schlaf etwas Frieden fand, schlich sie aus dem Krankenzimmer.

Vor dem Krankenhaus lehnte sie sich ausgelaugt an die raue Mauer des roten Backsteinbaus und starrte in den trüben Herbstmorgen, als ihr Handy in ihrer Hosentasche vibrierte. Sie las seine Nachricht und musste lächeln, weil sich eine plötzliche Wärme in ihrem eisigen Inneren breitmachte. Obwohl er nicht bei ihr war, fühlte sich Jessy nicht mehr so allein gelassen. Trotzdem wusste sie nicht, was sie ihm zurückschreiben sollte.

Nach ein paar Versuchen, die alle profan und albern klangen, brach sie ab und steckte das Handy weg, das sogleich wieder vibrierte. Sie erwartete fast, erneut eine Nachricht von Lukas zu sehen, doch der Text war dieses Mal von Joachim. Er bat sie, Vincent von der Schule abzuholen, da er noch einige Dinge zu erledigen hatte. Leander würde über Mittag im Kindergarten bleiben. Jessy sah auf die Uhr. Sie würde sich beeilen müssen, schließlich war es noch ein gutes Stück bis hinaus in das kleine Dorf, in dem

Hannes Familie lebte und wo sich auch die Grundschule befand.

Um fünf nach zwölf parkte sie ihren Renault auf dem kleinen Schotterparkplatz gleich gegenüber dem Flachdachbau, der die Schule beherbergte. Sie sah die schmale Gestalt ihres Neffen schon von Weitem. Er stand vor dem großen Schultor, die Busse mit seinen Freunden setzten sich gerade in Bewegung. Er sah so klein und verloren aus, wie er dastand und seinen blauen Ranzen mit den Dinosauriern vor sich hielt. Als Jessy näher kam, sah sie, dass er verletzt war. Ihr Herz begann zu rasen.

»Vinni, was ist dir denn passiert?«, rief sie, noch während sie auf ihn zulief. Er drehte sich von ihr weg. Hinter ihm tauchte eine junge dunkelhaarige Frau auf, die Jessy mit besorgter Miene erwartete.

»Hallo, ich bin seine Tante, ich soll ihn heute abholen, mein Schwager ist verhindert«, sagte Jessy und hoffte, dass Joachim auch Bescheid gesagt hatte und man ihr nicht die Mitnahme verweigerte. Die Frau lächelte kurz, bevor ihre Augen erneut besorgt dreinblickten.

»Ich bin Frau Ludger, Vincents Klassenlehrerin.«

Jessy schüttelte ihr die Hand und zog Vincent dann zu sich, um sich die Bescherung von Nahem zu besehen.

»Er hat sich geprügelt, eben, gleich nach Schulschluss. Er will mir aber nicht sagen, warum er auf den anderen Jungen so losgegangen ist«, sagte Frau Ludger mit einem traurigen Unterton.

»Es ist sicher alles nicht leicht gerade«, flüsterte sie nun mehr in Jessys Richtung. Jessy schwieg. Was sollte sie darauf auch sagen? Sie versprach, die Sache zu Hause mit

Joachim zu besprechen, und zog ihren Neffen mit sich. Ein Stück hinter dem Schultor blieben sie stehen.

»Das wird ein sattes Veilchen geben, mein Großer«, stellte sie mit aufgesetzter Fröhlichkeit fest und strich ihm sanft übers Haar. »Magst du darüber reden?«, fragte sie vorsichtig und betrachtete sein Auge, das dabei war zuzuschwellen.

Er schwieg beharrlich. Wenn er nur ein bisschen wie Hanne war, brauchte sie im Moment nicht weiter zu bohren. Mit einem Seufzer nickte sie und dirigierte ihn dann zu ihrem Auto.

»Was hältst du von McDonald's?«, fragte Jessy mit weit mehr Enthusiasmus, als sie verspürte. Er zuckte mit seinen schmalen Schultern, was sie als Einwilligung auffasste. Sie steuerte das Schnellrestaurant an, um eine Juniortüte und einen Burger am Durchfahrtschalter zu besorgen. Danach fuhren sie nach Hause.

Joachim hatte einen Schlüssel für sie unter der Fußmatte deponiert. Sie aßen schweigend, und Jessy legte sich im Anschluss zu Vincent aufs Sofa und kühlte sein Auge mit einer Packung gefrorener Erbsen.

»Ich hoffe, der andere sieht noch schlimmer aus«, flüsterte sie ihm ins Ohr und wartete, ob ihre Worte eine Tür bei ihm öffneten.

»Nasenbluten«, gestand er leise.

»Willst du es mir erzählen?«, nahm sie noch einmal einen vorsichtigen Anlauf.

Er stieß ein wütendes Schnauben aus. »Der Jonas Weber ist ein blöder Idiot, der darf so was nicht über Mami sagen.«

Ein ungutes Gefühl beschlich sie.

»Was hat er denn gesagt?«, hakte Jessy nach.

»Er hat gesagt, dass Mami bald tot und im Himmel ist und ich dann Halbwaise wäre.«

Seine junge Stimme bebte vor Wut.

»Das darf er doch nicht sagen, Jessy, oder? Niemand darf so was sagen über Mami.«

Jessy kuschelte sich von hinten an seinen kleinen Rücken, mehr um selbst Trost in seiner kindlichen Wärme zu finden, als ihn trösten zu können. Er rückte jedoch ein Stück weg und drehte sich zu ihr um.

»Muss Mami sterben, Jessy?«, fragte er und blickte sie mit seinen großen Augen an. Die Angst in seinem Ausdruck brach ihr fast das Herz. Jessy wusste, was er hören wollte. Dass das alles Quatsch sei, dass es seiner Mami bald wieder gut gehen würde und dass dieser Jonas Weber nur ein armseliger kleiner Wicht war. Doch das konnte sie ihm nicht sagen. Sie konnte ihm nicht ins Gesicht lügen. Jessy blickte zu Boden, atmete tief durch und straffte ihre Schultern. Dann sah sie ihn wieder an.

»Deine Mami ist sehr schwer krank, Vinni, und sie wird nicht wieder gesund werden.« Er weinte nicht. Er starrte sie nur durchdringend an mit diesen Augen, die nicht mehr die eines Kindes waren.

»Das wusste ich schon, aber sag's Leander nicht, der ist noch zu klein«, sagte er dann leise und glitt neben ihr vom Sofa, um seine Hausaufgaben zu machen. Jessy beobachtete ihn besorgt, wartete, ob ein Zusammenbruch kommen würde. Doch der blieb aus. Völlig ruhig setzte er sich an den kleinen Schreibtisch, Benno zu seinen Füßen, und begann, den Buchstaben O mit vor Konzentration gerunzelter Stirn nachzumalen.

»Ich bin fertig, ich geh jetzt raus spielen«, sagte er kurze Zeit später, und Jessy sah vom Fenster aus, wie er immer wieder einen Fußball gegen das Garagentor trat. Das stete Bollern kam ihr vor wie unheilvolles Donnergrollen.

Joachim kam gegen Nachmittag mit Leander aus dem Kindergarten.

»Hallo, Tante Jessy«, krähte der Kleine und wackelte an ihr vorbei in Richtung seines Bruders, der mittlerweile auf der Schaukel saß und sich so hoch hangelte, dass es sie schwindelte.

»Ich weiß schon Bescheid, Frau Ludger hat mich angerufen«, sagte Joachim, noch bevor Jessy mit ihrem Bericht beginnen konnte. Er sah sie an, seine Augen waren leer, müde, ausgebrannt. Er fuhr sich mit der Hand übers Gesicht.

»Er ist in letzter Zeit häufig auffällig in der Schule. Er streitet sich, macht oft keine Hausaufgaben, und jetzt das mit der Prügelei.«

Jessy legte ihm die Hand auf den Arm.

»Er hat mich gefragt, ob Hanne sterben wird.«

Ihre Stimme brach bei den letzten Worten.

»Wir haben es ihm nicht so explizit gesagt, aber er ist ein schlauer Junge. Er sieht, was vor sich geht«, sagte ihr Schwager mehr zu sich selbst als zu ihr. Joachim sah zu seinen Söhnen hinüber, die sich gerade völlig selbstvergessen in die Äste des Apfelbaumes schwingen ließen. Benno jagte aufgeregt unter der Schaukel hin und her. Es war ein so friedliches Bild.

»Ich wünschte, wir könnten genau jetzt die Pausentaste drücken«, flüsterte Jessy. Joachim sah sie traurig an.

»Ich habe schon lange aufgehört, mir etwas zu wünschen.«

Kapitel 57

Der Tag hatte Jessy alle Kraft gekostet. Sie fühlte sich wie eine alte Frau. Jeder Schritt fiel ihr schwer, ihr Kopf war gleichsam schwer und wie aus Watte, voller dunkler Gedanken und doch nicht in der Lage, sie durchzudenken. Sie parkte in der Tiefgarage und ging langsam durch den nebeligen Abend hinüber zum Wohnheim. Schon von Weitem sah sie ihn auf den kalten Stufen hocken.

»Hey«, sagte Lukas leise, als sie vor ihm stand. Jessy ließ sich neben ihm auf der Treppe nieder.

»Hey«, gab sie mit einem schiefen Lächeln zurück. Sie war ihm eine Erklärung schuldig, doch sie wusste nicht, wo sie beginnen sollte. Mit einem Seufzer lehnte sie sich an seine Schulter.

»Du hast mir nicht geantwortet.« Kein Vorwurf, nur eine Feststellung.

»Tut mir leid, es war ein höllischer Tag«, wisperte sie und schloss müde die Augen. Allein seine Anwesenheit spendete ihr Trost. Er ließ sie noch eine Zeit geduldig schweigen, sodass sie irgendwann die Kraft fand, ihm alles zu erzählen.

»Das tut mir unendlich leid, Jessy. Es muss für euch alle schlimm sein.«

Sie nickte traurig.

»Am schlimmsten aber für Hanne.«

Sie schwiegen danach, die schlichte Erkenntnis machte weitere Erklärungen überflüssig.

»Kann ich mit reinkommen?«, fragte er, als sie aufstand und Richtung Tür ging.

»Heute besser nicht. Ich muss erst einmal mit allem klarkommen«, sagte Jessy und steckte mit zitternder Hand den Schlüssel ins Schloss. Er nickte, sein Blick war fest auf die grauen Steinstufen geheftet.

»Ich stehe dazu, was ich dir geschrieben habe, Jessy. Ich bin da, wenn du mich brauchst, ich werde nicht mehr davonlaufen.«

Sie nickte stumm und verschwand schnell hinter der Tür, die sie endlich aufbekommen hatte.

»Ich liebe dich.« Die letzten Worte hatte sie von seinen Lippen gelesen durch die Scheiben der Glastür, bevor er sich von ihr fortdrehte und in der nebeligen Nacht verschwand.

Kapitel 58

Helga war müde und ausgelaugt auf dem Sofa eingeschlafen. Als sie wach wurde, bemerkte sie, dass jemand ihr eine Wolldecke übergelegt und das Licht gelöscht hatte. Sie stand auf und ging ins Schlafzimmer, wo Berthold auf ihrem Bett lag und ein Buch las.

»Du hast so fest geschlafen, ich wollte dich nicht wecken.« Er grinste. »Und ich bin zu alt, um den romantischen Helden zu spielen und dich ins Bett zu tragen, das machen meine Bandscheiben nicht mehr mit.«

Helga erwiderte sein Lächeln, doch sogleich zeichnete die Sorge wieder einen dunklen Schatten auf ihre Züge.

»Möchtest du darüber reden?«, fragte er und rückte auf, um ihr Platz zu machen. Helga schlüpfte aus ihrem alten Morgenmantel und legte sich neben ihn.

»Eigentlich könnte Hanne morgen entlassen werden, aber es findet sich partout kein Pflegedienst, der auf dauerbeatmete Patienten geschult ist und eine Vierundzwanzig-Stunden-Betreuung zusichern kann. Die wenigen, die diese Art im Angebot haben, sind ausgebucht und haben lange Wartelisten.«

Sie seufzte schwer. »Sie haben viel zu lange gezögert, um sich um solche Dinge zu kümmern. Hanne hat so verzweifelt an ihrem alten Leben festgehalten, hat keinerlei Vorkehrungen getroffen, sodass sich nun ein ganzer Haufen Probleme aufgetürmt hat. Allein die Sache mit den Umbauten. Wie soll das alles jetzt so schnell gehen? Ich weiß, dass Hanne es hasst, im Krankenhaus zu sein, und jetzt können wir sie nicht heimholen.«

Berthold strich ihr liebevoll über die Haare.

»Es wird sich eine Lösung finden, Helga. Joachim streckt doch schon die Fühler aus und organisiert.«

Helga schossen die Tränen in die Augen.

»Ich will aber nicht, dass sie noch mehr leiden muss als so schon.«

Er ließ sie weinen, und als sie sich beruhigt hatte, löschte er das Licht.

»Hast du den Wunsch zu trinken, jetzt, in diesem Augenblick?«, flüsterte er in die Dunkelheit.

Sie schwieg einen Moment, doch dann schüttelte sie den Kopf. »Nein, ich habe nur den Wunsch, meinen Kindern endlich eine gute Mutter zu sein, und sieh, wie nutzlos ich bin.«

Sie war wütend auf sich selbst, auf all die verlorenen Jahre, die ihr durch die Finger geglitten waren. Zeit, die sie mit Hanne nun nicht mehr hatte.

»Glaub mir, du bist eine gute Mutter, und du wirst einen Weg finden, um ihr beizustehen«, sagte er entschieden, bevor er sie noch fester in seine Arme zog.

Kapitel 59

Bevor Hanne entlassen wurde, war klar, dass Joachim endlich weitere Änderungen im Haus würde vornehmen lassen müssen. Er hatte sich lange gesträubt, hatte sie zunächst jeden Abend die Treppe hochgetragen und jeden Morgen wieder hinunter. Immerhin hatte sie irgendwann einem Treppenlift zugestimmt. Doch der stetig wachsende Bedarf an Pflege laugte ihn körperlich aus. Dazu kam die psychische Erschöpfung, die damit einherging, seiner Frau hilflos beim Sterben zusehen zu müssen. Das alles hatte in den vergangenen Monaten stark an ihm gezehrt. Er hatte Rückenprobleme und Herzrhythmusstörungen, er schlief schlecht und war unkonzentriert. Und nun konnte er sie ohnehin nicht mehr allein versorgen. Es musste eine Lösung gefunden werden – für alle.

Somit gingen nun ein Schreiner und ein Trockenbauer beherzt daran, das Wohnzimmer zu teilen, um ein neues Zimmer für sie zu schaffen. Joachim hatte das Gefühl, dass sein altes Leben endgültig hinter der neuen Wand verschwand, die der Trockenbauer so ahnungslos vor sich hin pfeifend einzog.

Es dauerte keine Woche, das Pflegezimmer einzurichten. Er hatte vom Schreiner ein größeres Fenster einbauen lassen, damit Hanne den Garten gut sehen konnte. Das Zimmer war schön gestrichen in einem freundlichen Gelb, die Kinder hatten Bilder gemalt, mit denen er die Wände dekorierte, und er hatte überall Blumen aufgestellt, um den Geruch der frischen Farbe und der Bauarbeiten zu vertreiben. Doch jedes Mal, wenn er in den neu geschaffenen Raum sah, sah er nur das Pflegebett mit dem nun installierten Sprachcomputer, das unheilvoll in der Raummitte thronte und alle anderen Eindrücke wie ein Schwarzes Loch zu verschlingen schien. Es war wie ein letztes, verzweifeltes Aufbäumen gegen diesen übermächtigen Feind gewesen, dass sie ihr gemeinsames Schlafzimmer geteilt hatten, solange es irgendwie ging. Dass das Haus noch so lange nach Normalität ausgesehen hatte, nach einem Alltag und einer Zukunft, die hier schon lange ausgezogen waren.

Jetzt war es an der Zeit, sich einzugestehen, dass sie beide nicht die Macht hatten, sich gegen das Schicksal zu stellen. Er musste nun Dinge organisieren, die die Krankheit erbarmungslos einforderte. Verzweifelt suchte er seit Tagen nach einem geeigneten Pflegedienst, doch das war auf dem Land ein schwieriges Unterfangen, wie er feststellen musste. Von sieben hatten fünf gleich abgewunken, einer wollte versuchen, kurzfristig noch Personal einzustellen, aber nichts zusagen. Ein weiterer deutete an, dass demnächst Kapazitäten frei werden könnten, was nichts anderes hieß, als dass irgendwo eine andere arme Familie den Kampf gegen das Schicksal verlieren würde.

Joachim stöhnte leise auf und massierte seinen Nacken, der verspannt und schmerzhaft war. Morgen musste er zu einem wichtigen Meeting, doch er war noch keine Spur vorbereitet. Seine Kollegen nahmen zwar viel Rücksicht, aber das Leben musste weitergehen, und sie brauchten Geld, denn es sollte Hanne an nichts fehlen. Leider gab es viele notwendige Dinge, deren Finanzierung die Krankenkassen verweigerten.

Unkonzentriert verharrte er einige Minuten über seinen Unterlagen, doch dann gestand er sich ein, dass er heute Abend nicht mehr weiterkommen würde. Müde ging er zur Treppe, wo der Treppenlift leer und unnütz auf ihre Rückkehr wartete. Sie würden ihn vermutlich nicht mehr brauchen, ihre Zeit in einem gemeinsamen Schlafzimmer endete mit der Dauerbeatmung. Er sah noch nach den Kindern, löschte das Licht und legte sich auf ihre Seite des Bettes, wo er sich gestattete, um alles zu weinen, was er verlieren würde.

Kapitel 60

Mone starrte das Telefon an. Unglaublich. Wie lange schon sehnte sie sich nach einem Kind. Und nun, wo sie ganz andere Sorgen hatte, war dieser überraschende Anruf gekommen.

Hanne lag noch in der Klinik, sie brauchte sie nun alle mehr denn je. Sie würden abwechselnd in die Klinik fahren und Joachim mit den Kindern unterstützen. Trotz allem war das Verlangen nach einer eigenen kleinen Familie durch das Telefonat mit Übermacht wieder in Mone aufgeflammt. Sie kauerte sich auf dem Sofa zusammen und wartete auf ihren Mann. Robert kam gegen halb neun, er war übermüdet und blass, so wie sie selbst.

»Hey, Süße, ich bin da«, rief er aus dem Flur. Sie antwortete nicht. Er bog um die Ecke und sah sie sofort alarmiert an. Seine Antennen funktionierten wie immer gut.

»Gibt es etwas Neues?« Sie wusste, er meinte Hanne, und sie fühlte sich sogleich schuldig, weil die andere Nachricht ihr gerade viel mehr unter den Nägeln brannte. Sie riss sich jedoch zusammen und berichtete zunächst, was es aus dem Krankenhaus an Rückmeldungen gab. Er setzte sich neben sie und zog sie an sich. Der feste Schlag seines Herzens beruhigte das Flattern in ihrem Bauch.

»Ich hatte einen komischen Anruf«, sagte sie vorsichtig nach einer kleinen Pause. »Erinnerst du dich an meine Freundin Katja? Sie arbeitet beim Jugendamt. Sie weiß, dass es bei uns mit dem Kinderkriegen nicht klappt, und sie fragt an, ob wir uns vorstellen könnten, ein Pflegekind aufzunehmen.«

Erwartungsvoll blickte sie zu ihm auf.

»Das kommt plötzlich«, sagte er nach einer längeren Pause. Mone nickte und spürte, wie sich ihre Eingeweide zusammenzogen. Ob er immer noch gegen ein Kind war wegen alldem Erlebten? Sie hatten das Thema, nachdem er wieder eingezogen war, ruhen lassen.

»Ich weiß, es ist gerade so gar nicht passend, mit Hanne und so …«

Sie ließ den Satz unvollendet im Raum stehen.

»Aber?«, bohrte er nach, und seine Stimme klang sanft.

»Es ist ein kleines Mädchen. Die Mutter ist minderjährig. Einen Vater gibt es nicht. Sie war von Anfang an überfordert mit dem Kind, und nun hat sie gebeten, dass man eine liebevolle Pflegefamilie für das Kind sucht. Die Kleine heißt Thea und ist sechs Monate alt.«

Mone hatte schnell gesprochen, atemlos. Sie war selbst so überrollt von alledem, dass sie nicht wusste, ob sie diesen Funken Hoffnung, der bei dem Gedanken an das Mädchen in ihr aufkeimte, zulassen sollte.

»Was müssten wir tun?«, fragte er, und sie berichtete ihm kurz, welche Anforderungen es an mögliche Pflegeeltern gab, was an Behördengängen zu erledigen und an Vorbereitungen zu treffen war. Sein Lächeln brauchte einen Moment, war dann aber umso wärmer.

»Ich glaube, ich werde den Rest der Woche mal Überstunden abfeiern.« Mones Herz machte einen aufgeregten Satz, bevor sie ihn so stürmisch küsste, dass sie beide lachend vom Sofa purzelten.

Kapitel 61

Joachim hatte schlecht geschlafen, er war gerädert und übellaunig, doch er versuchte, für die Kinder halbwegs fit und fröhlich zu klingen.

»Frühstück ist fertig«, rief er die Treppe hinauf, und die beiden kamen gähnend und mit zerwühlten Haaren zu ihm geschlurft. Er hatte ihnen zwei Schalen mit Cornflakes hingestellt und Kakao gemacht. Sie aßen schweigend und gingen dann, um sich die Zähne zu putzen und anzuziehen. Joachim hatte gerade seine Unterlagen zusammengepackt, als das Telefon klingelte.

»Herr Kramer? Wiechmann, vom Alvara-Pfegedienst. Wir hätten jetzt Kapazitäten frei.«

Joachim spürte, wie ihm vor Erleichterung die Beine wegsackten. Hanne hasste die Klinik, und es stand im Raum, dass sie in ein Alten- und Pflegeheim hätte verlegt werden müssen, wenn sich zu Hause keine Möglichkeit gefunden hätte. Seine Hanne im Altenheim, zwischen Demenzkranken und Sterbenden. Allein der Gedanke schnürte ihm die Kehle zu. Er besprach alles Nötige mit dem Pflegedienstleiter und sagte dann auf der Arbeit ab, mit schlechtem Gewissen zwar, aber sein Chef gab sich Mühe, verständnisvoll zu klingen.

»Es gibt wohl Dinge, die Vorrang haben«, sagte er resigniert, und Joachim konnte ihm nur zustimmen. Es gab Dinge, die absoluten Vorrang hatten.

Die nächsten beiden Tage waren erfüllt mit einer hektischen Betriebsamkeit. Helga, Mone und Jessy halfen Joachim, alles Nötige für Hannes Rückkehr in die Wege zu leiten. Sie wollten unbedingt, dass alles vor dem Wochenende bereit sein sollte, damit Hanne den Sonntag schon zu Hause verbringen konnte. Dazwischen versuchten sie alle, so viel Zeit wie möglich im Krankenhaus zu verbringen, weil die ganze Familie merkte, dass Hanne in den sterilen Räumen welkte wie eine Blume ohne Wasser.

»Jungs, kommt, wir müssen los«, rief Joachim, als er freitags nach der Arbeit heimkam. Er hatte nur schnell seine Aktentasche abgestellt und einen Schluck Wasser getrunken. Seine Söhne kamen, folgsam und ohne Verzögerung. Er würde sie zu Helga bringen, damit sie dort essen und spielen konnten, bis er mit Hanne aus dem Krankenhaus kam. Ohne ein Wort ließen sich beide in die sonst verhassten Autositze zwängen und anschnallen. Ein Prozedere, das ihn früher oft Schweiß und Nerven gekostet hatte. Doch irgendwie schienen die Kinder zu spüren, dass er am Limit war, dass er alle Kraft brauchte.

Er hörte sie wieder, Hannes schon schleppende Stimme, die mittlerweile ganz verstummt war. Wie sie die Worte aussprach, die ihrer größten Angst ein Gesicht gaben.

»Sie werden sich irgendwann nicht mehr an mich erinnern, Jo. Sie sind noch so klein. Mach, dass sie mich nicht ganz vergessen.«

Er hatte versucht, diesen trüben Gedanken mit einem Kuss zu überdecken, vom Thema abzulenken, doch nun hörte er ihre Worte wie ein Echo. Traurig beobachtete er seine Kinder im Rückspiegel. Vincent war Hannes Ebenbild. Er hatte ihre großen blauen Augen und ihr dunkelblondes Haar. Leanders war wie seins eher haselnussfarben, und auch seine Augenfarbe glich seiner, sturmgrau, wie Hanne mal liebevoll festgestellt hatte, als sie vor einer kleinen Ewigkeit bei ihrem ersten Date zusammensaßen. Wenn sein Kleiner konzentriert guckte, bildete sich wie jetzt gerade eine winzige angestrengte Falte auf seiner Stirn. Er war noch so jung, doch selbst er schien sich bewusst zu sein, dass er schneller lernen musste, Probleme allein zu lösen.

Seine Trinkflasche war ihm wohl heruntergefallen. Noch vor wenigen Wochen hätte er ein ohrenbetäubendes *Papa, meine Flasche* durch den Wagen gebrüllt, so lange, bis er angehalten und sie aufgehoben hätte. Nun wanderte sein Blick einen Moment zum Hinterkopf seines Vaters, doch dann sah er seinen großen Bruder an. Ohne ein Wort schnallte sich Vincent ab, kletterte in den Fußraum und tauchte dem blauen Plastikteil nach, auf dem ein gelber Legomann abgebildet war. Vincent drückte seinem Bruder die Flasche in die Hand und fuhr ihm über die Haare. Die kleine Geste schmerzte Joachim mehr, als er sagen konnte. So schnell war aus seinem unbekümmerten Sohn ein kleiner Erwachsener geworden. Er spürte, wie sich wieder Tränen hinter seinen müden Augen sammelten. Wütend über sich selbst wischte er sich grob übers Gesicht.

»Wollen wir Musik hören, Jungs?«, rief er mit gespielter Fröhlichkeit. Und so fuhren sie weiter, ihr bedrücktes Schweigen begleitet von den albernen Texten einer Kinderlieder-CD.

Helga stand bereits am Fenster, Berthold war vor dem Haus und schraubte an seinem Motorrad. Er war für sie alle eine echte Stütze geworden, dieser schweigsame Hüne, der so viel Ruhe und Zuversicht ausstrahlte. Die Jungs kletterten aus dem Auto, als er die Schiebetür des Familienvans öffnete, und rannten zu dem Mann, der ihnen Stück für Stück den fehlenden Großvater ersetzte.

»Und, aufgeregt?«, fragte Berthold, als er auf Joachim zukam und sich seine ölverschmierten Hände an einem alten Tuch abwischte, bevor er sie Joachim zum Gruß hinstreckte. Er nickte und sah bekümmert zu den Jungs.

»Sie wollten gern mitfahren, um ihre Mutter abzuholen. Wir hatten ein paar Diskussionen deshalb, aber sie haben eingesehen, dass es nicht geht. Leander hat Schnupfen, und Vincent hustet seit gestern. Eine Erkältung wäre jetzt Gift für Hanne. Sie werden sie nicht einmal zur Begrüßung umarmen können.«

Schon wieder kämpfte er mit den Tränen und räusperte sich eilig, damit es der andere nicht mitbekam. Berthold tat, als habe er nichts bemerkt, und lächelte zu den Kindern hinüber, die im Rückspiegel der Harley Grimassen schnitten.

»Es sind prima Jungs, Jo. Sie verstehen das.«

Drinnen roch es nach Essen. Helga kam ihnen im Flur entgegen, herzte die Kinder und holte sie aus ihren Jacken, bevor sie sie in die Küche brachte, wo bereits Fischstäbchen und Pommes auf sie warteten. Die beiden fielen hungrig über ihr Lieblingsessen her, und er genoss für den Augenblick ihre kurze Unbekümmertheit. Dann drückte er seine Schwiegermutter, schüttelte noch einmal Bertholds Hand und fuhr schweren Herzens allein in Richtung Krankenhaus.

Der Eingriff hatte Hanne sehr geschwächt, körperlich, aber auch psychisch. Sie hatte Mühe, ihn anzusehen. Ihr Kopf hing schwer auf ihren Schultern, die Plastikröhre, die aus ihrem Kehlkopf ragte und sie mit dem lebenserhaltenden Sauerstoff versorgte, erinnerte ihn daran, dass selbst das grundlegendste menschliche Bedürfnis, Luft zu holen, für sie zur Unmöglichkeit geworden war.

Zwei Pfleger verfrachteten sie auf einer Trage in einen Krankenwagen, und Joachim fuhr hinter ihnen her nach Hause. Dort sah er dabei zu, wie die Männer Hannes nutzlos gewordenen Körper in das Bett drapierten. Zwei Sauerstoffgeräte standen gleich dahinter. Joachim bemerkte, dass ihr wieder einmal Speichel aus dem Mund lief. Sie versuchte, den Kopf in seine Richtung zu drehen, doch es gelang ihr nicht. Sanft richtete er das Kissen, umfasste ihren Hinterkopf und bettete sie so, dass sie sich anschauen konnten. In diesem Augenblick las er es zum ersten Mal in ihrem Gesicht – den Wunsch, dass das alles endlich ein Ende haben möge.

Als die Sanitäter gingen und die junge Krankenschwester, die im Wechsel mit drei anderen Hannes Betreuung sicherte, die Röhre gesäubert und Hanne durch eine Sonde ihr Mittagessen gespritzt hatte, waren sie endlich einen Moment allein. Hanne ließ ihre Augen, die das

Einzige waren, das ihr noch wirklich gehorchte, durch den ihr fremden Raum gleiten. »Schön geworden«, sagte die Computerstimme, als Hanne fertig damit war, die Buchstaben mühsam mit Blicken anzusteuern. »Die Jungs?«, fragte der kleine Kasten nun monoton, und Joachim schluckte.

»Sie können im Moment nicht zu dir, beide sind erkältet. Es wäre nicht gut, wenn du dir was fängst.«

Er tat so, als hätte er den gequälten Ausdruck nicht gesehen, der über ihre Züge huschte. Er ließ die Rückenlehne mit einem Schalter nach oben fahren, sodass sie auf den Garten hinaussehen konnte. Stumme Tränen liefen ihr blasses Gesicht hinunter, doch sie schien es nicht mal zu bemerken. Sie weinte völlig tonlos und völlig unbewusst, so wie andere blinzelten.

Kapitel 62

Es war Sonntag, und Mone, Jessy und Helga werkelten in Hannes schöner Küche, um ein leckeres Essen auf den Tisch zu zaubern. Ein Essen, von dem Hanne nichts würde zu sich nehmen können. Eine Erkenntnis, die sie alle bedrückte. Aber Mone schien noch etwas anderes auf dem Herzen zu haben. Sie wirkte seltsam still und in sich gekehrt. Jessy warf ihrer Mutter zwischendurch fragende Blicke zu, die diese jedoch nur mit einem Schulterzucken beantwortete. Irgendwann konnte Jessy ihre Neugierde nicht mehr im Zaum halten.

»Ist alles gut bei dir? Du scheinst meilenweit entfernt zu sein.«

Mone hielt beim Schneiden des Gemüses inne und warf ihrer Schwester einen schwer zu deutenden Blick zu. Es lag etwas in der Luft, Jessy konnte es spüren.

»Was ist los, spuck schon aus«, forderte Jessy, die langsam nervös wurde, weil ihre Schwester das Messer fortgelegt hatte und nun mit leicht geröteten Wangen vor ihr stand und die Hände knetete wie ein Schulkind, das etwas ausgefressen hat.

»Ich habe Neuigkeiten«, sagte sie, doch in diesem Augenblick ertönte von Hannes Zimmer der Alarm. Sie ließen alles stehen und liegen und stürmten los. Die junge Krankenschwester kam gerade mit weit aufgerissenen Augen und panischem Ausdruck aus dem Garten, wo sie frische Luft geschnappt hatte, und rannte zu Hanne, die schon blau angelaufen war.

»O Gott, es tut mir leid«, stammelte sie, während sie den Schlauch fester steckte, den sie zuvor vergessen hatte, mit dem kleinen Plastikhebel zu sichern. Hannes Gesicht bekam langsam Farbe, als der Sauerstoff endlich wieder strömte, die schiere Todesangst jedoch stand ihr noch in den Augen. Mit zittrigen Fingern schob die Schwester Hanne den kleinen Clip zurück an den Finger, der ihre Vitalfunktionen maß. Hätte Hanne diesen nicht mit letzter Kraft abgezogen und so vorzeitig Alarm ausgelöst, sie wäre erstickt.

Joachim kochte vor Wut. Er beorderte die junge Frau hinaus, und sie alle konnten hören, mit welcher Vehemenz er ihr diesen massiven Fehler vorhielt. Ein paar Telefonate später kam die Ablöse. Ein Mann diesmal, der im Gegensatz zu seiner Vorgängerin einen ruhigen und kompetenten Eindruck machte und vor allem beim Absaugen weitaus versierter wirkte als die junge Frau eben. Hanne war so erschöpft von der Tortur, dass sie schlief, als Jessy und Mone nach ihr sahen. Betreten saßen sie nun um den Tisch, keiner sagte ein Wort, während sie lustlos aßen. Sie alle hingen ihren eigenen, trüben Gedanken nach.

Da piepste es wieder in Jessys Tasche. Sie zog unter dem Tisch ihr Handy heraus und sah, dass die Nachricht von Lukas war.

Wusstest du, dass Geduld nicht gerade eine meiner Stärken ist? Aber ich versuche für dich, mich auch darin zu üben. Und nur, falls du es neulich nachts durch die Tür nicht gehört hast: Ich liebe dich.

»Na, wer schreibt dir da? Du bist ja rot bis an die Haarspitzen«, merkte Mone wenig feinfühlig an, und Jessy blickte ertappt in die Runde. Sie hatte die vergangenen Tage all ihre Kraft und Konzentration auf die Familie gelegt, hatte ihn bewusst nicht kontaktiert, weil das Glück, das sie in seiner Nähe empfand, in so krassem Gegensatz zu all dem Leid stand, das um sie herum war. Doch die Sehnsucht, die sie plötzlich nach ihm hatte, füllte jeden Winkel in ihr aus. Ihr Herz hatte alle Kammern geöffnet, um zu zeigen, dass es sich nicht mehr länger ignorieren lassen würde. Die ganze Runde blickte nun interessiert auf sie.

»Ich muss euch was erzählen«, gestand sie und spannte die anderen noch einige Augenblicke auf die Folter, während sie nach den rechten Worten suchte.

»Er ist zurück. Lukas Danko. Er bleibt, und ich glaube, ich liebe ihn.«

Während Joachim, Helga, Robert und Berthold mit dem Namen und der damit verbundenen Aussage wenig anfangen konnten, starrte Mone sie entsetzt an.

»Herrje, ich dachte, die Sache sei ausgestanden«, warf sie dann vorwurfsvoll ein.

»Er ist ganz anders, als du denkst. Wir haben uns ausgesprochen, und die Sache damals steht nicht mehr zwischen uns.«

Mone schnaubte, und Jessy holte tief Luft, um ihren aufkeimenden Ärger einzufangen.

»Lass uns hier und jetzt etwas vereinbaren, Mone. Egal, was die eine von uns tut oder lässt, die andere akzeptiert es und wird einfach versuchen, für sie da zu sein, wir alle müssen einfach nur füreinander da sein.«

Die Blicke der anderen huschten zwischen Mone und Jessy hin und her und blieben schlussendlich an Mone hängen, die noch mit sich zu ringen schien. Plötzlich stand sie auf, umrundete den Tisch und nahm Jessy von hinten in den Arm. »Abgemacht«, sagte sie und gab ihr einen dicken Kuss auf die Wange.

»Ich muss zugeben, dass ich recht wenig von dem verstehe, was hier gerade passiert«, sagte Helga und sah ihre Jüngste ratlos an.

»Ich bin verliebt, Mama. Sonst gibt es da nichts zu verstehen.« Ihr strahlendes Lächeln erhellte dabei den ganzen Raum.

»Warum rufst du ihn nicht an und fragst, ob er herkommen will?«, fragte Mone plötzlich. Jessy spürte wieder alle Blicke auf sich und sah verlegen auf ihre Hände, die immer noch das Mobiltelefon umklammerten.

»Meint ihr nicht, dass das ein bisschen komisch wäre, ihn gleich der ganzen Familie vorzustellen?«

»Bist du dir sicher mit ihm?«, fragte Mone eindringlich, und Jessy nickte, ohne zu zögern.

»Dann ruf ihn an.«

Mehr brauchte es nicht. Erleichtert stand sie auf und ging hinaus, weil da der Empfang besser war. Beim ersten Klingeln nahm er ab. »Ich liebe dich auch«, sagte Jessy und überraschte sich selbst damit fast noch mehr als ihn. Sie hörte sein leises Lachen.

»Du weißt wirklich, wie man einen Mann auf die Folter spannt«, sagte er trocken, doch der warme Unterton hüllte sie ein wie eine schützende Decke.

Sie grinste, während sie das Handy fest an ihr Ohr presste. »Hast du heute schon etwas vor?«

Kapitel 63

Sie holten Lukas ab, weil dieser immer noch kein eigenes Auto besaß. Robert hatte angeboten zu fahren, und Mone wollte ebenfalls mitkommen. So machten sie sich zu dritt auf den Weg. Jessy saß die ganze Zeit auf der Rückbank und strahlte.

Ihr Schwager parkte den Volvo gegenüber dem Zweifamilienhaus, und Jessy stieg aus, um zu klingeln. Er stand schon unten, die Tür flog vor ihrer Nase auf, noch bevor sie den Finger von der Schelle genommen hatte.

»Hi«, begrüßte er sie und zog sie in seine Arme. Jessy löste sich als Erste aus dem Kuss und blickte unsicher zum Wagen, wo Robert und Mone zu ihnen herübergrinsten. Auf dem Weg zum Auto hielt er ihre Hand, und sie spürte, wie ungewohnt sich das noch anfühlte in der Gegenwart anderer. Ungewohnt, aber richtig.

»Hallo, Lukas, lange nicht gesehen«, sagte Mone, und trotz ihres freundlichen Lächelns lag immer noch eine Spur Kälte in ihren Worten. Jessy konnte es ihr nicht verübeln. Sie war schließlich immer noch die Kleine, und ihre Schwester hatte einen angeborenen Beschützerinstinkt.

Lukas begrüßte beide und rutschte dann hinten neben

Jessy auf die Rückbank, wo seine Finger sich wieder mit ihren verschlangen.

»Hanne ist seit Freitag wieder daheim, aber es geht ihr nicht gut«, sagte Jessy und erläuterte Lukas während der Fahrt die Krankheit und den aktuellen Zustand ihrer Schwester. Er nickte traurig.

»Ich habe über ALS mal einen Bericht gesehen. Eine Scheißkrankheit«, bestätigte er. Der warme Druck seiner Hand beruhigte ihr aufgewühltes Inneres.

Die Fahrt verlief danach schweigend. Als sie hielten, führte Lukas kurz Jessys Hand zu seinem Mund, wo er ihre Finger küsste, die immer noch mit seinen verschränkt waren.

»Ich bin etwas nervös«, gestand er.

»Ich auch, aber da müssen wir durch. Du gehörst jetzt zu mir, so wie unsere Familiensonntage«, befand sie und drückte ihm einen schnellen Kuss auf, bevor sie ausstiegen. Jessy war schon auf das Haus zugegangen, als sie bemerkte, dass er ihr nicht gefolgt war. Sie drehte sich um und sah gerade noch, wie Mone ihn am Arm seiner Sweatjacke zurückhielt.

»Ich hoffe, dass du es dieses Mal ernst meinst, ich schwöre dir, du wirst es sonst bereuen.«

Auch wenn er Mone antwortete, so ruhte sein Blick die ganze Zeit über auf Jessy.

»Glaub mir, noch nie im Leben war mir etwas ernster als das hier«, sagte er feierlich, und Jessy wusste, dass es die Wahrheit war.

»Na hoffentlich, du weißt, was sonst mit deinen Eiern passiert«, drohte Mone, schenkte ihm dann aber ein schiefes Grinsen. »Waffenstillstand?«, fragte sie und streckte ihm ihre Hand entgegen.

»Waffenstillstand«, willigte er ein und sah ein kleines bisschen erleichtert aus, während er einschlug. Eilig folgte er Jessy in den warmen Hausflur, wo der Rest der Familie schon wartete. Lukas wurde wie selbstverständlich in ihren kleinen Kreis aufgenommen. Helga drückte ihn herzlich, Berthold klopfte ihm so fest auf die Schultern, dass er zwei Schritte vorwärts stolperte, und Joachim zeigte ihm anschließend das Haus und den Garten. Die Jungs hatten gleich einen Narren an ihm gefressen und ihn in Beschlag genommen.

»Gehst du mit uns Fußball spielen?«, bettelte Leander, und Lukas ließ sich mit gutmütigem Grinsen in den Garten ziehen.

Joachim, Berthold und Robert folgten, und so tobten bald alle Männer auf der großen Wiese hinter dem Ball her, den zwischendurch immer mal wieder Benno, der Labrador, in den Fängen hatte.

Jessy, Helga und Mone hatten nach Hanne gesehen, die noch schlief, und standen jetzt in ihrem Zimmer, wo sie durch die neuen, bodentiefen Fenster einen guten Blick auf die kleine Horde hatten, die gerade johlend dem Hund nachjagte.

»Ein netter junger Mann«, sagte Helga und strahlte ihre Jüngste an. »Ich freue mich für dich.«

Sie schwiegen einvernehmlich und sahen weiter versonnen nach draußen.

»Scheiße, er sieht einfach zu gut aus«, stellte Mone neben ihr mit gespielt genervtem Gesicht fest und stieß

Jessy zur Untermalung ihrer Worte mit dem Ellbogen an.

»Ich weiß«, sagte sie grinsend, und beide legten unisono die Köpfe schief, als Lukas sich draußen nach dem Ball bückte, wobei sich die Jeans vorteilhaft über seinen Hintern spannte.

»Hallo?«, klang es hinter ihnen vorwurfsvoll, und sie drehten sich alle zu der Stimme um, die Robert gehörte. Er stand im Türrahmen und sah seine Frau nun tadelnd an.

»Na, was denn, gucken darf man doch, oder?«, sagte Mone und lächelte Robert liebevoll an, der den Raum nun mit großen Schritten durchmaß. Er zog ihr Gesicht zu sich und küsste sie ungestüm.

»Ja, hierhin«, sagte er an ihren Lippen. Jessy und Helga stimmten in ihr Gelächter mit ein.

»Könnt ihr mal zur Seite gehen? Ich will auch etwas sehen«, sagte da plötzlich der Computer. Sie drehten sich um. Hanne lächelte sie an, zumindest ihre Augen lächelten. Sie war wach und hatte den Kopf zu ihnen gedreht.

»Wer ist der Knackarsch?«, fragte die immer gleichtönige Stimme, und die Schwestern brachen in albernes Kichern aus – sogar Hanne.

»Mein Freund«, sagte Jessy nicht ohne Stolz, als sie sich beruhigt hatten.

Hanne brachte ein kleines, anerkennendes Nicken zustande. »Ich bin froh, ihn noch kennenzulernen«, las der Computer vor. Jessy strich ihr ergriffen über den Arm.

»Ich auch, Hanne«, flüsterte sie dicht neben ihrem Ohr.

Später half Lukas ihr, das Geschirr in die Spülmaschine zu räumen, wobei sich ihre Hände rein zufällig immer wieder berührten.

Beim letzten Teller hielt er inne und zog sie an sich. »Ich mag deine Familie«, sagte er, bevor er sie sanft mit der Nase anstupste.

»Das beruht auf Gegenseitigkeit«, versicherte sie ihm und stahl sich einen Kuss von seinen Lippen.

»Mmh, das mag ich auch«, wisperte er leise und traf damit gleichsam ihr Herz und ihren Bauch. Ein aufgeregtes Kribbeln lief durch ihren ganzen Körper, als sie an ihre gemeinsame Nacht zurückdachte. Vielleicht würden sie heute daran anschließen? Sie hoffte es inständig. Er vertiefte den Kuss, und es fühlte sich an, als läge seine ganze Seele darin. Es machte ihr keine Angst mehr.

Als Mone mit Robert in die Küche platzte, fuhren sie ertappt auseinander. Grinsend rollte ihre Schwester mit den Augen.

»Junge Liebe«, seufzte sie dann und blickte mit einem warmen Lächeln zu ihrem Mann, der hinter ihr im Türrahmen stand. »Trotzdem muss ich jetzt ungemütlich werden. Robert muss morgen früh raus, und ihr beide seht auch so aus, als ob das Bett nach euch ruft«, endete sie zweideutig und mit einem übertriebenen Augenzwinkern. Jessy streckte ihr die Zunge raus.

»Beim nächsten Mal streu ich Pfeffer drauf«, sagte sie streng und spielte damit auf einen Vorfall aus ihrer Kindheit an, bei dem Mones erster Freund, Jessys freche Zunge und ein Gewürzstreuer eine tragende Rolle gespielt hatten.

»Erinnere mich nicht daran«, bat Jessy lachend und stieß Mone liebevoll in die Seite.

»Es muss schön sein, Geschwister zu haben«, merkte Lukas fast sehnsüchtig an.

»Die meiste Zeit über ist es nervig«, lachte Mone, und Jessy zog einen Schmollmund.

»Aber es ist auch ziemlich großartig«, schloss sie, nun ganz ernst. Jessy sah sie warm an. Es lag eine ganze Menge Liebe in diesem Raum, und sie war in diesem Augenblick unendlich dankbar, ein Teil davon zu sein. Bevor es jedoch zu rührselig wurde, trieb Mone sie mit ihrer gewohnt barschen Art zur Eile an.

»Genug Gefühlsduselei, lass uns noch schnell Hanne Tschüs sagen«, drängte sie und schob Jessy vor sich her auf das neu geschaffene Pflegezimmer zu. Doch an der Tür hielten sie inne.

Joachim hatte sich neben Hanne auf die schmale Matratze gelegt. Seine Arme waren sanft um ihre ausgemergelte Gestalt geschlungen und sein Gesicht halb in ihren braunen Locken vergraben. Beide sahen dem Vollmond zu, der groß und blass durch die Fenster schien. »Ich liebe dich«, sagte der Computer. Mone zog Jessy sanft aus dem Raum. Ihr liefen die Tränen.

»Wir sollten nicht weiter stören«, flüsterte sie.

Kapitel 64

Sie fuhren zunächst Lukas nach Hause, der bedauernd erklärt hatte, dass er noch dringend an einem Artikel arbeiten müsse. Jessy versuchte, ihre Enttäuschung nicht allzu deutlich zu zeigen, was ihr jedoch nicht gelang. Als sie nach einem innigen Abschied wieder in den Volvo stieg und ihn durch die Rückscheibe kleiner werden sah, protestierte ihr ganzer Körper. Während der Fahrt schloss sie die Augen, um die kleine Szene eben in Hannes Küche noch einmal rekapitulieren zu können. Es tröstete sie etwas über das plötzliche Ende dieses schönen Abends hinweg. Fast wäre sie bei ihrer Träumerei eingeschlafen, als ihr wieder etwas in den Sinn kam. »Was wolltest du mir eigentlich vorhin erzählen, vor dem Vorfall mit Hanne?«

Mone blickte Robert an, der geheimnisvoll lächelte.

»Magst du noch kurz mit zu uns kommen? Es liegt ja quasi auf dem Weg. Ich würde dir gern etwas zeigen«, sagte sie, und Jessy, die nun vor Neugier fast platzte, nickte energisch. Kurz darauf hielten sie vor Mone und Roberts Haus und stiegen die Stufen zur Wohnung hoch. Drinnen zog Mone Jessy dann am Ärmel den Gang hinunter, an dessen Ende sich eigentlich ihr Büro befand.

»Mach auf«, sagte sie und ließ ihr den Vortritt. Schon durch den Spalt konnte Jessy den Geruch von frischer Farbe wahrnehmen. Hinter der Tür waren die Wände rosa gestrichen. Eine Borte mit kleinen Bärchen führte unter der Decke entlang. Ein Gitterbettchen stand dem Fenster gegenüber, daneben eine Kommode mit einem Wickelaufsatz. Auf einem winzigen weißen Schaukelstuhl saß ein großer brauner Teddy. Jessy sah Mone fragend an.

»Wir kriegen ein Pflegekind – morgen.«

»Wow«, war alles, was Jessy dazu sagen konnte. Sie war zu überrascht. Es kam so plötzlich. Sie schloss die Tür zum Kinderzimmer und ging in Richtung Küche, wo sie sich ein Glas Wasser aus dem Hahn holte.

»Und ihr denkt, dass jetzt ein guter Zeitpunkt dafür ist? Ich meine, wegen Hanne.«

Jessy sah beide nachdenklich an. Überraschenderweise schüttelte Robert nun vehement den Kopf.

»Es könnte doch keinen besseren Zeitpunkt geben, Jessy. Wir alle können etwas Hoffnung und Zuversicht gebrauchen.« Beschützend legte er die Arme um Mone, die ihn dankbar anstrahlte.

Erleichterung durchflutete sie. Robert war mit im Boot. Das Thema war heikel genug und hätte das Zeug gehabt, das neu gefundene Glück der beiden wieder ins Wanken zu bringen, doch er schien sich nun auf das Abenteuer Kind einlassen zu wollen.

»Vermutlich hast du recht«, gab sie mit einem breiten Grinsen zu. Mone löste sich behutsam aus Roberts Armen und lief auf ihre kleine Schwester zu, um sie in eine stürmische Umarmung zu ziehen.

»Du erdrückst mich«, sagte Jessy lachend, als Mone sie wie früher hochhob und den Druck um ihre Mitte noch verstärkte.

»Sorry, aber ich weiß gerade gar nicht wohin mit dem ganzen Glück, das ich fühle.«

»Hast du keine Angst davor, dass du dich zu sehr an die Kleine gewöhnst und die leibliche Mutter sie dir dann eines Tages wieder fortnimmt?«, fragte Jessy vorsichtig in Mones mittlerweile euphorische Stimmung hinein.

»Ich habe aufgehört, mir über Dinge den Kopf zu zerbrechen, die noch gar nicht eingetreten sind. Das bringt nichts, und das Leben ist ohnehin zu kurz für all das *Wenn und Aber*.«

Da musste Jessy ihr recht geben, diese Bilanz hatten sie alle gezogen.

Robert hatte sie dann nach Hause gefahren. Die Nacht war kühl, erster Frost hatte sich über die Wiesen und den Asphalt gelegt. Jessy ging den einsamen Pfad entlang, der zu ihrem Wohnheim führte, als das bekannte Piepen eine Nachricht ankündigte.

Du solltest um diese Uhrzeit nicht allein da draußen im Dunkeln rumlaufen, hatte Lukas geschrieben, und sie blickte automatisch über ihre Schulter, weil sie vermutete, ihn hinter sich zu sehen. Sie blieb stehen und tippte eine kurze Antwort.

Woher weißt du, wo ich nachts rumlaufe?

Es dauerte nur Sekunden, bis die Antwort kam.

Ich konnte mich nicht auf meinen Artikel konzentrieren und bin spazieren gegangen. Und plötzlich stand ich vor deinem Wohnheim. Hoffe, du hältst mich nicht für einen irren Stalker.

Da sah sie seine Silhouette, die vor der Tür des Wohnheims stand. Jessy beschleunigte ihre Schritte. Als sie ihn erreichte, sprang sie in seine Arme und küsste ihn so stürmisch, dass Lukas nach hinten taumelte und sich an der Wand des Wohnheims abstützen musste. Sie küssten sich, bis sie keuchend und lachend voneinander abließen, weil sie Schritte hinter sich vernahmen.

»Hey, habt ihr kein Bett?«, rief Torsten mit einem Grinsen, der an ihnen vorbei in den warmen Hausflur strebte.

»Genau da wollen wir hin«, lachte Jessy. Ihr Zimmernachbar verschwand kopfschüttelnd in seinem Apartment, während Jessy Lukas in ihres zog. Sie schälten sich küssend und kichernd aus ihren Sachen und landeten dann auf Jessys viel zu kleinem Bett, wobei sie vorn und hinten an Wände und Möbel stießen und einmal sogar mit einem Poltern von der Matratze rollten. Nebenan hörten sie, wie Torsten seine Musik lauter drehte und das übellaunige Mädchen mehrmals gegen die Wand hämmerte.

»Geschieht beiden recht, sonst musste ich mir das immer von der anderen Seite der Wand aus anhören.«

Sie lachten und balgten sich wieder, bis irgendwann kein Platz mehr war für andere Emotionen außer Leidenschaft. Später lagen sie zusammen atemlos unter Jessys kratzigem Laken. Sein nackter Körper hatte sich um sie geschlungen, sein Atem wärmte ihren Nacken. Ihr Blick fiel auf ihr Handgelenk, auf die schmale, kaum mehr sichtbare Narbe. So lange hatte das alles zwischen ihnen gestanden, doch die Erinnerung daran schmerzte nicht mehr, im Gegenteil, sie verblasste genauso wie die Linien auf ihren Handgelenken. Mit einem zufriedenen Lächeln schlief sie ein.

Kapitel 65

Auf Wunsch der Kinder wurde an diesem Sonntag in Hannes Zimmer gepicknickt. Überall lagen Decken und Kissen, und Groß und Klein suchten sich nach und nach Plätze, um über das Essen herzufallen.

Martin, der Pfleger, hatte Hanne eine Wärmflasche unter ihre immer kalten Beine geschoben und sie hochgebettet, sodass sie besser sehen konnte. Er strich ihr über den Arm, eine kleine, freundliche Geste, die Hanne mit einem Blinzeln quittierte, ihre Art, Danke zu sagen. Martin nickte verständig, dann zog er sich leise zurück in Joachims ehemaliges Sportzimmer, in dem sie den Leuten vom Pflegedienst einen eigenen Bereich eingerichtet hatten. Somit war die Familie wieder unter sich.

Mone hatte ihr danach das Baby in den Arm gelegt, das sie und Robert seit einigen Tagen zur Pflege hatten. Ihre Schwester hielt das kleine Mädchen stützend, weil Hanne selbst überhaupt keine Kraft mehr in ihren Gliedmaßen hatte. So spürte sie jedoch die Wärme des Kindes, fühlte seine Bewegungen. Die kleine Thea nuckelte friedlich an ihrem Schnuller und sah sie neugierig aus ihren riesigen Augen an. Vincent und Leander saßen zu Hannes Rechten und betrachteten ihre neue Cousine.

»Die hat so wenig Haare, Mone, gab's kein Schöneres?«, fragte Leander, und Hanne hob den Kopf, um etwas in den Computer einzugeben.

»So was sagt man nicht«, tadelte kurz darauf die sonore Frauenstimme, und Leander verdrehte die Augen. Vorsichtig hob Mone das Baby an. Sie schien noch etwas mit ihrer neuen Rolle zu fremdeln, doch als sie die Kleine nun im Arm hielt, stahl sich ein seliges Lächeln auf ihr Gesicht.

Es war schön gewesen, dieses neue Leben im Arm zu haben. Das Gefühl hatte Hanne in die magische Zeit versetzt, als ihre Jungs so klein gewesen waren. So lange war das gar nicht her – und doch lag für sie ein ganzes Leben dazwischen. Sie spürte, wie der Speichel aus ihrem Mund lief. Joachim war sofort zur Stelle und tupfte ihr mit einem Tuch über die Wange, bevor er ihr einen Kuss gab, um dann zu den Kindern zurückzukehren.

Hanne sah sich, soweit ihr nutzloser Körper es zuließ, im Zimmer um. Der Anblick ihrer Familie löste eine schon bekannte Mischung aus Liebe und Schmerz in ihrer Brust aus. Seit der Krankheit gab es das eine nicht mehr ohne das andere. Die Jungs hatten sich auf Joachims Schoß gekuschelt und krümelten ihren Vater mit Kuchen voll. Robert trug das Baby herum, schon ganz stolzer Papa nach der kurzen Zeit, damit Mone in Ruhe etwas essen konnte. Jessy bewarf Lukas mit Weintrauben, die dieser zur Freude der Kinder mit dem Mund auffing. Als sie ihn an der Schläfe traf und schadenfroh kicherte, weil die Traube platzte, zog er sie in die Arme und erstickte ihr Gelächter in einem Kuss, der Hanne früher hätte rot hätte werden lassen. Heute sah sie den beiden ungeniert zu und freute sich einfach daran, dass Jessy sich endlich erlaubte, jung und unbeschwert zu sein.

Helga und Berthold hatten es vorgezogen, an einem kleinen Tisch am Fenster auf Stühlen zu speisen. Sie blickten sich von Zeit zu Zeit in die Augen, und Hanne spürte die tiefe Zuneigung, die zwischen ihnen gewachsen war. Sie würden es schaffen, sie alle würden es schaffen, auch ohne sie. Das wurde Hanne in diesem Augenblick mit glasklarer Sicherheit bewusst.

Sie hatte sich an das Leben geklammert, weil sie geglaubt hatte, die Starke sein zu müssen, die alles zusammenhält. Der Sonntag in der ansonsten chaotischen Woche. Doch sie alle hatten bewiesen, wie stark sie sein konnten, wenn es darauf ankam. Sie würden sie sicher vermissen, aber schon jetzt brauchten sie sie nicht mehr. Und obgleich die Erkenntnis sie unendlich schmerzte, gab ihr der Gedanke, dass das Leben ohne sie weitergehen würde, einen tiefen inneren Frieden. Vielleicht war die Zeit gekommen loszulassen.

»Mama, du weinst«, sagte Vincent leise neben ihr.

»Weil ich glücklich bin«, antwortete der Computer.

Kapitel 66

Der Anruf kam an einem Tag, der so gar nichts Grausames an sich hatte. Der Himmel war von einem fast unnatürlichem Blau, sodass man am liebsten hinaufgeklettert wäre, um ihn zu berühren und zu sehen, ob an den Fingern frische Farbe kleben blieb. Nur ein paar Schäfchenwolken zogen träge vorbei. Die Sonne schien warm und freundlich, und die Natur war üppig und gerade dabei, in einen satten Sommer hinüberzugleiten. Jessy und Lukas lagen auf dem Balkon. Seit Anfang des Jahres hatte Jessy ihr Zimmer im Studentenwohnheim aufgegeben und war bei ihm eingezogen. Sie hatten im Bett gefrühstückt, weil Sonntag war und beide am Morgen keine Termine hatten. Danach hatten sie sich geliebt, langsam und ausgiebig. Nun lagen sie im Schatten auf zwei Klappliegen ausgestreckt und dösten, bevor es später an der Zeit wäre, zu Hanne zu fahren. Jessy hatte das Klingeln zuerst gar nicht gehört.

»Das ist dein Handy«, hatte Lukas gebrummt und sich von den Ellbogen wieder hinab in eine liegende Position fallen gelassen. Jessy hatte einen Augenblick überlegt, ob sie es einfach klingeln lassen sollte, doch dann schwang sie mit einem Lächeln die Beine von der Liege, beugte sich zu einem schnellen Kuss zu ihm hinunter und eilte dann nach drinnen, wo das Telefon am Strom hing.

Mones Name stand im Display. Jessy nahm das Gespräch an, doch bevor sie ihre Schwester begrüßen konnte, hörte sie Mones elendes Schluchzen. »Sie ist tot, Jessy. Heute Nacht hat ihr Herz einfach aufgehört zu schlagen. Joachim war sofort bei ihr, als der Alarm auslöste. Er hat gesagt, sie habe friedlich ausgesehen. Als der Notarzt kam, konnte er nur noch ihren Tod feststellen.«

Jessy drückte das Handy so fest an ihr Ohr, dass es schmerzte.

»Jessy, bist du noch dran?«, fragte Mone unter Tränen. Jessy versuchte, etwas zu sagen, doch es kam nur ein Krächzen heraus. Im Hintergrund hörte sie das Baby weinen.

»Ich mach jetzt Schluss, Thea ist wach. Wir treffen uns wie verabredet nachher bei ihnen.«

Dann legte sie auf.

Jessy ließ sich auf den Teppich fallen und blieb reglos dort hocken, das Handy immer noch an ihr Ohr gepresst. So fand Lukas sie. Er sagte nichts, er wusste es auch so. Er kam zu ihr auf den Boden, seine Arme glitten um sie, so saßen sie eine ganze Weile da.

»Wann?«, fragte er irgendwann leise.

»Heute Nacht. Mone sagt, ihr Herz habe einfach aufgehört zu schlagen«, antwortete Jessy, und ihre Stimme schien von weither zu kommen. Er nickte. Sie konnte spüren, dass er weinte. Ihre Augen blieben trocken, ihr Inneres fühlte sich ausgedörrt an wie eine Wüste. Jessy hätte später nicht sagen können, wie lange sie dort gesessen hatten. Lukas zog sie irgendwann behutsam hoch. Dann schob er sie ins Badezimmer und schloss die Tür. Wie ein von fremder Hand gesteuertes mechanisches Wesen verrichtete Jessy die nötigen Dinge. Duschen, die Haare waschen, abtrocknen, föhnen, anziehen. Als sie aus dem Bad kam, verschwand Lukas dort, um sich ebenfalls schnell fertig zu machen. Jessy blieb auf dem Sofa sitzen, immer noch wie gelähmt.

Sie fuhren los, nachdem Lukas die vorbereiteten Salate und einen Nachtisch in eine Kühltasche gepackt und im Kofferraum des Autos verstaut hatte. Seine Hand ließ Jessys immer nur kurz und dann mit Widerwillen los, so als hätte er Angst, sie könne ihm entgleiten. Als sie in die Straße einbogen, sahen sie den Volvo, der bereits vor der Garage parkte. Das Verdeck von Theas rosafarbener Babyschale schaute hinten heraus. Sie hörten Stimmen aus dem Garten dringen. Ein leises Geplänkel wie ein ruhiger Fluss. Jessy wäre am liebsten im Auto sitzen geblieben.

»Komm«, sagte Lukas entschlossen, als er ihre Tür aufzog und ihr seine Hand hinstreckte. Sie griff danach und ließ sich nur widerwillig von ihm mitziehen. Lukas öffnete das Tor und ging ihr voran in den Innenhof, wo die anderen bereits an der langen Tafel saßen, die in den Sommermonaten dort für ihre sonntäglichen Familientreffen aufgebaut war. Joachim hockte auf einer Bank, die Jungs hingen an ihm. Ihre Augen waren gerötet, aber sie schienen gefasst. Thea, die dünnen blonden Haare zu einem kunstvollen Sträußchen auf dem Kopf frisiert, schaufelte eifrig Sand aus dem großen Schiff, das auf der Wiese stand, die an den Hof angrenzte. Jessy beneidete sie um ihre friedliche Welt, sie hatte keine Ahnung, welcher Kummer die Menschen um sie herum an diesem Tag verband. Helga hockte mit Berthold im Schatten des Apfelbaums auf zwei wackelig aussehenden Plastikstühlen. So etwas hätte Hanne nie an ihrem schönen Eichentisch geduldet, schoss es Jessy durch den Kopf, und irgendwie war sie wütend auf die Stühle, auf die Unordnung, die sie in dieses Bild brachten.

Mone hatte sich eng an Robert gelehnt. Sie sah ebenfalls verweint aus, jedoch leuchteten ihre Augen einen kurzen Moment auf, als sie ihre süße Tochter auf wackeligen Beinen vorbeilaufen sah.

»Sie ist so ein Sonnenschein«, sagte Helga mit dem ganzen Stolz einer Großmutter.

»Mama«, sagte die Kleine und hielt Mone ein leeres Schneckenhaus hin, das sie im Sand gefunden hatte. »Wunderschön, mein Schatz«, sagte Mone und bekam einen Kuss für dieses Lob, bevor die kleinen Beinchen wieder Richtung Sandkasten wackelten.

»Es ist großartig, euch zuzusehen, ihr habt das so gut hinbekommen«, sagte Jessy und lächelte ihre neue Nichte an.

»Ja, wenn man bedenkt, wie holprig es angefangen hat«, bekannte Mone leise.

Jessy dachte an die Zeit zurück, an die unzähligen Nächte, in denen Robert das Kind allein gefüttert und gewickelt hatte, weil Mone solche Sorge hatte, etwas falsch zu machen. Ihre Unsicherheit hatte ihr im Weg gestanden, doch mit jedem Tag war sie mehr in die Rolle der Mutter gewachsen, so wie Jessy es ihr prophezeit hatte. Und je mehr ihre Ängste in den Hintergrund rückten, desto enger wurde ihre Bindung zu Thea.

Nun, ein knappes Dreivierteljahr später, hätte sich niemand von ihnen ein Leben ohne die Kleine vorstellen können. Sie war ein fröhliches, ausgeglichenes Baby, und wenn alles gut ging, würden Mone und Robert sie in ein paar Monaten adoptieren, denn die leibliche Mutter hatte beim Jugendamt bereits angegeben, dass sie keine Ansprüche mehr erheben wollte. Jessy setzte sich zu ihnen, während Lukas die Kühltasche aus dem Auto holte. Er stellte alles auf den Tisch, doch niemand hatte Hunger. Martin, der Krankenpfleger, der Hanne bis zuletzt umsorgt hatte, kam aus dem Haus. Als Joachim auf den Stuhl neben sich deutete, blieb er mit einem Kopfschütteln etwas abseits der anderen stehen, um zu rauchen. Sie bewunderte den Mann im Stillen dafür, dass er einen Job verrichtete, bei dem solche Abschiede zwangsläufig an der Tagesordnung waren.

Jessys Blick fiel auf den leeren Rollstuhl, der im Hauseingang stand. Der Anblick versetzte ihr einen Stich. Die Themen kreisten um alles Mögliche, um die Kinder, um das Wetter, um das schlechte Spiel der Nationalelf am vergangenen Samstag. Nur über Hanne sprachen sie nicht. Das brauchten sie auch gar nicht, denn ihre Abwesenheit war allen nur allzu schmerzlich bewusst.

Die Gespräche kamen jedoch irgendwann ins Stocken, das Reservoir an unverfänglichem Geplänkel war erschöpft, und es wurde still, wie in einer Kirche. Helga war die Mutigste. »Was hat der Bestatter gesagt, wann soll das Begräbnis stattfinden?« Die anderen starrten sie an, erschrocken, so als habe jemand ein gut gehütetes Geheimnis gelüftet. Joachim räusperte sich und schob die Jungs von seinem Schoß.

»Geht doch ein bisschen mit eurer Cousine spielen«, sagte er. Vincent wollte protestieren, man sah es an seinem kleinen, ernsten Gesicht. Doch als er den bittenden Blick seines Vaters auffing, fügte er sich, nahm seinen Bruder bei der Hand und führte ihn hinüber zum Sandkasten, wo Thea bereits einen großen Haufen hinausgeschaufelt hatte.

»Vermutlich Donnerstag. Es gab nicht mehr viel zu regeln, Hanne hatte das alles schon sehr früh erledigt, was mich überrascht hat. Sie hat sich weit mehr mit ihrem Tod befasst, als sie uns alle hat glauben lassen.«

Er klang belegt. »Sie hat schon vor zwei Jahren alles mit dem Bestatter besprochen. Welche Blumen, welche Musik. Wo anschließend der Nachkaffee stattfinden soll. Sie hat nichts dem Zufall überlassen. Sogar eine Auswahl an Sprüchen für die Todesanzeige hat sie aufgeschrieben.«

Sie schwiegen einen Moment.

»Typisch Hanne. Sie hat immer gesagt *Wenn du willst, dass es richtig gemacht wird, dann mach es selbst*«, sagte Mone und lächelte wehmütig. Und dann war es so, als hätte jemand eine Flasche entkorkt, aus der nun ganz viel Hanne floss. Jedem fiel plötzlich etwas ein zu ihr, eine Geschichte, eine Anekdote, eine kleine Unwichtigkeit. Jeder betrank sich an diesen Erinnerungen und kostete den herrlichen Rausch aus, solange er anhielt. Es war merkwürdig, weil es ein schöner Tag war. Ein trauriger, schöner Tag, der es irgendwie schaffte, sie noch etwas länger bei ihnen zu halten, bis am späten Abend ein fast blutroter Mond über dem Hof schien. Über den Köpfen der Kinder, die unter Decken auf den Stühlen schliefen, über den Erwachsenen, die bleich und leer erzählt dort saßen. Und dann kam es Jessy so vor, als hätte sie einen Luftzug gespürt, und Hanne schien endgültig fort zu sein.

Kapitel 67

»Bist du okay?«, fragte Lukas auf dem Heimweg und drehte sich kurz mit besorgter Miene zu ihr. Sie nickte. Wieder hielt er ihre Hand, mit seiner linken steuerte er lässig den Wagen. »Du kannst ruhig weinen, alle haben das heute getan, du musst nicht die Starke spielen, weißt du«, sagte er sanft, seinen Blick nun wieder auf die Straße geheftet. Sie sah ihn betrübt an.

»Ich kann nicht, ich habe seit über zehn Jahren nicht eine einzige Träne vergießen können, seit ...« Sie brach ab. Die Vergangenheit stand nicht mehr zwischen ihnen, und Jessy wollte nun auch keinen ihrer Schatten heraufbeschwören.

»Nun, schon sehr lange eben nicht mehr«, schloss sie kurz. Lukas war verblüfft.

»Nie? Nicht mal, wenn du allein bist?«, fragte er erstaunt.

»Nein. Es geht irgendwie nicht. Vermutlich sind meine Tränenkanäle schon zugewachsen, weil ich sie so lange nicht mehr benutzen konnte.«

Darauf sagte er nichts mehr. Sie wussten beide, wann sie das letzte Mal geweint hatte.

Die Tage bis zur Beerdigung waren zäh und unwirklich. Sie trafen sich an den Abenden bei Joachim, halfen ihm mit den Kindern und den Planungen. Er war gefasst, doch die Traurigkeit umgab ihn wie ein einsames blaues Licht. »Gestern Nacht hat Leander zwei Stunden nach ihr geschrien. Ich musste ihn letztendlich nach unten tragen, damit er sehen konnte, dass sie wirklich nicht in dem Bett liegt«, sagte er und ließ sich schwer auf einen Küchenstuhl sinken.

»Vincent macht mir viel mehr Sorgen, er ist zu gefasst«, merkte Helga an und strich ihrem Schwiegersohn über die bebenden Schultern. Sein Kopf hatte sich auf seine Arme gesenkt, der Klang seines Schluchzens wurde vom Stoff seines Pullovers erstickt.

Jessy war die Einzige, die das leise Wimmern aus dem Kinderzimmer hörte. Sie schlich sich aus der Küche und ging nach oben, wo die Jungs eigentlich schon schlafen sollten.

»Ist schon gut, Lele, ich bin bei dir.«

Vincents Stimme. Das Wimmern ebbte ab. Jessy öffnete die ohnehin nur angelehnte Tür einen Spaltbreit und sah direkt in Vinnies große, traurige Augen.

»Hey, mein Großer, das hast du gut gemacht«, sagte sie und zeigte mit dem Kopf auf seinen Bruder, der wieder eingeschlafen war. Er ließ sich in sein Kissen fallen und starrte an die Decke, an die fluoreszierende Sterne leuchteten, ein ganzer kleiner Himmel voll, den Hanne einst für die beiden aufgeklebt hatte. Leise stellte Jessy sich zu ihm, die Arme auf den Rausfallschutz seines Hochbettes gelehnt. Sein Kopf wandte sich wieder in ihre Richtung.

»Weißt du, Tante Jessy, dass da unten in dem Bett war gar nicht mehr meine Mami. Meine Mami ist schon länger weg. Das war nur noch ihre Hülle.«

Dann drehte er sich weg und schloss die Augen. Jessy fühlte sich, als würde sie von innen heraus zerrissen, als wäre der Schmerz ein lebendiges Tier, das mit scharfen Krallen an ihrem Panzer kratzte, um herauszukommen.

Kapitel 68

Der Tag der Beerdigung kam mit all der Unbefangenheit eines herrlichen Sommertages. Jessy schwitzte schon bei dem Gedanken daran, eine schwarze Hose und ein schwarzes Shirt tragen zu müssen. Lukas hatte sich ebenfalls freigenommen, er trug seinen einzigen Anzug, den er sich extra für sein Vorstellungsgespräch gekauft hatte. Nun musste er für einen anderen, viel trüberen Zweck herhalten.

Gegen neun klingelte es. Sie gingen hinunter und wurden von einer ziemlich müden, übellaunigen Mone empfangen.

»Bist du okay?«, fragte Jessy, während sie neben Lukas auf den Rücksitz des Volvos glitt. Mone nahm ihre Sonnenbrille ab. Ihre Augen darunter waren dick und gerötet.

»Der Anlass an sich ist schon furchtbar, aber der Kampf, den wir heute Morgen mit Thea austragen mussten, hat mir dann den Rest gegeben«, sagte sie, und ihre Stimme klang zittrig. Robert strich sanft über ihren Arm.

»Wir wollten sie nicht mitnehmen, deshalb wird sie ein paar Stunden bei unserer Nachbarin bleiben, Frau Zimmermann. Aber die Kleine fremdelt gerade und hat Mone mit ihrem Geschrei ganz schön zugesetzt«, erklärte Robert.

Mone zog hörbar die Nase hoch und erntete ein nachsichtiges Lächeln von ihrem Mann. »Hat ja keiner gesagt, dass es immer leicht wäre«, flüsterte er Mone zu, die tapfer seine Hand drückte.

Mone schniefte noch einmal hörbar und lächelte dann zaghaft. Der Rest der Fahrt verlief in Stille.

Sie waren sehr früh, es sollte zuerst ein Gottesdienst stattfinden, danach kam noch eine kleine Andacht in der Friedhofshalle, wo auch Hannes Sarg aufgebahrt war. Sie parkten außerhalb und gingen die paar Schritte zu der kleinen gotischen Dorfkirche, in der sich Hanne und Joachim damals das Jawort gegeben hatten und in der ihre beiden Kinder getauft worden waren. Und nun würden sie dort von Hanne Abschied nehmen.

Die Kirche war gut gefüllt, als sie eintraten. Ein Meer von Blumen und Kränzen war vor einem großen Bild abgelegt worden, das auf einer Staffelei unweit der Kanzel stand. Es war ein älteres Bild. Hanne hatte die Haare darauf noch ein Stück länger und war leicht sonnengebräunt. Sie lächelte unbeschwert in die Kamera. Jessy wandte schnell den Blick ab.

Sie gingen ganz nach vorn, wo die ersten beiden Reihen für die Familie reserviert waren. Als sie gerade Platz genommen hatten, betraten Joachim, Berthold und ihre Mutter gemeinsam mit den Jungs die Kirche. Vincent ging mit ernstem, angespanntem Gesicht an der Hand seiner Oma. Berthold hatte seine prankenhafte Hand auf Helgas Schulter gelegt, um ihr Kraft zu geben. Joachim trug Leander, der sein kleines, tränenfeuchtes Gesicht in die Kuhle zwischen Hals und Ohr seines Vaters gepresst hatte. Sein herzzerreißendes Schluchzen übertönte die gedämpften Gespräche und verstohlenen Trauerbekundungen der Erwachsenen.

Der Pfarrer kam Joachim entgegen, klopfte ihm auf die Schulter und strich den Kindern durchs Haar. Danach ging er mit ihnen nach vorn, wo sie alle einen Moment vor Hannes Bild innehielten. Als Joachim sich setzte, wartete der Geistliche, bis die Stille sich wie eine Decke über die Gemeinde gelegt hatte. Die Kirche war nun bis zum letzten Platz gefüllt. Freunde, Nachbarn, Eltern aus Schule und Kindergarten der Jungs, die Frauen vom Nachbarschaftshilfeverein, für den Hanne manchmal Kuchen gespendet oder kleine Aktionen geleitet hatte.

Orgelmusik setzte ein, danach begann der Pfarrer seine Predigt. Er fand wunderschöne Worte, und Jessy überlegte, ob Hanne sie womöglich selbst mit ihm geschrieben und besprochen hatte.

»Der Tod, so furchtbar und sinnlos er uns auch in diesem Moment erscheinen mag, für Hanne war er am Ende eine Erlösung«, hörte sie ihn ergriffen schließen. Seine letzten Worte verschmolzen mit Eric Claptons »Tears in Heaven«.

Um sich herum sah Jessy überall Tränen. Sie hörte die Menschen weinen und schluchzen und sah die unzähligen weißen Papiertaschentücher, die Nasen und Augen betupften.

Sie hasste sich dafür, dass nicht einmal jetzt bei ihr die Tränen kamen. Der Kloß war da, größer als je zuvor. Er drückte wie eine Faust gegen ihre Luftröhre, gegen ihre Speiseröhre. Er nahm ihr fast den Atem, und trotzdem konnte sie ihn nicht herausweinen.

Lukas strich sanft über ihren Handrücken, seine Tränen liefen, leise, voller Trauer und Anteilnahme. Nach dem Ende des Gottesdienstes erhoben sie sich mit zittrigen Beinen und folgten dem Pfarrer wie eine schwarze Wolke aus der Kirche heraus. Sie gingen die paar Schritte zu Fuß bis zum Friedhof. In der Friedhofshalle erwartete sie der Kirchenchor, der leise »Time to say Goodbye« anstimmte. Der Bestatter hatte in Windeseile die Blumen und Kränze aus der Kirche hierhergebracht und vor den Sarg drapiert. Der Deckel war glücklicherweise geschlossen. Jessy wusste nicht, ob sie die Kraft gehabt hätte, sie noch einmal anzusehen.

Es folgten ein paar Ansprachen und Fürbitten von Freunden und Nachbarn, danach erhoben sich Joachim, Robert, Berthold und Lukas sowie zwei Männer aus dem engeren Freundeskreis und trugen sie fort. Helga, Mone und Jessy folgten mit den Jungs.

»Asche zu Asche, Staub zu Staub.« Die Worte des Pfarrers flogen hinter der Erde her, die nun Schaufel für Schaufel Hannes letztes, kaltes Bett bedeckte. Der Kloß schwoll weiter an, Jessy fuhr sich an den Hals, als könnte sie dort eine unsichtbare Hand lösen, die sie mit stählernem Griff gefangen hielt. Sie atmete ein, doch es kam keine Luft mehr heraus. Die Worte des Pfarrers klangen plötzlich seltsam verzerrt. Dann drehte sich die Welt. Das Letzte, was sie sah, war der unnatürlich blaue Himmel über sich.

Kapitel 69

Jessy kam in der scheußlichen Friedhofshalle wieder zu sich. Jemand hatte zwei Stühle zusammengeschoben und ihr mehrere Kissen unter die Beine geschoben. Lukas hielt ihre Hand, gleich dahinter sah sie in die sorgenvollen Mienen von Mone und Robert.

»Stirbt Tante Jessy jetzt auch?«, fragte Vincent mit seiner typischen Direktheit. Mone blickte ihren Neffen bestürzt an und zog ihn in eine schnelle Umarmung.

»O Gott, nein, Tante Jessy war nur schwindelig, vielleicht hat sie zu wenig getrunken bei der Hitze. Das geht gleich vorüber.«

Vincent nickte erleichtert und trollte sich beruhigt wieder nach draußen zu seinem Vater, der mit einigen Trauergästen vor der Halle stand.

Mone trat mit ernstem Gesicht zu ihrer Schwester.

»Kleines, ich befürchte, du hattest eine Panikattacke.«

Jessy setzte sich abrupt auf.

»Was hatte ich?«, fragte sie ungläubig.

Robert nickte. »Ich habe damit auch zu tun gehabt. Es hilft, wenn du in eine Tüte atmest. Und auf keinen Fall darfst du Angst vor der Angst bekommen.« Er strich ihr brüderlich übers Haar.

»Ich bleibe mit ihr hier«, sagte Lukas und wollte sie sanft wieder in eine liegende Position drücken, doch Jessy schob seine Hand weg.

»Geht schon«, krächzte sie und kämpfte sich hoch. Das war sie Hanne schließlich schuldig, heute sollte es nur um sie gehen. Lukas wollte protestieren, doch besann sich angesichts ihres stur nach vorn geschobenen Kinns eines Besseren. Sie gingen wieder nach draußen, wo die Trauergäste schon in einer Reihe anstanden, um der Familie zu kondolieren.

Panikattacke – Jessy schüttelte unwillig den Kopf. Die Enge in ihrem Hals war immer noch da. Nur wurde sie jetzt auch noch von einem Gefühl begleitet, als würde sie über eine wacklige Hängebrücke laufen, als würde der Boden ihr keinen Halt mehr geben. Sie reihten sich neben Joachim auf und schüttelten nun ebenfalls Hände, blickten in verweinte Gesichter und versuchten tapfer, den nicht enden wollenden Strom an warmen Worten und Beileidsbekundungen gemeinsam durchzustehen.

Der sich anschließende Nachkaffee kam Jessy endlos vor. Sie fühlte sich schwindelig und hatte tatsächlich Angst davor, noch einmal dieses hilflose Gefühl von vorhin zu verspüren. Sie saß schweigend am Tisch, unfähig, etwas von dem üppigen Kuchenbüfett oder dem Kaffee zu sich zu nehmen. Lukas warf ihr immer wieder besorgte Blicke zu, doch sie vermied es, ihn anzusehen.

Endlich begannen die Ersten aufzubrechen. Der große Saal leerte sich, bis nur noch die Familie übrig war. Der Abend war angebrochen, die Jungs hockten in einer Ecke des Saals und spielten auf kleinen Konsolen virtuelles

Fußball. Jessy und Mone halfen, die Reste zu verpacken, und saßen etwas später, jeder mit einem Plastikteller voll Bienenstich und Streuselkuchen auf dem Schoß, wieder in Roberts Volvo.

»Wir setzen euch nur schnell ab, ich muss jetzt unbedingt zu Thea«, sagte sie, ihren Fokus für den Moment auf andere Dinge gelenkt als die eigene Trauer. Jessys Blick hing auf dem Kuchen, ihr Hals zog sich wieder gefährlich zu. Lukas merkte, wie sie wie ein Fisch nach Luft zu schnappen begann. Er zog sie in seine Arme, ihren Kopf an sein Herz gepresst.

»Ich bin bei dir, atme ganz ruhig.« Allmählich flachte die Attacke ab. Es war schon die zweite an diesem Tag. Würde ihr das jetzt häufiger passieren? Der Gedanke ließ die Panik erneut in ihr hochsteigen.

Kapitel 70

Die Wochen nach Hannes Tod verschwammen in Jessys Kopf. Der Alltag wollte sich nicht recht wieder einstellen, die Attacken waren seit der Beerdigung ihr treuer Begleiter, sie hatte einen Ärztemarathon hinter sich, doch organisch fehlte ihr nichts. Lukas war in ständiger Sorge. Er rief oft aus der Redaktion an, und manchmal, wenn es sein Chef erlaubte, fuhr er früher heim und schrieb die Artikel von seinem Dienstlaptop aus, nur damit er bei ihr sein konnte. Müde und gereizt und todtraurig, so fühlte sie sich. Ein bisschen so, als sei ein Teil von ihr mit Hanne gestorben. Sie wollte niemanden sehen und mit niemandem sprechen. Selbst Lukas stieß sie zurück. Sie wand sich aus seinen Umarmungen, drehte sich von seinen Küssen fort, verschloss ihren Körper.

Vermutlich hätte Jessy auch ihre Schwester nicht hereingelassen. Und vermutlich wusste Mone das. Darum starrte Jessy auch leicht entsetzt auf deren schlanke Gestalt, als diese an einem grauen, kalten Oktobermorgen plötzlich vor ihrem Bett stand.

»Wie bist du hereingekommen?«, keuchte Jessy.

»Lukas hat mir den Schlüssel vorbeigebracht.«

»Verräter«, murrte sie und wollte schon wie ein trotziges

Kind einfach die Decke wieder über sich ziehen, als ihre Schwester energisch das schützende Plumeau fortzerrte.

»Los, zieh dich an, wir machen einen Ausflug.«

Jessy schüttelte stur den Kopf. »Lass mich, Mone. Mir geht es heute nicht so gut.«

Mone schnaubte ungläubig. »Heute?« Sie blickte Jessy herausfordernd an. Sie beide wussten, dass das eine Lüge war.

Mone sah so aus, als ob sie auf keinen Fall bereit wäre, Jessy so schnell vom Wickel zu lassen, und blickte gespielt gelangweilt auf ihre Uhr.

»Ich bin nicht in Eile, Robert hat heute frei und ist bei der Kleinen, also lass dir ruhig Zeit.«

»Und was, wenn ich nicht will? Ist ja mein freier Tag, da muss ich gar nichts«, grummelte Jessy und riss Mone mit einer schnellen Bewegung die Decke fort, unter der sie sich sogleich wieder bis zur Nasenspitze vergrub. Sie hörte, wie Mone das Zimmer verließ, und wollte sich schon erleichtert wieder in die Kissen drehen, als ihre Schwester erneut auftauchte und ihr aus einem Zahnputzbecher kaltes Wasser übergoss. Jessy schrie laut auf.

»Bist du übergeschnappt?«

Prustend sprang sie aus dem Bett, das Wasser rann ihr von den Haaren in den Pyjama.

»Nun, wo du ohnehin schon nass bist, kannst du auch gleich duschen gehen.«

Damit ließ Mone sie dort tropfnass und wütend stehen. Jessy kämpfte mit sich, rang mit dem bösen Engel, der ihr befahl, sich einfach wieder hinzulegen und einzuigeln, bis Mone ging. Am Ende gewann der gute Engel – vielleicht war es aber auch die Tatsache, dass das nasse Bett ihr nun nicht mehr wirklich einladend schien. Als Jessy aus der Dusche kam, hatte Mone in der Küche ein reichhaltiges Frühstück aufgebaut mit Brötchen, Marmelade, Müsli und frisch gepresstem Orangensaft.

»Denk nicht mal drüber nach, das hier auszuschlagen«, sagte sie drohend. Sie sah sehr überzeugend aus, wie sie dort stand und mit dem Brötchenmesser wedelte, weshalb Jessy folgsam Platz nahm und sich etwas Müsli in die Schüssel füllte. Mone hatte das Bett abgezogen, während Jessy duschen war. Das nasse Laken hing nun über der Heizung. Schweigend sah sie Jessy beim Essen zu, die mit jedem Bissen kämpfte und schließlich die halbvolle Müslischüssel von sich schob. Es war, als verhindere der Kloß nicht nur das Weinen.

Mone räumte resigniert den Tisch ab und stellte die Essensreste in den Kühlschrank.

»Du kannst so was von froh sein, dass du Lukas hast. Ohne ihn wärst du vermutlich schon verhungert.«

Jessy schob sich schuldbewusst eine frisch gewaschene Haarsträhne hinters Ohr. Mone sah die Geste und lächelte kurz. »Ich mochte deine kurzen Haare, aber die halbe Länge steht dir auch gut.«

Teilnahmslos zuckte sie die Achseln. Ihr war es derzeit ziemlich gleich, wie sie aussah. Aus dem Augenwinkel beobachtete sie, wie ihre Schwester sich mit verschränkten Armen an die Küchenzeile lehnte und sie mit ihrem Blick fixierte.

»Weißt du, ich hatte schon arge Bedenken, als ihr damals zusammengekommen seid. Aber Lukas ist das Beste, was dir passieren konnte. Er liebt dich, aufrichtig. Aber auch er kommt an seine Grenzen. Er geht den ganzen Tag arbeiten, sein Volontariat steht kurz vor dem Abschluss, und er hofft, dass er danach einen Redakteursvertrag angeboten bekommt. Aber er kann keinen klaren Gedanken fassen und sich auf nichts konzentrieren, weil er sich um dich sorgt – und das nicht ohne Grund, Jessy, wir alle machen uns mittlerweile Sorgen.«

Jessy schwieg und starrte mit brennenden Wangen auf ihre Finger, die nervös am Bündchen ihres Pullovers kneteten. »Ich weiß, aber ich vermisse sie einfach so sehr«, flüsterte sie.

Mone kam zu ihr und setzte sich ihr gegenüber auf den Stuhl. Sie lächelte wehmütig. »Wir alle vermissen sie, Jessy. Es tut jeden Tag weh, an Hanne zu denken. Aber das Leben geht weiter. Sie hätte nicht gewollt, dass du dich in deiner Trauer verkriechst.«

Jessy seufzte. »Ich mag einfach gerade keine anderen Menschen um mich herum haben.«

»Und was ist mit mir?«

Jessy rang sich ein kleines Lächeln ab.

»Du bist okay.«

Mone strich ihr sanft über den Arm. »Dann macht es dir sicher auch nichts aus, mich auf den kleinen Ausflug zu begleiten.«

»Wo soll es denn hingehen?«, fragte Jessy misstrauisch.

»Wirst du schon sehen.« Mone war schon an der Tür und hielt Jessys Jacke in der Hand. An der entschlossenen Miene ihrer Schwester war abzulesen, dass ihr kaum eine

Wahl blieb. Ergeben stand sie auf und folgte Mone zum Auto.

Fröstelnd saß sie nun neben ihrer Schwester, die ein großes Geheimnis aus dem Ziel ihrer Fahrt machte. Jessy spürte, dass etwas in der Luft lag, und es machte sie nervös.

»Wo fahren wir hin?«, fragte sie scharf, als die Welt vor dem Autofenster grün und hügelig wurde. Seit der Beerdigung war sie nicht mehr dort gewesen. Die Sonntage hatte sie gemieden, weil sie es nicht ertrug, zu Hannes Haus zu fahren. Die Tatsache, dass dort alles so normal aussah auch ohne sie, tat einfach zu weh.

»Joachim hat mich gebeten, mit dir zusammen durch ihre Sachen zu gehen. Du weißt schon – was wegkann und was wir behalten wollen.«

Sie hätte auch sagen können, dass sie zum nächstgelegenen Zoo fahren und ein Elefantenbaby töten wollte. Entsetzter hätte sie ihre Schwester nicht ansehen können.

»Nein, Mone. Nein, ich kann das nicht, fahr mich heim.«

Jessy zitterte nun unkontrolliert. Mone legte beruhigend ihre Hand auf Jessys Bein, das auf und nieder hüpfte wie unter Strom.

»Wir werden nicht umkehren.«

Sie sagte das mit solcher Bestimmtheit, dass Jessy für einen Augenblick sogar das Zittern vergaß.

Im Hof hatte der Frost Eiszapfen an den Blumenkästen hinterlassen, in denen nun Tannenzweige anstelle von Blumen steckten. Ein einsamer roter Ball lag in der Auffahrt, am Garagentor lehnten Fahrräder.

»Keine Sorge, sie sind nicht da«, sagte Mone, als könnte sie Jessys Gedanken lesen.

»Mama und Berthold haben die Jungs eben abgeholt, und Joachim ist in der Firma.«

Jessy hatte ein schlechtes Gewissen, weil es sie erleichterte, dass niemand zu Hause war.

»Und wie kommen wir rein? Hast du von Joachim auch einen Schlüssel?«, fragte sie trocken. Ihre Schwester überging Jessys Sarkasmus jedoch und hielt ihr triumphierend ein Bund mit einem silbernen Anhänger entgegen, ein kleines Viereck.

Jessy kannte den Schlüssel, öffnete man die fragile Klappe des Anhängers, waren darin die Babybilder der Jungs. Er hatte Hanne gehört. Mit weichen Knien stieg sie aus dem Auto. Mone ging voraus. Unbefangen ließ sie den Schlüssel in das Türschloss gleiten und trat in den Hausflur. Der Rollstuhl war fort. Es roch anders, nach nassen Schuhen, Hund und den verbrannten Frikadellen, die vom Mittagessen übrig waren und auf dem Herd in der Pfanne darauf warteten, entsorgt zu werden. Es roch nicht mehr nach ihr, schoss es Jessy wehmütig durch den Kopf.

Auch hatte Joachim das Pflegezimmer aufgelöst, das Bett war fort, ebenso die Apparate, die Kisten mit den Einmalhandschuhen, den Desinfektionsmitteln und den Medikamenten. Stattdessen stand in dem ansonsten leeren Raum nun ein Wäscheständer, auf dem Hemden, Hosen und kleine buntblaue Schlafanzüge trockneten.

Im Wohnzimmer hatte Joachim auf dem Sideboard eine kleine Galerie aufgebaut. Dort waren unzählige Bilder von Hanne aufgereiht, alle in schönen, blank polierten Rahmen. Hanne am Strand, Hanne mit den Kindern, Hanne winkend an der Haustür mit einem sorglosen Lächeln auf ihren jungen Zügen. Eine kleine Kerze stand daneben auf einem Teller, die schon halb abgebrannt war. Vermutlich zündete Joachim abends mit den Kindern das kleine Licht für Hanne an. Jessy wand beklommen den Blick ab.

Mone war im Keller verschwunden und kam kurze Zeit später mit mehreren zusammengefalteten Umzugskartons wieder hoch. »Joachim hat die besorgt, da können wir die Sachen rein sortieren, die wegsollen.«

Sie nickte mechanisch und folgte Mone wie ferngesteuert ins Obergeschoss. Vor dem Schlafzimmer, das Hanne früher mit Joachim geteilt hatte, blieb sie stehen.

»Jessy, tief durchatmen, du machst das gut.«

Mone stand dicht vor ihr, liebevoll schob sie ihr die eine unbändige Strähne aus dem Gesicht, die dort immer im Weg war, seit sie die Haare wieder hatte wachsen lassen. Beherzt öffnete Mone die Tür und ging zu dem großen braunen Einbauschrank, der außer dem Bett und den beiden Nachtschränkchen das einzige Möbelstück in diesem Zimmer war. Überall hingen Bilder der Kinder. Babybilder, Bilder aus dem Kindergarten, vom Familienausflug, mit dem Hund und von Vincents erstem Schultag. Auf Joachims Seite des Bettes stand ein weiterer gerahmter Schnappschuss von Hanne mit einem wundervollen dicken Babybauch. Sie sah unglaublich schön aus. Strahlend und stolz blickte sie in die Kamera, ein einmaliger Moment, für die Ewigkeit gebannt.

Es fing wieder an, Jessy atmete ein, aber die Luft blieb stecken. Sie kam nicht mehr raus. Mone stand plötzlich neben ihr und hatte aus ihrer Handtasche eine Tüte gezaubert.

»Die habe ich immer noch da drin, aus der Zeit, als es Robert schlecht ging«, sagte sie, während sie Jessy die Öffnung über Mund und Nase schob. Sie atmete mehrmals die eigene Luft ein und aus und wurde langsam ruhiger.

»Lass uns das ein anderes Mal tun«, flehte sie, noch immer in die Tüte hinein, doch Mone schüttelte erbarmungslos den Kopf.

»Nein, wir ziehen das hier jetzt durch. Ich schiebe das schon seit Wochen vor mir her. Aber ich mach das nicht allein.«

Sie drückte Jessy sanft in Richtung Schrank und zog die Türen auseinander. Etwas von Hannes Duft kam ihnen entgegen – ein kleiner Hauch, der sich dort versteckt hatte. Lavendel, Boss Woman und etwas Unverwechselbares, das Jessy nur mit Hanne verband. Mone begann, die Kartons auseinanderzufalten, während Jessy andächtig über Hannes Sachen fuhr. Über die Pullover, die Jacken und Hosen, die dort so ordentlich aufgereiht darauf zu warten schienen, dass ihre Besitzerin zurückkommen und sie überstreifen möge. Sie kam sich vor wie ein Dieb, der dabei war, ein anderes Leben für immer zu stehlen.

»Fang irgendwo an«, befahl Mone, doch Jessy blieb reglos stehen. Mone trat hinter sie und zog sie sanft vom Schrank weg.

»Schon gut. Ich gebe dir die Sachen, und du legst sie nur in die Kartons, das schaffst du, oder?«

Jessy nickte benommen und ließ sich von Mone zu den Pappbehältern führen, in die sie Hannes Leben packen würden.

»Willst du den Pullover haben?« Mone hielt einen blauen Strickpulli mit einem V-Ausschnitt hoch. Jessy schüttelte den Kopf. Mone reichte ihn ihr, und Jessy legte ihn behutsam fort. So arbeiteten sie sich durch die Sachen, bis alles fort war. Die leeren Kleiderbügel klapperten vorwurfsvoll im Inneren des Schranks. Mone hatte sich einen kleinen Haufen zur Seite gelegt, Jessy wollte nichts davon.

»Jetzt der Schmuck.« Mone zog die Schublade am Nachttisch auf.

»Huch«, sagte sie und hob eine Holzschatulle heraus, auf der ein Zettel klebte.

Für meine Sonntagsschwestern, stand darauf.

Jessy starrte nachdenklich auf das Kästchen. Was für ein merkwürdiger Name, auch wenn der Sonntag für sie alle zugegebenermaßen eine große Bedeutung hatte, so wäre sie nie auf die Idee gekommen, sich so mit diesem Tag zu identifizieren.

»Die Schatulle kenn ich gar nicht«, sagte Mone und fuhr versonnen über das mit Schnitzereien verzierte Kästchen. Sie öffnete den Deckel, und eine kleine Melodie war zu hören.

»Da sind zwei Umschläge drin«, sagte Mone. Sie klang überrascht.

»Auf dem hier steht dein Name.«

Sie reichte Jessy den weißen Umschlag.

Es war Hannes Schrift, etwas krakelig, so wie sie geschrieben hatte, als die Krankheit schon in ihren Fingern steckte. Auf dem anderen stand Mones Name. Sie hockten nun zusammen auf dem Bett, beide mit dem jeweils für sie bestimmten Brief.

»Machst du auf?«, flüsterte Mone. Jessy fuhr mit dem Finger darüber.

»Ich will allein dafür sein.«

Mone nickte. »Ich auch.«

Zeitgleich ließen sie die Umschläge in den Hosentaschen verschwinden.

Sie räumten alles zusammen und stapelten die Pappschachteln ordentlich im Flur. Joachim wollte sie an eine gemeinnützige Organisation spenden. Jessy warf einen letzten Blick auf die Kartons, dann folgte sie Mone zum Auto. Der Brief in ihrer Jeans wog schwer wie Blei. Sie war so aufgeregt, dass sie auf der Rückfahrt sogar vergaß, traurig zu sein.

Kapitel 71

Mone hatte das Baby zu Bett gebracht. Robert lag auf dem Sofa. Er hatte sich dort unter einer Decke ausgestreckt. Sein Atem ging gleichmäßig. Sanft zog sie die Wolldecke zurecht und hauchte ihm einen Kuss auf den leicht geöffneten Mund, im Schlaf lächelte er. Sie gähnte herzhaft. Sie beide waren oft erschöpft in letzter Zeit. Ein Tribut, den sie den zahlreichen schlaflosen Nächten zollten, die seit Theas Einzug zu ihnen gehörten wie der Duft nach Babyöl und warmer Milch. Sie ließ sich neben ihn aufs Sofa sinken, stahl sich etwas von der Decke und betrank sich einen Augenblick lang an ihrem Glück.

Noch vor gar nicht allzu langer Zeit war ihr das hier, dieses Leben, unerreichbar erschienen. Sie war froh darum, dass sie ihm hatte vergeben können. Und er ihr. Doch jetzt, wo sie mit zittriger Hand den weißen Umschlag umklammerte, fragte sie sich, ob Hanne es auch hatte tun können.

Sie sah sich in ihrem Wohnzimmer um. Die Blumen mussten morgen gegossen werden. In einer Ecke lag eine Krabbeldecke, auf der Theas Spielsachen ausgebreitet waren. Sie hatte vergessen, sie wieder aufzuräumen. Im Kopf machte sie sinnlose Bestandsaufnahme, nur um den Moment hinauszuzögern, an dem sie irgendwann den Umschlag würde aufreißen müssen. Als es draußen schon so dunkel war, dass die Geräusche der Straße verstummten und die Stille in der Wohnung sie mahnte, endlich neben ihrem Mann die Augen zu schließen, um wenigstens noch ein paar Stunden Schlaf vor dem nächsten Fläschchen zu bekommen, riss sie ihn endlich auf.

Liebe Mone,

wenn du das hier liest, dann bin ich schon fort, und ich gehe davon aus, dass wir uns nicht mehr ausgesprochen haben. Zum einen, weil meine Stimme mir ohnehin immer mehr den Dienst versagt, zum anderen, weil es auch eigentlich nichts zu sagen gibt. Ich habe dir verziehen. Schon lange. Es gab eine Zeit, da habe ich dich dafür gehasst, dass du mir das antust, dass du und Joachim mich betrogen habt. Aber es war nur eine ganz kurze Zeit. Denn dann kam diese elende Krankheit und mit ihr die Erkenntnis, dass das Leben zu kurz für Hass und Groll ist. Ich bin froh, dass ihr die Sache von euch aus beendet habt, und ich habe mich von Herzen für dich gefreut, als du Robert wieder in dein Leben gelassen hast. Auch er hat Fehler gemacht, aber du hast ihm verziehen, und ich wünsche eurer kleinen Familie alles Glück der Welt. Bitte kümmere dich zwischendurch um Joachim und meine Jungs. Ich weiß, sie werden es hinkriegen, aber ein bisschen weibliche Unterstützung kann nie schaden. Ich danke dir dafür, dass du mich auf diesem letzten Weg begleitet hast, dass du für mich da warst. Ich hab oft an uns gedacht als Sonn-

tagsschwestern – als zerbrochene Einheit, die nur noch von diesem einen Tag zusammengehalten wird. Aber das stimmt nicht, wir sind auch den Rest der Woche füreinander da gewesen – alle Tage. Wir haben alles geteilt, Gutes wie Schlechtes, und darauf kommt es am Ende doch an, oder?

Hanne

Kapitel 72

Mone hatte Jessy vor ihrer Wohnung abgesetzt. Jessy sah ihr nach, wie sie davonfuhr. Ihre Hosentasche fühlte sich an, als hätte sie Steine gesammelt. Sie zog den Umschlag heraus, schloss die Tür auf und ging langsam die Treppe hinauf. Vor der Wohnung zögerte sie. Sie wusste nicht, ob sie in der Lage sein würde, Hannes Zeilen zu lesen, ohne den nächsten Zusammenbruch zu bekommen. Zittrig versuchte sie, den Schlüssel ins Schloss zu stecken, als die Tür vor ihrer Nase aufschwang und Lukas' Gesicht dahinter auftauchte. Er sah erfreut aus.

»Du warst unterwegs«, stellte er lächelnd fest. Jessy nickte, der Kloß saß zu fest für eine Antwort. Er ließ sie rein und half ihr aus der Jacke.

»Soll ich uns was kochen?«, fragte er, bereits auf dem Weg in die Küche. Ein Nein wäre ohnehin zwecklos gewesen, also ließ sie ihn gewähren. Seine Kochkünste hatten sich, seitdem er das erste Mal für sie ein Essen zubereitet hatte, immerhin deutlich verbessert, auch wenn Jessys mangelnder Appetit diesen Umstand kaum honorierte.

Während Lukas in der Küche geschäftig mit den Töpfen hantierte, ging sie ins Schlafzimmer und ließ sich auf ihr gemeinsames Bett sinken. Dort blieb sie hocken, Hannes Brief unschlüssig zwischen ihren kalten Fingern drehend. Ihr Blick fiel auf ein Foto, das auf ihrem Nachttisch stand, es zeigte sie drei, Hanne, Mone und sie, bei einem Ausflug ins Freibad vor einigen Jahren. Sie saßen am Beckenrand, Mone und sie selbst im Profil abgelichtet, weil sie den heimlichen Fotografen nicht bemerkt hatten, Hanne jedoch hatte sich umgewandt und demjenigen mit der Kamera verschmitzt zugezwinkert. Es fühlte sich an, als würde sie ihr nun Mut zusprechen. Jessy holte tief Luft und riss den Umschlag entschlossen auf.

Meine kleine Jessy,

ich weiß, dass vor etwa zehn Jahren – vor deinem Klinikaufenthalt – etwas geschehen sein muss. Etwas, das dich zu diesem drastischen Schritt damals getrieben hat, das dich verändert hat. Du warst zwar kein unbeschwertes Kind, dafür war unser Leben nach Papas Fortgehen, nach seinem Tod, wie wir nun wissen, auch zu kompliziert. Trotzdem hatte ich immer das Gefühl, du würdest deinen Weg schon gehen. Und dann bist du ins Trudeln geraten, wie ein Kreisel, den man mit dem Finger anstößt. Und du hast deine Bahn nicht mehr gefunden. Ich wollte dir so gern beistehen, für dich da sein, doch nun kann ich dir wegen dieser Scheißkrankheit keine Hilfe mehr sein, im Gegenteil, nun bin ich eine zusätzliche Last geworden. Das Einzige, das ich in meiner Lage noch annähernd positiv bezeichnen könnte, ist die Erkenntnis, dass man sein Leben leben muss, denn so profan das ist, man hat nur

das eine, Jessy. Genieße es. Lache, liebe, träume, sei
zornig und traurig und dann wieder betrunken vor
Glück. Hab keine Angst vor all den Gefühlen, lass sie
raus, die guten wie die schlechten. Spring ins eiskalte
Meer, tanze im Regen, schau in die Sterne, und liebe
mit allem, was du zu geben hast. Ich werde dich, euch
alle, im Auge behalten, vielleicht schau ich sonntags
mal vorbei, ob ihr den Braten wieder zu lange im Ofen
gelassen habt – und ob du meinem Rat folgst und dein
Herz weit geöffnet hast. Denn nur darauf kommt es an.
Ich hab dich lieb.

Deine Hanne

Ein merkwürdiger Laut ließ Jessy zusammenfahren. Erschrocken blickte sie sich um, bis sie begriff, dass sie selbst diesen Laut ausgestoßen hatte. Ohne ihr Zutun kam wieder ein solcher Laut über ihre Lippen und wieder. Und dann spürte sie sie. Tränen. Sie liefen erst zögerlich, eine nach der anderen, bis sie zu Rinnsalen wurden, die zu Bächen anschwollen und dann zu ganzen Ozeanen zusammenliefen.

Lukas stand plötzlich in der Tür. Er nahm das Bild kurz in sich auf. Der Brief, ihre Tränen. Ohne ein Wort kam er auf sie zu und ließ sich neben sie aufs Bett fallen. Er zog sie an sich, und dort weinte Jessy weiter. Sie weinte all die ungeweinten Tränen, die seit zehn Jahren in ihrer Kehle gesteckt hatten. Sie löste sich auf, dort in seiner Umarmung, und setzte sich langsam, wie ein Puzzle, Stück für Stück wieder zusammen.

Jessy wusste nicht, wie viele Stunden es dauerte, bis keine Tränen mehr kamen, wie lange sie reglos dort gesessen hatten.

»Besser?«, flüsterte Lukas irgendwann und strich ihr die unbändige Strähne hinters Ohr. Jessy nickte und stellte erstaunt fest, dass es stimmte. Es ging ihr tatsächlich besser, viel besser. Lukas stand auf, doch Jessy zog ihn am Pulli wieder zu sich.

»Wo willst du hin?«, flüsterte sie und sah ihm an, wie überrascht er war, dass sie noch nicht genug von seiner Nähe hatte. Er rieb sich verlegen über die Haare, die gleich darauf wild von seinem Kopf abstanden. Es war eine so vertraute Geste, dass Jessys Herz sich ganz plötzlich zusammenzog, nur um sich dann gefühlt auf doppelte Größe auszudehnen.

»Ich dachte, ich mach uns Tee«, sagte er, fast verlegen. Sie waren beide die Nähe des anderen nach all den Wochen, die sie ihn ausgeschlossen hatte, nicht mehr gewohnt.

»Ich will keinen Tee«, sagte Jessy, und Lukas suchte fragend ihr Gesicht ab, ob er sie richtig verstanden hatte. Sie lächelte, woraufhin er sie erleichtert in seine Arme zog.

»Jessy, du hast mir wirklich Angst eingejagt in den letzten Wochen. Ich bin nicht mehr an dich rangekommen«, flüsterte er dicht neben ihrem Ohr.

»Ich weiß. Es tut mir so leid, ich war nur so unendlich traurig«, bekannte sie zittrig.

»Dir muss nichts leidtun, ich stehe alles mit dir durch, mich wirst du nicht mehr los, das habe ich dir gesagt, aber schließ mich nicht mehr aus. Ich will wissen, was da drinnen vor sich geht.«

Er ließ seine Hand an der Stelle ruhen, wo ihr Herz nun sperrangelweit offen stand. Sie legte ihre Hand auf seine, dachte an Hannes Worte und musste lächeln.

»Versprochen.«

Epilog

Es war Sonntag. Sie würden sich gleich mit den anderen treffen, so wie es schon lange Tradition in ihrer Familie war. Eine Tradition, die sie Hanne zu verdanken hatten. Als sie starb, stand es auf der Kippe, ob diese Sonntage fortgeführt werden sollten. Es fühlte sich für alle zunächst merkwürdig, ja sogar falsch an, dort, in ihrem Haus zu sitzen, zu essen, zu trinken, zu lachen, zu leben – ohne sie. Doch wie besser hätten sie ihr Andenken pflegen können, als daran festzuhalten. An ihr festzuhalten.

Und so setzten sie an einem Punkt wieder an. Beklommen zuerst und unsicher, doch mit der Zeit kam die Routine und mit der Routine auch die Freude und die glücklichen Erinnerungen an Hanne. Jedes Mal, wenn sie sich nun sahen, war es so, als sei sie dabei. Irgendwo zwischen ihnen. Sie sah ihnen zu und lachte mit ihnen und freute sich, dass sie vergebens versuchten, das Essen so lecker hinzubekommen, wie nur sie es konnte. Jessy lächelte bei dem Gedanken.

Lukas kam ins Zimmer. Er küsste sie flüchtig und ging dann ins Bad, um sich fertig zu machen.

»Was packst du da ein?«, fragte er, als er sah, wie sie eine Mappe in ihre Handtasche steckte.

»Ich will es allen zeigen«, sagte Jessy und lächelte stolz. Verlegen fuhr er sich durchs Haar. Es war ihm peinlich, damit anzugeben. Jessy wusste das, und das machte ihn nur noch liebenswerter.

»Bitte, lass es mich mitnehmen«, flehte sie und faltete wie ein kleines Mädchen beim Nachtgebet die Hände.

»Du weißt genau, dass ich dir nichts abschlagen kann, wenn du so schaust«, sagte er und ging kopfschüttelnd ins Bad.

Als sie später vor dem Haus hielten, waren die anderen bereits da. Es war ein warmer Sommertag, die große Tafel im Innenhof war mit bunt zusammengewürfeltem Geschirr gedeckt. Der Hund lag dösend in der Sonne. Vincent trug einen Topf mit Kartoffeln raus. Er blickte zu ihnen und lächelte. Er lächelte zum Glück wieder mehr in der letzten Zeit. Leander spielte mit seiner Cousine im Sandkasten, obwohl er der Meinung war, langsam zu alt dafür zu sein. Er trug seine Lieblingskette. Ein Medaillon, in dem zwei Bilder seiner Mutter waren. Joachim hatte sie ihm geschenkt, kurz nach der Beerdigung, und er hatte sie seitdem nie mehr ausgezogen. Wenn er müde wurde oder traurig, dann streichelten seine kleinen Finger darüber, und wenn er dann lächelte, fand man auch in seinen Zügen etwas von Hanne wieder.

Mone saß im Schatten und gab dem Baby die Flasche. Sie und Robert hatten neben Thea nun noch einen kleinen Jungen. Eine Frau vom Jugendamt hatte Oskar vor sechs Wochen mitten in der Nacht zu ihnen gebracht, da sich Mone und Robert nach Theas Adoption entschlossen hatten, noch ein weiteres Pflegekind anzunehmen. Thea war zwar eifersüchtig, aber auch ganz vernarrt in ihren kleinen Bruder, sodass sie versuchte zu verstehen, warum Mami nun so viel Zeit mit ihm verbrachte und sie dafür manchmal zu Oma und Berthold ging.

Ihre Mutter kam gerade aus der Küche und stellte eine Schüssel mit Salat auf den Tisch, gefolgt von Berthold, der eine Kiste Wasser trug.

»Da seid ihr ja endlich«, rief sie und hörte sich in ihrer Ungeduld an wie Hanne früher. Jessy musste lächeln. Ihre beiden Schwager standen am Grill. Sie tranken gemeinsam ein Bier und betrachteten die Idylle, diesen Frieden, der von der sommerlichen Trägheit ausging. Als sie später satt und selbstvergessen vor ihren leeren Tellern saßen, holte Jessy die Mappe heraus.

»Was hast du da?«, fragte Helga neugierig.

»Das ist sie, die Urkunde«, sagte sie und versuchte, nicht vor Stolz zu platzen.

»Zeig her«, sagte Mone und zog sie Jessy aufgeregt aus der Hand. Vorsichtig packte sie das Schriftstück aus, auf dem in goldenen Lettern sein Name prangte.

»Glückwunsch«, sagte Joachim und klopfte Lukas anerkennend auf die Schulter. Ihm war das unangenehm, das konnte Jessy sehen, weshalb sie ihm einen schnellen Kuss aufdrückte und ihm dann aufmunternd zulächelte. Er hatte allen Grund, stolz auf sich zu sein, sie war es definitiv. Gerade erst war seine Reportage über Hanne und ihren Leidensweg ausgezeichnet worden. Joachim hatte ihm dafür Hannes Tagebuch anvertraut, das sie heimlich nach der Diagnose begonnen und wofür sie mehrere Kassetten mit einem alten Diktiergerät aufgenommen hatte.

Hanne war schon immer jemand, der gern Traditionen pflegte und lieber Papas veraltete Technik nutzte statt ihr Smartphone. Gemeinsam hatten sie ihrer brüchiger werdenden Stimme gelauscht, die aus einer anderen Zeit zu kommen schien. Ein Gefühl, das durch das Rauschen der alten Kassetten noch verstärkt wurde. Beim Anhören hatten sie sich abwechselnd weinend in den Armen gelegen, wehmütig gelacht oder sich unzählige Gedanken dazu notiert.

Was Lukas am Ende aus den Notizen gemacht hatte, war feinfühlig, erschütternd, aber auch klar und informativ, weshalb sein Chef die Reportage als Beitrag für einen renommierten Journalistenpreis eingesandt hatte. Die fünftausend Euro Preisgeld, die er bekommen hatte, spendeten sie an eine Stiftung, die sich für die Erforschung von ALS einsetzte. Jessy hatte ihn zur Preisverleihung begleitet, und sie waren gestern erst aus Berlin zurückgekehrt, wo ihm unter großem Applaus die Urkunde übergeben worden war.

»Und hast du nicht noch etwas zu erzählen?«, neckte Mone mit Blick auf den kleinen goldenen Ring, der sich seit gestern an Jessys Finger befand. Ihre Schwester lächelte sie aufmunternd an, während sie zärtlich über das Köpfchen des Babys streichelte. Jessy errötete und sah zu Lukas. Ihre Hände fanden sich kurz unter dem Tisch.

»Und Lukas hat mir gestern auf der Preisverleihung einen Antrag gemacht – vor allen Leuten.« Sie wurde immer noch hummerrot bei dem Gedanken.

Ihre Familie jubelte und applaudierte, so wie die vielen Fremden gestern in Berlin.

»Jetzt müsst ihr euch küssen«, riefen Leander und Vincent, und Lukas und Jessy gehorchten nur allzu gern.

Als sie sich voneinander lösten, lief Jessy eine Träne herunter. Etwas, an das sie sich immer noch nicht ganz gewöhnt hatte. Jessy tastete danach und strich sie sanft von ihrer Wange. Sie lehnte sich zurück, genoss und bedauerte zugleich die Flüchtigkeit dieses Augenblicks. Ein kühler Wind kam auf, und sie reckte ihr Gesicht in die frische Brise. Es fühlte sich an, als würde sie jemand von oben streicheln. In einer Wolke glaubte sie, Hannes Gesicht gesehen zu haben. Es lächelte.

Ende

Ein paar Worte zum Schluss ...

Dieses Buch ist ein sehr persönliches Buch für mich. Es lag lange in der Schublade, bis es überhaupt den Weg zu meinem Verlag fand. »Die Sonntagsschwestern« ist darum auch anders als meine bisherigen Bücher. Rauer, melancholischer, aber auch voller Mut und Hoffnung, das Leben zu leben – egal, welche Karten man zugespielt bekommt. Es entstand lange vor meinen anderen Romanen, war zunächst ein Versuch, meiner Sprachlosigkeit angesichts der Erkrankung einer guten Freundin Worte zu verleihen. Dann wurde es zu einem Verarbeitungsprozess, zu meiner Form, mit der Traurigkeit umzugehen. Es ist nicht die Geschichte meiner Freundin, aber natürlich sind meine Erfahrungen aus dieser Zeit mit eingeflossen. Und Hanne hat Wesenszüge, die ich auch bei meiner Freundin fand: ihre Herzlichkeit, ihre Art, für andere da zu sein, ihr Mut und ihre Kämpfernatur. Ihr eiserner Wille, sich vom Schicksal nicht unterkriegen zu lassen, ihre Gabe, auch im größten Elend die Schönheit der Welt nicht aus den Augen zu verlieren. Insofern ist dieses Buch ein Dankeschön an meine Freundin, an all die Erinnerungen, die wir gemeinsam in das Buch unseres Lebens geschrieben haben ...

Danke auch an Käthe und Kristina: Ihr könnt dieses Buch vermutlich besser verstehen und fühlen als die meisten Menschen

Wer mehr über die Krankheit ALS erfahren möchte oder auch die Forschung unterstützen will, findet weitere Informationen unter www.dzne-stiftung.dewww.dzne-stiftung.de.

Danksagung

Ein riesengroßes **Dankeschön** an alle Büchermenschen: an Leser:innen, Autor:innen, Buchhändler:innen, Blogger:innen, Lektor:innen, an einfach alle, deren Herz für das geschriebene Wort schlägt!

Ein riesengroßes **Dankeschön** an meinen Verlag: insbesondere an meine Lektorinnen Maria Runge und Eva Sterzelmaier. Danke, dass ihr an die Geschichte geglaubt habt, danke, dass ihr mir geholfen habt, die beste Version dieses Romans zu Papier zu bringen. Dank euch werden aus guten Geschichten großartige! Danke auch an das ganze Goldmann-Team – es macht mich bei jedem Buch wieder stolz und glücklich, ein Teil davon zu sein!

Ein riesengroßes **Dankeschön** an meine Agentur: Peter und Regina Molden: Bei diesem Roman haben wir uns kennengelernt und sind seitdem schon ein großes Stück Weg gemeinsam gegangen – und ich hoffe, dass dieser Weg noch lange und steil bergauf geht!

Ein riesengroßes **Dankeschön** an meine Testleser: namentlich hier vor allem Meike Werkmeister. Danke, dass du bei den Ersten warst, die die »Sonntagsschwestern« gelesen haben, und danke für deine schönen Worte, die sogar das Cover zieren! Danke auch wieder an Katja, Andrea, Inge und Michaela!

Ein riesengroßes **Dankeschön** an meine Freund:innen: Ob wir uns durch die Bücher kennengelernt haben oder schon vorher befreundet waren – danke für jedes Treffen, jeden Plausch, jedes Herumalbern, fürs Ernstwerden, fürs Problemewälzen, fürs Zuhören und Dasein, einfach für jedes gemeinsame Gestern, Heute und Morgen!

Und wie immer und jedes Mal das allergrößte **Dankeschön** an meine Familie: Das Erste, das der Mensch im Leben vorfindet, das Letzte, wonach er die Hand ausstreckt, das Kostbarste, was er im Leben besitzt ... (Adolph Kolping). Schöner hätte ich es nicht ausdrücken können ... Ich liebe euch alle bis zum Mond und zurück!

Autorin

Sonja Roos, 1974 geboren, wuchs in einem kleinen Dorf im Westerwald auf. Sie studierte Germanistik und Anglistik und arbeitete als Redakteurin und Kolumnistin bei der Rhein-Zeitung. Sonja Roos lebt heute mit Mann, drei Töchtern, einem Hund und diversen Meerschweinchen in ihrer alten Heimat, dem Westerwald.

Sonja Roos im Goldmann Verlag:

Der Windhof. Roman
(auch als E-Book erhältlich)

Die Lavendeljahre. Roman
(auch als E-Book erhältlich)

Die international gefeierte
Sieben-Schwestern-Reihe

Band 1

Band 2

Band 3

Band 4

Band 5

Band 6

Band 7

Band 8

Unsere Leseempfehlung

672 Seiten
Auch als
Hörbuch und
E-Book erhältlich

Posy Montague steht kurz vor ihrem siebzigsten Geburtstag. Sie lebt alleine in ihrem geliebten »Admiral House«, einem herrschaftlichen Anwesen im ländlichen Suffolk. Eines Tages taucht völlig unerwartet ein Gesicht aus der Vergangenheit auf: ihre erste große Liebe Freddie, der sie fünfzig Jahre zuvor ohne ein Wort verlassen hatte. Nie konnte Posy den Verlust überwinden, aber darf sie nun das Wagnis eingehen, ihm noch einmal zu vertrauen? Freddie und das »Admiral House« bewahren indes ein lange gehütetes, düsteres Geheimnis – und Freddie weiß, er muss Posys Herz noch einmal brechen, wenn er es für immer gewinnen will …

Unsere Leseempfehlung

544 Seiten
Auch als
Hörbuch und
E-Book erhältlich

Der 18-jährige Charlie Cavendish kommt in Fleat House, einem der Wohnheime des traditionsreichen Internats St Stephen's, unter mysteriösen Umständen ums Leben. Detective Inspector Jazz Hunter beginnt zu ermitteln und findet bald heraus, dass Charlie machthungrig war und seine Mitschüler gequält hat. War sein Tod ein Racheakt? Bei ihren Ermittlungen erkennt Jazz, dass sie weit in die Vergangenheit zurückgehen muss, wenn sie das Rätsel von Fleat House enthüllen will …

Unsere Leseempfehlung

544 Seiten
Auch als
Hörbuch und
E-Book erhältlich

Der 18-jährige Charlie Cavendish kommt in Fleat House, einem der Wohnheime des traditionsreichen Internats St Stephen's, unter mysteriösen Umständen ums Leben. Detective Inspector Jazz Hunter beginnt zu ermitteln und findet bald heraus, dass Charlie machthungrig war und seine Mitschüler gequält hat. War sein Tod ein Racheakt? Bei ihren Ermittlungen erkennt Jazz, dass sie weit in die Vergangenheit zurückgehen muss, wenn sie das Rätsel von Fleat House enthüllen will …